YAN Lianke

# LA MORT DU SOLEIL

Roman traduit du chinois
par Brigitte Guilbaud

OUVRAGE TRADUIT AVEC LE CONCOURS
DU CENTRE NATIONAL DU LIVRE

Éditions Picquier

*Ouvrage publié sous la direction de*

CHEN FENG

DU MÊME AUTEUR

AUX ÉDITIONS PICQUIER

*Un chant céleste*
*La fuite du temps*
*Les Quatre Livres*
*Les Chroniques de Zhalie*
*A la découverte du roman*
*Bons baisers de Lénine*
*Songeant à mon père*
*Les Jours, les Mois, les Années*
*Le Rêve du village des Ding*
*Servir le peuple*

Titre original : *Rixi*



Mas de Vert
B.P. 20150
13631 Arles cedex

www.editions-picquier.com

*Conception graphique* : Picquier & Protière

*En couverture* : © GettyImages / David Hume Kennerly

ISBN : 978-2-8097-1602-3
ISSN : 1251-6007

*A Sylvie Gentil,*
*hommage de l'auteur,*
*de l'éditeur et de la traductrice.*

Si parfaitement que nous connaissions une langue étrangère, si profondément que nous pénétrions dans l'intimité d'un peuple qui n'est pas notre peuple, je crois impossible que nous puissions nous flatter d'en percevoir le langage et les œuvres littéraires comme un homme du pays même. Il y a toujours quelque fraction du sens, quelque résonance délicate ou extrême qui nous échappe : nous ne pouvons jamais être assurés d'une possession entière et incontestable.

Entre ces littératures qui s'étreignent, demeure toujours je ne sais quel tissu inviolable. On peut le rendre infiniment mince, le réduire à une finesse extrême ; on ne peut pas le déchirer. Mais, par prodige, les caresses de ces littératures impénétrables n'en sont pas moins fécondes. Bien au contraire, elles sont beaucoup plus fécondes que si l'on se comprenait à merveille. Le malentendu créateur opère, et il se fait un engendrement illimité de valeurs imprévues…

PAUL VALÉRY
*Petit recueil de paroles de circonstance.*

# POUR COMMENCER

## *Laissez-moi parler !*

Ohé ! Etes-vous là ? L'un d'entre vous peut-il venir m'écouter ?

Ohé ! Esprits ! Venez donc m'écouter si vous avez un moment ! Je me suis agenouillé sur le plus haut sommet des monts Funiu, vous pouvez m'entendre, n'est-ce pas ? Vous n'allez pas vous fâcher parce qu'un stupide gamin vous interpelle, n'est-ce pas ?

Ohé ! C'est pour un village que je suis là, pour un petit bourg. Je suis là pour une montagne et un monde. Si je suis là, à genoux face au ciel, c'est pour vous raconter quelque chose. Je vous en prie, ayez la patience de m'écouter, d'entendre mon appel, sans vous lasser, sans vous irriter. C'est d'importance ce que j'ai à vous dire, c'est aussi important que le ciel et la terre.

Beaucoup dans notre village sont morts. Beaucoup dans notre bourg sont morts. Sur les monts Funiu et au-delà, au cours du rêve de cette nuit-là, ceux qui ont passé se comptent à l'aune des blés fauchés. Les autres vivent encore, pitoyablement flétris, aussi rares que les grains de blé qui ont pu germer. Le village et les enfants. La montagne et le monde. Leurs foies pareils à des poches de sang. A la moindre imprudence, la poche se fend, le sang s'épand. La vie se tarit, une goutte d'eau sur une terre sauvage, une feuille échouée au seuil d'un hiver rigoureux.

Esprits ! Esprits des hommes ! Ce village, ce bourg, cette montagne et ce monde ne résisteront pas à un nouveau cauchemar. Bouddha ! Seigneur du ciel ! Roi des arhats ! Empereur de Jade ! Je vous en prie, protégez ce village et ce bourg ! Protégez cette montagne et ce monde ! C'est pour eux et pour les hommes que je suis venu m'agenouiller ici, pour que les vivants vivent encore, pour les récoltes, les champs, les graines, les outils, les commerces et les affaires. Pour le jour et la nuit. Pour que les poules soient encore poules, les chiens encore chiens. Je vais vous raconter très honnêtement et par le menu tout ce qui s'est passé cette nuit-là, ce jour-là. Et si je ne relate pas les choses avec exactitude, si j'omets ceci ou cela, ce ne sera pas faute de franchise mais parce que je suis trop agité, parce que mon cerveau est toujours bien confus. J'ai de la boue dans la tête. Je suis un peu stupide et je parle tout le temps. Que l'on m'écoute ou non, j'ai toujours aimé parler, marmonner des phrases, des morceaux de phrases, parfois sans vrai rapport les uns avec les autres. Au village et au bourg on m'appelle Niannian l'idiot. Parce qu'idiot, je suis incapable de trouver un quelconque fil directeur à toute cette histoire. Je raconte les choses par bribes et parais d'autant plus stupide. Mais je vous en prie, ô esprits ! Ô Bouddha ! Seigneur du ciel ! Surtout ne me croyez pas réellement idiot ! Parfois ma pensée est très claire. Claire comme une source, comme un pan de ciel bleu. A présent par exemple, une lucarne se serait-elle ouverte dans mon cerveau ? Je peux voir le ciel et la terre, voir le sens véritable des événements qui se sont déroulés cette nuit-là. Chaque détail m'apparaît distinctement. Jusqu'aux aiguilles ou aux graines de sésame tombées à terre dans l'obscurité.

Le ciel est si bleu, les nuages si proches. Agenouillé ici, je perçois le flottement de mes cheveux dans le vent, leur bruissement lorsqu'ils se touchent. J'entends le frou-frou des nuages au-dessus de ma tête. Je vois l'air passer à l'instar d'un fil que l'on tirerait de mes yeux. Tout est tranquille. La lumière brille, l'odeur de l'air et des nuages s'épand telle la rosée du matin. Je suis à genoux dans le silence, à genoux au sommet de la montagne. Il n'y a que moi ici. Je suis seul au monde. Seul avec la végétation, les pierres et les airs. Le monde est si calme, si paisible. Ô esprits !

Laissez-moi vous dire tout ce qui s'est passé cette nuit-là ! Malgré vos occupations, que l'un d'entre vous vienne donc m'écouter ! Je sais que vous résidez au ciel, au-dessus de moi, que vous êtes assis sur les monts, sur la terre, avec ces cimes isolées, ces arbres, ces herbes, ces grenouilles et ces vieux ormes. Agenouillé face au ciel, le cœur pur comme une eau limpide, je veux vous dire tout ce dont j'ai été témoin, vous raconter cette nuit interminable à la façon dont on laisse brûler un bâton d'encens, le laissant se consumer jusqu'au bout pour vous et pour le monde, afin de prouver la véracité de mon propos. De même que le brin d'herbe oscillant dans le vent témoigne de l'existence de la terre, de la vie que la terre lui a donnée.

Je vais donc commencer.

Mais par où commencer ?

Voilà. Je vais commencer par moi, par ma famille. Par cet homme qui était alors notre voisin. Ce n'était pas un homme ordinaire. Vous aurez peut-être du mal à croire que nous habitions le même village, le même bourg. Pourtant c'était notre voisin et nous, nous étions ses voisins ; non que nous ayons voulu l'être, ce sont nos ancêtres et le ciel qui en ont décidé ainsi. Notre voisin s'appelle Yan Lianke – cet homme capable d'écrire, l'écrivain Yan Lianke –, l'écrivain célèbre. Il est plus célèbre que notre chef de bourg, plus célèbre que le chef de district. Sa renommée est si grande que l'on pourrait le comparer à une pastèque dans un champ de sésame, à un chameau mené paître au milieu des moutons.

Quant à moi, je suis à peu près aussi méconnu qu'un grain de poussière dans un champ de sésame. Ma vie ressemble à celle des poux et des lentes sur le dos des bœufs et des chameaux. J'ai quatorze ans. Je m'appelle Li Niannian. Mais les villageois m'appellent tous Niannian l'idiot. Lui seul, Yan Lianke, m'appelle Niannian ou petit neveu, Li Niannian. Sa maison et la nôtre ne font pas seulement partie du même village, nous sommes ses voisins du sud. Notre village s'appelle Gaotian. Et comme en plus des rues et du marché, nous avons un bâtiment gouvernemental, une poste, une banque et un commissariat de police, notre village est aussi un bourg. Le village s'appelle Gaotian, le bourg aussi. Ils font partie du district de Zhaolan. Je n'ai pas besoin de vous dire que *si la Chine s'appelle « le pays du milieu », c'est parce que depuis toujours les Chinois pensent que leur pays est le centre du monde. Et si la plaine centrale se nomme ainsi, c'est parce que les habitants de la plaine centrale pensent depuis toujours que cette plaine se trouve au centre de la Chine*. Ce n'est pas moi qui le dis, c'est Yan Lianke qui l'a écrit dans un livre. *Notre district est au centre de la plaine centrale. Notre village, au centre du district. Ainsi notre village est-il le centre de la Chine, et donc, le centre du monde*.

J'ignore si l'oncle Yan dit vrai. Personne en tout cas ne l'a repris. Il dit aussi que tout ce qu'il a écrit, il l'a fait uniquement *afin de témoigner au monde que notre village, que ce morceau de terre est en effet le centre du monde*.

Aujourd'hui, Yan Lianke n'écrit plus. Cela fait plusieurs années déjà. Son inspiration s'est tarie. Son âme s'est desséchée. Il craint que l'écriture ne lui ait apporté la lassitude du monde. Il voudrait partir quelque part, dans un endroit isolé et paisible.

Donc, après cette nuit-là, parce qu'il n'a rien pu en écrire, il a songé que l'écrivain était mort en lui. En tant qu'homme, il ne savait plus où aller. C'est pourquoi je suis venu m'agenouiller ici, pour vous implorer, vous autres esprits, dieux et divinités, Bouddha et bodhisattvas, Guan Yu et Kong Ming, dieu de la littérature, Du Fu, Sima Qian, Zhuangzi, Laozi, vous et tous les autres, je vous en prie, accordez-lui la grâce d'un peu d'inspiration ! Faites qu'elle ruisselle sur lui doucement, par courtes averses. Faites que l'écrivain en lui vive encore. Qu'il parvienne à écrire d'ici deux ou trois jours sa *Nuit des hommes*.

Esprits ! Esprits des hommes ! Je vous en prie, protégez notre village, protégez notre bourg ! Protégez l'écrivain Yan Lianke ! J'ai lu beaucoup de ses livres. Comme c'est notre voisin, que les livres qu'il publie à l'étranger lui sont envoyés chez lui, je les lui emprunte. *Le temps s'enfuit, La dureté de l'eau, Un baiser à Lénine, Odes et ballades*. J'ai lu aussi *Rêve au village des Ding* et *Le livre de la mort*. Je les ai dévorés, avalés. Je dois être franc : lire ses livres a été pour mes yeux comme moissonner un champ d'herbes sèches et rêches, manger des fruits gâtés, pourris. Mais je n'ai rien d'autre à lire, alors même ces herbes sèches et ces fruits gâtés, je leur trouve du goût. La nature m'a fait un peu stupide, guère intelligent. Après l'école primaire, je n'avais plus rien à faire. Bons ou mauvais, ces livres sont écrits et, quoique stupide, j'aime lire. C'est pourquoi, même *Dix mille ans d'histoire*, je l'ai lu plusieurs fois, j'en ai retenu par cœur toutes sortes de dates traditionnelles.

Au début de l'automne, l'oncle Yan a décidé d'écrire l'histoire de cette nuit-là. Pour ce faire, il est de nouveau parti s'enfermer dans la maison qu'il loue au sud du barrage. C'est une petite maison traditionnelle de trois pièces. Il s'y est enfermé comme dans une prison. Il y est resté deux mois complets, mais hormis joncher le sol de feuilles manuscrites et d'encriers, il n'est parvenu à rien, pas même à écrire le début de l'histoire. Face à la réalité des événements de cette nuit-là, il s'est retrouvé pareil à moi, à genoux, sans savoir par où commencer.

Il a perdu tout espoir de pouvoir écrire.

Complètement abattu à l'idée de vivre sans plus jamais pouvoir écrire.

Un jour, je l'ai vu mordiller le bout de son stylo si fort qu'il l'a réduit en miettes. Il en avait plein la bouche, a fini par cracher les morceaux de plastique sur son bureau, sur ses papiers, puis il est allé se taper la tête contre le mur, à se fendre le crâne, il s'est frappé du poing la poitrine, à croire qu'il voulait en faire jaillir le sang. Des larmes en grappes ruisselaient sur son visage, mais pour ce qui est de l'inspiration, pauvre moineau mort, elle n'avait toujours pas volé jusqu'à lui.

A ce moment-là, je me rendais tous les deux jours sur les ruines du crématorium à la recherche de Juanzi qui avait disparu. En chemin, je passais voir l'oncle Yan, lui offrais quelques légumes, des nouilles, de l'huile ou du sel. J'en profitais pour lui emprunter quelques livres. Un jour, alors que je lui apportais des épinards et de la sauce de soja, je l'ai vu immobile sur le seuil, le visage tourné vers la pente du barrage et du lac, sans expression : une brique d'un vieux mur.

Tu n'as qu'à mettre les légumes dans la cuisine, a-t-il dit sans me regarder. Sa voix n'était que poussière tombée de la brique. Je suis passé devant lui pour aller déposer le sac dans la cuisine. Je suis allé ensuite dans la pièce où il dort et écrit pour prendre *Le livre de la mort* que je voulais lire et là, dans cette pièce aux murs de briques grises, j'ai vu le sol jonché de boulettes de papier – feuilles écrites puis jetées. On eût dit la chambre d'un malade au sol souillé de crachats. J'ai compris alors que sa veine d'écrivain s'était tarie, que son âme était desséchée. Il ne parvenait plus à écrire ce qu'il voulait. Il n'avait plus le cœur à rien, sinon à mourir. Effrayé, je suis sorti en hâte tandis qu'il s'avançait, solitaire, vers le lac. Il marchait, âme morte, vers le cimetière. C'est alors que j'ai décidé de le faire pour notre village, de parcourir ces cinquante-six lis, de grimper jusqu'au sommet de la montagne. Pour notre bourg, pour ce morceau de terre et ses habitants, et pour l'oncle Yan, Yan Lianke. J'ai décidé de venir vous raconter ce qui s'est passé cette nuit-là. Je vous implore, esprits ! Protégez notre village, notre bourg et notre petite communauté. Protégez nos nuits et nos jours. Protégez chacun de nos chats et de nos chiens. Bénissez l'encre et la plume asséchées de l'écrivain Yan Lianke. Donnez-lui l'inspiration, donnez-lui un surcroît de papier et d'encre célestes afin qu'il puisse écrire et continuer à vivre. Faites qu'en deux ou trois jours, il écrive sa *Nuit des hommes*, et qu'il parle de toutes les bonnes personnes de ma famille dans son livre.

# LIVRE I

## PREMIÈRE VEILLE

*Les oiseaux sauvages pénètrent*
*la tête des hommes.*

# 1
# 17h00-18h00

Par où commencer ?

Commençons par là.

C'était pendant la canicule, le jour de la fête du dragon, le six du sixième mois du calendrier lunaire, il faisait si chaud que la terre sentait craquer ses os et, sur sa peau, les poils devenus poussière. Sur les arbres racornis, les fleurs fanaient, les fruits tombaient. En suspens dans les airs, les chenilles se momifiaient.

Sur la route, les pneus des voitures éclataient, on les voyait dévier de leur trajectoire. On ne recourait déjà presque plus aux bêtes de somme, les paysans conduisaient des tracteurs, les plus riches avaient des voitures. Lorsqu'éclatait un pneu au bord d'un champ, une camionnette déglinguée venait à la remorque. Les tracteurs exhalaient une odeur de peinture rouge. Parfois surgissait une charrette tirée par un cheval ou un bœuf. Mais en grande majorité les paysans comptaient sur leurs propres forces et portaient sur leurs épaules, avec une palanche, le blé mis en bottes. Les champs les engloutissaient tous, tel un immense serpent ; la route était bouchée, les disputes allaient bon train. On en venait parfois aux mains. Un homme mourut ainsi lors d'une rixe. Peut-être plusieurs.

Cette nuit-là, la nuit de la fête du dragon, des hommes périrent à cause de la chaleur. Chez nous, dans notre boutique du Nouveau Monde, toutes les robes mortuaires furent vendues. Nos marchandises d'occasion, notre collection d'objets funéraires, ceux même qui, remisés dans l'armoire, étaient mités, tout fut emporté. Les couronnes de fleurs, le papier-monnaie, les figurines, chevaux, chars et autres articles de papier découpé et coloré d'or, d'argent, de jade…

Quelques jours auparavant, en entrant dans notre boutique – cette boutique funéraire à l'enseigne du Nouveau Monde –, vous auriez été choqués de voir quelle somptueuse abondance de marchandises s'y trouvait. Mais il n'y a plus rien à présent. Le soir de la fête du dragon, notre commerce a connu son apogée. En un clin d'œil, tout a été vendu. Exactement comme lorsqu'on annonce une brutale inflation des prix et que les gens se précipitent à la banque pour retirer leurs sous. La banque a été vidée jusqu'à la moindre coupure, même obsolète. Dans la rue, les magasins ont été totalement dévalisés, il ne reste plus rien.

## 2
## 18 h 00-18 h 30

La nuit tombait. Un crépuscule ceinturé de chaleur. Nul air ne circulait. Murs et piliers des maisons se consumaient. Le monde allait succomber d'angoisse. Les hommes aussi. Epuisés par les travaux de la pleine saison agricole, à l'acmé de leur fatigue. Certains s'étaient endormis en plein champ, faux à la main, d'autres en soulevant les bottes de blé. La récolte était bonne. Les grains de blé étaient aussi gros que des fèves de soja, on pouvait les fendre et obtenir de la farine à partir d'un seul. Les épis dorés tombaient sur la route, on s'empêtrait les pieds dedans. Les prévisions météorologiques annonçaient un orage dans trois jours. Une pluie continuelle. Si l'on ne récoltait pas aussitôt, tout allait pourrir dans les champs. On s'empressait donc de moissonner. On se bousculait, on se disputait pour battre le blé. Toutes les faux du village étaient à l'œuvre, les pierres à aiguiser s'incurvaient à l'usage. La terre, les champs étaient combles de silhouettes humaines. De voix. De voix qui s'entrechoquaient. De palanches qui se heurtaient. On se battait pour utiliser la batteuse. Deux de mes oncles se disputèrent pour un rouleau de pierre. J'étais sur le seuil du magasin, à lire le livre de Yan Lianke, *Le temps s'enfuit*. Mon père et ma mère avaient tiré des chaises de bambou dans la rue et prenaient un peu l'air. On pouvait voir l'enseigne du magasin. Les mots *Nouveau Monde* y étaient inscrits en caractères or sur fond noir. Dans l'obscurité naissante, l'or avait pris une teinte ocre. On venait de dîner ; père, assis sur sa chaise de bambou, tenait un verre d'eau. Mère lui apporta en claudiquant un éventail de papier. C'est alors qu'un homme vint se planter devant mon père. Très grand. Torse nu. Sa chemise blanche enroulée autour des bras. Il sentait la sueur et le blé. L'odeur ruisselait sur lui. Face rouge. Cheveux courts. Quelques feuilles prises dans ses mèches ressemblaient à de petits drapeaux sur sa tête. Haletant, on eût dit qu'une corde de paille allait et venait dans sa gorge.

— Tianbao, je viens te commander trois couronnes et cinq assortiments de papiers découpés pour mon père.

— Que lui arrive-t-il donc, à ton père ? répondit le mien, interloqué.

— Il est mort. A midi, il est rentré se reposer. Il n'avait pas cessé de faucher ces deux derniers jours, je lui ai dit d'aller faire une sieste. Il s'est endormi, mais soudain s'est relevé. Il a pris la faux. Il a dit qu'il fallait faucher le blé, sans quoi il allait pourrir sur pied. Il l'a dit deux fois et puis il s'est dirigé vers le champ. On lui parlait mais il ne répondait à personne, ne tournait même pas la tête. Ceux qui l'ont vu disent qu'il avançait comme un somnambule. Il n'entendait pas ce qu'on lui disait. Il était dans son rêve et personne ne pouvait l'éveiller. Il se parlait à lui-même. On eût dit qu'il était dans un autre monde, qu'il parlait à un autre lui-même. Arrivé au champ, il a dit, vite, fauchons, et il s'est mis à l'ouvrage frénétiquement. Il a dit, je suis fatigué, je vais me reposer un peu, et il s'est redressé pour se détendre un peu les reins. Il a dit, j'ai soif, je vais boire un peu, et il s'est dirigé vers le canal, au bas du versant ouest. Il a bu et, toujours rêvant, a glissé dans le canal et s'est noyé.

L'homme qui racontait cet accident était un membre de la famille Xia qui habite à l'est du bourg. J'ai su plus tard que je devais l'appeler oncle Xia. Oncle Xia racontait donc que son père s'était noyé en dormant, mais il ajouta que c'était une bénédiction. Depuis combien d'années n'avait-on pas vu de somnambule ? Brusquement son père l'était devenu. Mourir en rêvant lui avait épargné toute douleur. Il a dit cela puis s'en est allé en hâte. Son visage était d'un gris boueux. Il portait des chaussures de toile blanche.

A le voir partir aussi vite, j'ai eu l'impression de voir un homme qui avait oublié ses clefs et s'empressait de rentrer les chercher. J'étais sur le seuil du magasin, sous le réverbère, en train de lire. Je lisais *Le temps s'enfuit*. C'est un livre qui parle de révolution. *La révolution ressemble à une tornade qui ne s'arrête jamais. Les révolutionnaires, à des fous qui courent en tous sens au beau milieu de cette tornade. Tous les éléments participent à cette tempête qui fait rage. Les navigateurs comptent sur leur timonier et les plantes ne peuvent se passer de la lumière du soleil.*

Les phrases sifflent, ce sont des pétards qui explosent, une violente averse dans un été caniculaire. C'est à la fois dense et boueux. Sale et croustillant. L'histoire parle de gens comme nous, qui partent en Union soviétique acheter la dépouille de Lénine. Evidemment, ce n'est jamais arrivé, mais sous sa plume ça paraît véridique. Je n'aime pas cette histoire. Je n'aime pas le ton qu'il prend pour la raconter. Pourtant, j'ignore pourquoi, elle me tient en haleine. J'étais en train de lire lorsque l'oncle Xia est venu puis reparti presque aussitôt. J'ai regardé le visage de mon père. Plus sombre et pâle que celui de l'oncle Xia. Un pan de mur hâve, sans odeur. Impassible. Tandis que l'expression de l'oncle Xia était celle d'un homme qui a perdu ses clefs. Mon père, lui, semblait avoir ramassé un trousseau sans savoir qu'en faire – le jeter ou rester là à attendre que le propriétaire revienne en hâte chercher ses clefs ? –, il hésitait, s'interrogeait. Il se leva. Mère lui cria depuis l'intérieur de la boutique :

— Il y a encore eu un mort ?

Père détacha son regard du dos de l'oncle Xia et répondit :

— C'est le vieux Xia de l'est du bourg, il a eu un moment de somnambulisme et s'est noyé dans le canal de l'ouest.

Une question suivie d'une réponse, comme bruissent les feuillages au souffle du vent. Mon père s'est levé et, à pas lents, est rentré dans la boutique. A pas lents. Mais parlons un peu de la boutique.

C'est, au nord du bourg, un bâtiment d'un étage en briques rouges, que l'on aperçoit de loin. A l'étage sont les appartements ; au rez-de-chaussée, la boutique, constituée de deux pièces remplies de papiers découpés : couronnes de fleurs, chevaux et bœufs, monts d'or et d'argent, figurines d'enfants… Voilà pour les articles traditionnels. Nous en avons aussi de plus modernes, en papiers collés et peints : des postes de télévision, des frigidaires, des voitures, des machines à coudre. Si ma mère boîte, elle excelle dans l'artisanat du papier. Ses créations semblent douées de parole ; ses tracteurs dégagent même de la fumée. Chaque fois qu'un mariage se prépare, les villageois viennent lui commander des articles pour l'heureux événement. Tout le monde dit qu'elle est passée maître dans l'art du papier découpé. Mais les articles pour les mariages ne rapportent rien, personne ne les achète. C'est pour cela que mes parents ont finalement ouvert cette boutique d'objets funéraires. Mon père s'est spécialisé dans la vannerie et ma mère dans le papier. Ils conjuguent leurs talents pour produire toutes sortes d'objets funéraires et cela rapporte.

Les gens dépensent pour les funérailles, non pour les mariages, c'est étrange.

Les gens croient aux rêves et non à la réalité. Etrange.

Mon père, c'est vraiment un petit homme qui n'atteint pas le mètre cinquante. Peut-être l'atteint-il à peine. Ma mère, elle, est très grande. Elle a une tête de plus que lui. Mais sa jambe droite est plus courte que l'autre. C'est comme ça depuis qu'elle a eu un accident de voiture. Elle a une jambe plus courte et elle boîte. C'est un handicap. Aussi mes parents se promènent-ils rarement ensemble. Mon père a beau être petit, il marche aussi vite que le vent et sa voix porte aussi loin que le tonnerre. Quand il se fâche, les murs vibrent à en faire tomber la poussière, les feuilles des couronnes de fleurs tremblent. Mais c'est un homme bon. Il ne se met généralement pas en colère. Quand ça lui arrive, il est rarement violent. J'ai quatorze ans déjà et je ne l'ai vu que rarement frapper ma mère. Tout au plus lui a-t-il crié dessus une dizaine de fois. Ma mère l'a laissé faire. Il lui a donné quelques coups mais s'est vite arrêté. Lorsqu'il lui a crié dessus, elle l'a laissé faire aussi. Ma mère est bonne, elle le laisse crier, aussi cesse-t-il bien vite. Tous deux sont vraiment de bonnes personnes, jamais ils ne m'ont frappé ou hurlé dessus. Voilà pour ma famille. Nous tenons la boutique funéraire du Nouveau Monde. Nous vendons des couronnes, des robes mortuaires, des papiers découpés. Nous gagnons notre vie grâce aux morts. Lorsqu'un homme meurt, c'est pour nous un heureux événement, mais mes parents ne souhaitent la mort de personne. Parfois, ils la redoutent. Lorsque les articles se vendent rapidement, que le commerce marche fort, mon père va voir ma mère et lui demande :

— Mais que se passe-t-il ? Que se passe-t-il donc ?

Ou bien c'est ma mère qui va voir mon père :

— Mais enfin qu'arrive-t-il ? Qu'arrive-t-il donc ?

Cette fois-là encore, j'ai entendu mon père demander :

— Que se passe-t-il ? Mais que se passe-t-il donc ?

Je me suis retourné et j'ai vu que là où les marchandises s'entassaient habituellement, il n'y avait plus rien. Ma mère était assise à l'endroit où l'on dispose d'ordinaire les couronnes, du papier rouge, jaune, vert et bleu devant elle. Une paire de ciseaux dans sa main droite et une douzaine de papiers rouges pliés dans l'autre main. Le sol était jonché de bouts de papier et elle, au milieu de ce tas de morceaux multicolores, elle, contre toute attente, s'était endormie. Elle s'était endormie à l'ouvrage. Appuyée contre le mur. Epuisée par la confection de tous ces articles, elle s'était endormie. Mon père se tenait debout face à elle.

— Que se passe-t-il ? Mais que se passe-t-il donc ? On nous a commandé trois couronnes et cinq assortiments de papiers découpés, il faut les livrer dès demain matin !

Moi, j'ai pensé à l'oncle Xia qui était mort en somnambule. J'ai imaginé que ce qu'on appelle somnambulisme, c'est une pensée que vous avez durant le jour, qui se grave en vous, jusque dans votre moelle, et lorsque vous vous endormez, cette pensée vous habite encore et vous la réalisez en rêve. Ce que les bureaucrates appellent une « mise en application » ou ce que les gens du peuple appellent une « réalisation concrète ». Faire en rêve ce à quoi l'on a pensé éveillé. Alors j'ai songé à ce que mes parents feraient s'ils devenaient somnambules. Que feraient-ils ? Quelle était la pensée qui les occupait le plus, celle qui se gravait jusque dans leur moelle ? Et puis je me suis demandé si moi-même je pourrais devenir somnambule. Que ferais-je alors ? Que pourrais-je bien faire en rêve ?

## 3
## 18 h 31-19 h 30

Malheureusement je n'ai presque jamais sommeil. Jamais je ne suis fatigué au point de m'endormir profondément. Et je n'ai guère non plus de pensée profondément ancrée, gravée dans la moelle de mes os. Un homme ne peut pas plus tomber enceint que le somnambulisme ne peut m'atteindre. Les pêchers ne donnent pas d'abricots. Mais je voyais des somnambules. Je n'aurais pas cru qu'ils apparaîtraient si rapidement, comme répondant à un appel, ou se contaminant les uns les autres. Comment aurais-je pu imaginer que dans notre bourg et sur les monts Funiu, dans tous les villages, cette nuit-là sous le ciel, des dizaines puis des centaines de gens deviendraient somnambules ?

Pas une famille n'a été épargnée.

Des somnambules par milliers, par dizaines de milliers.

Le monde était devenu somnambule.

Je continuais à lire *Le temps s'enfuit*. Une histoire aussi étrange que celle d'un pêcher donnant des abricots. Un abricotier plein de poires. Une histoire que l'on n'apprécie peu mais qui bizarrement vous tient par la main, vous entraîne avec elle.

*Gao Shoujun ramassa une pièce dans la rue. Il eut envie d'aller s'acheter du sucre. Un morceau de sucre coûte deux fens, il n'en avait qu'un. Il vendit son chapeau de paille pour cinq maos. Il éprouva alors le désir de manger une demi-livre de porc mariné au soja. C'est très parfumé. Mais une livre coûte dix yuans. Il n'avait guère assez d'argent. Il vendit ses vêtements, ne conservant qu'un caleçon pour dissimuler l'endroit laid de son corps. Ses vêtements lui rapportèrent beaucoup : cinquante yuans. Avec ces cinquante yuans en poche, il ne songea plus seulement à une demi-livre ou une livre de viande. Une fois rassasié, il se sentirait plein d'énergie et pourrait aller faire un tour chez le coiffeur, à l'autre bout du bourg. Là-bas, les jeunes femmes se prostituent. Le salon de coiffure est exactement comme un bordel. On dit que les nouvelles venues de Suzhou et Hangzhou sont particulièrement belles, qu'elles ont la peau tendre et souple. Aller là-bas, caresser ces beautés aux corps souples et lisses comme de l'eau, c'était bien plus qu'une cinquantaine de yuans. Il fallait compter cent cinquante yuans pour une passe. Et si l'on avait envie de rester, d'y passer la nuit, alors le prix s'envolait, on en avait bien pour cinq cents yuans. Jamais il ne pourrait se procurer une telle somme. Pourtant, se rendre dans un bordel était son vœu le plus cher depuis l'enfance. Il réfléchit. Réaliser un tel rêve ne pouvait aller sans quelque sacrifice. Il trépigna, se mordit les lèvres et décida de rentrer chez lui pour vendre Xia Hongmei, sa femme.*

Ce roman de Yan Lianke, cette histoire, comment pourrait-elle être vraie ? Peut-on y croire ? Je réfléchissais et j'avais envie de rire. Alors quelque chose de réel et de plus drôle encore se présenta devant moi. Des pas résonnaient. On eût dit des coups de tambour frappés n'importe comment. Je me retournai et vis un groupe d'enfants. Ils avaient sept, huit ans, ou dix ou onze. Ils suivaient un homme âgé d'une trentaine d'années. Lui était dos nu, avec à la main une pelle en bois dont on se sert pour battre le blé. Et il marmonnait : « Il va pleuvoir plusieurs jours durant, il va pleuvoir. Tu n'es pas comme les autres, tu n'as pas de commerce, tu n'as que la terre pour vivre. Si tu ne récoltes pas le blé, il va pourrir dans le champ et tu l'auras semé en vain, tu auras peiné en vain toute une saison. » Les yeux mi-clos, il semblait dormir sans être toutefois profondément endormi. Il marchait si vite qu'il aurait pu soulever le vent derrière lui. On eût dit que quelqu'un le poussait.

La chaleur était étouffante. Pas une once d'humidité ou de fraîcheur nocturne. L'homme traversa la rue comme on perce un sac de toile. La lumière ocre des réverbères faisait briller un halo de cendres au-dessus de sa tête. C'était comme s'il avançait parmi les cendres. Derrière lui, l'un des enfants était complètement nu, sa quéquette se balançait comme un petit oiseau.

— Il est somnambule ! Somnambule ! murmuraient les enfants avec prudence et curiosité. Ils semblaient craindre de l'éveiller en parlant trop fort. Il ne fallait surtout pas rompre le charme d'une aventure sans précédent.

L'homme avançait si vite que la route l'avalait. Les enfants le suivaient en trottant, maintenant une distance de quelques pas entre eux et lui, de crainte de l'éveiller et d'interrompre un si bon spectacle.

C'est ainsi qu'ils arrivèrent devant moi.

Je reconnus l'oncle Zhang qui habitait juste en face de notre ancienne maison. Un bon à rien, réputé comme tel dans tout le village. Incapable de gagner de l'argent ou de faire le moindre commerce. Sa femme l'avait même giflé à cause de cela. En plein jour, elle allait sur la rive est du fleuve coucher avec un autre qui, lui, savait gagner de l'argent. Finalement elle était partie à Luoyang et Zhengzhou avec son amant qui, rapidement, s'était lassé. Abandonnée, elle était rentrée. A peine avait-elle franchi la cour que l'oncle Zhang avait dit à cette femme qui s'était si mal conduite envers lui : « Te voilà ? Va vite te débarbouiller et viens manger. » Et il lui avait préparé du riz et des petits pains. Un drôle de cocu ! Mais voilà, il était devenu somnambule. Vraiment somnambule ! Je me levai pour l'appeler : « Oncle Zhang ! » Ma voix éclatait comme une pluie de sorgho, elle semblait repousser l'air étouffant. « Père ! L'oncle Zhang est somnambule ! Il vient de passer devant chez nous ! » criai-je vers l'intérieur du magasin. Je posai mon livre, sautai la marche du perron pour rattraper l'oncle Zhang et les enfants qui le suivaient. Je fendis leur petit groupe comme on s'enfonce dans un petit bois, jusqu'au lampadaire suivant. J'attrapai le bras de l'oncle Zhang et lui dis : « Réveille-toi ! Oncle Zhang, tu es somnambule ! Réveille-toi ! » Il ne me répondit pas. Il écarta fermement mon bras. « Dès qu'il pleuvra, le blé va pourrir, et alors que faire ? Que faire ? » De nouveau je lui courus après et le tirai par le bras. De nouveau il se dégagea. « Si les céréales pourrissent, ma femme et mes enfants auront faim. Et si ma femme a faim, ça va encore faire des histoires, elle va encore partir avec un autre. » Il prononça cette dernière phrase doucement, comme s'il s'adressait uniquement à moi, discrètement, de peur que d'autres l'entendent. Je m'arrêtai, stupéfait. La stupéfaction avait stoppé mes pas. Un instant après je courais après lui, le dépassais. Son visage était une brique grise et usée, son corps, aussi raide qu'un vieil orme. Il avançait, les pieds martelant le sol, mécaniquement. Les yeux ouverts, comme s'il ne dormait pas. Des yeux d'homme éveillé. On ne s'apercevait qu'il dormait qu'à son visage de brique et parce qu'il parlait sans regarder personne.

Levant les yeux vers le ciel, on voyait une couche de brouillard flotter dans la nuit pâle. En étant plus attentif, on distinguait quelques grains, quelques étoiles brillant dans l'opacité, à la manière de lucioles. Le salon de coiffure et le supermarché. Le bazar, le magasin de vaisselle et de cuisinières. Le magasin privé de vêtements et celui, public, d'électroménager. Toutes les boutiques de la rue est du bourg étaient fermées. Parfois il y avait quelqu'un à l'intérieur, parfois non. Parfois de la lumière, parfois non. Certains patrons étaient partis faucher le blé, d'autres étaient assis ou étendus dans leur boutique, sous le ventilateur. D'autres encore se reposaient dans la rue, un éventail en feuilles de massette à la main. La rue était calme. La nuit agitée. Les hommes nonchalants. Lorsque l'oncle Zhang passa devant toutes ces boutiques, si certains le dévisagèrent, d'autres ne tournèrent pas même la tête, uniquement préoccupés d'eux-mêmes.

« Il est somnambule ! Somnambule ! Venez vite voir le somnambule ! » L'obscurité et la brume couvraient les voix des enfants. Certains les entendirent peut-être, ou non. Qu'on les entendît ou pas revenait sans doute au même. Certains sortirent jeter un œil, sourirent et, l'oncle Zhang une fois loin, rentrèrent vaquer à leurs tâches. Le somnambulisme est un événement. Le somnambulisme est une anecdote. Cela se produit chaque été depuis des siècles. Au moindre cas, on se sent concerné. Somnambule, qui ne l'est pas au moins une fois dans sa vie, ne serait-ce qu'en se retournant dans son sommeil, en jetant drap et couverture à terre ? Qui n'a jamais parlé en rêvant ? Parler en rêvant est une forme légère de somnambulisme. Parler puis se lever et agir en est une plus profonde. En ce bas monde, nous connaissons tous au cours de nos vies quelques épisodes de somnambulisme, léger ou profond.

La nuit était si floue, la chaleur si étouffante.

Chacun à ses affaires, vaquant ou se reposant, ou encore ni l'un ni l'autre.

L'oncle Zhang sortit de Gaotian et arriva au bord de son champ. Là où il avait commencé à battre le blé. Le paysage était bien différent de celui du bourg. Dans les champs, le vent soufflait plus ou moins. Des petites parcelles de deux *fen*, des parcelles moyennes d'une moitié de mu, cultivées collectivement par plusieurs foyers, des plus grandes encore, de plus d'un mu – celles des anciennes équipes de production –, de toutes ces parcelles, le blé débordait sur la route. Dans la nuit, c'était un fleuve brillant vers lequel affluaient les eaux des champs. Au loin ronronnaient les moissonneuses-batteuses, tout près grinçaient les rouleaux de pierre tirés par des bœufs ou des chevaux. Les bottes que les hommes soulevaient les unes après les autres bruissaient continuellement. Les lieux étaient bruyants, des dizaines de bateaux semblaient y voguer. Mais le ciel nocturne immense engloutissait tout, si bien qu'à la fin l'impression de calme prévalait.

Les réverbères diffusaient une lumière jaunâtre que l'oncle Zhang foulait en se dirigeant vers le nord. Les enfants cessèrent de le suivre et s'immobilisèrent au sortir du bourg. Moi je continuai. Je voulais le voir se cogner contre un arbre ou un poteau électrique. Son nez se serait mis à saigner, il aurait poussé un cri et se serait réveillé. Je voulais voir quelle réaction il aurait alors, quels seraient ses premiers mots, ce qu'il ferait. Heureusement, son champ n'était pas loin. En suivant la route vers le nord pendant un demi-li, on y arrivait. Il fallait quitter la route et franchir la ravine. Ce faisant, l'oncle Zhang glissa et tomba. Je crus qu'il allait s'éveiller mais il se releva d'un bond, toujours endormi. « Tant qu'un homme est en vie, il ne peut laisser sa femme et ses enfants manquer de céréales. Je ne peux pas laisser ma femme et mes enfants manquer de céréales. » Il ne s'était pas réveillé et continuait à marmonner en rêvant. Il passa la ravine et arriva dans son champ. Tout cela lui était familier, il lui suffisait de procéder comme à son habitude. Il alluma la lampe accrochée au peuplier au bord du champ, déposa sa pelle et se mit en quête de quelque chose : une grille à battre les épis qu'il déplaça au centre du terrain. Il prit une botte de blé dont il dénoua le lien avant de serrer dans ses bras le paquet de gerbes. Il le laissa retomber, les chaumes bien alignés, monta sur la grille et se mit à battre le blé.

J'étais à ses côtés. S'il pouvait voir tout ce qui se trouvait dans le champ, moi, il ne me voyait pas. Je n'étais pas dans son esprit. Les somnambules ne voient que ce qu'ils ont de présent à l'esprit, le reste n'existe pas pour eux. Les grains qui jaillissaient semblaient exploser en plein ciel avec un grésillement de friture ; une odeur de blé mûr se répandait comme émanant d'une casserole d'huile. Une nouvelle étoile brillait-elle dans la nuit ? Au loin se disputaient des hommes pour savoir à qui revenait le tour de se servir de la moissonneuse-batteuse ; dans un arbre tout près, un rossignol chantait par intermittence. On n'entendait rien d'autre. Tout était calme et pur, obscur et indistinct. Sur le visage de l'oncle Zhang, la sueur perlait à gros grains. Rien d'autre. Tout était calme et pur, obscur et indistinct. Il finissait une botte et s'attaquait à la suivante. Rien d'autre. Tout était calme et pur. Je n'avais plus envie de regarder, plus envie de le voir s'affairer.

C'était donc cela le somnambulisme. Un oiseau sauvage qui pénètre l'esprit d'un homme et le met en désordre. Ses pensées, il les réalise en rêve. Ce qu'il ne doit pas faire, il le fait précisément. Je voulus partir. J'allais partir quand quelque chose advint. On eût dit une bouteille de verre qui se brisait, un éclat retentissant. L'oncle Zhang s'apprêtait à prendre une nouvelle botte dans ses bras lorsque, j'ignore pourquoi, il fit le tour du tas de gerbes. C'est alors qu'un hibou en surgit, frôla son épaule et disparut. Peut-être l'oiseau le griffa-t-il car, instinctivement, il couvrit des mains son visage. Il demeura un instant hagard, immobile tel un pieu. Puis il se mit à marmonner : « Mais qu'est-ce que je fais là ? » La voix empreinte de doute et d'étrangeté, « mais qu'est-ce que je fais là ? C'est mon champ, pourquoi donc suis-je ici en train de battre le blé ? » Il s'était éveillé. Il semblait bien s'être éveillé.

« Je m'étais endormi, pourquoi donc suis-je ici à battre le blé ? Comment est-ce possible ? » Vraiment, il était éveillé. Il leva les yeux au ciel et je vis son air ahuri et égaré. Puis il se mit à chercher je ne sais quoi. Son regard se posa sur la pelle en bois qu'il avait apportée et il sembla se rappeler quelque chose. Il s'accroupit soudain. Se gifla. « Tu n'es vraiment qu'un misérable ! Un putain de misérable ! Ta femme est partie avec un autre et toi, tu viens encore ici battre le blé pour elle ! Elle couche avec un autre et toi, tu bats le blé pour eux ! »

Il se giflait comme on frappe sur un mur. « Tu n'es qu'un misérable ! Tu n'es qu'un misérable ! » Il s'en asséna encore quelques-unes puis se justifia : « Mais ce n'est pas pour elle que je le fais, c'est pour mes enfants ! Non, ce n'est pas pour elle, c'est pour mes enfants ! » Il cessa alors de se frapper, cessa de marmonner. Je crus voir un sac de farine qui se renversait. Immobile un instant, il s'appuya contre une botte de blé et s'endormit. Tout se passa comme si, en se tournant dans son sommeil, il s'était réveillé un bref instant avant de se rendormir. Comme si cet instant d'éveil n'avait été qu'un intermède. Et il était maintenant retourné à son rêve. Je n'en revenais pas. J'avais l'impression d'avoir assisté à un spectacle qu'il aurait joué pour moi. Je ne pouvais croire qu'il se fût si subitement réveillé puis rendormi. Je m'approchai et le poussai un peu. Un véritable pilier. Des deux mains, je le secouai. Un sac d'eau. Son corps oscillait sous mes mains mais reprenait bien vite sa posture initiale. « Oncle Zhang ! Oncle Zhang ! » criai-je. Autant appeler un mort. Mais il respirait, ronflait même un peu. « Ta femme est revenue ! Ta femme est revenue ! » Je ne cherchai plus à le secouer, n'espérant plus qu'il s'éveillerait. Il dormait comme une pierre, un cadavre. Je m'adressai à sa dépouille et criai : « Ta femme est revenue ! Elle est revenue avec cet homme ! Tu dors et ta femme est avec lui ! »

Alors il se passa quelque chose.

Une lumière dans la nuit.

Une flamme s'alluma sur la peau de l'oncle Zhang. Sur ce visage endormi, brique grise de terre séchée, mon appel provoqua un spasme. Il s'assit. Sous le teint caverneux, ses joues tressaillirent. Ses yeux s'ouvrirent avec effort. Il me fixait mais son regard semblait se porter au-delà de moi, vers la route. La route coulant tel un fleuve depuis les lointains vers d'autres lointains. Du nord au sud, ses eaux charriaient toutes sortes de bruits répercutés sur les rives. L'oncle Zhang rivait ses yeux sur l'horizon nord. Sa femme avait quitté le bourg en empruntant cette route. Elle s'était rendue à Luoyang, à Zhengzhou, peut-être encore à Pékin ou Guangzhou. Dans tous les cas, c'était encore avec cet homme capable de gagner de l'argent qu'elle était partie.

Elle était allée dans le monde extérieur.

Les yeux de l'oncle Zhang ne quittaient pas cette route qui menait au monde extérieur. A la lumière du réverbère, je le vis se mordre les lèvres. J'entendis ses mâchoires bruxer l'une contre l'autre avec un bruit d'ardoise. C'était un son bleu. La nuit était bleue. Etouffante aussi. Un peu de vent soufflait cependant. L'odeur du blé s'insinuait, granuleuse, dans nos narines, dans nos gorges. Elle pénétrait nos poumons et nos estomacs. Une voiture passa, filant vers le nord. La lumière des phares fendit l'obscurité telle une lame. L'oncle Zhang la suivit des yeux et ses dents crissèrent de plus belle, avec stridence – une volée de grêle sur un arbre encore vert. Les feuilles gelées frémissaient un instant avant que la branche ne cassât, puis tourbillonnaient dans le vent, glacées comme le regard de l'oncle Zhang, comme le grincement de ses dents.

Il se leva subitement, se redressa d'un bond, aussi vite que la voiture qui avait filé tout à l'heure et dans la direction de laquelle il regardait. La peau de son visage s'était affaissée et il continuait à grincer des dents. Debout. Un regain de force aurait pu jaillir de chacun de ses os d'un instant à l'autre. Silencieux, il semblait devenu autre. Il n'était plus cet homme qui tantôt avait craint que le blé pourrît sur pied, que sa femme enfin revenue n'eût rien à manger. C'était un autre homme.

Il demeura immobile un moment, sans me regarder, sans rien regarder. Le regard oblique, il apercevait sans doute les choses sans les voir. Ce qu'il voyait, c'était un autre monde, d'autres choses. Un monde et des choses qui appartenaient certainement à son rêve, à son hystérie. Et il les voyait très clairement. En détail. Si bien que son visage prit une teinte grise et terreuse. La sueur perla sur son front. Qui sait quel rêve il avait maintenant pénétré ? Qu'y voyait-il ? Qu'y rencontrait-il ? Que se passait-il pour lui ? Il ne disait mot. Silencieux, il grinçait des dents. Une veine tressaillit sur son cou, fin serpent rampant sur sa peau. Puis une autre veine, sous la lumière du réverbère. Deux serpents sinueux sur la peau, trois, puis quatre. Il s'éloigna du tas de gerbes, marcha vers la grille à battre le blé. Ses pieds heurtèrent le manche en bois de la pelle qu'il écarta comme une branche. Il avançait désormais dans un autre rêve, bien différent du précédent. Il se pencha pour ramasser une tige de fer grosse comme le pouce. Il la soupesa dans la main, la testa un instant, puis s'éloigna à grands pas.

La tige devait mesurer deux *chi*. Elle semblait avoir attendu là des milliers d'années qu'il vînt la ramasser. Des milliers et des milliers d'années. Il l'avait enfin ramassée. Elle obéirait désormais à ses mains et l'accompagnerait vers le bourg et le village. Il ne longea pas la route pour retourner au village. Il prit le chemin de son nouveau rêve. Il emprunta une ruelle pour se rendre là où son rêve le guidait. Je le suivis un moment, l'appelai plusieurs fois. Il ne me répondit pas. Je m'arrêtai. Je le vis pénétrer dans le village, marchant à vive allure, tourner au coin d'un mur et disparaître dans le calme de la nuit. Quant à moi, je longeai la route vers le sud pour rentrer chez moi.

# LIVRE II

## DEUXIÈME VEILLE, PREMIÈRE PARTIE

*Les oiseaux volent en tous sens.*

## 1
## 21 h 00-21 h 20

Chez nous aussi, au Nouveau Monde, le somnambulisme était apparu.

Ma mère était devenue somnambule.

Tantôt, elle avait simplement la tête inclinée et des morceaux de papiers découpés de toutes les couleurs devant elle. Des papiers de toutes les tailles entre ses jambes et sur le sol. A mon retour, rien n'avait changé dans la rue, la lune brillait et les réverbères dispensaient une lumière jaunâtre qui se mêlait à la clarté de l'astre exactement comme des eaux ménagères se déversent dans une eau pure. L'eau pure en était souillée.

Tout était très calme – un calme de mort.

Un calme de mort – un très grand calme.

Les bruits de la nuit qui venait de tomber se confondaient avec le grognement des cochons gras. Des bruits chauds et sales. Visqueux. Une odeur de sueur aussi. Une odeur de sueur qui filtrait de toutes les portes pour affluer dehors. C'était bien l'odeur d'une nuit d'été. Des gens s'étaient endormis au bord de la rue, d'autres buvaient du thé sur le seuil de leur maison tout en s'éventant. Certains avaient installé leur ventilateur près d'eux et cela faisait un bruit de feuilles que l'on sabre. Chacun prenait ainsi l'air, assis, couché, en bavardant. La rue n'avait pas changé d'aspect. Le monde ne semblait pas avoir été modifié.

Pourtant rien n'était plus comme avant. Le grand somnambulisme avait déjà commencé. Il avait marché pas à pas jusqu'à l'intérieur de notre village, de notre bourg. Emplissant ciel et terre, il apportait silence et chaos. Et l'on ignorait qu'il planait au-dessus de nos têtes, tel un amas de nuages – un fléau. L'on croyait qu'il s'agissait de la nuée des nuits d'été et que cette nuit était pareille à toutes les nuits d'été. Solitaire, j'étais revenu au bourg et, face au calme des rues, aux ronflements perceptibles, je crus moi aussi que rien n'avait changé. Quelques somnambules supplémentaires étaient apparus, mais rien d'inhabituel. Je passai par l'avenue de l'est, la plus animée, contemplai l'immense firmament de l'été. Lorsque j'arrivai à la boutique du Nouveau Monde, je vis une voiture garée devant. Mon oncle maternel était là. Debout à l'intérieur du magasin, on eût cru un médecin dans la chambre d'un malade.

— Assieds-toi donc !

Mon oncle ne répondit pas, occupé à examiner la pièce de fond en comble.

Lui mesure un mètre quatre-vingts, mon père, un mètre cinquante. Il portait une veste en soie que les riches affectionnaient particulièrement à l'époque de la République ; mon père était torse nu, en caleçon. Plutôt bien en chair, il paraissait tout maigre face à mon oncle – un arbrisseau à côté d'un grand arbre. Il avait l'attitude du parent d'un patient que le médecin visite. Celle d'un enfant face à un docteur de très haute taille. Ma mère était toujours assise à l'endroit où elle s'était endormie, mais elle ne semblait plus ensommeillée. Sur le banc où elle découpe chaque jour les papiers, un coussin sale et durci par l'usure sous les fesses. Son visage n'avait guère pris une teinte de brique grise, plutôt l'aspect d'un tissu sec et souillé, celui d'un vieux journal. Elle ne regardait personne et se parlait à elle-même : « Quand une personne meurt, il faut bien avoir une couronne de fleurs à déposer sur sa tombe ! Il faut bien pouvoir y déposer plusieurs couronnes ! » Et tout en marmonnant, elle découpait du papier, avec minutie, pareille à une femme qui, accroupie, arrose un pot de fleurs, un parterre de fleurs. Plusieurs fleurs déjà étaient découpées, une bonne douzaine, bien des feuilles aussi, en papier de couleur verte, et elle poursuivait son ouvrage.

Mon père se tenait près d'elle. A ses pieds, des tiges de bambou, de la colle et un couteau.

Elle s'était endormie à l'ouvrage. Mon père s'adressa à mon oncle, deux fois il l'avait réveillée et lui avait dit d'aller se passer de l'eau sur le visage, mais au retour elle s'était assoupie à nouveau. Elle s'était endormie tout en découpant et elle continuait à découper tout en dormant, les yeux mi-clos. Elle ne cessait de marmonner et d'ouvrager. Mon père comprit alors qu'elle était devenue somnambule. Je le compris moi aussi. Ces derniers jours, c'était la pleine saison des décès, les ventes s'accéléraient et ma mère épuisée en était devenue somnambule.

Mon oncle regardait sa sœur comme un médecin son patient gravement atteint. Il tourna la tête vers mon père, l'air froid, un regard de glace.

Mon père sourit :

— Ton commerce au crématorium marche bien aussi ces derniers temps, non ?

Et il le regardait du coin de l'œil, comme pour lui signifier que les symptômes de ma mère ne présentaient rien que de banal, qu'il n'y avait pas de quoi s'alarmer. Rien de grave. Mais il oubliait qu'elle était la petite sœur de mon oncle. Lui ne supportait pas de la voir ainsi peiner à l'ouvrage. Elle qui continuait en dormant à découper des couronnes de fleurs !

— Apporte une bassine d'eau, qu'on lui rafraîchisse encore le visage !

Et mon oncle eut un regard méprisant, mécontent vis-à-vis de mon père. Dans la pièce flottait un effluve de colle tout juste bouillie, l'odeur de sueur de mon père aussi. Il hésita avant de saisir une bassine pour aller la remplir.

— Avec tant de morts, on est bien obligés de faire des heures supplémentaires pour confectionner les couronnes de fleurs.

Il montrait ainsi un peu de dédain sans oser quoi que ce fût. Il cogna la bassine contre le coin de l'escalier qui menait à la cuisine. Cela sonna comme son ressentiment, on pouvait y percevoir un « ne te mêle pas de ce qui se passe chez moi ! »

A cet instant, ma mère leva les yeux vers mon oncle. S'était-elle réveillée ? Non, elle le regardait sans le voir, uniquement préoccupée par son ouvrage. Dans ses mains, les ciseaux qui découpaient le papier chantaient, pareils à des criquets sur un jujubier par une nuit d'été. L'oncle continuait à la regarder. Puis il m'aperçut. Un enfant qui n'était pas resté auprès du lit de la malade. Il était fort mécontent. En colère. Les sourcils froncés, il donna un coup de pied au tabouret devant lui. Les lèvres pincées, son visage prit une teinte de fer rouillé.

— Il faut transporter l'huile de cadavre. Niannian, ton père est occupé, tu dois aider, toi aussi.

Et son regard quitta mon visage pour aller se poser à l'entrée du magasin, sur le livre de Yan Lianke. On eût dit que toutes les catastrophes provenaient de ce roman. Il semblait vouloir s'en approcher pour lui donner un bon coup de pied, ou encore le brûler.

Mais mon père revint de la cuisine, la bassine d'eau dans les mains, et captura le regard de l'oncle. Il déposa la bassine aux pieds de ma mère, y trempa une serviette qu'il essora avant de la passer sur son visage. Ses gestes étaient ceux d'un infirmier qui s'occupe d'une mourante.

— C'est frais, cela va te surprendre et tu t'éveilleras, dit-il à ma mère.

On avait l'impression qu'il se parlait à lui-même. Sa douceur vis-à-vis de ma mère me fit sursauter. Je compris qu'il voulait surtout que l'oncle l'entende. L'oncle qui l'observait. Tandis que mon père caressait le visage de ma mère avec la serviette humide, sa main cessa subitement de manier les ciseaux. Il passa la serviette dans le sens des aiguilles d'une montre et les ciseaux tombèrent. Il recommença et ce fut un paquet de papiers. Il plongea à nouveau la serviette dans la bassine, l'essora puis la passa sur le visage de ma mère, cette fois en sens inverse des aiguilles d'une montre. Alors, ma mère s'éveilla. Elle tressaillit, comme si quelqu'un l'avait brutalement aspergée d'eau froide. Stupéfaite, elle écarta les mains de mon père, cligna des yeux et regarda autour d'elle comme si elle découvrait un décor inconnu. Il faisait chaud et sec. Chaud et sec. La fraîcheur de l'eau grésillait très doucement dans la pièce – de l'eau froide versée très lentement dans une casserole d'eau bouillante.

— Est-ce que je ne viens pas de m'endormir tout en découpant ? sembla demander ma mère, ou bien était-ce à elle-même qu'elle s'adressait ? Tu es là, mon frère ? Assieds-toi donc. Cela doit bien faire un mois que je ne t'ai pas vu.

Et elle se tourna vers moi :

— Niannian, apporte vite un tabouret pour ton oncle !

Je pris un tabouret et le plaçai sous les fesses de mon oncle, qui n'en tint pas compte.

— Je suis venu pour vous dire d'emporter au plus vite l'huile de cadavre du crématorium. Il y en a de nouveau un bidon plein. Tout en regardant autour de lui, il ajouta : Vous gagnez suffisamment d'argent ici. Quand on est fatigué, il faut se reposer. Est-ce vraiment la peine de s'épuiser comme ça pour quelques sous de plus ?

Mon oncle dédaignait donc le gain de quelques couronnes ou objets funéraires supplémentaires. Il allait partir lorsqu'un bruit de moteur retentit dans la rue. Une moto s'arrêta juste devant notre boutique.

Un visage très jeune et noiraud apparut dans l'entrée. Un visage empreint de stupeur et de joie tout à la fois.

— Hé ! Votre ancien voisin, Zhang Tête de bois, est devenu fou ! Il a ramassé je ne sais où une barre de fer longue de deux *chi* et l'a ramenée chez lui tout en maugréant : « Vous allez voir, je vais l'assommer d'un coup ! » En rentrant chez lui, il est justement tombé sur sa femme et le directeur Wang des matériaux de construction du nord du bourg, tous deux revenaient de leur petit séjour crapuleux. Zhang Tête de bois a brandi sa barre et d'un coup a fendu le crâne du directeur Wang. Qu'en dites-vous ? Comment a-t-il su que sa femme et le directeur Wang allaient revenir précisément à ce moment-là ? Ils ont profité de la nuit pour entrer dans la cour, mais Zhang Tête de bois et sa barre de fer étaient prêts à les recevoir ! J'ignore qui est allé moucharder. Le directeur Wang, un homme si fier, s'est retrouvé assommé à peine le seuil de la cour franchi. Un si bel homme, il s'est affaissé comme un sac de coton ! Le directeur Wang est l'homme le plus riche de notre bourg. La femme de Zhang Tête de bois n'était pas sa première conquête. Il est mort sur le coup et son sang s'est répandu en une mare interminable ! La vue du sang a réveillé Zhang. Terrifié, il a repris conscience. En fait, cette putain de tête de bois était jusque-là en train de rêver. C'est ce putain de somnambulisme qui l'avait rendu aussi sûr de lui. Une fois réveillé, il s'est mis à pleurer, paralysé : « J'ai tué un homme ! J'ai tué un homme ! » Une vraie lavette à nouveau !

Le motard parlait, riait et gesticulait tout à la fois, ses yeux de rat roulaient comme des billes.

— Vous savez que je suis un parent éloigné du directeur Wang. Qu'importe sa conduite ; nous, on a des principes. Je vais maintenant aller prévenir sa femme pour la levée du corps. Il faut être juste et vertueux, alors en passant je suis venu vous demander de préparer des couronnes et des papiers découpés. C'est la famille la plus riche du bourg. Quiconque veut se construire une maison va chez eux pour acheter briques et tuiles. Alors préparez beaucoup d'objets funéraires. Si ses proches ne paient pas, je paierai à leur place. Je suis quand même son parent ! Je veux qu'il ait une dizaine, une vingtaine de couronnes de fleurs sur sa tombe.

Ses paroles déferlaient comme après l'ouverture d'une écluse et ses yeux brillaient de joie. A croire qu'il nous annonçait que sa femme venait enfin de lui donner un garçon ! La tête dans l'ouverture de la porte mais le corps à l'extérieur, il ressemblait à un lapin quittant son terrier d'hiver pour une prairie bourgeonnante sous un soleil printanier. Au moment de partir, son regard s'arrêta sur le visage de mon oncle. Il esquissa un sourire qui s'épanouit ensuite, radieux.

— Directeur Shao, vous êtes là, ça tombe bien ! Pour la crémation, je vous donnerai autant d'argent que la famille du directeur Wang. Il faudra dire à vos employés de ne pas brûler le corps jusqu'à réduire les os en cendres. Les os doivent être conservés et, pour pouvoir les ranger dans l'urne, il faudra les casser à l'aide d'un marteau. Je vous donnerai encore un peu plus d'argent mais ne réduisez pas sa boîte crânienne en cendres, faites en sorte de briser les os pour pouvoir les ranger dans l'urne !

Dans l'embrasure de la porte, son visage demeurait souriant, scintillant : une pivoine épanouie sous le soleil printanier. Il partait et son rire résonnait. J'eus subitement froid, comme si le motard m'avait jeté un sac d'eau glacée sur le corps. Dehors, la moto pétaradait.

Putain ! jura mon oncle. A croire qu'il venait d'assister à un spectacle, ou qu'en marchant, il remarquait le sol souillé par un ivrogne. Le monde redevint étrangement calme. Un air froid gagna de nouveau les rues de notre bourg. Mais le monde, les êtres et les choses se rétractèrent à l'intérieur de notre boutique.

— Va t'occuper du bidon d'huile de cadavre. Fais-le cette nuit, sinon demain, avec les nouvelles crémations, on n'aura plus de place. On ne peut tout de même pas laisser l'huile dans la pièce du four.

Et mon oncle partit à son tour.

Il quitta les lieux à l'instar du médecin qui se retire de la chambre d'un malade après sa consultation.

— Ne te fatigue pas pour quelques sous en poursuivant ainsi ton ouvrage en dormant ! Si vous n'avez plus d'argent, venez chercher l'huile et vendez-en quelques bidons !

Dehors, il se retourna un instant avant de monter en voiture. Il démarra. Deux colonnes de lumière éclairèrent la rue. Il descendit sa vitre pour fixer mon père une fois encore avant de partir. La voiture s'éloigna. Mon père demeura un instant dans la rue. « Je me demande bien quand je pourrai enfin te confectionner une couronne en papier », lâcha-t-il. C'était autant une question qu'une exclamation, prononcée sans hausser ni baisser la voix. Il se retourna et, surpris de me voir près de lui, me caressa la tête, rit un peu et rentra dans la boutique.

## 2
## 21 h 20-21 h 40

Bouddha et bodhisattvas ! Confucius, Zhuangzi et Laozi !

Je vous raconte cette histoire par bribes, cette histoire qui a un début et une fin, je vous la livre par morceaux. Laozi, Zhuangzi, Mencius et Xunzi, et vous autres les bouddhistes et les taoïstes ! Dieu de la terre et dieu du foyer ! Je suis à genoux et vous parle depuis un bon moment déjà, m'avez-vous tous écouté vous raconter ce qui s'est passé cette nuit-là ? Oh ! Je vois vos silhouettes dans le ciel ! J'entends résonner vos pas dans la nuée ! C'est comme un coup de vent ! Oh ! oui, le vent se lève. Il passe sur mon visage, on dirait vos mains qui me caressent. Reine mère d'Occident, Bouddha ! Xuanzang ! Guan Yu et Kong Ming ! Dieu de la littérature ! Pouvez-vous m'aider à retrouver le fil embrouillé de mon histoire ? Sans votre aide, je ne peux que la reprendre un peu n'importe où, par le premier bout que j'attraperai.

Prenons-en un :

Cette nuit-là, après le départ de mon oncle, je suis allé chercher l'huile de cadavre au crématorium. C'est une chose terriblement effrayante. Mais avec le temps, on a moins peur. De même qu'à la longue lions et tigres peuvent devenir nos compagnons. Comme s'il n'y avait plus de frontière entre nuit et jour. Les crématoriums sont voués à brûler des cadavres humains. Ce sont des embranchements d'une route menant à un autre monde. Ici, le crématorium a été construit il y a une dizaine d'années. Il est plus vieux que moi. Les événements de l'époque sont pareils aux feuilles mortes de l'hiver dernier ; dès le printemps, on n'y pense plus. On oublie. On oublie vraiment.

J'ignore comment mon oncle est devenu le directeur du crématorium. Je n'étais pas né alors ; lorsque je suis venu au monde, il était toujours directeur. Les choses ont changé pourtant, car au tout début, personne ne lui adressait la parole. A cause de lui, il n'y avait plus d'inhumations mais des crémations. Les corps étaient réduits en cendres. Des corps entiers consumés pour ne devenir qu'une poignée de cendres. Et les vivants devaient payer des centaines de yuans. Huit cents yuans. Ils avaient l'impression qu'on brûlait leurs maisons, que l'on creusait leurs tombes et qu'ils devaient encore payer le bois de leurs propres bûchers, payer le temps passé à creuser leurs tombes, les outils loués pour ce faire. Alors, lorsque mon oncle marchait dans la rue, on lui jetait des pierres dans le dos, on crachait à terre devant lui. Ou bien c'était une voix qui l'appelait chaleureusement : « Directeur Shao ! Directeur Shao ! » et lorsqu'il se retournait, la voix se faisait dure et glaciale : « Que ta mère soit maudite, directeur Shao ! Qu'aucun membre de ta famille ne périsse dignement ! » Celui qui parlait ainsi venait de perdre sa mère la veille ou l'avant-veille, ou bien son père. Le corps avait été brûlé et l'homme se tenait derrière mon oncle, les yeux rivés sur lui, une brique dans la main, ou une pelle ; le moindre coup pouvait être mortel. Désemparé, mon oncle s'arrêtait en pleine rue, livide. Cet homme d'un mètre quatre-vingts ressemblait subitement à un grand arbre étiolé, sans force aucune, prêt à s'abattre et se rompre au premier souffle de vent.

« Viens te battre, directeur Shao ! » L'homme l'acculait et, avec un signe de la tête, ajoutait : « Viens par là, sortons du bourg, que ton sang ne vienne pas souiller les rues ! »

Alors mon oncle s'en allait, s'éloignant de celui qui l'avait ainsi injurié et humilié. Un mètre quatre-vingts ployé sous le vent. Silencieux, livide. On crut qu'après de telles insultes, il quitterait ses fonctions de directeur du crématorium. Mais mon oncle serrait les dents : « Quant à réformer les mœurs du pays, je m'en occupe. Je ferai en sorte que les morts arrivent au crématorium, que les dépouilles soient toutes réduites en cendres ! »

Une nuit, il colla des affiches partout dans les rues et ruelles du bourg ; jusqu'aux abords des villages voisins, annonces et avis pullulèrent. Voici ce qui était écrit : *Afin de laisser la terre à nos descendants, cessons de pratiquer l'inhumation, pratiquons la crémation* et encore : *Seuls ceux qui ne souhaitent pas de descendance refusent de laisser la terre aux enfants et petits-enfants. Le gouvernement a mis en place un règlement : les corps inhumés clandestinement, qu'importe depuis combien de temps, seront tous exhumés pour être brûlés. Les responsables seront condamnés à une amende de tant et tant de yuans, tant et tant de* fen *de terres leur seront confisqués*. Et les annonces disaient enfin : *Pour le bien du pays et du peuple, la dénonciation des familles qui inhument clandestinement leurs morts sera récompensée par une somme de tant de yuans, ainsi que par un don de terres de tant et tant de* fen.

Ainsi, plus personne n'osa pratiquer ouvertement l'inhumation.

Plus une tombe n'osa se montrer. On était bien obligé d'emmener les dépouilles au crématorium. En pleine nuit, la porte de la maison de mon oncle fut enfoncée, ses fenêtres brisées. Une fois même, on mit le feu à son toit. Mon oncle n'osait plus sortir de chez lui le soir venu, il ne se promenait plus jamais seul sur les chemins de campagne. Il ne quittait plus le crématorium, tel un homme totalement dévoué à son travail, ne rentrait plus chez lui.

Il faut maintenant que je parle franchement. Mon père était le mouchard du bourg et du village. Lorsqu'une mort survenait, que les proches du défunt s'apprêtaient à inhumer le corps en cachette, mon père profitait de la nuit pour se rendre au crématorium et en avertir son futur beau-frère. Une dénonciation lui rapportait quatre cents yuans ; deux, huit cents. A l'époque, on ne gagnait que quelques centaines de yuans pour un mois de labeur. Et même en quittant le village, en allant plus loin se tuer à la tâche, jamais un salaire mensuel n'atteignait mille yuans. Mon père n'avait qu'à courir deux fois dans la nuit jusque sur le mont où se trouvait le crématorium pour gagner ces presque mille yuans.

Nous étions alors voisins de Yan Lianke. Les Yan avaient déjà commencé à construire en briques leur maison de trois pièces et à mettre des tuiles sur leur toit. On pouvait sentir l'odeur du soufre qui pénétrait notre cour. Mon père et sa mère la sentaient chaque jour. Une fois, ma grand-mère poussa un profond soupir en regardant le mur de briques des Yan. « Quand donc pourrons-nous à notre tour construire une telle maison ? Quand ? » s'exclama-t-elle.

Mon père demeura immobile devant elle.

Une autre fois, elle dit : « Pourrons-nous jamais commencer à construire ? Si tu commençais, tu pourrais prendre femme et moi, je pourrais mourir en paix. »

Mon père rougit.

Une autre fois encore, ma grand-mère malade le regarda, un pot de décoction médicinale dans les mains : « Je crains de mourir avant de t'avoir vu marié et établi. Je mourrai sans avoir jamais pu vivre sous un toit de tuiles. » Mon père avait alors vingt-deux ans passés. Au village, la plupart des garçons du même âge étaient déjà mariés et pères de famille. La plupart avaient déjà construit leur maison de briques ou habitaient dans un appartement. Mon père, lui, n'avait rien, hormis ses boutons d'acné sur le visage. Debout devant sa mère, l'air pauvre et malheureux d'un papier jeté. Honteux. Impuissant. Dans le ciel d'automne, les feuilles mortes tournoyaient, venaient gifler ses joues. C'est alors qu'un bruit de pas se fit entendre, on marchait précipitamment dans le voisinage. « Vite ! Vite ! Grand-mère Zhang va très mal ! Il faut l'emmener à l'hôpital ! Il faut la transporter à l'hôpital ! » Mon père entendit les appels de-ci de-là. Il vit les villageois accourir devant chez les Zhang. Quelqu'un vint avec un brancard, un autre sortit en hâte, un bol de riz à la main qu'il jeta au passage, dans l'affolement : on eût dit que le ciel allait s'effondrer. Mon père gardait les yeux rivés sur la porte des Zhang. Sur son jeune visage perlait la sueur. Personne ne sortait. Une heure s'écoula. Deux heures. Le brancard réapparut enfin, vide. Les visages tantôt blêmes et paniqués ne trahissaient désormais plus aucun trouble, ils étaient calmes et impénétrables. Impénétrables mais dissimulant une pointe rouge d'excitation, un rai de lumière éclairant un puits dont on ne peut voir le fond.

Mon père avait compris. Il avait compris que la grand-mère Zhang n'était plus de ce monde et que pour éviter la crémation, ses proches s'étaient mis d'accord : il n'y aurait ni pleurs ni cortège funèbre. Ils ne procéderaient pas non plus aux rituels de piété filiale ; tout se passerait comme si personne n'était mort. Ils fermèrent la porte et, agenouillés, veillèrent la dépouille trois jours durant. Ils ne laissèrent personne entrer, ne parlèrent à personne. Quiconque devinait ce qu'il se passait feignait de tout ignorer. La rue entière gardait le secret. Le troisième jour écoulé, ils transportèrent le corps au cimetière, en pleine nuit, et l'inhumèrent. Ils couvrirent d'herbes la terre de cette nouvelle tombe, ajoutèrent branches et tiges de plants de maïs. Et toujours dans le dessein de dissimuler leur secret, ils ne parlaient de vie et de mort qu'avec les yeux ou par gestes. A l'époque, ce genre de comportement était habituel et l'on continuait ainsi à enterrer ses morts.

Mais mon père brisa cette habitude. Il révéla le secret comme on dévoile une cicatrice. Il se fit délateur et mouchard de son plein gré. A vingt-deux ans, mon père, Li Tianbao, avait le visage enflammé par l'acné. Cet après-midi-là, il ne quitta pas la maison, se posta dans la cour où ses boutons virèrent au violet sombre. Adossé à la porte entrebâillée, il observa assidûment ce qu'il se passait chez les Zhang tout en lançant des coups de pied vers les briques rouges de la maison des Yan. Il demeura en faction, avec endurance, avec peine. Jusqu'à la tombée du jour. Enfin il sortit et se rendit à l'extérieur du bourg, sur l'arête montagneuse, au crématorium.

Il toucha quatre cents yuans que mon oncle lui remit. Lorsqu'il revint, billets à la main, un fourgon funéraire emportait le corps de la grand-mère Zhang. On eût dit un fourgon de police conduisant sous escorte des criminels en fuite. Les derniers rayons du couchant évanouis, dans le calme de la nuit, dans le silence pénétrant, on pouvait entendre : « Quelle déveine pour la famille Zhang ! Quelle déveine ! » C'étaient là les paroles compatissantes des villageois. Personne ne soupçonnait mon père d'avoir mouchardé. Un tel événement, comment le garder secret ? C'est impossible, à moins que la mort ne soit pas advenue. Toutes sortes de propos tombaient ainsi, pareils aux feuilles d'automne. D'ailleurs l'automne était là, les feuilles devaient donc tomber. De retour au crépuscule, face aux villageois qui prenaient leur dîner dans la rue, mon père s'efforça de ne rien laisser paraître de son méfait. Il était parti, une houe usée à la main, et revint avec l'outil réparé : tout portait à croire qu'il revenait après l'avoir fait souder. Exactement comme s'il n'avait rien fait d'autre.

La nuit tombait, les oiseaux rentraient aux nids. Poules, oies et canards retournaient à leurs poulaillers. Les hommes, eux, évoquaient en dînant les travaux du lendemain. Oui, c'était comme si rien ne s'était produit. Simplement, la porte de la maison des Zhang était entrouverte sur une nuit profonde et tranquille. Mon père revenait avec sa houe réparée, il avait ainsi de quoi s'occuper les mains, ce qui lui donnait une contenance. Il était semblable aux oiseaux qui retournent à leurs nids le moment venu. Innocent. Il jeta un œil à la maison des Zhang, ralentit le pas. Puis, très calme, rentra chez lui. Ma grand-mère lui tendit un bol de riz, il la regarda longuement. « L'an prochain, nous aussi nous construirons notre maison en briques », déclara-t-il tout en déposant la houe sous l'auvent. Il leva les yeux vers la maison des Yan et reprit : « L'an prochain, nous le ferons, c'est certain. » Et tandis que ma grand-mère le toisait, surprise et méfiante tout à la fois, il se mit à dévorer son repas. Assis sur ses talons, il ne dit plus un mot et son visage prit une teinte grise. Ramassé, il ressemblait à un tas de cendres.

Ainsi, chaque fois qu'une personne mourait, mon père pouvait acheter des briques.

Chaque fois qu'un enterrement clandestin se préparait, les gens du crématorium en étaient informés. Les hommes chargés de faire appliquer la loi arrivaient avec un fourgon funéraire devant la porte de la famille concernée, toujours peu après le décès et, au milieu des pleurs, emportaient le corps. La loi était appliquée. La crémation avait lieu. Le corps était réduit en cendres. Jamais mon père ne se trouvait au village à ce moment-là. La plupart du temps, on le voyait revenir un jour après la crémation, ou deux jours après, lorsque l'urne funéraire avait été rapportée. A croire que chaque fois qu'un homme mourait, il venait de partir rendre visite à des parents. Comme par hasard, il n'était pas au courant. Absolument pas. Et il rentrait chez lui pour ne plus ressortir. Parfois, la famille en deuil habitait la même ruelle, il envoyait alors grand-mère présenter ses condoléances et offrir un peu d'argent. Si les autres donnaient dix yuans, il disait à grand-mère d'en donner vingt. Et si les autres en donnaient vingt, il en offrait trente ou quarante. Mais la plupart du temps, il ne présentait pas ses condoléances car lorsqu'une mort survenait et qu'un enterrement avait lieu, il n'était pas au village, il n'était pas censé être au courant. Six mois passèrent ainsi. Plus de dix décès survinrent chez nous et dans les villages alentour ; mon père put mettre de côté cinq mille yuans pour la construction de notre maison. Cet hiver-là, alors qu'il revenait au village après deux jours d'absence, il aperçut en chemin l'équipe chargée de faire appliquer la loi. Il faisait un froid glacial. Terre et ciel étaient d'un gris cendré. Dans les champs, les pousses de blé formaient un duvet sur la terre. Mon père rentrait d'une visite à quelque parent. Il parcourut un versant, franchit une ravine et se retrouva bientôt au milieu d'un champ à flanc de montagne. De là, il vit des hommes dans le cimetière des Yang. Des hommes avec des oiseaux déchaînés dans la tête, qui écartèrent les tiges des plants de maïs et, très vite, à l'aide d'une pelle de Luoyang dont on use pour la prospection, creusèrent un trou d'un bras de diamètre, y fixèrent des explosifs. Laissant l'amorce dépasser à l'extérieur, ils l'allumèrent ensuite joyeusement. Sous le ciel gris terreux, des étincelles jaillirent avec un grésillement métallique. « Replions-nous ! Replions-nous ! » crièrent-ils en s'éloignant. Puis ils attendirent. Attendirent encore. Jusqu'à entendre un lourd fracas. La montagne trembla. La terre trembla. Les cœurs sentirent la secousse. Puis le calme revint. Les hommes s'approchèrent de la fosse, poussèrent du pied les os exhumés, les rassemblèrent, versèrent de l'essence et y mirent le feu. Après avoir dynamité la tombe, ils brûlaient le cadavre. Le brasier s'élevait jusqu'au ciel. On eût dit qu'une maison brûlait. Les flammes pétaradaient en léchant la nuée. Lanières de fouet, elles cinglaient le cadavre. L'odeur d'essence, de chair grillée se mêlait à celle de l'air incendié. Les hommes faisaient cercle autour du feu. C'était le plein hiver, il faisait froid. Certains s'approchèrent et tendirent les mains pour se réchauffer. Au loin, mon père assistait à la scène, à ce spectacle détestable. Il ne pouvait croire qu'il s'agissait de la réalité. C'était pourtant le cas. Il en avait tiré quatre cents yuans. Il était à l'origine de ce spectacle. Sans lui, rien de tel ne se serait produit. Dans le ciel illuminé, le couchant flamboyait comme un feu encore actif mais couvert de braises, de cendres blanches et grises. Une odeur de brûlé se répandait dans les airs, celle des os et de la chair du cadavre carbonisé, celle d'une crémation à ciel ouvert. On croyait entendre crier le défunt. Confusément. Distinctement. Des plaintes aiguës d'une douleur incessante. Puis plus rauques, plus faibles à mesure que le brasier diminuait. Et finalement, ce ne furent plus que soupirs. Mon père se tenait à une centaine de mètres, près du cimetière d'une autre famille. Par chance, les troncs épais des saules et cyprès dénudés le dissimulaient. Il n'avait pas froid. Il n'avait pas peur. Il n'était que stupéfaction. Il ne quittait pas des yeux cette tombe des Yang que l'on avait dynamitée avant de mettre le feu au cadavre qui s'y trouvait. Il sentait la douleur de la brûlure sur ses joues – sa peau tendue, bandée, comme si le sang de son visage s'était enflammé en même temps que l'essence. Il se sentait calciné, ce qu'il lui restait de chair séchée se craquelait. Il demeurait là, les yeux rivés sur le spectacle. Se frottant des mains le visage.

Le feu ayant diminué, les hommes partirent.

Ils descendirent la pente en direction du crématorium.

Cinq à six hommes. En pleine force de l'âge. Le plus âgé ne dépassait pas les quarante ans. Le plus jeune était plus jeune que mon père. Ils portaient des uniformes vert foncé. Des uniformes que le district avait choisis pour les équipes chargées de faire appliquer la loi, de véritables uniformes de l'armée. Chaque bourg disposait d'une équipe chargée de faire appliquer la crémation. Si un cadavre n'était pas brûlé quelque part, cette équipe subitement surgissait. C'était au cimetière des Yang qu'elle était intervenue ce jour-là. Elle avait dynamité une tombe, brûlé un cadavre, et était repartie.

Mon père s'approcha du cimetière des Yang. Il vit la fosse fraîchement creusée dans l'angle inférieur du cimetière. Profonde de deux *chi*. Une odeur d'essence s'en échappait. Une odeur de terre brûlée. Au bout de vingt minutes, le feu s'éteignit. Des effluves de chair et d'os grillés se mêlaient à l'odeur d'essence et de terre consumées. On eût dit que s'ouvrait le four du crématorium, que ces effluves en jaillissaient soudain. Des os que le feu n'avait pas réduits en cendres jonchaient la fosse noire. Tel du bois mort, noirci, tandis que des lambeaux de chair, sorte de boue rouge, se mêlaient à la terre fraîchement retournée et brûlée. Immobile devant la fosse, mon père blêmit. Avisant à ses pieds un morceau de carcasse qui ressemblait à une côte, il blêmit davantage. Devint livide. Pétrifié. Ahuri. A vingt-deux ans, il eut l'impression d'avoir traversé des milliers de vies. Au loin, les monts Funiu ondulaient en silence. Dans la vallée, le village de Mutian, le bourg de Mutian étaient silencieux eux aussi. Un silence de mort. Nul souffle. Le monde était mort. Complètement mort. Seuls les quelques hommes chargés de faire appliquer la loi marchaient au loin, rentrant chez eux comme après la moisson. Calmes. Détendus. Joyeux. L'un d'eux chantait face à l'immensité des monts et sa voix s'élevait jusqu'au ciel, pareille à une ligne d'aigles sauvages déchirant le firmament muet, mort. Dans le gris crépusculaire, le couchant semblait de cendres. Un feu couvert de bois blanc.

Il faisait très froid. Un vent rugueux soufflait dans le cimetière.

Debout, immobile devant les restes de la tombe, mon père semblait mort. Pourtant il était vivant. Sur son visage, les boutons rouges virèrent au noir. Enflés, ils se figèrent sur son front et son nez. Il en effleura d'une main les bulbes douloureux, puis se pencha pour ramasser les morceaux d'os que l'explosion avait dispersés hors de la fosse, ceux qui ressemblaient à des côtes. Il les regarda et les rejeta aussitôt, comme s'il avait saisi des morceaux de glace. La vieille dame Yang avait quatre-vingt-douze ans, aussi les siens ne voulaient-ils pas que son corps fût brûlé. Elle était morte mais ils n'avaient pas pleuré. Ils n'avaient pas non plus affiché sur leur porte le signe blanc du deuil, mais mon père avait deviné. En passant dans la ruelle des Yang, il avait remarqué la porte fermée même en plein jour. Par l'interstice des battants, l'odeur des repas s'échappait, on entendait le murmure des bavardages. Enfin, un chien était parvenu à se glisser à l'extérieur et son pelage sentait la peinture noire que l'on applique sur les cercueils, le brûle-parfum aussi.

Mon père avait compris qu'il y avait un mort chez les Yang.

Il savait depuis longtemps que la vieille de quatre-vingt-douze ans était alitée.

La nuit venue, il avait grimpé le versant et s'était mis à guetter la lumière dans le cimetière des Yang. Quelqu'un creusait à la faveur de l'obscurité. Il s'était alors rendu au crématorium. Mon oncle lui avait remis quatre cents yuans, lui avait tapoté l'épaule en souriant : « Li Tianbao, ne te dévalue pas, tu es un homme plein d'avenir. Si l'on est en vie, c'est pour faire ce que les autres ne peuvent pas faire. » Mon père n'avait rien répondu. Il s'en allait alors que ma mère, dans une autre salle, était encore à coudre des vêtements funéraires. Elle avait ouvert la porte, l'avait aperçu et, renversant un sac de pièces de tissu, avait dit : « Il y a encore eu un mort. » Elle semblait tout autant poser la question que se parler à elle-même. Mon père l'avait regardée. Elle avait le teint aussi pâle que du papier. Il avait hoché la tête à son attention. En guise de réponse. En guise de salut respectueux aussi, pour la sœur cadette du patron du crématorium. Puis il était parti.

Comme à son habitude, il n'était pas rentré au village mais s'était rendu chez une tante, une parente éloignée. Il ignorait tout du nouveau décès survenu au village. Il n'était tout simplement pas au village. Mais au bout de trois jours, en revenant, il était tombé sur ce spectacle dans le cimetière des Yang. Le crématorium n'avait pas envoyé de fourgon pour chercher le corps. On avait attendu que les Yang inhument la dépouille et ensuite on était venu dynamiter la tombe, on y avait versé de l'essence et mis le feu. Il faisait si froid. Un vent rugueux soufflait. Il prit une pelle usée que quelqu'un avait jetée là et se mit à combler la fosse. Le couchant semblait un brasier gris, un feu couvert de bois blanc. Mon père emplissait le trou de terre, pelletée après pelletée. Il voulait couvrir les os mis à nu. Cela fait, il disposa les brindilles et les tiges de plants de maïs sur la tombe. Tout était comme avant, comme si rien ne s'était passé. Seul le vent soufflait. Puis il entendit des gens approcher. La famille Yang accourait depuis le village. Le bruit de l'explosion, la lumière du feu les avaient alertés. Les plus jeunes couraient devant, les autres, un grand groupe d'individus nommés Yang, suivaient derrière. Ils approchaient comme le vent, dans un souffle, un sifflement. Mon père s'empressa de quitter les lieux. Il partit dans la même direction que l'équipe chargée de faire appliquer la loi, sans cesser de se retourner pour voir si la foule des Yang ne le poursuivait pas. Pour voir si quelqu'un l'avait découvert ou aperçu. On eût dit un voleur. Un voleur qui n'aurait encore rien pris alors que le maître de maison arrivait déjà, bloquant sa fuite. Il avait froid. Intérieurement, il tremblait de froid. Il portait des bottes fourrées et un caleçon de laine neufs mais il avait terriblement froid. Avec l'argent qu'il avait gagné, il avait pu acheter pour ma grand-mère et lui-même de nouveaux vêtements chauds, de laine et de ouate. Il était donc bien au chaud mais se sentait transi. Sur le sentier qui partait vers l'est, l'équipe chargée de faire appliquer la loi était déjà loin. Le silence précédant le crépuscule était tel que le monde semblait mort. Mon père aussi. Le visage gris cendré, le front perlé de grains de sueur glacés. Il s'assit un instant avant de rejoindre le crématorium. Se mordant les lèvres, il s'assit en bordure d'un champ. Sans en avoir conscience, il se mit à pousser du talon la terre devant lui. Cela fit un tas avec un grand trou devant. Lorsqu'il fit complètement noir, il marcha vers le crématorium.

Tout cela je l'ai su après.

Même si je ne l'ai pas vraiment su, je reste convaincu que les choses se sont passées ainsi. Sinon, mon père et ma mère ne se seraient pas comportés comme ils l'ont fait cette nuit-là, la nuit du somnambulisme. Si les choses ne s'étaient pas passées ainsi, ils n'auraient à coup sûr pas agi comme ils l'ont fait, la nuit du grand rêve. Au crématorium, mon père sortit de sa poche les quatre cents yuans que mon oncle lui avait remis. Il sortit les billets et les posa sur un coin de table. « Je ne le ferai plus, dit-il, je ne recommencerai pas, même si je dois en mourir.

Même s'il m'est impossible de construire ma maison et que je doive dormir à la belle étoile, je ne recommencerai plus. » Puis il se retira. Il quitta le bureau du crématorium. Mon oncle ne le retint pas, sans pour autant prendre les billets sur la table. Il dit : « Si tu ne le fais pas, quelqu'un d'autre le fera. Il suffit de dire quelques mots et de parcourir un bout de chemin, le temps d'un dîner, on gagne quatre cents yuans, c'est une aubaine ! » Le bureau était composé de deux pièces. Sur le mur était affiché le slogan officiel : *Economisons les terres arables et prônons la crémation*. Il faisait clair comme en plein jour. Dans la cour, un rossignol chantait. Sur la façade du bâtiment à étage, du côté ouest, l'éclairage donnait aux trois caractères peints en noir de l'inscription *Salle funéraire* une teinte dorée. On pouvait même voir l'eau du lac, à croire que la clarté lunaire se rassemblait là tout entière, flottant à la surface de l'eau.

Alors que mon père se retirait, tel un géant dans l'encadrement de la porte, mon oncle lui adressa une dernière parole : « Ne le regrette pas plus tard ! » Mon père s'éloigna, sans un mot. Silencieux. Silencieux un long moment. Puis, « Je le ne regretterai pas », dit-il, tandis que ses pas glissaient comme feuilles mortes à la surface de l'eau. « Les briques ont été commandées, le four à briques réservé, le ciment acheté. Il ne manque plus que cinq ou six décès. Cinq ou six décès à la suite desquels trois ou quatre familles décideraient d'un enterrement clandestin et je pourrais acheter les tiges d'acier nécessaires à l'armature de la construction. Le commerce va de mal en pis. De plus en plus nombreuses sont les familles qui conduisent d'elles-mêmes leurs défunts au crématorium. C'est aussi évident que la lumière de la lune ou du soleil : la froidure hivernale rend la saison florissante pour les morts. Avec l'hiver, plusieurs familles du village sont en deuil. A coup sûr, certaines ne souhaitent guère la crémation pour leurs défunts et tenteront un enterrement clandestin. Mais toi, au crématorium, au lieu d'envoyer chercher le corps, tu attends qu'il soit inhumé pour ensuite dynamiter la tombe. Tu vas au cimetière verser de l'essence et incendier la tombe. Au départ, tu devais aller chez les Yang, envoyer le fourgon funéraire chercher la dépouille, mais justement ce jour-là, le fourgon était en panne, il fallait le réparer et alors, tu as attendu que le corps soit inhumé pour dynamiter la tombe et brûler le cadavre. » Mon oncle sortit sur le seuil : « Li Tianbao, tu regretteras de n'avoir pas gagné cet argent ! Tu le regretteras ! » Mais mon père s'éloignait. Il quitta la cour du crématorium. Ramassé sur lui-même. Raidissant la nuque. Sans se retourner. Un poussin en colère, prêt à s'envoler. Le rideau de la nuit s'étirait devant lui, embaumé par l'odeur de la terre. Le bruit de ses pas se répercutait de loin en loin et il percevait l'écho d'autres pas sur la route dans le lointain. En prêtant l'oreille, il entendit encore mon oncle lui lancer une injure avant de rentrer.

C'en était fini de tout cela. De même qu'un mort est sous terre pour l'éternité, que son souffle est éteint pour toujours. Pourtant, à cet instant, quelque chose recommença, quelque chose reprit son cours, comme un mort qui respire à nouveau. Ma mère était dehors à attendre mon père. Elle surgit subitement. Sortie de l'ombre d'un arbre.

« C'est bien que tu ne le fasses plus. C'est vraiment bien. Mais comment vas-tu faire pour construire ta maison ? Je suis passée dans ta rue, la plupart des maisons sont en briques tandis que la tienne n'est qu'une vieille chaumière. Je peux t'aider à la transformer en une maison de trois pièces en briques. Tu n'as qu'à m'épouser. Ma dot servira à la construction. Une fois mariés, on pourra ouvrir une boutique dans le centre du bourg. On y vendra des couronnes mortuaires, des robes, des papiers découpés et toutes sortes d'objets funéraires. Tu n'auras plus jamais à faire ce que tu ne veux pas. » Des nuages flottaient au-dessus de sa tête tandis qu'elle parlait, des nuages dont les ombres oscillaient sur son corps, son visage. Elle se tenait à moins de deux *chi* de mon père. Il sentait la douceur de son souffle sur ses joues. Elle attendait sa réponse mais il ne lui accorda guère d'attention. Il poussa un grognement et s'éloigna.

## 3
## 21 h 40-21 h 50

Cette nuit-là, pendant la deuxième veille, sur la route du crématorium, je ne cessais de penser à cette histoire. A mon père, ma mère et mon oncle. Cette histoire, l'oncle Yan aimerait bien que je la lui raconte, mais je ne lui en ai jamais rien révélé.

J'ignore ce qu'il y a eu entre mon père et ma mère, mais au printemps suivant, ils se sont mariés.

J'ignore ce qu'il y a eu entre mon père et ma mère, mais ils se sont mariés et je suis né.

J'ignore ce qui s'est passé, mais comme je naissais, ma grand-mère est morte.

*L'existence en ce monde est ainsi faite qu'une naissance entraîne une mort, une mort entraîne une naissance. En fin de compte, le nombre des êtres vivants, hommes, bêtes et oiseaux, demeure le même. Ni plus ni moins. Ni moins ni plus. Si aujourd'hui les hommes sont plus nombreux, c'est que bêtes et oiseaux le sont moins. Un jour, leur nombre augmentera, alors le nombre d'hommes vivants s'effondrera.*

C'est un passage d'un livre de Yan Lianke, j'ai oublié lequel. D'après ce qui est dit dans ce passage, si je suis né c'est parce que ma grand-mère est morte. Ou bien ma grand-mère est morte parce que j'allais naître.

Ma grand-mère est tombée malade alors que ma mère était enceinte. Plus le ventre de l'une s'arrondissait, plus l'état de santé de l'autre se détériorait. C'était comme une course. Une course entre la vie et la mort. Je n'étais pas encore né et j'ignore quelle maladie avait contractée ma grand-mère. Elle avait mal au ventre au point de ne rien pouvoir avaler sinon ses médicaments. Et tandis que je grossissais dans le ventre de ma mère, grand-mère maigrissait dans son lit. Je grandissais, elle rétrécissait. Je prenais une livre, elle en perdait une. Je m'apprêtais à naître, elle se recroquevillait, prête à mourir. C'est durant l'hiver suivant le mariage de mes parents que je suis venu au monde. Il neigeait beaucoup, tout était blanc. Tandis que je luttais pour sortir du ventre de ma mère, grand-mère se raidissait, alitée dans la pièce orientée au sud de la nouvelle maison. Je naquis enfin et mon père courut jusqu'à la pièce au sud pour annoncer la nouvelle à grand-mère : « C'est un garçon ! C'est un garçon ! » Alors elle sourit : « Je n'ai pas vécu en vain. J'ai eu une nouvelle maison et maintenant un petit-fils va poursuivre notre lignée. » C'est avec un sourire radieux sur les lèvres qu'elle est partie. A croire qu'elle m'attendait pour partir. Comme on se succède au travail. Je me suis présenté au dernier quart de sa vie, alors elle l'a quittée et j'ai pris mon quart, j'ai commencé à vivre dans notre village, à parler, agir, marcher, grandir. Grand-mère, elle, est partie, morte, elle n'a plus parlé ni agi, elle est allée se reposer pour toujours.

Avant de mourir, elle n'avait pas dit si elle préférait la crémation ou l'inhumation. Mes parents ne savaient pas non plus que choisir. Ma naissance était un heureux événement, la mort de grand-mère, un triste événement. Naissance et deuil se compensaient, de sorte qu'il n'y avait plus véritablement ni joie ni tristesse. Le visage de mon père était calme. Ma mère, couchée, l'était aussi. On eût dit que rien ne s'était produit, que grand-mère n'était pas morte non plus. Ce jour-là, un froid glacial sévissait. Il neigeait sans interruption depuis quinze jours. Le monde avait la blancheur lumineuse d'un cimetière enneigé. Des stalactites de glace pendaient de l'auvent et des branches d'arbres. Dans le village et le bourg, la neige atteignait les genoux et la taille des hommes. Partout sur la terre, elle ensevelissait les hommes jusqu'aux genoux, jusqu'à la taille. Le monde était neige. Un froid glacial régnait. Dans le village, le silence était tel que ma mère entendait craquer le charbon dans le brasero près du lit, cela éclatait comme des pétards. Au dehors, les flocons tombaient, soufflés comme du sable. Le vent venu raser l'auvent brisa les stalactites. Dans les bras de ma mère, je croyais entendre un bruit d'eau versé sur du feu. Mon père était assis près de l'âtre. Ma mère, dans le lit, me tenait sous les couvertures. Et grand-mère, dans la pièce au sud, attendait ses funérailles.

Le temps allait et venait comme une vieille scie. Je suis né au point du jour. Grand-mère est morte tandis qu'il se levait. Ainsi, à l'heure de midi, j'avais déjà pleuré et m'étais endormi. J'avais dormi puis pleuré à nouveau. Lorsque j'en eus fini, mes parents se parlèrent. Leurs voix étaient si ténues qu'ils semblaient ensommeillés.

« Sors voir un peu et on en reparle », dit ma mère. Mon père se leva, s'approcha pour me caresser le visage. « Mon petit garçon ! On a toujours eu des garçons dans la famille, et voilà que j'en ai un à mon tour, la rétribution de nos mauvaises actions n'existe donc pas en ce monde ! Ou bien c'est que moi, Li Tianbao, je n'ai commis aucune injustice ! » Et il sortit. Sous la neige, le calme était tel qu'on ne voyait pas l'ombre d'un homme. Mais sur le mur devant chez nous, quelqu'un avait placardé un papier blanc avec une inscription noire : *Bonne nouvelle ! La mère de Li Tianbao est morte, venez tous voir si la famille procède ou non à la crémation !* C'était un carré de papier blanc avec de grands caractères calligraphiés en noir, un carré de papier parfaitement régulier tandis que les caractères paraissaient sinueux. Ce genre d'avis se trouvait devant chez nous mais aussi sur un poteau électrique dans la ruelle et dans l'avenue, sur un tronc de peuplier, de sophora. Mon père en dénombra ainsi cinq ou six avant d'arriver au bout du village où il s'arrêta un moment sur la place. Il n'y avait personne, il était seul avec la neige face au silence. Il rebroussa chemin. Il donna de violents coups de pied dans la neige. Comme il était petit, la neige lui arrivait aux cuisses quand elle ne montait que jusqu'aux genoux des autres, il s'y enfonçait jusqu'à la taille quand les autres s'y enfonçaient jusqu'aux cuisses, mais il ruait tout de même, un cheval soulevant la poussière de ses sabots. Il batailla ainsi tout du long sur le chemin du retour et il criait à s'égosiller : « Ma femme a donné naissance à un garçon ! Ma femme a donné naissance à un garçon ! » Il annonçait l'heureux événement, mais une fois rentré auprès de ma mère, il dit autre chose :

« Procédons à la crémation. S'ils ne me détestent pas, ils haïssent ton frère. Alors procédons à la crémation, les cendres leur fermeront la bouche et les yeux. »

Il décida donc de brûler la dépouille de grand-mère. Trois jours après, la neige ayant cessé, alors que partout dans Gaotian on dégageait les rues sous le soleil matinal, mon père décida de transporter le corps sans l'aide de personne. Il ne demanda pas de voiture, ne laissa pas non plus le fourgon du crématorium venir jusque devant chez nous. La coiffe de piété filiale sur la tête et chaussé de blanc, il sortit, portant sur son dos la défunte dans sa robe mortuaire. Il emprunta les rues les plus peuplées. On eût dit qu'il engageait un pari avec le monde. Qu'il défiait les regards des villageois. *Sur sa tête la coiffe blanche était d'un tissu étranger, fin et brillant comme la neige*. La robe mortuaire confectionnée par ma mère était de satin noir brillant. Aux poignets et au col, la broderie dorée resplendissait sous le soleil. La robe était d'excellente facture. On en restait ébaubi. Personne ne s'attendait à voir mon père si fort, si téméraire. Certains se tenaient juste devant leur maison à balayer la neige, d'autres bavardaient tout en répandant du sable sur les avenues ; sur la grand-place, on petit-déjeunait et déjeunait en même temps. Et voilà que mon père passait, ma grand-mère sur son dos. Il traversait la foule avec ce corps sur son dos, la foule des regards.

Le pas lent, comme pour démontrer sa force.

Le pas lent, solennel.

On en restait interdit. Stupéfait.

*La surprise générale provoqua un brusque remous parmi les spectateurs. Des exclamations fusèrent. Les regards distraits se rassemblèrent tout à coup pour se river à la scène, sur le corps de la vieille Maozhi. Au bout du compte, à cent neuf ans elle vivait encore, ne venait-elle pas de parler tout en croquant une noix ? Mais voilà que subitement, telle une défunte, elle portait une robe mortuaire.*

*Le tissu était d'excellente qualité. Un satin noir sur lequel on pouvait distinguer quelques lueurs de motifs floraux. La scène étant bien éclairée, la robe scintillait. Aussi le noir révélait-il des blancheurs lumineuses ; le rouge, des éclats de violet brun ; le jaune, des ors cuivrés. Cette robe brillant de mille feux avait instamment stupéfié les milliers de spectateurs, leurs yeux désormais aimantés à la scène.*

Je me suis souvenu de ce passage, dans *Un baiser de Lénine*. J'ignore si c'est à cause de ce livre que les choses se sont ainsi passées au bourg, ou bien si c'est après les événements, à cause d'eux, que le livre a existé. Le roman de Yan Lianke a-t-il prédit les événements de cette nuit-là ou bien ces événements ont-ils engendré le roman ?

Mon père traversa donc la foule avec sa mère sur le dos. Les villageois n'en revenaient pas. Ils demeuraient cois. Les balais restaient en suspens dans les mains qui les tenaient, les pelles de même. Les bavards en restaient la bouche ouverte. Les têtes se figeaient dans le froid glacial. On le regardait passer en silence. Un silence de mort devant ce petit homme au visage rond qui portait sa mère, le cadavre de sa mère sur son dos. Il traversa les rues enneigées. Sous le soleil, pas un grain de poussière. Les endroits enneigés étaient blancs et là où l'on avait déneigé apparaissait la terre rouge. Sur le dos de mon père, le corps était d'un noir lumineux. Avec le beau temps, le froid s'était fait moins vif. Mais à cause de mon père et de ma mère, *c'était un froid nocturne qui régnait dans le bourg. On eût dit un coin de terre sauvage et désert. La terre avait gelé à se fendre. Les cœurs aussi. Chacun ressentait une terrible lézarde se creuser en son for intérieur.*

Les avis étaient affichés autour d'eux, sur les troncs d'arbres : *Bonne nouvelle ! La mère de Li Tianbao est morte, venez tous voir si le corps sera brûlé !*

Une phrase banale, amusante. Mon père *traversa donc cette foule ordinaire comme on passe une rivière à gué, avec sa mère sur son dos. Il la franchit, l'ébranla. Lentement. Froidement. Comme on rive un clou. Comme une forêt de glace que l'on abat. Il brisa les branches une à une, abattit les troncs un à un*. Le monde résonnait tout entier *du fracas des branches brisées, des regards ébranlés* par mon père.

Personne n'aurait imaginé qu'il pût avoir tant de force.

Personne n'aurait imaginé que sa force pût ainsi dominer Gaotian et renverser le cours des choses.

Quelqu'un qui le suivait des yeux prit finalement la parole :

— Li Tianbao, que fais-tu donc ? Li Tianbao, que fais-tu ? Es-tu en train de manifester devant nous ? On dirait que si ta mère est morte, c'est parce qu'on lui a fait du tort !

Mon père s'arrêta. Sa voix s'éleva, pareille à un coup de tonnerre :

— Je n'ai dénoncé personne ! Je n'ai vraiment dénoncé personne ! Toutes les crémations, les crémations à ciel ouvert, je n'y suis pour rien ! Absolument pour rien !

Puis il avança de nouveau. Le cadavre de grand-mère sur son dos, pareil à un morceau de tissu noir pour bander les yeux des autres. Plus personne ne pouvait voir la vérité. On ne pouvait qu'interroger de vive voix :

— Pourquoi donc fais-tu cela ? Pourquoi ? Ta mère est morte et cela nous regarde tous au village, demande à qui tu veux et l'on viendra t'aider !

Mon père s'arrêta encore. Se retourna. Retourna aussi le corps sur ses épaules, exposant le visage et les yeux de grand-mère aux villageois.

— Je n'ai dénoncé personne. Lorsqu'il y a eu cette crémation en plein ciel ordonnée par mon beau-frère, cela n'avait rien à voir avec moi.

Ma mère est morte et je l'emporte au crématorium, vous devez le croire.

Je l'emporte au crématorium où son corps sera brûlé, vous devez me croire.

Il parlait avec tant de franchise et de peine, à croire qu'il allait sortir de sa poche un objet que quelqu'un avait perdu. Qu'il demandait à ce qu'on lui rende un objet perdu. Il se tut. Fit volte-face et repartit. Petit singe tout maigre, avec ce corps d'une vieille femme de plus de soixante-dix ans que tout le village connaissait bien. Les villageois se sentirent mal. Le bourg entier se sentit mal. Tous avaient l'impression d'être injustes envers mon père. Injustes envers grand-mère, envers notre famille Li. Alors Zhang Tête de bois courut après mon père. Wang Dayou s'en fut chercher sa charrette à bras et le rejoignit lui aussi. On mit un matelas ouaté, une couverture et une épaisse couche d'herbes sur la charrette. Une dizaine d'hommes se rassemblèrent et l'on déchargea mon père de la dépouille. On lui couvrit le visage avec un linge blanc comme le veut la coutume. On acheta des pétards, des couronnes et du papier-monnaie pour les morts. On tira les pétards et, le long du chemin, on sema des billets de papier-monnaie. Le cortège s'anima ainsi dans la froidure hivernale, afin de conduire ma grand-mère jusque sur la colline au sud du bourg, au crématorium.

Il n'y a que deux lis entre le bourg et le crématorium. On longe la route en direction du sud et l'on gravit une côte sur une centaine de mètres. A l'extrémité ouest du barrage, on aperçoit sur la terre en friche un mur d'enceinte rouge. A l'intérieur : deux rangées de maisons et un bâtiment à un étage en briques rouges avec une grande cheminée en fer.

Voilà ce qu'était le crématorium à l'époque, objet de toutes les haines du bourg et du village. Il n'y avait alors que trois pièces vides consacrées à la mise en bière et à la salle des adieux. Sur le mur avait été peinte en noir l'inscription *Salle des adieux*. Dans la cour, ni arbres ni fleurs, uniquement le fourgon funéraire garé sur le sol enneigé. Quelques ouvriers seulement, pour balayer la neige, et mon oncle, seul dans son bureau à se chauffer près du feu. Il y faisait griller des cacahuètes, des noix et des têtes d'ail. L'odeur de l'ail se répandait dans tout le crématorium, comme si des bouteilles d'alcool avaient été renversées.

On amena donc la dépouille de grand-mère devant l'entrée du crématorium. On fit éclater quelques pétards. Le bruit devait alerter : quelqu'un était mort, le commerce arrivait, on allait procéder à une crémation. Mon oncle sortit et vit mon père, le turban de piété filiale sur la tête, debout près d'une charrette sur laquelle gisait un cadavre. Il scruta les environs, cherchant à apercevoir le cortège de musiciens et d'hommes en deuil qui accompagnent habituellement les morts. Mais il n'y avait que mon père et la dépouille de grand-mère, quelques villageois et une grande couronne de fleurs. Pour le reste, c'était la neige et le vent du nord, le silence de la ligne de crête, l'isolement et le froid du crématorium.

— Que se passe-t-il ?

— L'enfant est né, ma mère est morte.

Mon oncle ne répondit d'abord rien. Par un grognement, il signifia à mon père de le suivre à l'intérieur, puis se mit à parler.

— Li Tianbao, ma sœur a accouché et tu ne m'as rien dit !

Li Tianbao, regarde-moi l'allure de miséreux que tu as ! Tu viendras travailler ici. Tu feras ce que tu voudras et je te donnerai le salaire le plus élevé, il suffit pour cela que tu t'occupes bien de ma sœur.

Li Tianbao, ta mère est morte et tu ne m'en as même pas informé. J'aurais envoyé le fourgon funéraire avec le haut-parleur et j'aurais fait en sorte qu'on sache que moi, Zhao Dacheng, je traite tout le monde de la même façon, j'applique à tous la réforme des us et coutumes pour économiser la terre, sans excepter ma parenté !

Li Tianbao, tu sais pourtant que nous sommes parents mais tu as accompagné le corps jusqu'ici par temps de neige. Quand la crémation sera terminée, j'enverrai le fourgon pour rapporter l'urne. C'est moi qui paierai les frais des funérailles. Mais il faut que tu organises une cérémonie somptueuse. Si tu ne tiens pas à ta dignité, moi, ton beau-frère, j'y tiens. Je ne veux pas qu'on dise que Zhao Dacheng est avare et qu'il a laissé la famille de sa sœur dans le besoin en un pareil moment !

Lorsqu'il eut fini de parler, mon père le regarda sans mot dire et sortit.

— Li Tianbao, putain, tu ne peux même pas lâcher un pet !

Mon père aurait dû rétorquer quelque chose, mais il resta de bois et continua à marcher lentement. L'oncle n'ajouta rien et mon père ferma la porte derrière lui. Dehors, il s'adressa à Zhang Tête de bois, à Wang Dayou, aux oncles Xia et Wang, en ricanant, d'une voix égale :

— Mon beau-frère me propose de venir travailler ici comme contremaître, il me donnerait un très bon salaire, mais moi je ne peux pas faire ce travail qui consiste à brûler les corps ! Je préfère être pauvre et mourir de faim mais ne pas faire ce travail !

Personne ne dit mot. Ils le regardèrent. Ils le regardèrent avec respect.

Quant à la suite des événements, chaque villageois la connaît. Cela s'est passé de la même manière pour de nombreuses familles. En silence, on sort le corps de la salle des adieux sur un chariot funéraire. Toujours en silence, on pousse le chariot jusque dans la pièce où se trouve le four. Et l'on attend que la crémation se fasse comme on attend tôt ou tard l'inéluctable. Du fait que les hommes présents avaient aidé mon père, mon oncle leur jeta à chacun un paquet de cigarettes. Et du fait qu'il s'agissait de ma grand-mère, mon oncle fit durer la crémation un peu plus longtemps, de sorte que les cendres soient fines. Les hommes fumaient pour patienter, comme ils auraient fumé en attendant une récolte tardive lorsque se prolonge l'automne. Ils allumèrent un feu dans la pièce ventilée, en se servant d'une couronne de fleurs jetée là par on ne sait qui, et ils se réchauffèrent. Se mirent à bavarder. Mon père, lui, s'avança, chancelant, vers la pièce où se trouvait le four. Là, stupéfaction. C'était un bâtiment à étage mais sans plancher de séparation. Au milieu se trouvait le four, rouillé, en forme de coude, pareil à un seau cerclé de fer posé de guingois. Cela paraissait rudimentaire. Très lourd aussi. Il avait entendu dire que ce four datait de l'époque du Grand Bond en avant, qu'il avait ensuite servi dans une usine, puis en ville, à la centrale de traitement des ordures. Plus tard encore, c'est mon oncle qui l'avait récupéré. Un peu retapé, réparé, c'était devenu le four du crématorium de Gaotian. Sur ce cylindre cerclé de fer à l'intérieur duquel la température était extrême, les vis étaient aussi nombreuses que des pierres sur la ligne faîtière, la porte seule pouvait s'ouvrir. Il y avait aussi un tuyau noir qui traversait le plafond. Les murs de briques rouges étaient délabrés. Le toit noirci, calciné. Au pied d'un mur, une table noire à trois pieds, sur laquelle étaient abandonnées quelques bouteilles d'alcool et une jarre de porcelaine. Par terre, de la poussière et un seau à ordures. Normalement, personne ne pouvait entrer dans cette pièce, mais mon père ayant épousé ma mère, il en avait le droit. Il aurait dû entrer, rester immobile et voilà tout, mais il tourna dans la pièce et finit par voir quelque chose.

Derrière le four, il remarqua un tuyau, pas plus gros qu'un doigt. Le tuyau en fer se prolongeait sur un mètre environ, recouvert de caoutchouc, pour déboucher au-dessus d'un grand bidon au coin d'un mur. Là, un filet brun d'huile coulait. Il faisait chaud dans la pièce. Dehors, un froid glacial fendait la terre et les arbres, mais à l'intérieur, on pouvait se contenter d'être en chemise et pantalon non doublé. Les deux ouvriers du crématorium avaient plus de trente ans. Ils portaient les cheveux courts et leur visage était rougi par la chaleur. D'avoir passé tant d'années face au feu, une lueur rouge brillait dans leurs yeux. Ils buvaient. Après chaque crémation, ils buvaient quelques gorgées d'alcool qu'ils accompagnaient de cacahuètes.

Debout devant le filet d'huile s'écoulant dans le bidon, mon père les interrogea :

— Qu'est-ce que c'est ?

— De l'huile de cadavre.

— Comment cela ?

— Quand on brûle un cadavre, il y a forcément de l'huile, non ? Quand tu fais cuire la viande chez toi, elle transpire bien de l'huile, non ?

Mon père ne dit plus rien.

Il avait compris : il s'agissait d'huile de chair humaine. Compris que devant lui, l'huile qui gouttait dans le bidon était celle de sa mère, celle de ma grand-mère. Il eut soudain envie de vomir. De froids serpents semblaient ramper sur lui depuis le sol. Ils furetaient sur sa poitrine puis dans son dos comme à la recherche d'un nid, d'une cavité où s'introduire. Finalement, l'un d'eux s'insinua dans sa tête. Il s'y installa, tout heureux de s'y reposer. Mon père toussa pour tenter de vomir. Il aurait bien voulu plonger sa main dans sa gorge et parvenir à attraper son estomac pour le retirer. A ses côtés, le four était si chaud qu'il transpirait. Mais les serpents froids sur son corps et sur sa tête continuaient à ramper, lestes et joyeux, dans toutes les directions, sans s'arrêter. Il sentait tantôt un serpent, tantôt des dizaines. C'étaient comme des aiguilles ou des insectes qui lui parcouraient le corps en tous sens. Qui le mordaient aussi. Le plus âgé des ouvriers lui tendit la jarre à alcool à moitié remplie :

— Tu ne devais pas entrer mais tu as quand même voulu venir voir. Bois vite une gorgée. Bois une gorgée et ça ira mieux.

Mon père saisit la jarre et but. Une gorgée puis une autre.

De nouveau, il jeta un œil au bidon qui recueillait l'huile. Il vit l'huile de sa mère, de ma grand-mère, couler en un filet de soie rouge et jaune. Dans le four, le feu grondait, couvrant le bruit du goutte à goutte. Peut-être l'huile ne faisait-elle d'ailleurs aucun bruit en gouttant. Il but encore et rendit la jarre à l'ouvrier.

— Est-ce qu'à chaque fois que l'on brûle un cadavre, on peut en faire sortir de l'huile ?

— ça, c'est à ton beau-frère qu'il faut le demander.

— Et que devient cette huile ?

— ça aussi, c'est à ton beau-frère qu'il faut le demander.

Il ne posa pas d'autre question.

Hormis le grondement du feu, les craquements et crépitements du cadavre dans le four, on n'entendait guère que les bruits de bouche des ouvriers qui buvaient l'alcool. Mon père demeura là encore un peu, en attendant que passe sa nausée. Puis il sortit. Dehors tout était blanc de neige. On apercevait la surface bleue du lac, à l'eau entièrement gelée. Sur les bords, un peu de vert perçait à travers la neige et par endroits s'enchâssaient des morceaux de glace. Il resta ainsi à regarder. Puis s'accroupit pour vomir un peu de bile. Enfin, il se dirigea vers le bureau de son beau-frère, de mon oncle. Il poussa la porte et s'avança jusqu'au bureau peint en jaune. Face au mètre quatre-vingts de mon oncle, on eût dit une fourmi qui regardait un éléphant, un brin d'herbe au pied d'une pagode. Il leva les yeux. Demeura un instant silencieux. Puis il dit quelque chose de terrible. Comme un papillon de nuit qui se heurte au flanc d'un mont, qui se brûle au feu.

— Je voudrais te poser une question mais tu ne dois pas te fâcher.

Il ne faut pas te mettre en colère.

A ton avis, si j'ai vu de mes yeux couler l'huile du corps de ma mère lors de sa crémation par mon beau-frère, est-ce la juste rétribution de mes actions passées ?

Cette huile, est-il possible qu'il n'y en ait pas quand on brûle un cadavre ?

Il faut que tu me dises ce qu'elle devient.

Je suis le mari de ta sœur cadette, tu me dois la vérité, que devient cette huile ?

Dans le bidon, il y a le sang des os de ma mère, l'huile de son cadavre, je veux savoir où elle va.

Les yeux de mon oncle s'agrandirent, s'écarquillèrent.

Sur le poêle à charbon, les cacahuètes et les noix en train de griller embaumaient toute la pièce. Les oignons aussi. La pièce sentait bon l'oignon grillé et la tiédeur.

— Putain ! Tu y es donc entré !

Tu ne devais pas mais tu l'as quand même fait !

Merde, tu es mon beau-frère, je vais donc te parler franchement. Cette huile, c'est une source de revenus, tu l'as compris, non ?

Ne me fixe pas comme ça, ça m'énerve et je risque de me fâcher.

Prends donc un peu de cacahuètes grillées aux oignons, elles sont très bonnes.

Où vend-on cette huile ? A Luoyang, à Zhengzhou. Toutes les villes où il y a des usines veulent de cette huile. On en fait du savon, du caoutchouc, du lubrifiant. C'est une excellente huile industrielle. Peut-être même que cela pourrait être une excellente huile alimentaire. Pendant les trois années de calamités, on ne faisait pas grand cas du cannibalisme !

Debout, mon père regarda les cacahuètes que mon oncle remuait sur le poêle.

— Manges-en donc toi aussi, proposa mon oncle tout en picorant.

Mais mon père sentit sa gorge se nouer.

— Je n'en veux pas. Cette huile de chair humaine, tu la vends combien le bidon ?

— Deux cent quatre-vingt, trois cents yuans. En général, c'est trois cents yuans le bidon.

Mon père se tut. Mon oncle aussi. Mon père réfléchit un moment. Cela sembla long. Cela ne dura pourtant que le temps pour mon oncle d'avaler une cacahuète et un fragment d'oignon. Mon père prit ensuite la parole, sans hausser la voix mais en articulant clairement.

— Puisque la crémation implique obligatoirement qu'il y ait de l'huile, tu n'as qu'à me la vendre à moi. Trois cents yuans le bidon. Et tu n'auras plus à la transporter jusqu'à Luoyang ou Zhengzhou. Tu n'auras plus à payer le transport. Je viendrai la chercher à date fixe. Tu n'as qu'à me vendre cette huile et je m'occuperai bien de ta sœur. Il te suffit de ne la vendre qu'à moi et nous vivrons heureux Xiao Min et moi. Tu n'auras pas le moindre souci à te faire. Je m'occuperai d'elle comme de ma propre sœur. Mais ne te mêle pas de savoir ce que je ferai de cette huile. Quant à moi, je te garantis que personne ne saura ce qui se passe lors d'une crémation, personne ne saura que tout n'est pas totalement réduit en cendres, qu'il y a de l'huile de chair humaine dont on peut faire usage. Vends-la-moi. Je paierai au sou près, il ne te manquera pas un centime. Ne te mêle pas de savoir où je trouve l'argent. Xiao Min et moi, nous avons déjà songé au genre de commerce dans lequel nous souhaitons nous lancer. Accepte et je t'achèterai tous tes bidons d'huile, à commencer par celui de ma mère. Je serai bon pour Xiao Min comme pour ma propre sœur. Tu n'auras à t'inquiéter de rien. Si notre commerce marche bien, non seulement je te paierai au sou près mais je te rembourserai même l'argent que tu as dépensé pour construire notre maison. Il faut me faire confiance. Ce que je dis, je le fais. Moi, Li Tianbao, je ne mesure qu'un mètre cinquante, mais ma parole vaut celle des autres. Fais-moi confiance et vends-moi ces bidons les uns après les autres.

Vends-les-moi. Disons que c'est ton beau-frère qui t'en prie, d'accord ?

De toute façon, que tu les vendes à moi ou à un autre, c'est toujours trois cents yuans le bidon, non ?

Et tandis que mon père prononçait cette kyrielle de phrases les unes après les autres, au-dehors, les villageois de Gaotian l'appelaient.

— Li Tianbao ! La crémation de ta mère est terminée et tu es encore avec ton beau-frère à te chauffer près du feu ?

Li Tianbao ! Putain ! On est tous venus par ce grand froid pour t'aider, et toi tu restes avec ton beau-frère te chauffer près du feu ?

# LIVRE III

## DEUXIÈME VEILLE, SECONDE PARTIE

*Les oiseaux font leur nid.*

## 1
## 21 h 50-22 h 00

Seigneur du ciel ! Esprits ! C'est ainsi que les choses se sont passées pour les miens. C'est ainsi que mon père et ma mère ont ouvert à Gaotian leur boutique funéraire du Nouveau Monde. Pour y vendre des couronnes de fleurs, des figurines et objets en papier découpé, des robes funéraires. Tout ce qu'il faut pour un mort. Et avec l'argent gagné, ils allaient jusqu'au barrage acheter l'huile de cadavre. De la même manière qu'on abat des arbres et qu'on en plante d'autres, qu'on les plante et qu'on les abat. Jour après jour. Année après année. Et moi j'ai grandi. J'ai grandi jusqu'à aujourd'hui. A trois ou quatre ans, j'étais capable d'épingler une fleur de papier sur ma poitrine ; à cinq ou six, je portais les couronnes dans la rue ; à sept ou huit, je pouvais me vêtir d'une robe mortuaire comme on enfile une gabardine ou un imperméable ; et à onze ou douze ans, j'ai commencé à suivre mon père pour aller chercher l'huile de cadavre au crématorium.

Le jour de mes quatorze ans, la nuit du 6 juin de cette année, j'ai marché seul jusque là-bas pour m'occuper du transport des bidons, exactement comme un jeune de quatorze ans qui transporte le blé après la récolte. Le crématorium se trouvait toujours au même endroit, au sud du bourg. J'ai longé la route déserte dans la chaleur étouffante. J'ai songé que mon père avait emprunté cette même route chaque fois qu'il était allé dénoncer un enterrement clandestin. Chaque fois qu'il était allé chercher l'huile aussi. Il avait chaque fois marché sur le bord de cette route, à croire que, toute sa vie, qui sait pourquoi, il n'avait jamais marché que sur le bord de la route. Jamais au milieu. Alors moi, j'ai marché au milieu. La première fois qu'il est allé dénoncer quelqu'un, il se sentait comme un somnambule. C'est ce qu'il m'a dit. Et la première fois qu'il a ramené l'huile du cadavre de ma grand-mère, il était pareil à un somnambule. Je crois qu'il me l'a dit aussi. J'ai songé au somnambulisme. J'ai levé les yeux vers le ciel. J'ai regardé au loin vers une aire de battage si je ne voyais pas un somnambule, Zhang Tête de bois par exemple, en train de battre le blé. Apparemment non. Il n'y avait personne. Les somnambules ont un air hébété et la mine aussi grise que les briques des murs d'enceinte de la ville. Leurs yeux semblent ouverts quand ils sont mi-clos, ils sont mi-clos et semblent pourtant grands ouverts. On en voit le blanc. Leur regard ne se porte pas vers l'extérieur mais vers l'intérieur d'eux-mêmes. Ce qu'ils voient, c'est ce à quoi ils rêvent.

Ils ne peuvent rien voir de la réalité de Gaotian et du monde qui les entoure, pas un arbre, pas un brin d'herbe. Sauf si cet arbre ou ce brin d'herbe apparaissent dans leur rêve.

L'aire de battage était de forme ovale. Deux familles habitaient là. Sous les lampadaires, ils battaient le blé. Ils s'interpellaient, se parlaient. Leurs voix s'élevaient au-dessus de l'aire de battage – des oiseaux qui prennent leur essor depuis le cerveau des hommes :

— Hé ! T'es au courant ? Il paraît que dans le village voisin, un type a eu une crise de somnambulisme, il a violé sa bru sur l'aire de battage !

S'ensuivit un éclat de rire franc et lubrique. Sorte d'oiseau maléfique, lâché à un bout de l'aire de battage et rejoignant l'autre bout, d'un cerveau à l'autre. Et la voix obscène reprenait son vol dans l'autre sens :

— Il a violé sa bru ? Pourquoi n'a-t-il pas plutôt violé sa propre fille ?

Ils ajoutèrent autre chose, mais j'entendis mal. Je me trouvais à une bonne dizaine de pas de l'aire de battage. Au centre, les bottes et les meules me barraient la vue et me dissimulaient leur échange. Au loin, les champs faisaient l'effet de lacs lumineux. Le blé avait été fauché et emporté. L'odeur chaude et mature de la terre évoquait celle d'une étuve dont on vient de retirer le couvercle. Une odeur de vapeur, de chaleur. Et dans les airs bruissait une tiédeur d'eau et de sueur.

Je devais me concentrer sur ma tâche : le transport de l'huile. Mon oncle n'était-il pas venu en personne nous le signifier ? Si l'on ne s'en occupait pas cette nuit, il cracherait au visage de mon père :

— Je m'efforce d'être bon pour vous et vous ne m'êtes pas reconnaissants ! Savez-vous seulement combien je peux vendre cette huile à Luoyang aujourd'hui ? Un bidon, cinq cents yuans. ça peut même aller jusqu'à six ou sept cents yuans. Et vous, pour trois cents yuans le bidon, vous ne vous pressez pas de venir chercher l'huile !

C'était comme ça. Je ne sais pourquoi. Mon père avait acheté des centaines de bidons jusqu'au jour où il ne souhaita plus le faire. Mon oncle affirma que c'était très bien ainsi, puisque cette huile se vendait désormais cinq cents yuans le bidon. Peut-être bien que les tracteurs pouvaient fonctionner avec. Alors mon père acheta encore de l'huile pendant deux ans. Puis il voulut cesser à nouveau. Mon oncle réaffirma que c'était fort bien, qu'il vendrait cette huile à une usine de caoutchouc de Zhengzhou, qu'il pourrait la vendre huit cents yuans le bidon. Alors mon père réfléchit longuement et décida de continuer à acheter. A acheter et transporter les bidons. Et cela durait encore. Mon père s'était discrètement renseigné sur le prix de cette huile : au chef-lieu du district et dans la périphérie, on l'utilisait comme lubrifiant. On en mettait aux jointures des machines et elle se vendait neuf cents, voire mille yuans le bidon. Dire qu'elle se vendait trois cents yuans le bidon une dizaine d'années auparavant ! Dès lors, c'était comme si mon oncle nous l'offrait. Dans les petites usines de la campagne du sud, on pouvait la vendre mille cent yuans le bidon, parfois mille deux cents, voire mille trois cents. Les prix avaient augmenté. Et ils pouvaient augmenter encore du jour au lendemain. Mais pour nous, mon oncle n'avait jamais augmenté ses tarifs. On achetait le bidon trois cents yuans, on pouvait le revendre mille yuans. Mon oncle disait qu'on pouvait gagner sept cents yuans par bidon, voire plus. Mais mes parents ne voulaient pas vendre cette huile. Ils ne l'ont jamais fait. C'était de l'huile de chair humaine. On ne pouvait pas la vendre, cela allait de soi. Mon père allait la stocker dans une grotte près du lac de barrage. Année après année, mois après mois, il restituait chaque pièce gagnée au lingot d'argent dont elle provenait. Chaque fois qu'il sortait du crématorium avec un bidon d'huile, c'était comme s'il venait de percevoir un salaire. Et chaque fois qu'il apportait l'huile dans la grotte, c'était comme s'il renvoyait l'argent à son état d'origine.

Cette nuit-là, je m'en occupais à mon tour. Je quittai le village et l'aire de battage, marchai sur la route qui mène au crématorium. Des véhicules me faisaient face, d'autres arrivaient derrière moi. Il me sembla qu'à peine sorti de notre bourg j'étais déjà arrivé au crématorium. En effet, je vis le crématorium à l'ouest du barrage. Son mur d'enceinte en briques. Ses deux bâtiments parallèles et celui du four qui comptait un étage. Il y avait aussi les arbres dressés vers le ciel nocturne. C'était là que je devais me rendre. Là où tout a commencé puis fini cette nuit-là. Dans cet endroit qui est le commencement et l'achèvement de l'histoire de cette nuit-là.

La petite porte de la grille d'entrée était ouverte. A l'intérieur, comme toujours, régnait un silence de cimetière. Car le crématorium est un grand cimetière. Une fosse pour des milliers et des milliers de morts. C'est tout un monde d'êtres humains dont les dépouilles ont été transportées jusqu'ici, avant d'être réduites en cendres pour ressortir dans une urne. A ma gauche, le bâtiment récemment rénové comprenait les bureaux. Ceux du directeur. Mon oncle avait fait ajouter deux pièces. Cependant, nommé directeur général, il ne s'occupait plus de l'accessoire et venait moins souvent. Sur la table de travail empoussiérée, on pouvait dessiner avec les doigts. Mon oncle venait de loin en loin pour faire les comptes et écrivait *mort, vivant, cadavre, argent,* etc. Parfois, il s'amusait à écrire n'importe quoi, qu'il faisait chaud et que les fleurs embaumaient, ou qu'il avait trop chaud. C'est qu'il était directeur général et qu'après son passage, quelqu'un viendrait nettoyer le bureau. Tout serait impeccable à la lumière du jour, sans la moindre trace de poussière.

Dans le même bâtiment se trouvaient le bureau du comptable, le bureau de paiement et la salle d'accueil. Tandis que le bâtiment d'en face abritait le dortoir des ouvriers, un débarras, la cuisine et un entrepôt. Dans l'entrepôt, on stockait la farine, le riz et les urnes funéraires. Au début, lorsque le crématorium venait d'être construit, aucun vivant ne songeait à y pénétrer pour une autre raison que la crémation d'un défunt. Par la suite, cela changea. Au début, tout le monde détestait le crématorium, mais cela changea.

Au début, chacun rêvait de lancer une brique à la tête de mon oncle quand il avait le dos tourné, mais ensuite on se mit à le saluer en lui donnant du « chef », « patron », ou du « monsieur le directeur ». Parce qu'on espérait que les os d'un défunt seraient plus finement consumés, que les cendres seraient bien blanches, qu'elles ne seraient pas tassées au marteau dans l'urne, on lui donnait du « directeur Zhao ». Parfois même, on l'invitait à boire et à dîner. On lui fourrait deux cartouches de cigarettes dans la poche. Lorsque de nombreuses crémations étaient programmées, il revenait à mon oncle d'établir un ordre de préséance. Alors, pour que tel défunt passe en premier, on s'arrangeait pour faire parvenir discrètement un peu d'argent à mon oncle. Exactement comme pour acheter un billet de train, lorsqu'on s'arrange avec quelque camarade de classe, une connaissance ou un proche.

J'entrai donc dans la cour du crématorium ; sur le seuil du dortoir des ouvriers, un homme nu se lavait.

— Qui va là ?

— C'est moi, Li Niannian, je viens chercher l'huile.

— Ah c'est toi ! Je croyais que c'était une fille. J'aurais préféré ! dit-il en riant fort.

Un vent frais parcourait la crête montagneuse. De la soie fraîche et humide qui vous caressait le visage. Le ciel était immense. Et sous ce ciel immense, les hommes semblaient des fourmis. Je voyais ce corps nu à quelques pas de moi, sous la clarté lunaire, on eût dit un poisson soudain dressé hors de l'eau. Je regardais ce poisson qui me héla subitement :

— Li Niannian, tu es au courant ?

— De quoi donc ?

— ça risque de t'effrayer.

— Quoi donc ?

— ça va vraiment te faire très peur !

— Vas-y, parle !

— Il paraît qu'au bourg il y a du somnambulisme.

— Parle plus fort, je n'entends pas.

— Au bourg, il y a du somnambulisme.

— C'est seulement de ça qu'il s'agit ?

— Cela ne touche pas qu'une seule personne, mais plusieurs. Peut-être même une dizaine. On dit que Zhang Tête de bois est allé en rêvant battre le blé, qu'ensuite il est rentré chez lui avec une barre de fer et qu'il a frappé à mort le directeur Wang avec lequel sa femme s'était acoquinée. Il lui a défoncé le crâne avec la barre de fer. On ignore comment, il a su que sa femme était revenue avec cet homme, alors il a pris une barre de fer avant de rentrer chez lui pour tuer le coquin.

— Oh, c'est juste cette histoire.

— Mais oui ! Il a tué un homme alors qu'il était somnambule. Sans ça, il n'aurait jamais eu le courage de le faire. Niannian, toi qui aimes lire, dis-moi si un homme qui commet un crime en rêvant est responsable devant la loi ? Si ce n'est pas le cas, tant mieux, on peut s'en donner à cœur joie !

Debout dans la cour du crématorium, je ne répondais rien et le regardais me parler.

— C'est quand même grave ! On se moque de la loi ! Si on peut faire ce qu'on veut sans tomber sous le coup de la loi, quel chaos dans ce monde ! Le monde ne sera plus le monde. Ces temps-ci, au crématorium, on n'arrête pas. Chaque jour, on nous amène dix à vingt morts de plus qu'avant. Des personnes de trente ans. Cinquante ans. En pleine force de l'âge. Les défunts âgés de soixante à quatre-vingts ans sont en revanche moins nombreux. Et tous ces individus en pleine maturité sont morts en rêvant. Les vieux dorment moins facilement, alors naturellement ils sont moins enclins au somnambulisme. Tandis que les hommes d'âge mûr, épuisés par le labeur, s'assoupissent aisément et glissent plus facilement dans le somnambulisme. Alors, ce à quoi ils ont pensé durant la journée, ils le font la nuit. Ce qu'ils n'osent pas faire éveillés, ils le font en rêve. Ils se vengent de leurs ennemis. Ils tuent ceux qu'ils ont envie de tuer. Dans le village de Hujiagou, un homme a étranglé sa fille pendant sa crise de somnambulisme, il s'était rendu compte qu'en grandissant, la petite ne lui ressemblait pas. Il a étranglé sa propre fille, puis sa femme a profité de ce qu'il dormait pour le poignarder. Ensuite elle s'est pendue. Les trois membres de cette famille sont morts, tous trois à cause du somnambulisme. A ton avis, que peut la loi contre le somnambulisme ? La loi n'est pas un seau d'eau que l'on verse sur la tête d'un somnambule !

L'homme vida le contenu de son seau et se dirigea vers son dortoir. Il se retourna subitement pour me demander :

— Crois-tu que je pourrais moi aussi devenir somnambule ? J'ai eu une grosse journée, j'ai brûlé plus de vingt cadavres. J'ai peur de sombrer. Si c'est le cas, j'aimerais me trouver une femme pour prendre un peu de bon temps, mais ce que je crains, c'est qu'une crise de somnambulisme me conduise à me brûler moi-même. C'est que je m'occupe chaque jour de brûler des corps. Chaque jour, je pense à la crémation. Du coup, il ne faudrait pas qu'à peine somnambule, je me mette moi-même dans le four. Lorsque je brûle les autres, je songe à mon propre corps, je me dis qu'il vaudrait mieux que je m'en occupe moi-même, que ce serait bien fait, plutôt que de le laisser à quelqu'un de négligent…

Et il ferma la porte du dortoir derrière lui. Le bois grinça de telle sorte que je crus percevoir le crissement d'une lame égorgeant un homme.

Je demeurai immobile, tendu vers la dernière note de ce crissement aigu. Il me semblait que j'étais seul au monde. Je ne craignais rien pourtant. L'endroit m'était aussi familier que mon propre foyer. D'ailleurs, ma maison est l'unique boutique d'objets funéraires du bourg, l'unique Nouveau Monde.

J'avais déjà fait le trajet en pleine nuit jusqu'au crématorium de nombreuses fois. A l'intérieur du Nouveau Monde, je m'étais souvent endormi sur le tas de couronnes de fleurs, tandis que j'écrivais ou que je lisais un roman de Yan Lianke. J'appuyais ma tête sur un sac de feuilles d'or et je rêvais d'une montagne d'or, d'argent et d'objets précieux. Ou bien c'était sur les couronnes et je rêvais que le village, le bourg, se transformaient en jardins, en parcs. Les fleurs s'épanouissaient et des oiseaux volaient. Les branches des saules caressaient doucement la surface d'un lac d'où les poissons bondissaient pour aller converser gaiement sur la rive avec papillons et libellules. Un aigle approchant, ils se dispersaient.

Un rêve plein de poésie.

Délicieux.

Comme un beau jour de printemps.

Un rêve plein du chant des oiseaux et du parfum des fleurs.

Avec un chatoiement de couleurs comme il n'y en a jamais eu dans les romans de Yan Lianke.

Les nuages se pressaient dans le ciel tandis que sur le sol, mes pas se posaient, cotonneux. Je regardais le ciel, la cour. Puis devant moi, le bâtiment à étage où se trouvaient le four et le salon funéraire. Les quelques marches de pierre du perron. J'entrai dans le hall des adieux. Il y avait deux salons et je m'arrêtai un instant devant le deuxième salon. J'écoutai le chant des grillons, mélodieux et sonore. Derrière se trouvait une autre pièce où seuls pouvaient entrer les ouvriers et certaines personnes. Le corps y transitait vers le four. Là, les ouvriers faisaient des choses qu'il était malséant de laisser voir. D'abord, avant chaque crémation, ils buvaient plusieurs verres et fumaient quelques cigarettes. Parfois leur venaient des idées bizarres et ils allumaient un bâton d'encens qu'ils plaçaient dans l'encensoir près du mur. Lorsqu'il s'agissait de procéder à la crémation de personnes qui leur étaient proches ou connues, ils en allumaient trois et se prosternaient, une fois, trois fois. Lorsqu'ils brûlaient le corps de personnes qu'ils haïssaient, un riche patron par exemple, ils commençaient par lui donner quelques coups de pied. Ils verrouillaient la pièce de l'intérieur et buvaient deux bières ou un peu d'alcool. Dehors les gens s'impatientaient et frappaient ou appelaient.

— C'est bientôt fini oui ? Dépêchez-vous un peu, ce n'est pas la peine de faire ça trop bien !

— Comment ? C'est une personne qui a fait tant de bien de son vivant, on doit s'en occuper dignement. On ne peut pas s'y prendre comme pour n'importe qui !

En fait, les deux ouvriers n'avaient encore rien fait sinon boire aux côtés de la dépouille.

Boire encore et cracher au visage du mort. Lui briser une bouteille de bière sur la tête. Ou parfois, user de la bouteille comme d'un marteau pour frapper sur la vilaine chose entre les jambes du défunt, comme sur un pieu que l'on cherche à enfoncer.

Cela pouvait durer jusque dans l'après-midi, jusqu'au crépuscule, tant qu'il n'y avait pas d'autre cadavre à brûler. La pièce était comble de cendres, le sol jonché de bouteilles de bière. A côté de la chaudière, dans un coin de mur, se trouvait le bidon destiné à recueillir l'huile de cadavre. Sur le mur étaient accrochés les objets funéraires qui n'étaient pas destinés à être brûlés avec le mort. Il y en avait par terre aussi. Partout des cendres dont on ne savait à quel mort elles appartenaient, des morceaux de pierre ou de plastique tombés des urnes. Si la saison n'était pas d'une mortalité florissante, ça allait encore, on procédait aux crémations à l'aube ou dans la matinée et l'on balayait la pièce dans l'après-midi. Mais lorsque les morts affluaient, les ouvriers n'avaient guère le temps de nettoyer. Ils buvaient tant qu'ivres ils titubaient, parfois jusqu'à tomber et s'endormir sur un amas de vêtements ou d'objets funéraires.

L'alcool donne du courage, les ouvriers du crématorium en avaient besoin.

L'alcool dissipe les mauvaises odeurs, il leur fallait donc boire !

Lorsqu'ils étaient ivres, on demandait à quelqu'un de venir aider au nettoyage. Par la suite, une personne en fut spécialement chargée. Une jeune fille venait balayer la pièce ainsi que le salon funéraire. La jeune Juanzi dont j'ai déjà parlé. Elle avait un an de moins que moi, ou peut-être deux ans de plus. Elle venait du village de Baidong. Ses parents étaient morts, puis ses grands-parents. Elle était donc venue souvent au crématorium et connaissait bien l'endroit. Ainsi devint-elle celle qui chaque soir donnait un bon coup de balai. C'était précisément ce qu'elle était en train de faire lorsque j'arrivai. Je la regardai évacuer les cendres, balayer des éclats de lumière, aller et venir tel un papillon. Un parfum s'exhalait derrière elle, une volute d'eau claire dans la touffeur de l'été qui s'enroulait jusqu'à moi. Je traversai cette bulle de fraîcheur puis la lumière du salon funéraire pour m'approcher de la pièce du fond. Elle sortit à nouveau, saisit je ne sais quoi et rentra. Je ne vis qu'une silhouette furtive, un pan de soie noire. Je l'entendis parler. Elle ne s'adressait pas à moi ; pourtant, il n'y avait personne d'autre. Rien qu'un tas de fleurs sauvages devant la porte. Elle sortait sans cesse pour en prendre quelques-unes et je ne sais quoi d'autre. Je m'approchai encore et la vis disposer des fleurs sur la porte du four. La pièce entière était ornée de fleurs. Les murs en étaient entièrement couverts et, sur le four, partout où elle avait pu en attacher ou accrocher, il y avait des bouquets. Rouges, jaunes, verts. Des camélias et des chrysanthèmes, grappes pourpres et boutons vermillon. Il y avait aussi des crêtes-de-coq et des orchidées. On en trouvait beaucoup aux alentours du crématorium. Il y avait encore des petites fleurs jaunes dont j'ignore le nom, des roses de Chine et des pivoines cultivées dans la cour du crématorium, des roses en pleine floraison. La pièce semblait une véritable serre, le tuyau en coude du four servant de tuteur.

Le four du crématorium était devenu une sorte de serre.

Juanzi était en train de coincer des fleurs rouges et jaunes sur les bords du bidon destiné à recueillir l'huile de cadavre, de sorte que les fleurs semblaient avoir poussé dans le bidon ; elles s'épanouissaient maintenant. Je pensais qu'en m'apercevant, la surprise l'immobiliserait, mais non, elle me vit et ne tressaillit pas le moins du monde. A croire qu'elle ne m'avait pas vu, ou qu'elle m'avait pris pour un arbre. Silencieuse, elle cligna un peu des yeux et se remit à l'ouvrage. J'étais stupéfait. Interdit. Je compris pourquoi elle voulait décorer la pièce et la transformer en une serre paradisiaque.

— Tu es somnambule !

Elle attachait des fleurs au tuyau au-dessus du bidon. Le visage paisible, pareil à une fleur éclose dans le silence de la nuit.

Elle jeta un regard vers moi. Remua les lèvres. Elle semblait parler à quelqu'un, marmonner quelque chose, mais impossible d'entendre distinctement ce qu'elle disait. Son visage frémissait légèrement et elle recula d'un pas pour pouvoir se rendre compte de l'effet produit par les fleurs qu'elle venait de placer. On eût dit qu'elle contemplait un tableau, un paysage qu'elle venait de disposer. Je m'approchai et la tirai par l'épaule :

— Va dans la cour te rafraîchir le visage.

Mais elle se dégagea, entêtée.

— Les morts, il faudrait qu'ils puissent arriver dans une pièce comme celle-ci. Qu'après avoir quitté la salle des adieux, ils passent par ici. La porte d'entrée est fleurie, la sortie aussi. Et ici, il y a encore des fleurs. S'il pouvait y avoir des libellules et des papillons, ce serait parfait. Ce serait comme un monde paradisiaque.

Elle se tenait là, un regret dans la voix.

— Peux-tu m'aider à attraper des papillons pour les relâcher ensuite dans cette pièce ?

Elle se tourna vers moi, sourit.

— C'est toi ? Je croyais que c'était mon cousin. Il est devenu alcoolique. Il buvait une demi-bouteille de bière avant chaque crémation et, un jour, il a bu je ne sais quelle quantité d'alcool.

De nouveau, son regard se posa sur les fleurs.

— Demain, j'irai moi-même attraper libellules et papillons. Cet endroit deviendra un véritable jardin. Alors, en entrant ici, les morts auront l'impression de rentrer chez eux. Tous ceux qui y pénétreront n'auront plus envie d'en repartir, ce sera comme un printemps dont on ne veut pas que l'été l'emporte. Comme un été dont on ne veut pas que l'automne l'emporte.

Et elle continuait à marmonner. C'était comme si elle lisait un texte, son élocution s'était faite plus claire. Tout en parlant, elle se tourna vers moi, mais son regard se fixa sur le seau d'eau posé devant l'entrée. Elle vint le prendre puis se mit à arroser les fleurs. Je voyais clairement les traits de son visage maigre et hâve. Ses yeux mi-clos. Son air de corolle s'ouvrant dans la nuit et le brouillard. Jupe noire et chemise fleurie. Les cheveux négligemment réunis en deux nattes. Le visage pointu. Les incisives sortaient légèrement sur la lèvre inférieure. Cela ne faisait pas un très beau sourire, mais elle souriait sans cesse. Son père était mort, sa mère aussi, puis son grand-père et sa grand-mère. Chaque jour elle venait au crématorium. Chaque jour après les crémations, elle balayait les deux pièces du salon funéraire, elle rangeait la salle de maquillage, nettoyait la pièce du four. Elle vivait immergée dans un monde de morts et de cadavres. Elle n'avait plus ni père ni mère, ni grands-parents, mais souriait tout le temps. Elle souriait en faisant le ménage, en rangeant. Lorsqu'il lui arrivait d'aider au maquillage des défunts, elle souriait encore. Elle était comme une fleur qui jamais ne se fane.

Je m'approchai du four pour prendre le bidon d'huile et l'emporter. Les crêtes-de-coq et la poignée d'herbes qu'elle y avait coincées tombèrent à terre. Elle les ramassa et les remit en place. Son visage semblable à une brassée de fleurs pâles.

— Si tu ne l'emportes pas, on n'aura plus de place pour continuer à recueillir l'huile de cadavre demain. Emporte-le et je vais mettre un pot de fleurs à la place. J'ai remarqué des fleurs sauvages au bord de la falaise, elles ont une corolle large comme la main. Elles sont rouges, avec un peu de jaune pâle, et elles ont un parfum plus intense que l'osmanthe.

Je vais en cultiver ici.

Je vais faire en sorte que cette pièce sente l'osmanthe. Les gens quitteront ce monde pour entrer immédiatement dans un monde où régnera le parfum de l'osmanthe. Alors ils ne souffriront pas de la crémation. Ils ne souffriront pas que leurs os soient brûlés, que de l'huile s'écoule de leur chair. Ce parfum d'osmanthe sera hallucinogène. A peine l'auront-ils humé que tout s'évanouira, ils oublieront tout. Ce sera comme une anesthésie, ils oublieront toute douleur, ils oublieront le monde. Alors ils pourront passer sans aucune peine de ce monde à l'autre.

Demain j'irai déterrer ces fleurs pour les replanter ici.

J'y vais maintenant. Je les replanterai dans un pot que je placerai ici, à côté du four. Quand tu rapporteras le bidon, fais attention à ne pas heurter mon pot.

Et elle sortit. Elle s'envola: un papillon. C'était à moi qu'elle avait parlé mais si ses yeux s'étaient posés sur moi, son regard était entièrement absorbé à l'intérieur d'elle-même, dans son rêve de somnambule. D'ailleurs, lorsque je poussai mon chariot et lui demandai un coup de main pour y poser le bidon, elle ne m'entendit pas. Elle sortit. Elle s'envola. Je la vis s'éloigner, une bêche sur l'épaule. La porte du mur d'enceinte de la cour arrière était ouverte. Peut-être l'était-elle en permanence. Même les voleurs ne souhaitent pas pénétrer dans un crématorium. Elle sortit par cette porte et s'évapora dans le vide de la ligne d'horizon. Elle s'éloigna dans la montagne, se perdit comme une ombre dans l'immensité des monts.

Une fleur s'ouvrant quelque part dans la nuit, sur les monts, en rêve.

## 2
## 22 h 01-22 h 22

Un bidon d'huile de cadavre pèse six cents livres. J'ignore combien de cadavres il faut brûler pour obtenir autant d'huile. Lorsqu'il y a peu de décès, un mois ne suffit pas pour emplir un bidon, mais durant la pleine saison des morts, dix à quinze jours suffisent. L'huile est jaune pâle ; solidifiée, elle devient plus foncée, avec une couche sombre dans le jaune.

Il s'agit d'huile de chair humaine, alors je n'en parle pas. Que j'en parle et je me sens parcouru de contractions musculaires. Mon cœur se serre. L'angoisse m'étreint. Comme lorsqu'on se coince les doigts dans une porte. Le crématorium est au sommet de la pente. D'un côté c'est le lac, de l'autre, la route. La nuit était encore claire, nous n'en étions qu'à la deuxième veille. Toutes sortes de bruits de voix et de pas montaient des villages dans la vallée. La chaleur était étouffante. Le vent soufflait telle une eau fraîche. Le lac diffusait une lumière blanche qui s'élevait, jaillissait de la surface de l'eau pour venir humecter la ligne de faîte. Dans les champs de chaque côté de la route, le blé avait été moissonné, une odeur de lait flottait – senteur sucrée des éteules mêlée à la vapeur d'eau. On eût dit qu'une femme venant d'accoucher répandait son surplus de lait sur la montagne. Dans les champs. Sur la terre.

Tandis que je traînais mon bidon vers la grotte près du lac, cette odeur ne me quittait pas. L'huile suintait du bidon, comme le sel perle un peu, toujours, du pot à sel. Le fer-blanc du bidon se teintait d'un peu de rouge d'huile, puis de noir. Cela sentait la glace et la putréfaction. Surtout la glace. Ignorant qu'il s'agissait d'huile de chair humaine, je n'aurais peut-être pas senti la glace. Cette odeur venait de moi. Ce que j'éprouvais mis à part, ce bidon était un simple bidon d'huile. Il pouvait contenir de l'huile industrielle ou végétale, et si elle ne sentait pas comme l'huile de sésame ou d'arachide, elle avait l'odeur des corps gras. Mais non, il s'agissait d'huile de chair humaine. Dès que j'y songeais, je sentais ses effluves glacés, la putréfaction des os et de la chair. Heureusement je ne crains pas cette odeur. Parce que je suis un peu stupide. Les idiots sont courageux. Je n'ai jamais eu peur de la mort ni des cadavres. J'habite dans la boutique funéraire du Nouveau Monde. J'ai grandi au milieu des couronnes mortuaires, des papiers découpés et des objets funéraires. Je n'avais pas trois ans que mes parents m'emmenaient avec eux au crématorium pour parler affaires avec mon oncle. A cinq ans, j'ai pénétré dans la pièce du four. A cinq ans et demi, je m'installais sur le chariot qui nous sert à transporter l'huile, et j'accompagnais mon père une ou deux fois par mois jusqu'à la grotte, pour discrètement restituer l'huile de chair humaine.

Plusieurs fois par mois, on allait restituer l'huile de chair humaine.

Maintenant c'était mon tour d'y aller seul. A quatorze ans, je suis aussi grand qu'un arbre planté sur le seuil du monde des morts. Je devais me tenir debout sur ce seuil et braver le vent et la pluie. Je devais parcourir un li sur la ligne de faîte avec mon chargement d'huile dans la nuit des somnambules. Le chemin passait devant la maison qu'a louée Yan Lianke pour écrire. Puis c'était une légère côte, suivie d'une pente. Et enfin j'atteignais la décharge, la grotte abritée des intempéries où stocker le bidon d'huile de soixante-dix à quatre-vingts cadavres. Je marchais donc. Je marchais seul. Pour ne pas penser à cette histoire d'huile de chair humaine, je m'obligeais à avoir des pensées de garçon. A penser aux femmes. A penser à quelque chose. Alors je pensais à Xiao Juan qui chaque jour balaie les salles du crématorium et maquille les morts. Elle se nomme Yu. Tout le monde l'appelle Juan, ou bien Yu Juanzi. Cette Juanzi, si elle pouvait être un peu plus jolie, ce serait bien. Un peu plus jolie, j'aurais aimé lui prendre la main. J'aurais aimé la prendre pour épouse et vivre avec elle. Mais elle est vilaine. Ses incisives dépassent sur ses lèvres. Quand je vois ça, je n'ai plus envie de lui parler. Et quand je l'entends parler avec ses incisives proéminentes, j'ai envie de m'approcher d'elle pour lui dire d'aller à l'hôpital du bourg se les faire enlever. Se les faire enlever et remplacer, pour avoir une dentition régulière. Et si elle n'a pas assez d'argent, je peux l'aider, lui donner l'argent, pour une dent.

Mais je ne lui ai jamais rien dit.

J'ai toujours eu envie de le lui dire, mais je ne l'ai jamais fait.

Tantôt nous étions seuls, j'aurais dû lui parler.

J'aurais dû l'accompagner déterrer la plante hallucinogène. M'approcher tout près et lui crier fort dans l'oreille pour la tirer de son somnambulisme. Lui apporter une bassine d'eau pour qu'elle se rafraîchisse le visage. Lui passer une serviette humide sur le visage. Si elle était un peu plus jolie, juste un peu plus, j'aurais certainement crié pour la tirer de son rêve. Je l'aurais certainement accompagnée dans son rêve pour déterrer l'osmanthe. Ensuite, je lui aurais dit de venir avec moi transporter l'huile, de m'accompagner sur ce li de chemin dans la montagne, sur la côte puis la pente. Mais non, j'étais seul et j'atteignais la grotte. Les roues de mon chariot grinçaient, elles suivaient leur route, indépendamment de moi, comme la lune et les étoiles dans le ciel. Parfois, elles heurtaient une pierre et grinçaient d'autant plus fort. Cela vibrait et semblait avaler la route, pierre après pierre, jusqu'à me conduire à la grotte sur le flanc de la montagne. Il y avait là deux arbres. Une étendue d'herbe. Deux panneaux de porte encadrés de tôle rouillée, assez larges pour laisser passer une voiture.

Les panneaux de bois, c'était mon père qui les avait cloués. Je les ouvris et tâtonnai de la main vers la droite pour tirer sur un cordon. La lampe s'alluma. L'entrée était largement éclairée. Pour économiser l'électricité, mon père avait fait en sorte qu'elle n'éclaire pas plus loin que cinq cents mètres, mais cette lampe brillait fort dans la pénombre sur tous les bidons d'huile stockés là. Puis j'entendis l'ampoule s'essouffler. De l'eau goutta des parois. Un souffle de vent glacé me parvint du fin fond ténébreux de la grotte. L'odeur glacée de putréfaction montait des rangées de bidons, plus ou moins épaisse ou putride. Humide et cinglante. La brise fraîche de l'été, désormais empreinte de cette odeur, soufflait sur l'ampoule de quarante watts. La lumière faiblissait de plus en plus. Je m'avançai sous la lampe dans un terrible silence de mort. J'examinai un peu l'intérieur de la grotte. D'un coup, je frissonnai des pieds à la tête. La grotte était aussi large qu'une grande route, le plafond aussi haut que celui d'une maison. C'était un tunnel par lequel on pouvait passer d'un côté du barrage à l'autre. Les parois étaient consolidées de pierres, avec des jointures en boue de deux doigts de largeur. Il y en avait tout du long, sur les côtés et au plafond formant un arc irrégulier. L'humidité suintait à longueur de temps, comme d'une source jamais tarie. Lorsque le barrage avait été construit une dizaine d'années auparavant, on avait prévu que l'excédent d'eau se déverserait par ce tunnel. Mais par la suite, les eaux du cours supérieur du fleuve ont diminué. Les jours de pluie se sont faits plus rares. La partie inférieure du tunnel demeurait sèche. La grotte ne servait plus à rien. Ainsi est-elle devenue notre dépôt. En échange d'un repas et de quelques cartouches de cigarettes, les gestionnaires en ont donné la clef à mon père. A croire que ce tunnel avait été construit tout spécialement pour mon père, pour le jour où il y aurait un crématorium, spécialement pour y conserver les bidons d'huile de cadavre.

Cela s'est fait logiquement. Naturellement.

De même que le ciel décide que l'homme doit mourir puis être inhumé, ou sa dépouille jetée à la mer, dans un fleuve, ou déposée en pâture au sommet d'une montagne. Toutes ces coutumes locales ont duré des années, jusqu'à ce qu'on les abandonne pour la crémation. Alors mon oncle s'est mis à détourner l'huile de chair humaine. Il fallait que l'huile se vende et s'achète. Il a fallu que quelqu'un la conserve dans cette grotte. Bidon après bidon, année après année. Au début, mon père et ma mère pensaient laisser l'huile pénétrer la terre, afin qu'elle y repose en paix. En pleine nuit ils arpentaient la montagne à la recherche d'une fosse, d'un trou, d'une ravine. Puis ils ont compris que la population des monts Funiu était aussi dense que les herbes d'une forêt. Il n'y avait plus une once de terre libre pour y ensevelir l'huile. Il ne leur restait plus qu'à stocker les bidons, à les conserver. Un jour, cette huile de chair humaine servirait un grand dessein. Quel dessein ? Quelque chose de sensationnel. Sans quoi, mon père n'aurait pas stocké tous ces bidons année après année. Au point que ce tunnel long de cinq cents mètres en était comble. Le fil de la lampe le parcourait jusqu'au bout. Lorsqu'on se tenait à l'entrée de la grotte, elle semblait aussi profonde et noire que le monde. Serrés les uns contre les autres, les bidons formaient une assemblée de dix mille personnes. Une route de dix mille lis. Une route sur laquelle avançaient des rangées et des rangées d'hommes vêtus de noir. Tous ces bidons les uns à côté des autres, ces rangées de bidons, renversés, un fleuve d'huile en aurait coulé. Un lac immense. Peut-être même une mer.

Mais je n'ai jamais vu la mer.

Dans ses romans, Yan Lianke ne parle presque pas de la mer. Il parle souvent des champs et des terres sauvages. Des plateaux et des montagnes. *Froid et silence de mort. Sans bornes. Sans fin ni commencement. Trois jours et trois nuits sans pouvoir sortir de cette terre désolée*. Ses romans sont toujours longs, pleins de mots. Qu'on les assemble et cela ressemble à une terre désolée. Un monticule, un tertre funéraire rudimentaire. *Sous ce tertre des hommes sont ensevelis ; des pins, des cyprès et des sophoras y poussent aussi. Au pied des arbres, de l'herbe sèche et des fleurs sauvages au milieu desquelles vivent sauterelles et grillons. Grillons et criquets. Et grillons et criquets chantent là chaque jour.*

Cet homme, l'oncle Yan. J'ignore pourquoi tous ses romans ressemblent à des tertres funéraires. A une terre désolée. On peut dire qu'ils sont comme un village – *le chant des regrets éternels de nos maisons, de notre terre, de notre village*. Ils sont l'air funèbre joué sur une suona pour un homme, une herbe, un arbre. *C'est un homme qui souffle dans une suona pour inaugurer ou vendre la boutique funéraire du Nouveau Monde*. Voilà une phrase que l'oncle Yan a écrite, elle n'est pas de moi. Aussi bien, notre boutique funéraire équivaut à tout ce qu'il a pu écrire. Les affaires de notre famille, tout ce que nous faisons ou disons, mon père, ma mère et moi, tout doit être dans ce livre. Mais tout dépasse largement ce qu'il peut écrire. Malheureusement mon père ne sait pas lire. Ma mère non plus. Quant à moi, je ne sais ni écrire, ni raconter. En fin de compte, même s'il écrit mal, on ne peut compter que sur Yan Lianke. Pourquoi notre village n'a-t-il que cet unique écrivain ? Finalement on ne peut lire que ses livres. Comme quand on n'aime pas les patates douces mais qu'on en mange quand même. Parce qu'il n'y a que ça à manger. On aime les mets les plus rares mais on ne peut se nourrir que de céréales grossières. Parce que c'est tout ce qu'on a. On aimerait vivre à Luoyang, Zhengzhou, Canton, Pékin ou Shanghai, mais on ne peut qu'aller de Gaotian à cette grotte. Puis de cette grotte au bourg de Gaotian. Va pour Gaotian ! Va pour la grotte ! Tous ces bidons d'huile de cadavre sont comme ses romans, interminables. Froid et silence de mort. Sans fin ni commencement. Trois jours et trois nuits, cent jours et cent nuits sans pouvoir achever de transporter les bidons dans cette grotte. Le bidon de cette nuit-là, je le soulevai. Le chariot face à une rangée d'autres bidons, je le soulevai et le laissai glisser. Vlan ! Il s'aligna juste à côté des autres. Exactement comme un homme saute pour se placer dans le rang de sa troupe. Comme une histoire de plus dans un livre de Yan Lianke, la troupe gagnait un membre. Elle augmentait. Jour après jour elle se fortifiait, gagnait en puissance.

En se positionnant, le bidon heurtant l'autre produisit un bruit sourd, visqueux et pesant que la grotte froide engloutit à l'instar d'un loup affamé. Le bruit retentit pour s'éteindre aussitôt. La grotte recouvra son calme. Les bidons reprirent leur aspect de pieux morts. Je m'en allais lorsqu'une grenouille sauta à mes pieds. Des chauves-souris volaient dans le halo de lumière. Des araignées emperlées d'eau s'affairaient sur les parois et entre les bidons. Elles semblaient souhaiter que je reste. Souhaiter que je n'éteigne pas la lumière en partant. Que je ne les laisse pas dans le noir et l'humidité visqueuse. Mais je ne pouvais pas ne pas éteindre. Je devais partir. Dehors le monde avait déjà sombré dans le somnambulisme. Si je n'éteignais pas, si je ne partais pas, et que mon père et ma mère sombraient eux aussi dans le somnambulisme, que se passerait-il ?

J'éteignis. Je fermai la porte. L'obscurité gronda dans la grotte. Gronda sur le monde du barrage. La lune brillait doucement telle une eau claire tandis que la nuit faisait régner un silence de mort pareil à celui de la grotte. Je m'éloignai. M'arrêtai pour regarder vers la maison de Yan Lianke et, à la faveur de la lumière qui filtrait de sa fenêtre, je gravis la côte en direction du bourg.

# LIVRE IV

## TROISIÈME VEILLE

### *La ponte.*

# 1
## 23h00-23h41

Nuit de chaleur étouffante.

La touffeur se bousculait pour jaillir des maisons, par les jointures des portes et des fenêtres.

Je quittai le barrage pour rejoindre la route en contrebas, ce fut comme de retourner à l'intérieur d'une cuisine où l'on cuit des petits pains. Puis les rues du village me firent l'effet d'une marmite à vapeur. Partout j'entendais vrombir et bourdonner. Cri d'un oiseau solitaire – la chaleur l'aurait-elle tiré d'un rêve ? Dans sa plainte, je perçus aussi de la sueur. De l'égarement teinté d'épouvante. A l'extérieur du bourg ondoyait le chant des grillons, à l'intérieur, rien. Des lueurs de lampe-tempête et de torches électriques dansaient devant moi. Des pas précipités. Un événement se produisait. Mais lueurs et pas s'éloignèrent et le silence de nouveau se fit profond et séculaire.

Arrivé au carrefour, je vis à nouveau des lueurs et des ombres se hâter. Les ombres sortaient du magasin de mes parents. On venait encore d'annoncer un décès, de commander des couronnes de fleurs, un assortiment d'objets funéraires et de papiers découpés. Mon père leva la tête lorsque j'entrai. Il se parlait à lui-même : « Incroyable ! Rêver qu'on va chercher de l'eau et se noyer dans le puits ! Quelle mort étrange ! Un somnambule qui va chercher de l'eau ! » Une canne de bambou dans les mains, il la fendit en deux, trois morceaux, et continua jusqu'à la diviser en huit morceaux. Une canne de bambou épaisse comme un poignet, il en fit un fagot de fines baguettes, aussi fines que des vermicelles. Il prenait appui sur une vieille semelle attachée autour de sa cuisse. Le couteau et les lamelles de bambou glissaient jusqu'à terre, le bois se fendait dans des craquellements sonores. Ma mère ne disait mot. Elle découpait en silence les papiers de couleur, effectuait délicatement les pliages, puis avec un peu de colle et d'un pincement des doigts, elle faisait éclore une fleur entre ses mains. On sentait l'odeur de cuisson de la colle, celle, plus fraîche, du bambou, celle de la sueur aussi, occupés qu'ils étaient tous deux dans la touffeur. Et ces trois odeurs mêlées annonçaient l'achèvement d'une nouvelle couronne de fleurs, d'un nouvel assortiment d'objets funéraires. La pièce tout entière exhalait. Le monde entier exhalait cette odeur.

— Cinq personnes sont mortes aujourd'hui, n'est-ce pas ?

Sur le seuil, je regardais mon père

— Six, répondit ma mère.

— C'est un travail de fou ! De fou ! dit mon père d'une voix forte. C'est la pleine saison des morts, mais avec le somnambulisme en plus, j'ai bien peur qu'on se retrouve demain avec dix ou douze demandes de couronnes !

Ma mère tressaillit. Sa main cessa soudain d'œuvrer pour se poser sur son genou. Elle se retourna vers la pendule et s'aperçut qu'elle ne fonctionnait plus. Les deux aiguilles s'étaient arrêtées à deux heures de l'après-midi, l'heure la plus chaude. Je fermai la porte du magasin et déclarai :

— Il n'y aura bientôt plus de bidons vides dans la grotte. Il va falloir en racheter d'autres.

Et tel un bœuf assoiffé, je me servis un verre d'eau fraîche avant de poursuivre :

— Au crématorium, Juanzi est devenue somnambule. Près de l'aire de battage, il y a encore trois autres familles qui le sont devenues.

Je m'assis aux côtés de mon père, repoussant du pied un tas de bambous. Mon père me fixa :

— Il ne faut pas que tu t'endormes. Occupe-toi d'empiler les feuilles d'or. Il y a encore eu deux commandes. Avant, les gens venaient passer commande deux jours après le décès, mais ces temps-ci, ils n'attendent qu'une nuit avant de venir, ou bien c'est sur-le-champ qu'ils veulent les papiers découpés et les couronnes de fleurs. Ils veulent enterrer leurs morts dès le lendemain.

Il voulut ouvrir la porte pour laisser entrer un peu d'air frais, mais aucun souffle ne pénétra dans le magasin, la lumière de la pièce s'étendit au-dehors – voilà tout.

— Papa, si je deviens somnambule, à ton avis, qu'est-ce que je ferai ?

— Tu feras ce à quoi tu penses à ce moment-là.

— Je pense à lire.

— Alors tu liras en rêvant.

— Je pense aussi qu'un jour je quitterai ce village et ce bourg.

— Pour aller où ?

— Je ne sais pas. Je me dis juste que je partirai.

— Alors ne sombre surtout pas dans le somnambulisme. Tu quitterais la maison pour aller qui sait où !

— J'aimerais faire comme Yan Lianke, raconter et écrire des histoires, gagner beaucoup d'argent ainsi et devenir célèbre.

Il me fixa longuement.

— Empile donc les feuilles d'or. S'ils ont un écrivain dans la famille Yan, c'est que telle est leur destinée. Dans les tombes de la famille Yan, plusieurs générations possédaient la veine littéraire. Dans les nôtres, ce n'est pas le cas. Nous, il n'y a qu'une seule chose que nous faisons bien : tenir ce magasin. Nous décevons les vivants mais nous sommes dignes des morts, voilà tout.

La voix de mon père semblait voleter dans les airs, instable et douce. La feuille d'une grosse fleur qu'il venait de coller au sommet d'une couronne avait disparu, soufflée par un courant d'air. Il la retrouva sous les étagères et la remit en place. Ma mère avait achevé le pliage d'un tas de papiers de couleur ainsi que le découpage d'oiseaux et papillons à ajouter aux couronnes. Il y en avait une corbeille pleine à ses pieds : un gros nuage providentiel. Muette, elle continuait à s'affairer, à plier et pincer. Son ouvrage achevé, elle se détendit un peu les jambes, le dos, puis étira ses bras avant de les baisser dans un long soupir.

A nouveau je remarquai sa mine de vieux papier journal. Surpris, je me tournai vers mon père.

— Il n'y a qu'à la laisser dormir. Si on la réveille, qui sait ce qu'elle fera ? Les gens peuvent mourir d'un instant à l'autre. Qui sait combien vont mourir cette nuit ?

Mon père me dit tout cela avec un air doux, tendre et paisible. Un air avec lequel il avait rarement regardé ma mère. Il l'avait eu après ma naissance, en apprenant que j'étais un garçon, mais l'avait ensuite perdu, alors qu'âgé de deux ans je ne savais toujours pas parler et que les villageois craignaient que je ne fusse idiot. Jusqu'au jour où il avait tout mis sens dessus dessous dans la boutique, déchiquetant et piétinant couronnes de fleurs et papiers découpés, brisant la vaisselle contre les murs. Ma mère lui avait crié : « C'est la juste rétribution de tes actes ! » et il l'avait violemment giflée. Elle me tenait dans les bras et pleurait tandis que mon père se tapait la tête contre les murs. Cela dura un moment, puis, peu à peu, il se radoucit pour la regarder avec tendresse. Cette tendresse et cette douceur que je voyais à nouveau : une fleur s'épanouissant parmi toutes les autres flétries et desséchées de l'automne. Et il s'approcha d'elle pour lui relever les cheveux.

— Ta mère est plutôt jolie lorsqu'elle rêve, dit-il en souriant. Il n'est peut-être pas trop tard pour qu'on te donne un petit frère ou une petite sœur. Le ciel ne peut pas être mauvais au point de ne me faire engendrer que des idiots.

C'était à moi qu'il s'adressait. A moi et aux objets funéraires dans la pièce. Et ce disant, il colla la feuille sur la tige de la grosse fleur et déplaça la couronne à l'entrée de la boutique. A cet instant, nous entendîmes crier. On eût dit que d'une vanne subitement ouverte jaillissaient des flots bouillonnants.

— Wang Ergou ! Où donc es-tu allé t'enterrer ? Le père a sombré dans le somnambulisme, tu es au courant ? Il a bavardé avec d'autres somnambules et ils sont partis se jeter dans le canal de l'ouest. Il s'est suicidé, es-tu au courant ?

Wang Ergou ! Le père est mort et toi tu es encore je ne sais où en train de jouer de l'argent ! Pourquoi le ciel n'a-t-il pas choisi de te faire mourir plutôt que le père !

C'était une femme qui criait. Sa voix était enrouée. Sa voix craquait comme de gros morceaux de bambou fendus là, en pleine rue. Elle criait, criait et trépignait, comme si la chaussée brûlait sous ses pieds.

— Wang Ergou ! Je t'appelle encore trois fois et si tu ne te montres pas, meurs donc ! Meurs là où tu es, sur la table de jeu, et donne ta vie à la place de celle du père ! Si tu nous rends le père, on pourra dire qu'au moins une fois tu auras été un fils pieux !

Wang Ergou ! Cours au canal de l'ouest secourir notre père !

Wang Ergou ! Notre père s'est jeté dans le fleuve avec d'autres vieillards et il est mort, le sais-tu ?

Wang Ergou ! Notre père est mort, mais toi non !

La femme cessa de crier et rebroussa chemin, laissant là tous ceux qui, alertés, étaient sortis de chez eux. Elle avait appelé, elle avait annoncé le décès. Avait-il entendu ? Elle n'avait aucun moyen de le savoir. Rentrerait-il ? Elle ne pouvait l'y contraindre. Elle se hâtait vers le sud. Il lui fallait rentrer pour organiser les funérailles. Dans la rue, au croisement, restèrent à bavarder ceux qui étaient éveillés. On échangea quelques mots sur la chaleur, sur les nombreux somnambules qui s'étaient jetés dans le fleuve. Il ne fallait pas se coucher, qui sait si l'on ne deviendrait pas somnambule ? Qui sait si l'on ne se suiciderait pas ? Mon père et moi, nous sortîmes pour regarder la femme s'éloigner. Comme une scène dans un rêve. Nous approchions du croisement pour rejoindre les autres lorsqu'un homme se dégagea du groupe et vint vers nous. Il s'arrêta brutalement devant mon père.

— Tianbao, tu es là. As-tu vendu toutes tes couronnes ? Mon voisin, le vieux Hao qui n'a pas encore soixante-dix ans, s'est jeté dans le fleuve, lui aussi. Il a été secouru et s'est réveillé. Mais ensuite il s'est rendormi pour de nouveau sombrer dans le somnambulisme. Il a dit qu'avec sa maladie incurable, il n'était qu'un poids pour ses enfants, qu'il valait mieux pour lui mourir. Alors, toujours en dormant, il a bu du dichlorvos. Il en avait, caché chez lui, depuis des années, mais sans avoir le courage de le boire. Cette fois, somnambule, il l'a bu comme un verre d'eau. Il est tombé mort. Je viens donc, sur la demande de mes voisins, te commander trois grandes couronnes, deux petites et un assortiment de papiers découpés et d'objets funéraires.

Le visage de cet homme avait l'aspect d'une vieille planche. Ses yeux formaient deux fentes et ses pupilles ressemblaient à deux graines de courge. On aurait dit qu'il venait de se réveiller à peine endormi. Qu'il n'était pas encore tout à fait réveillé mais qu'une urgence le pressait d'agir. Ou bien qu'il avait sombré dans le somnambulisme et était venu en rêve trouver mon père.

— Je dois m'occuper des funérailles à la place de mes voisins. Il faut aussi que j'aille au crématorium, que je demande à l'oncle de Niannian d'organiser la crémation pour demain ou après-demain. Il faut que ce soit bien fait. Le vieux Hao était quelqu'un de vraiment bon. Nous devons lui rendre hommage. Il faut que sa crémation soit complète, que les cendres soient fines.

Il s'apprêtait à partir mais, avisant mon père prostré sous le lampadaire devant la boutique, il reprit :

— Tu as bien noté les objets funéraires que je t'ai demandés ? Je ne veux pas que mon voisin soit mis en bière sans être accompagné, parce qu'alors nous ne serions pas dignes de lui.

Il sembla se rappeler encore quelque chose et s'avança plus près de mon père. Puis, d'une voix presque inaudible, il lui confia :

— Tianbao, il paraît que lors des crémations, ton beau-frère recueille de l'huile de cadavre. Ce n'est pas possible, n'est-ce pas ? Qu'en ferait-il ? Aujourd'hui, une livre d'huile de soja vaut à peine dix yuans ; une livre d'huile de sésame, pas même douze yuans. Il est inimaginable qu'il songe à vendre de l'huile de cadavre comme une huile alimentaire, n'est-ce pas ? Il ne manque pas d'argent et il ne peut être aussi malfaisant ! Nous ne sommes plus au temps de famine d'autrefois, ces trois années durant lesquelles les gens se nourrissaient de chair humaine sans sourciller. Maintenant les choses vont mieux. On ne laisserait personne se nourrir d'huile de cadavre sans réagir. Si les villageois l'apprenaient, ils le battraient à mort pour sûr. Et si ce n'est au grand jour, ils trouveraient le moyen de le faire périr discrètement. Cette histoire d'huile de cadavre, c'est une rumeur qui court, ça ne peut pas être vrai. Même pour de l'argent, personne n'irait jusqu'à vendre de l'huile de chair humaine. Je n'arrive pas à y croire. J'étais dans la même classe que ton beau-frère à l'école. Je vais aller le trouver et lui faire un cadeau pour qu'il procède correctement à la crémation du vieux

Hao, et alors je lui poserai la question. Tianbao, ne me regarde pas comme ça ! Je ne suis pas somnambule, je ne suis pas en train de te parler en rêve. J'ai simplement passé la journée à faucher le blé et je suis mort de fatigue. Je m'étais couché et endormi, mais mes voisins m'ont réveillé pour que je les aide à organiser les funérailles.

N'oublie pas, trois grandes couronnes, deux petites, et un assortiment d'objets funéraires.

Je te paierai demain ou après-demain, en venant chercher la commande.

Je m'en vais maintenant. N'oublie rien surtout !

Il s'éloigna. Sa silhouette oscillait comme dans un rêve. Mon père n'avait pas cessé d'observer son visage pareil à une planche de bois, ses yeux mi-clos, ses pupilles pareilles à deux graines de courge pourrie. Il avait compris que cet homme dormait debout. Qu'il était venu s'occuper de la commande pour le décès de son voisin tout en dormant. Un somnambule vivant qui s'occupait des funérailles d'un somnambule mort. On le voyait marcher au loin : il flottait, sautillait. Il avait parlé sans laisser mon père lui répondre, centré sur lui-même. Les somnambules sont comme ça ; soit ils se contentent d'agir, tête baissée, sans mot dire, soit ils soliloquent, sans se soucier de savoir si on les écoute ou non. Je songeai à la femme qui tantôt avait crié en pleine rue : elle aussi soliloquait tout en trépignant. Etait-elle venue en dormant ? Exactement comme cet homme qui se rendait maintenant au crématorium, cet homme qui s'était endormi et qu'on avait réveillé. Il avait entrepris quelque chose, s'était rendormi et tout en dormant, avait continué à agir dans l'urgence.

Il avait sombré dans le somnambulisme.

Beaucoup de villageois avaient déjà sombré.

Parmi ceux rassemblés au croisement, y en avait-il aussi ?

La femme était partie et ils demeuraient là. Mon père marcha vers eux.

— Veille sur ta mère. Elle est somnambule, ne la laisse pas aller dans la rue.

Et je le vis s'avancer sous le lampadaire, sa silhouette comme dans un rêve.

Arrivé au croisement, il examina discrètement les visages. Bientôt il s'immobilisa, stupéfait. La moitié de ces hommes et femmes avaient une mine aussi grise que la muraille d'enceinte d'une ville. Une mine terne et hagarde. Le teint plus ou moins cireux. Ils dormaient debout. Oui, ils dormaient ! Les yeux mi-clos, ils se croyaient éveillés. Ils dormaient mais leurs esprits étaient éveillés. Quant à l'autre moitié d'entre eux, leurs visages étaient blafards, les regards fixes de fatigue. Au bord du sommeil, ils luttaient pour rester éveillés. Se seraient-ils allongés qu'ils auraient plongé aussitôt dans un sommeil de plomb ; seule, sans doute, la position debout les maintenait éveillés. Ils ne voyaient pas le somnambulisme des autres. Ils ne s'en rendaient pas compte. Il y avait donc ce groupe de villageois au croisement. Un groupe désordonné, qui murmurait. Au-dessus d'eux, le lampadaire dispensait une lumière d'un jaune boueux pareille à une eau sale. Une lumière aussi terne que leurs mines. Un chien aboyait. On entendait des pas approcher. Un chat traversa l'avenue. Il ralentit l'allure avant de se retourner, sauta sur un mur et, de là, couché, regarda les villageois arrêtés au croisement. Il regardait ce qui se passait dans le bourg. Et tout ce que cette nuit faisait naître dans le monde.

Les chats ne comprennent pas les affaires humaines. Ni comment se produit le somnambulisme ni comment le résoudre. Un moment passa et le chat partit attraper des souris. Mon père demeurait là, au milieu des autres. Il s'adressa à l'un d'eux :

— On dirait que tu dors debout, rentre vite chez toi te coucher !

Puis à un autre :

— On dirait que tu dors debout, rentre vite te coucher !

Nul ne prêtait attention à ses paroles. A croire que personne ne le remarquait. Il secoua un peu les épaules du jeune qui tient la pharmacie :

— Tu vois bien que tes paupières sont aussi lourdes que des plaques de fer, rentre vite et couche-toi !

Mais le jeune se dégagea :

— Tu veux que je m'endorme pour devenir somnambule ? Que tout le monde puisse venir piller ma boutique ?

Il parlait avec l'impétuosité d'un homme éveillé. Alors mon père secoua les épaules du vieux Gao, le patron de la boutique de thé :

— Es-tu sûr de ne pas dormir ? Tes yeux sont presque fermés.

— Qu'as-tu à me secouer comme ça ? Tu crois que je suis somnambule ? dit-il d'un ton sévère. Mais son regard ne se posait guère sur mon père, il était rivé plus loin, sur la nuit noire et étouffante, sur l'avenue sombre et immense.

Peu après, il s'adressa au groupe :

— Ecoutez, je suis âgé, il faut m'écouter. Cette nuit, la plupart des villageois ont sombré dans le somnambulisme, c'est pourquoi il ne faut pas dormir. Si on s'endort, on risque de devenir somnambule et de ne plus savoir ce qu'on fait.

Cette nuit, aucun de nous ne doit dormir. Chacun doit veiller sur sa boutique pour la protéger du pillage. Surtout ne vous endormez pas car, une fois somnambule, on peut se suicider sans même s'en rendre compte.

Le petit groupe s'assembla autour du vieux Gao.

— Nous t'écouterons. Nous resterons ici, au croisement, toute la nuit, et si quelqu'un vient piller une boutique, nous nous jetterons sur lui tous ensemble. Nous protégerons nos boutiques et nos familles. Nous n'aurons qu'à veiller jusqu'à l'aube et voilà tout.

Mais un autre dit :

— On ne peut pas rester là debout toute la nuit. Il faut boire quelque chose. Allons boire ! L'alcool nous aidera à tenir toute la nuit. L'alcool nous empêchera de sombrer dans le somnambulisme. Les autres dorment mais nous, nous resterons éveillés. Nous protégerons nos boutiques et nos familles. Et si jamais un somnambule vient nous piller, nous fondrons sur lui comme un essaim.

Et ils partirent.

Ils se dispersèrent.

Ils avaient dit qu'ils voulaient boire mais la moitié d'entre eux rentra tout bonnement chez soi. L'un s'affaissa brutalement sur le sol et s'endormit aussitôt. Un autre tenta de le relever : « Ne t'endors pas ! Ne t'endors pas ! », mais bientôt s'étendit sur lui et s'endormit à son tour.

Au croisement ne restait plus que mon père. Il les regarda partir comme un troupeau de moutons s'égaillant sur un versant. Il demeura seul. Dans le silence. Seul à l'entrée du village, comme s'il n'y avait pas âme qui vive sur le mont Funiu. Pas âme qui vive dans le monde entier. Seulement lui, debout à un croisement.

La nuit était profonde. Sans doute étions-nous aux environs de minuit, 23 h 30 ou 0 h 30. A cette heure autrefois, le village de Gaotian était tout entier paisiblement plongé dans le sommeil. En marchant dans la rue, on pouvait entendre le murmure des rêves. Mais cette nuit-là, le délicat silence avait cédé la place à un grondement sourd, un grondement où se nichait une terrible crainte. Mon père demeura immobile un moment avant de revenir vers moi. D'abord lent, son pas s'accéléra, puis de nouveau se fit lent. Dans la boutique, il vit ma mère qui n'était plus à l'ouvrage mais couchée contre le mur. Elle avait quitté un sommeil actif pour un sommeil paisible. Il s'arrêta un instant. Réfléchit. Puis se mit à la traîner tel un sac de chanvre.

— Tu peux dormir si tu veux, mais ne va pas mourir en dormant !

Et il la traîna jusqu'à l'escalier. Notre maison dispose de quatre pièces. Deux à l'étage, deux au rez-de-chaussée. En bas, la première pièce abrite la boutique du Nouveau Monde, celle du fond nous sert de cuisine et d'entrepôt. L'escalier, en bois de saule, se trouve dans le coin du fond. Les marches étaient à l'origine peintes en rouge, mais la couleur a disparu, on ne voit que le bois sombre, creusé sur chaque marche par les empreintes de pieds. Ma mère y glissa ses pieds pour monter se coucher. Mon père la regarda faire puis revint dans la boutique. Il regarda autour de lui.

— Niannian, ne t'endors pas. Il ne faut pas dormir, surtout pas cette nuit.

Puis il se rendit au robinet de la cuisine, se rafraîchit le visage et revint avec une serviette humide qu'il me tendit.

— Passe-toi cette serviette sur le visage et viens avec moi. On va aller voir notre ancienne maison. Il ne faudrait pas qu'un somnambule pénètre chez nous.

Et il sortit aussitôt, me poussant dans la rue, dans cette nuit de rêves.

## 2
## 23 h 42-24 h 00

Nous marchions mon père et moi, lui devant, moi derrière. Nous parlions beaucoup mais je ne me souviens plus vraiment de ce que nous disions. Je crois que je lui ai demandé :

— Tu as peur de devenir somnambule ?

— J'aimerais bien le devenir, mais je n'ai absolument pas sommeil. J'ai une énergie étrange dans le corps, comme lorsque je suis allé au zoo de Luoyang pour la première fois, il y a bien longtemps. J'ai découvert un monde nouveau et extraordinaire.

Et il ajouta :

— Il se passe cette nuit quelque chose de très grave dans notre bourg. La mort vient à notre rencontre. Il faut tenir cette nuit et ça ira. Aux premières lueurs de l'aube, dès que le jour poindra, tout le monde se réveillera. Ceux qui doivent moissonner iront moissonner et ceux qui doivent battre le blé iront le battre. Ceux qui tiennent un commerce le tiendront comme avant.

Nous nous sommes dit beaucoup d'autres choses, je crois, mais je ne m'en souviens plus.

Nos pas sonnaient, sourds, dans la nuit.

La lune versait une eau claire, qui ne dispensait pourtant pas la fraîcheur d'autrefois, au contraire, elle semblait brûlante, bouillante. La lune cuisait la terre.

Le sol s'évaporait. La sueur nous coulait sur le visage et dans le dos. Nous avions quitté l'avenue principale, la plus animée, pour nous diriger vers l'ouest du bourg. Tout au plus avions-nous parcouru deux lis. Deux lis, on les fait normalement en quelques pas, mais cette nuit-là, on avait l'impression de marcher sur dix ou vingt lis. Cent lis, mille lis. En chemin, nous avons d'abord vu un homme endormi qui était sorti de chez lui pour se soulager. Comme un enfant, il tenait sa chose laide entre les mains et pissait dans la rue. L'avenue avait été cimentée quelques années auparavant. Brûlante, l'urine y grésillait. L'homme pissait et se parlait à lui-même :

— ça fait du bien ! ça fait du bien ! Grâce au ciel, hommes et femmes connaissent ce genre de satisfaction.

C'était à croire qu'il venait de prendre du bon temps avec sa femme. Qu'ils étaient en train de le faire quand il avait eu envie de sortir. Qu'il allait y retourner tout de suite après mais qu'entre-temps, il avait oublié que sa femme l'attendait. Il avait pensé à autre chose. Il devait s'occuper d'autre chose. Il se dirigea vers le croisement, là où les somnambules s'étaient assemblés. Il s'arrêta au milieu de la route. La tête levée vers le ciel, il demeura stupéfait.

— Va-t-il faire jour ? S'il fait jour, je dois aller acheter une soupe de mouton pour ma mère. En y allant tôt, ma femme n'en saura rien. Et puis j'aurai la première louche de la première casserole, là où il y a plus de viande et d'huile. Ma mère dit qu'elle n'a pas mangé de soupe de mouton depuis plusieurs jours.

Il reboutonna son pantalon et prit la direction de la gare. Les vendeurs de soupe de bœuf et de mouton se placent de part et d'autre de la route devant la gare. L'homme marqua un arrêt en nous apercevant, mon père et moi :

— Va-t-il faire jour ? On dirait qu'il fait nuit et que le jour pointe tout à la fois.

Mon père s'approcha pour le dévisager.

— Zhang Cai, tu dors debout !

— Je te demande s'il fait jour ou non.

Mon père lui donna un coup sur l'épaule. L'homme vacilla, écarquilla les yeux et secoua la tête.

— Mais qu'est-ce que je fais ici ? Je suis allé aux toilettes et je me retrouve sur cette avenue…

Il rebroussa chemin pour rentrer chez lui, comme brutalement tiré d'un rêve.

— Comment se fait-il que je sois ici ? Comment me suis-je retrouvé sur l'avenue ?

Plus loin, c'est une femme d'une trentaine d'années que nous vîmes sortir de chez elle, une faucille à la main.

— Je suis morte de fatigue, morte de fatigue, marmonnait-elle.

Soudain elle jeta la faucille.

— Je vais accoucher ! Je vais accoucher !

Elle se pencha, s'accroupit. Son ventre lui faisait-il si mal qu'elle allait se rouler par terre ? Nous nous hâtâmes, craignant qu'elle ne mît effectivement l'enfant au monde au beau milieu de l'avenue ; nous l'aidâmes à se relever. Son visage paraissait recouvert d'un tissu rouge sur lequel se reflétait la lueur du réverbère. Elle parlait et criait mais ses yeux étaient clos comme ceux d'une personne ivre.

— Tu es somnambule ! dit mon père d'une voix forte. Et il la secoua légèrement.

Puis nous examinâmes son ventre : elle était bien enceinte. Son ventre était gonflé, bombé. Elle portait une légère chemise de coton, fleurie, trempée de sueur.

— Réveille-toi et rentre vite chez toi ! Tu es somnambule, il ne faudrait pas te faire du mal dans ton état ! lui cria mon père.

Elle s'éveilla brutalement et se mit à rire doucement.

— Tianbao ! Cette fois, c'est un garçon que j'attends. Après mes trois filles, je vais avoir un garçon.

Tout en gloussant, elle rentra chez elle.

Alors ce fut la porte de la maison voisine qui grinça. Une porte en bois de saule. Cela fit un bruit strident et l'on vit sortir un homme d'une soixantaine d'années. Maigre. Chenu. Traînant les pieds. Il portait un sac de toile très lourd sur l'épaule, si lourd que l'homme ne pouvait se tenir qu'arqué et qu'il devait s'arrêter après quelques pas pour détendre un peu son épaule. Il ne cessait de marmonner ; on avait l'impression que ses paroles coulaient du sac de toile jusqu'à ses pieds, jusqu'à terre. Il dépassa quelques maisons avant que nous comprenions ce qu'il transportait et pourquoi il le transportait. Il arriva chez Liu Datang.

— Datang ! Ouvre-moi ! dit-il en tambourinant sur la porte.

Datang ! Je viens te rendre le blé que je t'ai emprunté il y a une dizaine d'années. Nous nous sommes disputés parce que je croyais te l'avoir rendu, mais cette nuit en rêve, je me suis rendu compte que je ne te l'avais pas encore rendu.

Je ne voulais pas te voler, j'avais réellement oublié ! Je ne serais pas un homme si j'avais voulu te voler, je serais un porc, un chien. Et même pire que ça. J'avais réellement oublié ! Je n'ai jamais voulu te voler !

La porte s'ouvrit. Les deux vieillards se tenaient immobiles, un peu hagards, de part et d'autre du seuil. Notre homme déposa son sac à l'intérieur. L'autre s'exprima d'une voix rauque, embarrassée :

— Eh bien certes, tu avais oublié de me le rendre.

Mais la gêne se transforma subitement en étonnement, comme lorsque l'on croit ramasser une boule de coton chaud et que l'on se retrouve en fait avec un morceau de glace.

— Mais tu dors debout ! Tes yeux sont mi-clos. Qingshan, entre te rafraîchir un peu le visage. Entre vite. Je vais te chercher de l'eau.

Nous ne cessâmes pas de rencontrer des somnambules. Mon père tentait d'en réveiller certains en leur secouant les épaules. Ils l'ignoraient complètement, s'éloignaient rapidement. Des hommes et des femmes. Des jeunes d'une vingtaine d'années et des vieillards de soixante ou quatre-vingts ans.

Ainsi commença le grand somnambulisme.

Dans le silence de la nuit, les ondes du grand somnambulisme s'étendirent au-delà du village et du bourg, sur toute la montagne. Elles gagnèrent les villages voisins. Les villages dormaient mais semblaient éveillés. Les bourgs dormaient mais semblaient éveillés. Le monde dormait, mais il s'enfonçait dans l'apparence éveillée du somnambulisme.

Je vis un homme sortir de chez lui nu comme un ver. Le torse et les cuisses accoutumés au soleil, aussi noirs que la nuit, tandis que les parties non exposées de son corps étaient aussi blanches que l'aube naissante. Nu, il se hâtait, on ne savait où. Silencieux. La chose se balançait entre ses cuisses tel un oiseau mort. J'en étais saisi. Je ne pouvais plus en détacher mes yeux.

— Père ! Père !

Je l'appelai et le tirai par le bras pour lui montrer cet homme qui venait d'emprunter une ruelle. Mon père s'arrêta net.

— Hé ! Tu n'as aucun vêtement sur toi, le sais-tu ? Sais-tu que tu n'as aucun vêtement sur toi ?

Il le rattrapa et le prit par l'épaule. L'homme se dégagea, sans mot dire, l'air morose. Il s'engagea plus avant dans la ruelle.

— Sais-tu que tu es tout nu ? Tu es Zhang Jie, n'est-ce pas ? Et tu ne te rends pas compte que tu es tout nu !

## 3
## 24 h 01-24 h 15

Notre vieille maison était toujours couchée là. Le verrou dormait, oiseau dans la nuit estivale. La bâtisse n'avait pas changé, la porte non plus. Tout était comme avant, hormis quelques crottes que des rats avaient laissées dans les jarres à céréales.

La photo de grand-mère trônait paisiblement dans la pièce principale. Des toiles d'araignée habillaient tranquillement les coins des murs. La poussière s'était installée sur le banc, les chaises. Elle se souleva dès que la porte s'ouvrit. L'air chaud et putride se mit alors à danser. On entendit le frou-frou d'un chapeau de paille tombant du clou sur lequel il était accroché, auquel répondit le pas d'un moineau. Dans la cour, paulownia et peuplier s'étaient développés librement : les branches poussaient dans toutes les directions, certaines faisaient penser à des jambes engagées sur une mauvaise route. La vieille malle, les vieux vêtements, la houe, la pelle et la faucille rouillées, tout était là. Le puits désœuvré. Les fleurs en pot. Et cette chaleur putride qui nous suivait. La solitude de la maison où personne n'était entré depuis longtemps. Un silence froid. On se mit à aller et venir, à regarder différentes choses, et pour finir on se retrouva devant le mur à l'arrière de la maison, celui qui nous séparait de la maison des Yan. Les briques étaient loin d'être neuves. L'odeur de soufre des constructions récentes s'était depuis longtemps dissipée. Finalement, la maison des Yan ne valait pas la nôtre. Ce n'était plus qu'une vieille maison. La nôtre en revanche avait conservé son allure neuve. Les circonstances avaient fait que la maison des Yan avait perdu son faste d'antan, de même qu'avec les années, Yan Lianke ne parvenait plus à écrire et raconter des histoires. Désormais, les villageois de l'ouest du bourg allaient tous à l'est, plus animé. Ils achetaient des logements, faisaient du commerce. Seule la famille Yan demeurait dans cette ruelle déserte. Le célèbre Yan Lianke avait toujours dit qu'il irait lui aussi à l'est, qu'il y achèterait une maison, mais il ne l'avait jamais fait. Peut-être ses droits d'auteur n'y suffisaient-ils pas. Peut-être ne pouvait-il se résoudre à utiliser l'argent gagné grâce à ses livres. Bref, il n'avait pas acheté de maison et sa famille ne comptait désormais plus parmi les familles aisées. En somme, notre famille était plus riche que la sienne. Il écrivait afin que les hommes vivent dans ses livres. Quant à nous, ce que nous vendions permettait aux morts de vivre dans un autre monde. Cela revenait au même. L'idée était la même. Ouvrir une boutique du Nouveau Monde. Vendre des objets funéraires. Il suffisait que quelqu'un décède au bourg ou dans le village et l'on venait chez nous acheter quelques objets et une robe mortuaire. Nous comptions maintenant parmi les familles riches, un grand arbre dans un bois dense. Pourtant, chaque fois qu'il revenait dans notre ancienne demeure, face au mur de la maison des Yan, mon père demeurait un instant immobile, pensif. Il réfléchissait puis s'approchait du mur pour le tapoter, puis réfléchissait encore avant d'y donner un coup de pied. Cette nuit-là, il n'en fit rien. Il tapota légèrement le mur et leva les yeux au ciel.

— Chez lui, personne ne cultive la terre, sans doute que personne ne deviendra somnambule.

Même s'ils ne cultivent pas la terre, ils pourraient bien devenir somnambules aussi.

Son visage exprimait le doute et dans ses yeux, on pouvait lire une certaine hâte. Voulait-il qu'il y ait un somnambule chez les Yan ? Le craignait-il ? Il se tenait devant le mur de vieilles briques, à attendre, à écouter. De la ruelle, des cris alarmés nous parvinrent.

— Quelqu'un a-t-il vu ma mère ? Quelqu'un a-t-il vu ma mère ?

— Ta mère se trouve sur le versant ouest, près du fleuve. Il y a pas mal de vieillards là-bas, qui parlent de se jeter à l'eau, paraît-il. Mais ils en ont été empêchés par un villageois.

Les deux voix étaient véhémentes. Mon père se précipita à l'entrée de notre maison.

— On dirait que c'est Guangzhu de la rue nord qui cherche sa mère, dit-il pour lui-même, tout en regardant l'homme disparaître au coin du mur aussi brutalement qu'un arbre abattu tombant dans un ravin.

Il hésita longuement avant de verrouiller notre porte et de m'entraîner avec lui sur les traces de ce Yang Guangzhu.

Je me souvins de ce qu'on m'avait raconté : l'année du mariage de mes parents, cette tombe qui avait été dynamitée, dont le cadavre avait été brûlé, c'était précisément celle de la grand-mère de Yang Guangzhu. Son père les avait emmenés se recueillir sur la tombe et, face au cadavre dynamité, calciné, il s'était mis à jurer. Il n'avait pas fini que brusquement, il s'était écroulé sur la tombe. Congestion cérébrale. Il ne s'était jamais relevé. Alors les autres n'eurent plus qu'à l'enterrer dans cette même tombe éventrée. Il n'y eut pas de crémation. Sa dépouille fut entièrement inhumée. Ensuite, Yang Guangzhu, armé d'un couperet et d'une pelle, se posta devant la tombe. Il voulait attendre le mouchard, attendre les gens du crématorium qui reviendraient dynamiter la tombe. Il s'était attaché des explosifs à la ceinture : en dernier ressort, il se ferait exploser en même temps que la dépouille de son père.

Mais le fait est qu'il attendit en vain.

Il attendit des jours. Des semaines. Des mois.

Il allait par les rues, un poignard à la ceinture, pour héler :

— J'ai enterré mon père dans la tombe de nos ancêtres ! Alors, mouchard, tu vas me dénoncer au crématorium ? J'ai enterré mon père dans la tombe de nos ancêtres ! Hé, mouchard ! Tu vas me dénoncer ?

Ses cris se perdaient dans le silence et le calme des rues. Le silence du village. Le silence du bourg et du monde. Personne ne le dénonça. Personne ne se rendit sur la tombe de ses ancêtres pour la dynamiter. Cela dura des jours, des semaines, des mois. Il gardait la tombe, pareil à un lièvre immobile dans une prairie sauvage. Finalement, il rentra chez lui. Finalement, il arpenta, solitaire, les rues du village, en se lamentant :

— Montre-toi, mouchard ! Ne me laisse pas attendre comme ça ! Montre-toi et je ne te frapperai pas, je ne t'insulterai pas ! Dis-moi seulement pourquoi tu es un mouchard, c'est tout. Je veux juste savoir qui tu es, pourquoi tu fais ça. Je veux juste savoir pourquoi, alors que tu vis ici depuis des générations, que tu es des nôtres, pourquoi tu te fais payer pour nous dénoncer !

Et il criait :

— Hé, mouchard ! Montre-toi ! Laisse-moi te voir !

Et il pleurait :

— Montre-toi ! Laisse-moi te voir ! Laisse-moi voir qui tu es ! Quand ma famille t'a-t-elle offensé ? Ma grand-mère morte à plus de quatre-vingt-dix ans, à cause de toi, sa dépouille a été dynamitée, brûlée à ciel ouvert. Et à cause de toi, mon père est mort sur sa tombe, il venait tout juste d'avoir soixante ans et il était en parfaite santé.

Il s'accroupit en pleine rue :

— Montre-toi donc ! Montre-toi ! Tu me dois deux vies mais je ne te frapperai pas ! Si je te frappe, je ne suis pas un homme, et si je t'insulte, je ne suis qu'une bête, un porc ou un chien. Je n'en ferai rien ! Je ne te dirai rien ! Si je prononce la moindre parole ou que j'amorce le moindre geste, que je sois écrasé par une voiture comme un chien dans la rue ! Le mieux serait que je sois écrasé par le fourgon du crématorium, alors on me ramassera comme un porc pour me jeter dans le fourgon, on me brûlera comme on brûle un porc, on dispersera mes cendres comme de l'engrais dans les champs autour du crématorium, ou bien on les versera dans le lac, pour nourrir les poissons.

Mais il faut que tu te montres ! Tu dois te montrer !

Laisse-moi te voir ! Montre-toi !

Ainsi appelait-il tandis que le soleil se couchait.

Et il appelait encore lorsque le jour pointa.

Cela dura pendant des jours, de l'aube au crépuscule. La touffeur s'accumulait dans les rues du village et, la nuit venue, se répandait partout. Même à minuit, lorsqu'il fait normalement plus frais, un halo de chaleur baignait les rues et le monde. Des pas résonnaient devant nous, d'autres derrière nous. Une ombre passa devant nous, une autre derrière. Nous arrivions à un croisement et crûmes voir un homme marcher vers l'ouest. Pressé, il levait haut les pieds, comme pour éviter des trous sur la route. A chaque pas, il levait haut les pieds. Un autre homme le suivait, pressé lui aussi, il semblait courir et appelait :

— Père ! Tu ne vas quand même pas aller au bord du fleuve !

Ses paroles coulaient avec la rapidité d'un torrent.

— Père ! Ne va pas au bord du fleuve !

Mon père tressaillit. Il se précipita au croisement et vit un homme d'âge mûr poursuivant un vieillard qui se dirigeait vers le fleuve à l'ouest. Le vieillard devait avoir soixante-dix ans, son fils la cinquantaine. Rattrapant enfin son père, il le prit dans ses bras et lui dit :

— Es-tu devenu fou ou bien ce sont tes nerfs ?

Et il le soutint pour le raccompagner chez eux. Il s'arrêta devant nous. On eût dit qu'il voyait en mon père un médecin.

— Tianbao ! Tu es revenu dans ton ancienne maison ? Que penses-tu de l'état de mon père, est-ce que ce sont les nerfs ? Il s'est levé pour sortir tandis qu'il dormait encore. Il est parti chercher ma mère. Tu sais, il y a une dizaine d'années, ma mère n'était pas encore morte qu'elle a été emmenée par le fourgon du crématorium. Elle était à l'hôpital, on ne lui avait même pas retiré sa perfusion. Le médecin avait dit qu'on ne pouvait pas la sauver, qu'on n'avait qu'à l'emmener pour éviter la crémation. Mais quelqu'un a téléphoné au crématorium pour nous dénoncer et le fourgon nous attendait à la porte de l'hôpital. On n'avait même pas encore décidé si on allait l'enterrer ou non qu'elle était emmenée au crématorium. Son cœur battait encore, elle a été brûlée vive ! A cause de cela, mon père parle en rêve toutes les nuits, il dit qu'il doit aller la chercher, qu'il doit aller la chercher.

L'homme s'éloigna. Mon père demeura interdit. Comme si quelqu'un venait de le gifler. Le visage blême. Son petit visage rond d'homme de quarante ans semblait se tordre et se rider tel celui d'un homme de cinquante ou soixante ans. On avait une impression de froid. Pourtant la nuit était bien chaude. Etouffante. Immobile, mon père demeurait muet. Il me parut rétrécir. Devenir tout petit. Pareil à un grain de poussière dans la nuit. A un brin d'herbe que l'on foule en plein jour. Sur son visage, je lisais qu'il ne comprenait plus rien au somnambulisme. Et, dans cet état d'ignorance, il me dit :

— Rentre à la maison veiller sur ta mère. Je vais aller à l'ouest voir un peu ce qu'il se passe sur les bords du fleuve.

Et il prit la direction de l'ouest en sortant du bourg.

# LIVRE V

## QUATRIÈME VEILLE, PREMIÈRE PARTIE

*La couvaison.*

## 1
## 24 h 50-1 h 10

Dès mon retour dans les rues du village, le désordre des hommes endormis me saisit. D'abord, tout était calme. J'entendais les dormeurs dans les maisons parler en rêvant ou grincer des dents. De temps à autre, des pas précipités tout près de moi. Les somnambules sont toujours pressés, agités. On les voit très rarement capables d'être aussi patients et minutieux que lorsqu'on cherche une aiguille. J'aperçus un jeune qui sautait par la fenêtre d'un salon de coiffure et s'enfuyait, les bras chargés de crèmes et shampoings. Il emportait aussi une tondeuse et des savons parfumés. Dans la rue, un homme s'égosillait : « Au voleur ! Au voleur ! »

Tandis qu'il se déchirait la voix, un autre enfonçait la porte d'un petit restaurant de viande. Il ne déroba rien sinon une grande casserole destinée à cuire du mouton qu'il leva au-dessus de sa tête. Il s'approcha de celui qui criait et posa la casserole, le dévisagea et lui asséna une gifle.

L'autre cessa de crier.

Le monde redevint calme.

Les deux hommes s'éloignèrent ensemble comme deux frères en emportant la casserole.

C'était bien étrange. Le monde était vraiment devenu très étrange.

Cela avait commencé par des vieillards somnambules qui cherchaient à mourir. Les jeunes allaient faucher, battre le blé ou bien voler. Celui que j'avais vu sortir du salon de coiffure possédait lui-même son propre salon de l'autre côté du bourg. Son commerce marchait moins bien, aussi était-il venu, en rêve, voler son concurrent. Mais pourquoi le concurrent n'était-il pas resté dormir là ? Il avait fermé sa boutique et s'en était allé en toute confiance. Ce salon de coiffure, j'y venais une fois par mois. Le voleur parti, je grimpai sur le rebord de la fenêtre pour jeter un œil à l'intérieur. Il ne s'était pas contenté de voler, il avait également tout cassé. Le sol était jonché de bris de verre. Au mur, les photos des modèles avaient été déchirées, les morceaux froissés en boule jetés alentour. Une lampe avait roulé sous une table. Les sièges amovibles étaient renversés. Un sèche-cheveux piétiné gisait derrière la porte. Au plafond, les néons éclairaient plus ou moins ce spectacle, c'était comme lorsque le soleil perce parfois les nuages pour éclairer une terre sauvage et glacée.

Le monde était en plein chaos cette nuit-là. Une forêt aux arbres couchés par le vent, déracinés.

Branches et feuilles se dressaient, mutilées. Sur les routes, dans les champs, près des maisons, le vent chahutait feuilles, rameaux et sacs en plastique. Le monde n'était désormais plus le même. La montagne n'était désormais plus la même. Le bourg de Gaotian non plus. Je quittai le rebord de fenêtre du salon de coiffure et demeurai immobile, stupéfié, dans la rue. Une ombre passa à ma droite, une autre à ma gauche. Un homme courait, une machine à coudre sur l'épaule, il me frôla lorsque le fil de la machine se déroula. On eût dit que le voleur vomissait sa toile d'araignée.

Un autre passa près de moi avec une télévision dans les bras, ses dents grinçaient si fort que l'on croyait entendre grésiller le poste allumé.

Je paniquai. Le monde était devenu un monde de voleurs. Je paniquai. Je m'inquiétai pour ma mère et me hâtai vers chez nous. A ma grande surprise, la lumière brillait dans toutes les boutiques de notre rue. Certains se tenaient sur le seuil à regarder ce qui se passait dehors tout en veillant sur leur commerce. D'autres avaient installé une chaise devant leur porte ; assis, un grand verre d'eau à la main, ils buvaient et s'éventaient. A leurs côtés, un couteau ou un bâton. Ils me regardèrent approcher du coin de l'œil, saisissant couteau ou bâton, qu'ils lâchèrent après m'avoir reconnu.

— C'est toi, Li Niannian ! Tu t'avances comme un fantôme !

— Tu ne dors pas ? Où es-tu allé ?

— Il y a tant de somnambules, plutôt que de rester veiller sur ta mère et la boutique, tu pars on ne sait où tel un fantôme !

J'ouvris la porte de chez nous et la première chose que je vis, ce fut six ou sept nouvelles couronnes de fleurs. L'avant de la boutique en était comble. Il n'y avait plus assez de place, aussi les couronnes étaient-elles empilées. Une vingtaine, une trentaine de couronnes s'étageaient ainsi. De quoi fournir une dizaine de familles en deuil. Autrefois, deux décès avaient rarement lieu le même jour, mais cette année-là, cette nuit-là, plus rien n'était comme avant. On ignorait ce qui allait bien pouvoir se passer, combien de personnes allaient mourir. Peut-être que toutes ces couronnes qui emplissaient la pièce ne suffiraient pas. Peut-être que deux pièces pleines, trois pièces pleines ne suffiraient pas non plus. Penser à la mort ne me terrifiait pas, je ne ressentais qu'une légère inquiétude. Tandis que je me frayais un chemin au milieu des couronnes, je me sentis bouillant de sueur. Mes membres étaient secs et froids, mais à l'intérieur, une poussée de sueur m'envahissait, comme une pêche que l'on trempe dans l'eau bouillante.

— Mère ! Mère !

Je l'appelais depuis que j'étais entré, mais la première pièce traversée, devant les escaliers, ma voix se figea. Ma mère n'était guère en train de dormir à l'étage. Après avoir confectionné toutes les couronnes, elle s'était mise à faire du thé dans la cuisine, derrière les escaliers. Elle avait mis l'eau à bouillir dans une grande casserole d'aluminium qui sert habituellement à cuire les petits pains et elle était en train d'y jeter les feuilles de thé. Elle ne savait pas trop quelle dose mettre, aussi commença-t-elle par une pincée, puis elle en ajouta une autre, puis une autre. Elle soufflait sur la vapeur qui s'élevait au-dessus de la casserole, on eût dit qu'elle ajoutait du sel une fois le riz cuit.

— Mère !

Je me tenais sous la lampe, derrière les escaliers.

— Et ton père, où est-il ? répondit-elle en se tournant vers moi. Le visage perlé de gouttes de vapeur, elle avait le teint vermeil. Ses pommettes brillaient d'une sorte de lueur jaune. Décoiffée par le sommeil, sa tête faisait penser à une touffe d'herbe folle. Son teint de vieux papier journal avait maintenant l'aspect d'un tissu rouge et mouillé. Elle se tenait courbée tel un arbre au tronc incliné. Certes, elle s'était tournée vers moi pour m'interroger, mais elle n'attendit pas ma réponse et revint à son affaire, oubliant qu'elle m'avait posé une question. Elle plongeait à nouveau dans son rêve et ne pensait qu'à surveiller la casserole, à y jeter les feuilles de thé, pincée après pincée. Du thé Xinyang de la province du Henan. C'était notre voisine, Pangniang, qui en avait rapporté de chez sa mère et nous en avait offert. Elle disait que ce thé était excellent, céleste. On pouvait mettre quelques branches dans une tasse et les feuilles s'ouvraient toutes droites, on avait l'impression de voir éclore des bourgeons. Elle disait que ce thé chassait la fatigue et vous revigorait. Si on était enrhumé ou fiévreux, il suffisait d'en boire quelques tasses pour se sentir radicalement mieux. Dans la plaine centrale, on boit très rarement de ce thé, et les gens des monts Funiu ne boivent jamais de thé. Quand l'été bat son plein, ils mettent des feuilles de bambou à infuser dans de l'eau bouillante. C'est un breuvage qui permet d'alléger la chaleur interne, un anti-inflammatoire. Mais Pangniang disait que son thé avait les mêmes propriétés et bien d'autres encore, que son thé vous revigorait en chassant le sommeil. Il suffisait d'en boire une tasse et on n'avait plus sommeil, deux tasses et on se passait tout à fait de dormir.

En effet. Une tasse avait suffi à nous faire passer l'envie de dormir. Deux tasses et nous devînmes insomniaques. Nous en bûmes tous les trois. Nous passâmes ainsi toute la nuit à discuter.

— Quand on a sommeil, on en boit et immédiatement on se sent parfaitement éveillé. On en boit et on n'a plus besoin de dormir, alors on ne risque pas de devenir somnambule.

Ma mère dormait debout et parlait de ne pas devenir somnambule. Elle s'affairait pour que les autres ne risquent pas de devenir somnambules. Un sourire éclairait son visage, pareil à des fleurs de pêcher, d'orme ou de sophora au mois de mars. Elle retira la casserole du feu. Chercha deux jarres à thé et trois bols.

— Allons à la porte maintenant. Dès qu'on verra un somnambule, on lui donnera un bol à boire.

Je ne bougeai pas.

— Père a dit que tu ne devais pas sortir. Père a dit que tu étais somnambule et qu'il ne fallait surtout pas te laisser sortir !

Je pris l'un des bols.

— Commence par boire un bol. Bois et tu t'extirperas du somnambulisme !

Ma mère recula légèrement et son coude gauche heurta le mur. Dans ses mains, jarres et bols tintèrent.

— Tu crois que je suis somnambule ?

Elle ne l'était donc pas ? Elle s'était épuisée à fabriquer les couronnes de fleurs, mais son esprit était aussi clair que si l'on y avait versé une eau vive. Elle se dirigea vers l'entrée de notre boutique et déclara en riant :

— Cette nuit, le ciel nous est clément. Le bourg entier a sombré dans le somnambulisme à l'exception de notre famille. Les somnambules sont des esprits embrouillés, les autres, des esprits éveillés. Ces derniers sont les plus capables d'aider les somnambules. Nous les aiderons donc et nous ne leur devrons plus rien. Une fois réveillés, ils nous seront reconnaissants, à moi et à ton père.

Je la voyais marcher vers l'entrée, aussi souple qu'une danseuse.

J'ignore pourquoi, je fixais ses jambes. Elle avait toujours boité depuis son accident, mais ce n'était soudain plus le cas. Elle ne semblait plus être sur le point de vaciller à chaque pas. Surpris, je m'avançai et, tandis qu'elle passait entre les couronnes de fleurs, je remarquai que sa jambe autrefois boiteuse s'était allongée. Fortifiée. Elle semblait pleine de vigueur. Elle soutenait aisément son buste sans le faire pencher. Je m'arrêtai, interdit. Je la regardai, stupéfait, aller et venir pour déplacer la table, porter casserole et bols, disposer une jarre à thé et des bols sur la petite table devant la porte. Elle avait tiré un banc sous le lampadaire où elle s'installa. Elle balayait la rue des yeux. Un homme approchait, une palanche chargée de blé sur l'épaule. La palanche grinçait, cela ressemblait à la plainte d'un homme à l'agonie. Les fagots de blé scintillaient, oscillaient : des barques sur un fleuve.

— Tu fauches le blé en pleine nuit ! Viens donc boire un bol de thé !

L'homme ne la regarda même pas. Il passa devant elle et, à sa hauteur, changea la palanche d'épaule. Un autre arriva, un balluchon pareil à une meule de blé dans les bras. Pressé. Le regard fixe. Haletant.

— Viens donc boire un bol de thé ! Tu as tant à faire en pleine nuit ?

L'homme lui jeta un œil et accéléra encore le pas. Fuyait-il ? Une bouteille de verre tomba du balluchon au beau milieu de la rue et roula vers le bord.

— Tu as perdu quelque chose ! Tu as perdu quelque chose !

Mais l'homme ne se pencha pas pour récupérer la bouteille, au contraire, il se mit à courir. Ma mère le regarda s'éloigner, étonnée. Elle ramassa la bouteille. C'était un biberon. Il y avait aussi un sachet de lait en poudre un peu plus loin. Sur le plastique était imprimé un motif : un bébé si gros qu'il avait un bourrelet au menton. Le biberon comme le sachet portaient encore la marque et l'étiquette du prix. Je compris quel magasin venait d'être cambriolé. Le voleur avait donc un bébé qui manquait de lait et de biberon. Je m'avançai avec ma mère au milieu de la rue pour apercevoir le voleur, puis revins sur mes pas, à côté de la petite table où se trouvait le thé.

Vraiment, ma mère ne boitait plus.

Elle ne paraissait plus estropiée et ressemblait à une personne normale. J'ignorais l'heure qu'il pouvait bien être. La nuit était-elle bien avancée ? La rue n'avait rien à voir avec le bord du fleuve, il y faisait plus chaud et sec, étouffant. De nouveau quelqu'un approchait. Le pas lourd, percutant. Ils étaient plusieurs. Une bande. Tous des hommes de trente à quarante ans. En pleine force de l'âge. Vigoureux. Des fauves. Ils approchaient tout en parlant à voix basse, secrètement. Ils se demandaient s'il valait mieux cambrioler le supermarché à côté de la gare ou bien le centre d'électroménager voisin. En fait de centre, il s'agissait d'une petite boutique, seule l'enseigne lui donnait l'allure d'un centre. Ils disaient qu'au supermarché, il n'y avait que des bricoles, même en emplissant un sac de ces bricoles, ils ne les revendraient pas pour beaucoup d'argent. Tandis qu'au centre d'électroménager, en emportant chacun un appareil, ils pourraient les revendre pour plusieurs centaines de yuans. L'un d'entre eux planifia les choses : toi, tu resteras dans la rue pour faire le guet ; tu forceras la fenêtre et on te passera les appareils par l'ouverture ; nous trois on entrera dans le centre et on te les passera. Celui qui donnait les ordres était le chef des porteurs du bourg. Un type très grand, l'allure d'un chef. Arrivés devant chez nous, ils virent le thé et, sans attendre que ma mère les y invite, ils se servirent. Ils burent à grand bruit. Excepté l'un d'eux qui se tenait tête baissée, comme prêt à s'endormir.

— Bois toi aussi ! Bois et tu n'auras plus sommeil !

— Sommeil, mes fesses !

Le chef jeta un œil à son camarade. Il était plus actif que n'importe qui quand il s'agissait de s'enrichir. Puis il s'adressa à nous :

— Les autres sont somnambules mais nous, nous sommes réveillés, c'est une occasion extrêmement rare ! On voudrait dormir qu'on n'y parviendrait pas !

Il jeta son bol sur le banc. Le bol sonna et tourna à demi sur lui-même. Puis il dit aux autres de le suivre. Autrefois, ces hommes transportaient des marchandises chez les uns et les autres, mais cette fois, ils allaient les porter chez eux. Excités, leurs visages se gonflaient d'énergie ; chacun portait à la ceinture ou à la main drap ou sac de chanvre en guise de balluchon.

Devant chez nous, l'air semblait s'être raréfié.

Dans la rue, l'air semblait s'être raréfié.

J'avais les paumes moites – deux flaques d'eau.

— Ne vous inquiétez pas. Personne ne viendra voler votre boutique !

Ils étaient partis mais le chef se retourna pour ajouter :

— Allez donc dormir ! Voler votre boutique ce serait comme piller une sépulture. Personne au bourg, personne au monde ne viendra vous voler une couronne pour la mettre chez lui !

Il éclata de rire. Un rire franc. Sauvage. Un pétard éclatant dans la nuit. Et il prit le large. Loin. Le monde redevint calme. Il y eut quelque chose d'effrayant à l'intérieur de ce calme, pour un instant, une terreur impossible à chasser. Ma mère blêmit. Elle n'avait plus le regard fixe et hagard du sommeil. Elle semblait parfaitement éveillée. Elle l'était en effet. Ces cinq, six hommes l'avaient tirée de son rêve. Elle dégagea quelques mèches de cheveux de son visage tout en regardant dans la direction où ils étaient partis.

— Ce sont des voleurs. Ils vont aller piller, n'est-ce pas ?

Elle me posait la question tout autant qu'à elle-même.

— Que le ciel nous vienne en aide ! Il faut vite aller porter ce thé dans chaque maison. Que chacun en boive pour se réveiller et protéger ses biens. Que chacun puisse empêcher les voleurs d'agir.

Elle rentra dans la boutique. Elle allait chercher quelque chose. Le pas prompt et léger.

Cette nuit-là, ma mère ne boitait plus. Sa démarche était aussi droite et régulière qu'un vêtement parfaitement ajusté. Elle allait et venait avec une telle rapidité qu'elle semblait voler.

## 2
## 1 h 10-1 h 20

Par une nuit de somnambulisme, commettre un vol est aussi simple que de se pencher pour ramasser quelque chose.

Pour se rendre au centre d'électroménager, il fallait partir de chez moi vers l'est. A cent pas environ, en tournant vers l'ouest, on arrivait près de la gare dans un quartier animé. On passait devant le supermarché, un restaurant, puis c'était le centre d'électroménager. Une boutique de trois pièces, avec deux fenêtres et une seule porte. Les voleurs s'étaient mis d'accord pour forcer une fenêtre. Marteau et foret à leur ceinture. Mais ce ne fut pas nécessaire. La boutique était éclairée comme en plein jour. La lumière filtrait depuis les fenêtres et la porte, pareille à un lever de soleil. Même la bave, reste de sommeil, que le chef avait gardée au coin de la bouche se distinguait nettement. Même les empreintes de pas sur le sol se distinguaient nettement.

La cinquantaine, le visage rond, un peu bossu, le patron était un homme souriant. Il souriait quand on venait lui acheter quelque chose, souriait également si l'on se contentait de faire un tour sans rien acheter.

La marchandise était disposée sur une étagère contre le mur. Dans de grands et de petits casiers. Les postes de télévision dans les grands casiers, les petits appareils dans les petits casiers. Il y avait aussi des réfrigérateurs, difficiles à vendre, des autocuiseurs que l'on commençait à utiliser dans le bourg. Des sèche-cheveux. Des prises mâles et femelles. Tout cela était exposé. Wanming, le patron, n'avait rien à faire. Aussi passait-il son temps à dépoussiérer les appareils à l'aide d'un plumeau. Il vit les hommes, immobiles devant l'entrée de sa boutique. Le patron ne dormait donc pas. Il était là à épousseter ses étagères. Ils se tenaient sur le seuil, dans l'obscurité, ne songeant plus guère à risquer un cambriolage. Ils décidèrent de passer leur chemin. D'aller cambrioler une boutique où la lumière ne brillerait pas. Leurs silhouettes s'éloignaient dans le noir lorsque le patron sortit :

— Ne partez pas ! Entrez faire un tour même si vous n'achetez rien !

La voix était chaleureuse comme celle d'un voisin, d'un frère. Ils étaient du même bourg. Ils se connaissaient aussi bien que des frères ou des voisins. Les voleurs ne pouvaient pas partir. Le chef jeta un coup d'œil à ses compères. Mais Wanming s'avança vers eux, agitant son plumeau à leur intention :

— C'est la saison des moissons et il fait si chaud. Cela fait plusieurs jours que je n'ai aucun client. Je vous en prie, entrez ! Entrez pour me donner l'occasion d'avoir des clients !

De nouveau les hommes s'immobilisèrent. L'un, plus courageux, s'approcha, agita une main devant le visage de Wanming et lui dit quelques mots. Il revint vers le chef et lui dit avec fierté :

— Putain ! On dirait bien qu'il est somnambule ! On est voisins, lui et moi, et il me prend pour un client comme un autre !

Le chef tressaillit. Emit un rire. Fit un signe de la tête.

— Allons-y !

Il s'avança vers la lumière du magasin, vers le visage souriant du patron. Ce dernier avait les yeux ouverts et souriants, mais sans éclat, le blanc y tenait presque toute la place. Et puis il ne cessait de se frotter les yeux.

— Entrez donc ! Que vous achetiez quelque chose ou non, faites un tour !

Il se frotta le visage.

— Dès que les paysans sont occupés, ma boutique devient froide comme en plein hiver. Cela fait plusieurs jours que je n'ai rien vendu. Et je dois encore payer mon loyer à la fin du mois.

Cette boutique, Wanming l'avait construite lui-même. A l'époque, ces hommes qui n'étaient pas encore des voleurs l'avaient aidé. Et voilà qu'il leur racontait qu'il devait payer un loyer ! D'évidence, il les prenait pour de parfaits inconnus. Il avait sombré dans le somnambulisme et dans un autre monde par la même occasion.

Le chef agita à son tour une main devant ses yeux.

Des yeux fixes, ensommeillés, qui ne clignèrent pas le moins du monde.

— Alors, allez-vous acheter quelque chose ? Je peux vous faire un rabais.

— Un rabais ? De combien ?

— Cela dépend de ce que vous voulez acheter.

— Je veux une télévision.

— De quelle taille ?

— Celle-ci, elle fait vingt-neuf pouces.

Ils avaient l'habitude de l'appeler « patron Wan », mais cette nuit-là, ils firent comme s'ils ne l'avaient jamais vu. Lui était dans son monde de rêve, tandis qu'eux étaient dans le monde des éveillés. Lui était un commerçant pressé de vendre, eux des acheteurs potentiels.

— Cette télévision me plaît.

— Ce réfrigérateur me convient.

— Si vous baissez encore vos prix, nous pourrons vous prendre chacun un appareil.

En réalité, ils palabraient en attendant l'occasion de le voler.

— Vous voulez acheter chacun un appareil ? Dans ce cas, je peux vous faire une remise de vingt pour cent. Allez, trente pour cent. Je casse les prix ! Même en rêve, vous ne pourriez pas acheter pour moins cher. Que chacun d'entre vous prenne un appareil à au moins deux mille yuans et je vous garantis une remise de trente pour cent pour chacun.

— En effet, ça en vaut la peine.

— Oui, c'est vraiment intéressant !

— Alors, vous vous décidez ? Décidez-vous ; pendant ce temps je vais boire un peu d'eau.

Et il se dirigea derrière le comptoir qu'il heurta au passage.

— Putain, qu'est-ce que j'ai sommeil ! Quelle chaleur ! Je n'y vois plus clair. Si vous n'étiez pas venus, j'aurai fermé la boutique pour dormir un peu.

Il s'assit, se pencha sur le comptoir et s'endormit, son verre d'eau encore à la main.

Dans la boutique s'élevaient ses ronflements : un essaim de moustiques. Les voleurs n'en revenaient pas. Ils jubilaient. On eût dit que dans chacune de leurs têtes, un oiseau couvait ses œufs dans un nid chaud et douillet. Celui qui avait feint de s'intéresser à une télévision se mit à rire, la main en suspens devant l'appareil. Un autre prit aussitôt sous son bras l'autocuiseur convoité, puis, voyant ses compères devant réfrigérateurs et télévisions, s'en débarrassa promptement pour mettre la main sur une télévision.

Chacun chargea sur son épaule l'appareil de son choix. En un clin d'œil, le centre d'électroménager fut pillé.

## 3
## 1 h 21-1 h 50

Ma mère fit à nouveau bouillir de l'eau pour le thé.

La première fois, elle avait mis sept à huit pincées de feuilles de thé ; cette fois, elle en mit deux grosses poignées. Cela ressemblait à un bouillon médicinal. Rouge foncé. Il s'en dégageait des vapeurs au goût rafraîchissant. Les feuilles flottaient en surface, semblables à des bouts de bois sur un fleuve.

— Apporte ce bol chez celui que tu appelles cinquième grand-père. Apporte-leur du thé, que ceux qui ont sommeil en boivent. Surtout, qu'ils ne s'endorment pas ! Sinon ils deviendront somnambules et alors qui sait ce qui arrivera !

Je ne répondis rien, ne bougeai pas. Je regardai les yeux de ma mère. Des yeux qui n'avaient pas sommeil, pareils à deux bassins à nouveau emplis d'eau après avoir été asséchés. La frayeur en avait-elle dissipé la brume somnambulique ? Les vapeurs du thé les avaient-elles lavés et réveillés ? Ma mère avait beaucoup de rides au coin des yeux, de véritables sillons.

— Eh bien, vas-y !

Elle fit un pas vers moi. Le bol de thé dansait devant moi.

— Ton père a fait du tort à ces gens. Ton oncle également. Nous allons leur offrir ce bol de thé et notre faute sera réparée. Nous ne leur devrons plus rien.

Voilà, c'était tout simple. Facile à faire. A croire qu'on allait remettre à cette famille un bol de soupe d'or ou d'argent que je m'empressai d'emporter dans l'obscurité trouble de la rue. Il me semblait qu'en effet, l'offrande pourrait laver nos torts, mais en même temps, cela me paraissait impossible. J'appelai devant la porte de cinquième grand-père :

— Cinquième grand-père ! Il y a des cambrioleurs partout ! Buvez ce thé et vous n'aurez plus sommeil, alors vous pourrez vous défendre !

La porte s'ouvrit et cinquième grand-père riva des yeux suspicieux sur le bol. Comme s'il s'agissait de soupe empoisonnée.

— Si vous ne me croyez pas, buvez seulement quelques gorgées. Quelques gorgées et vous n'aurez plus la moindre envie de dormir. Je vous assure.

Dubitatif, il me tendit un bol de chez eux, afin que j'y verse le thé du mien. Sous le lampadaire, le sol était d'un jaune boueux. Aux endroits où il n'était pas éclairé, on croyait voir une eau sale, vaseuse. Des gens passèrent en courant devant et derrière moi. Ils étaient si pressés qu'ils ne prirent pas la peine de ramasser ce qu'ils perdaient en chemin : une paire de chaussures en plastique, une robe en soie rouge. Alors je tins fort le bol dans mes mains pour le porter chez tous ceux que ma mère m'avait indiqués. Devant chaque porte j'appelais, montrais le bol et répétais les mêmes phrases. Au retour, je récupérais tout ce que je trouvais en chemin.

Je me rendais chez la sixième famille que ma mère m'avait indiquée lorsque je croisai trois personnes au carrefour. Une famille. Le père devait avoir la quarantaine. Torse nu, en caleçon, il portait une palanche chargée de deux paniers : dans l'un se trouvait une machine à coudre, dans l'autre son support. On voyait aussi une étoffe soigneusement pliée. Sans doute était-ce un vêtement tout juste confectionné. Ils venaient de cambrioler un atelier de couture ! Pour sûr, ils venaient de cambrioler un atelier de couture ! La femme tenait dans ses bras un gros sac rempli de tissus. Un morceau tomba à terre et je sus de quel atelier il provenait. En me voyant, ils s'écartèrent. Comme s'ils venaient d'apercevoir le patron de l'atelier qui rentrait chez lui, ou quelqu'un de sa famille. Je les observais. Leurs visages, vaguement éclairés, étaient cireux et perlés de sueur.

— Buvez donc un peu de thé !

Je m'avançai vers eux.

— Buvez-en et vous n'aurez plus sommeil, vous ne risquerez pas le somnambulisme.

L'enfant, plus jeune que moi, s'empressa d'attraper la main de sa mère. Les teints cireux blêmirent. Ils prirent la couleur d'un mur d'hôpital. L'homme se mit aussitôt devant sa femme, protecteur.

— Dégage ! C'est toi qui es somnambule ! Si tu avances encore d'un pas, je te tue !

Il changea la palanche d'épaule, le panier contenant la machine à coudre se présenta dès lors devant. Je ne bougeai pas. J'attendis. Tentai à nouveau une parole :

— C'est un bol de thé. Un thé spécial, revigorant, qui chasse la fatigue.

Je tendis le bol vers lui. J'avançai à peine.

— Un thé bien fort. On en boit et on n'a plus du tout sommeil. Si on est somnambule, on se réveille.

Et je tendis le bol plus près de lui encore. Il pouvait le saisir.

Brusquement il déposa sa palanche et sortit un couteau du panier où se trouvait la machine. Un hachoir. Le plat de la lame était rouillé mais le fil étincelait.

— Tu tiens à la vie, oui ou non ? Approche encore et je t'enfonce cette lame !

Je m'arrêtai net. Ramenai la main que j'avais tendue.

— Dépêche-toi de déguerpir ! Si tu n'étais pas si jeune, je t'aurais déjà embroché !

— Mais c'est vraiment du thé ! Un thé qui réveille, un thé qui chasse la fatigue.

Tandis que je reculais, du thé me gicla sur la main. Ni chaud ni froid. Tiède et visqueux. Je regardai l'homme. Je les regardai tous les trois. Je ne savais plus si je devais jeter le bol et rentrer chez moi en courant ou bien aller voir les personnes suivantes. Il s'agissait de la famille Gao. Grâce au décès de l'un des leurs, mon père avait gagné quatre cents yuans. Mon oncle s'était occupé de la crémation et en avait profité pour recueillir de l'huile. Il avait remis des cendres à la famille sans s'assurer qu'il s'agissait bien de celles de leur mort. Les Gao ignoraient tout. Comme on ignore ses rêves de la nuit dans la journée, comme on oublie ce qui s'est passé dans la journée lorsqu'on rêve. J'étais planté au milieu de l'avenue lorsque j'aperçus une silhouette au loin. L'homme et les siens la virent aussi. L'homme rangea aussitôt son couteau et chargea sa palanche.

— Demain, quand il fera jour, ne t'avise pas de raconter que tu nous as croisés cette nuit. Ne t'avise pas de parler, sinon je t'emmènerai au crématorium, toi et toute ta famille !

Il ne manqua pas de me menacer ainsi avant de partir. Il ne manqua pas de me jeter un dernier regard cruel. Un regard qui semblait me haïr. Me craindre aussi. Je m'écartai, effrayé par ce regard aussi tranchant que son couteau. Je les entendis partir précipitamment. Ils s'enfuyaient. Ils étaient loin déjà lorsque je me reprochai de n'avoir pas retenu à quoi ressemblait cet homme. A quoi ressemblait cette famille. Etaient-ils de Gaotian ? La frayeur m'avait fait oublier leurs traits. J'avais la tête blanche et désordonnée, pareille à un versant désert en plein hiver. Pareille à ces cimetières de petites gens dans les romans de Yan Lianke. Tout me semblait se dérouler en rêve. N'étais-je pas devenu somnambule, moi aussi ? Si oui, quelle chose étrange et fascinante ! Tellement fascinante ! J'espérais tant rêver ! Je bus une gorgée de thé. Me pinçai violemment la cuisse. Cela me fit mal. Je sentais ma gorge agréablement humectée. J'étais donc bien réveillé. Je me sentis un peu perdu. La lumière du lampadaire brillait par à-coups. Je reculai d'un pas dans l'obscurité.

Quelqu'un approchait. De plus en plus.

Un bruit de pas qui m'était aussi familier qu'une phrase lue dans un livre de Yan Lianke.

Mon père.

C'était bien lui qui revenait des bords du fleuve.

Mais plus il approchait, moins il ressemblait à mon père. Rétréci, on eût dit un rat sur l'avenue. Il respirait pesamment, à la manière d'un éléphant qui aurait parcouru un long chemin, d'un homme rentrant d'un dur labeur. Ses vêtements étaient trempés. De sa chemise trouée à gauche au niveau de la poitrine, un lambeau de tissu déchiré pendait. Le pantalon largement déchiré au niveau des cuisses laissait voir sa chair blanche et sanguinolente. Son petit visage rond était livide.

On l'avait frappé. Apparemment, on l'avait frappé. Rudement. Le coin gauche de sa bouche était enflé, bleu. Le sang semblait retenu sous la peau, prêt à jaillir.

Là-bas, mon père avait agi avec sainteté. Dans le canal de l'ouest, il avait lavé le visage d'un tas de somnambules, comme pour un baptême. Il les avait ainsi tirés du sommeil et, à l'aide d'une canne de bambou, il en avait secouru d'autres, des hommes qui en rêve s'étaient jetés à l'eau pour mettre fin à leurs jours mais qui, une fois réveillés, ne souhaitaient plus mourir. Quelqu'un racontait qu'après avoir sauvé jeunes et vieux, après les avoir réveillés, il avait pris sur son dos la dépouille d'un dénommé Yang et s'était éloigné vers le village. Il était rentré par l'est du bourg, avait emprunté une ruelle, et voilà dans quel état il était arrivé au centre du bourg. Pareil à un rat. Un agneau. Une poule effrayée, mordue par un chien ou un chat. Un chien battu par un passant. Malade. Estropié. Terriblement fatigué. Epuisé. Des dizaines d'années à cultiver la terre pesant sur lui tout à coup. Des dizaines d'années à marcher. Qu'il s'arrête, il s'endormirait aussitôt. Il s'effondrerait. Aussi se tenait-il bien droit devant moi. Un pieu, un pieu pourri tout juste déterré subitement dressé.

— Père ! Père !

Je l'appelai à deux reprises mais il ne répondit pas. Il ne répondit pas ; pourtant il se tenait là, devant moi, pieu sorti de terre après des années, au milieu de l'avenue comme sur une terre déserte et sauvage. Il me regardait et semblait regarder ailleurs en même temps.

— C'est bien fait pour moi. Qui m'a demandé de faire du tort aux autres, hein ?

Oui, on m'a battu et c'est bien fait pour moi. Qui m'a demandé de faire du tort aux autres ?

S'adressait-il à moi ou à l'espace désert autour de nous ? Il se parlait à lui-même. Il maugréait. Un faible sourire éclaira son visage. Un sourire malgré lui, dont j'ignorais la signification. Tout en souriant, il jeta un œil derrière moi, vers l'avenue du sud :

— Nianian, tu es mon enfant. Tu es mon fils, alors tu vas venir avec moi t'agenouiller devant les autres. Tu les laisseras te battre. T'insulter. Qui a demandé à notre famille de leur faire du tort ? Qui a demandé à ton oncle de leur faire du tort ?

Je voyais le blanc de ses yeux mi-clos. Un blanc sale de tissu grossier. Ses prunelles ressemblaient à deux gouttes d'encre sur le tissu. Et l'encre noire éclaircissait. Le tissu perdait de sa blancheur. Le blanc et le noir se fondaient, on n'en voyait plus la frontière. On ne distinguait pas les prunelles. Pourtant, en regardant attentivement, on se rendait compte que le blanc des yeux était sale, que dans les prunelles quatre teintes se mêlaient : du noir, du jaune, du gris, du blanc. Il y avait juste un peu plus de noir. Juste assez pour dire qu'il s'agissait de prunelles.

Je compris que mon père était somnambule.

Mon père était devenu somnambule, lui aussi.

Son expression était celle d'une planche de bois, d'une brique. Peut-être personne ne l'avait-il battu. Peut-être en rêvant était-il tombé. L'hématome qu'il avait au coin de la bouche n'était pas si effrayant. Simplement, à cause du sang que l'on devinait sous le renflement, l'expression de mon père n'était pas tout à fait celle d'une planche ou d'une brique.

— Père ! Que t'arrive-t-il ? Bois donc un peu de ce thé que maman a préparé.

Je lui tendis le bol de thé déjà presque froid. Mais lui était en plein rêve, en plein somnambulisme, corps et âme plongés dans l'affaire qui le préoccupait. D'un revers de la main, il renversa le bol. Le thé se répandit. C'était comme s'il venait de renverser une bassine d'eau que je lui tendais pour qu'il se rafraîchisse le visage.

— Es-tu mon fils, oui ou non ? Les villageois me méprisent, me méprises-tu toi aussi ?

Aussi petit que je sois, je reste ton père.

Quels que soient mes crimes, je suis ton père.

Allons-y. Viens avec ton père, allons nous agenouiller devant les autres.

Mon père m'entraîna vers l'avenue du sud. Ceux chez qui il m'emmenait, je leur avais déjà apporté du thé : cinquième grand-père, Liu Shu, tante Wu, belle-sœur Niu. A chaque fois, père frappait à la porte et, lorsqu'on nous ouvrait, il m'entraînait et nous nous agenouillions tout d'un coup, sans crier gare. La tête levée vers celui ou celle qui nous avait ouvert la porte, mon père pleurait, implorait :

— Cinquième grand-père, frappe-moi ! Frappe-moi donc ! Moi, Li Tianbao, je ne suis pas un homme, je ne suis qu'un porc, alors frappe-moi !

Cinquième grand-père en resta interdit.

Le seuil était éclairé par une ampoule d'une dizaine de watts. Cela faisait un halo jaune boueux. Le visage de cinquième grand-père était jaunâtre, perplexe :

— Que se passe-t-il ? Que se passe-t-il donc ? répétait-il, stupéfait.

Il voulut aider mon père à se relever. Puis ce fut mon tour. Mais soudain, il sembla se souvenir de quelque chose. Il blêmit. Ses yeux foudroyèrent mon père d'un éclat gelé.

— Tianbao, dit-il d'une voix glacée, de quoi s'agit-il à la fin ?

Alors mon père leva la tête. On ne savait s'il dormait ou s'il était éveillé. Sa voix était mi-enrouée, mi-claire :

— Il y a une dizaine d'années, c'est moi qui vous ai dénoncés au crématorium. C'est moi qui leur ai rapporté que la tante avait été enterrée, alors ils sont venus la déterrer pour la brûler.

Cinquième grand-père se raidit.

Les yeux rivés sur mon père, on eût dit qu'il regardait un chien qui vient de se nourrir de chair humaine. A genoux aux côtés de mon père, je levai la tête vers le visage de cet homme de plus de quatre-vingts ans. Ses cheveux blancs et courts frémissaient sous la lumière. Son bouc également. Sa peau ridée tremblotait. Il allait dire quelque chose. Il semblait prêt à gifler mon père. Mais il n'était qu'un vieillard. Il n'avait plus la force de gifler ou d'insulter qui que ce fût. Les coins de sa bouche tremblaient, ses joues tremblaient. Il se retourna pour jeter un œil à l'intérieur de sa maison, puis, l'air affolé, le visage rougi, il dit :

— Tianbao, toi et ton fils, levez-vous, vite ! Cette histoire, il ne faut surtout pas qu'un autre membre de ma famille l'apprenne. Il ne faut surtout pas que mon fils Dashun l'apprenne.

Mon père se leva, j'en fis autant. Tandis que cinquième grand-père nous aidait, nous observâmes la cour intérieure de sa maison.

— Père, qui est là ?

C'était la voix de Dashun. Cinquième grand-père lui répondit :

— Personne. C'est pour nous prévenir de faire attention aux voleurs !

Le silence revint. Cinquième grand-père s'empressa de nous pousser dehors. Mon père s'agenouilla encore, rapidement, avant de m'entraîner avec lui dans la rue. Cinquième grand-père nous répéta : « N'en parlons plus ! N'en parlons plus ! » et il ajouta : « Niannian nous a apporté du thé tout à l'heure, du thé qui chasse le sommeil, alors ne me parlez plus du passé ! »

Il referma sa porte. Il renferma le passé.

Mon père poussa un long soupir. Une longue expiration sans reprendre son souffle. Longue comme la corde d'une botte de blé. Comme une longue route. La corde dénouée libère le blé. Face à la longue route, l'homme se détend. Mon père se détendit. Une touche de vermeil éclaira son teint gris, brouillé.

— Allons-y. Allons chez les autres. Ça n'a rien de terrible, il nous reste quelques maisons à faire et nous serons libérés. Alors, avec ta mère, nous pourrons vivre heureux.

Mon père me prit la main, je sentis sa sueur imprégner ma paume. Il me lâcha pour s'essuyer contre un poteau électrique ; je sentis de la fraîcheur sur le revers de ma main. Alors j'ouvris mes deux poings – à quel moment les avais-je serrés ? – et la fraîcheur pénétra mes paumes.

Cette fraîcheur me rendit gai. Le somnambulisme n'existait plus. Ou presque. Mon père avait l'esprit clair. Il s'exprimait clairement. Or, si je pouvais discerner son expression de bois ou de brique, cinquième grand-père, qui était éveillé, ne s'était pas aperçu que mon père dormait debout. C'est en dormant à moitié qu'il s'agenouillait pour demander pardon. C'est ainsi que les choses se passèrent lorsque mon père demanda pardon pour son crime. Vraiment ainsi. Il agissait comme un homme ivre. Ce qu'il faisait en état d'ivresse, il ne s'en rappelait plus une fois dégrisé. Hormis sa démarche légèrement vacillante, rien ne trahissait qu'il dormait, personne ne pouvait s'en rendre compte. Il était à moitié dans les brumes, à moitié dans le réel.

Nous reprîmes notre route. Nous nous rendîmes chez l'oncle Liu. Sur l'avenue, il me semblait entendre à tout instant un bruit sensationnel, mais en tendant l'oreille, je m'apercevais qu'il n'en était rien. La lune était toujours là, blanche et grise, voilée. Elle semblait avancer quoique figée. Les nuages aussi étaient toujours là, amoncelés ici, filandreux là-bas. Soyeux ou compacts, ils donnaient à nos rues et ruelles cette atmosphère étouffante, brûlante et brumeuse. Quelle heure était-il ? Je n'avais aucune idée de l'heure qu'il pouvait être. Je suivais mon père. J'avais laissé le bol vide sur une pierre, devant la maison de cinquième grand-père. Je n'aurais qu'à le prendre en repassant.

Nous arrivâmes chez l'oncle Liu. Mon père frappa à la porte.

Il appela aussi.

Quelqu'un vint ouvrir. Qu'il s'agît du chef de famille ou du maître des lieux, mon père s'agenouillait aussitôt. Brusquement.

— Frappez-moi ! Frappez-moi donc ! Crachez-moi au visage !

Et il racontait ce qui s'était passé à l'époque de la mort de l'un des leurs, comment il les avait dénoncés pour gagner de l'argent. On en restait interloqué. Muet. On ne savait comment réagir. Après tout, cela s'était passé une dizaine d'années auparavant. Après tout, la crémation avait été imposée par le gouvernement. Et puis, mon père et moi, nous reconnaissions notre faute, nous nous mettions à genoux. Alors que pouvait-on faire ? Ils en restaient tous médusés. Ils se souvenaient.

— C'était donc toi, Tianbao.

Mon père, toujours à genoux, baissait la tête.

On le haïssait un instant, puis on lui pardonnait. On lui faisait grâce. On prononçait quelques paroles, on soufflait un peu le chaud et le froid :

— Je ne t'aurais jamais cru capable de pareille chose ! Un si petit homme, capable de ça !

Ils disaient que mon père et ma mère n'avaient rien à voir avec mon oncle, les couronnes de fleurs vendues à la boutique du Nouveau Monde étaient vraiment très bon marché, jamais nous n'avions gagné de l'argent sur le dos des morts. Jamais ils n'auraient cru que mon père avait fait cela.

— Relève-toi ! disaient-ils. On ne frappe pas celui qui demande pardon pour son crime.

Relève-toi ! C'est la nuit, ton fils et toi devriez rentrer vous coucher. Ta femme nous a envoyé Niannian tantôt, il nous a apporté du thé qui chasse le sommeil, du thé qui empêche de devenir somnambule.

Alors nous nous relevions.

Nous nous rendions chez les suivants. Puis encore chez les suivants.

Jusqu'à ce que nous arrivions chez Gu Hongbao. Gu Hongbao était un peu plus âgé que mon père. Un peu plus grand que lui. Avant de laisser le bol devant chez cinquième grand-père, je comptais l'apporter chez Gu Hongbao. L'aurais-je fait que les choses se seraient bien passées. Les choses se seraient bien passées si j'avais pu leur faire part un peu plus tôt des bonnes intentions de ma mère. Mais j'avais été trop lent. J'avais laissé le bol au croisement de l'avenue du sud, devant chez cinquième grand-père. Cela changeait tout. Les choses ne pouvaient plus se passer paisiblement. Rien ne pouvait se passer comme mon père l'avait projeté. Cela dépassait mon imagination.

Nous frappâmes à la porte. Entrâmes dans la cour. Gu Hongbao se tenait là et nous nous agenouillâmes aussitôt.

— Que faites-vous ? Li Tianbao ! Ton fils et toi, que faites-vous donc ?

La cour était très bien éclairée. J'ignore comment, cette famille était riche. Leur richesse éclatait. Ils avaient de l'argent pour boire et pour jouer gros. Sur leur maison à étage étaient incrustées des pièces de porcelaine blanche. Ils vivaient dans la prospérité. A la faveur de la lumière, nous pouvions voir les portes en métal ouvragé, peintes en rouge avec des moulures d'or ou d'argent. Les encadrements de fenêtres, en métal eux aussi, peints en vert. La cour était ornée de fleurs, des bacs à fleurs avaient même été construits. Une voiture noire pénétra dans la cour pour aller se garer dans une remise dont les tuiles étaient neuves. Mon père et moi nous trouvions à côté de la porte de ce garage, agenouillés à l'entrée de la cour, dans la boue. Gu Hongbao sentait l'alcool à plein nez. Tout en respirant cette odeur, mon père lui raconta son histoire. Il raconta qu'il regrettait, qu'il demandait pardon pour sa faute, qu'il avait toujours souhaité venir reconnaître sa faute, depuis plus de dix ans, il avait hésité, hésité encore et n'était jamais venu, mais cette nuit au bourg, tout le monde avait sombré dans le somnambulisme et lui se sentait aussi comme dans un rêve, l'esprit à la fois clair et confus, il était venu. Il était venu avouer sa faute. Il était venu demander pardon.

— Tu peux me frapper si tu veux !

Tu peux m'insulter !

Hongbao, frappe moi, insulte-moi, c'est tout ce que je mérite !

Il croyait sans doute que rien de tout cela n'adviendrait, que tout au plus, comme les fois précédentes, il se ferait un peu houspiller et voilà tout.

D'autant que si la mère de Gu Hongbao avait été brûlée, ce n'était guère à cause de mon père. Le crématorium avait été informé que la famille Gu voulait procéder à un enterrement clandestin. Le fourgon funéraire venu se garer devant chez les Gu avait devancé la dénonciation de mon père. Mais le fait est qu'il s'était rendu au crématorium. Mon oncle lui avait donné deux cents yuans en guise de récompense. Il avait donc voulu venir chez les Gu. Leur demander pardon. En revanche, il ne s'attendait pas à voir le visage de Gu Hongbao verdir subitement. Les yeux écarquillés, il avait aussitôt saisi un bâton près de la porte et le brandissait :

— Putain, alors c'était toi !

C'était donc toi, Li Tianbao !

J'emmerde tes ancêtres ! Cela fait plus de dix ans mais je n'ai jamais pu oublier cette histoire ! Et dire que cette nuit, toi, Li Tianbao, tu viens avouer ta faute !

Gu Hongbao avait un timbre de voix féminin. Ces hommes-là, lorsqu'ils se mettent en colère, on a l'impression qu'un courant électrique leur parcourt le corps. Il trépignait et sautait sur place tout en brandissant son bâton et le bâton tremblotait dans la lumière. Puis les choses prirent une autre tournure. Un peu comme lorsqu'un cheval effrayé change brusquement de direction. Les premières paroles de colère de Gu Hongbao firent à mon père l'effet d'une gifle. On eût dit un dormeur qui ne parvenait pas encore à s'éveiller tout à fait. Bientôt, les cris aigus et le bâton le réveillèrent complètement. Ses yeux mi-clos s'ouvrirent grand.

— Oh là là ! Mais qu'ai-je donc fait ? s'exclama-t-il.

Et il m'attira vers lui pour esquiver le bâton. Il nous fit reculer de deux pas avant de m'attirer à nouveau, devant lui cette fois, pour parer les coups.

— Hongbao ! Tu veux donc vraiment nous frapper ?

Que tu me frappes, moi, ça ne me fait pas peur, mais vas-tu aussi frapper ton jeune neveu Niannian ?

Allez ! Frappe donc ! Frappe ! Un seul coup et tu peux frapper Niannian à mort !

Mon père me poussait devant lui, juste sous le bâton, ses deux mains tenant fermement mes épaules, prêtes à me soustraire aux coups.

C'est moi qui ai arrêté Gu Hongbao. Mon jeune âge l'a vaincu. J'étais terrifié. Paniqué. Affolé. En nage. La sueur perlait sur mon visage. Gu Hongbao restait figé. Son bâton en l'air. Tout entier pétrifié. Mon père avait gagné. Il avait usé de l'éveil pour vaincre le rêve.

— Hongbao, ce que je viens de te confier, c'est en rêvant que je l'ai dit. Peux-tu prendre au sérieux ce que l'on dit en dormant ? Tu bois souvent tout ton saoul et ce que tu dis quand tu es ivre, le prends-tu au sérieux une fois sobre ? Les tribunaux ne prennent pas encore en compte les paroles des rêveurs ou des ivrognes. Ils les considèrent comme déficientes, alors comment pourrais-tu prendre au sérieux ce que je viens de te dire ? Comment pourrais-tu croire à la véracité des paroles que j'ai prononcées en dormant debout ?

Gu Hongao était déconcerté. Stupéfait, il demeurait immobile à l'endroit où nous nous étions agenouillés, mon père et moi. Le bâton en suspens oscillait doucement. Qui sait ce qu'il pensait alors. Songeait-il à l'alcool qu'il aimait boire jusqu'à l'ivresse ou à l'étrangeté du somnambulisme ? Il dévisagea mon père. Puis moi. Il semblait vouloir discerner sur le visage de mon père s'il dormait encore ou non, s'il était dans le monde du somnambulisme ou non. Quoi qu'il en fût, la verdeur sur le visage de Gu Hongbao s'atténuait. Il demeurait perplexe. Lentement, il lâcha son bâton. Alors mon père, craignant un nouvel accès de fureur, m'entraîna vers la sortie. A grands pas. Nous prenions la fuite.

— Comment ai-je pu m'endormir, me réveiller et me rendormir encore ? Sombrer dans le somnambulisme ? Comment après avoir été battu ai-je pu me rendormir ?

Il se parlait à lui-même. Maugréait. Nous nous éloignions de la maison des Gu lorsqu'il se retourna pour crier :

— Gu Hongbao ! Il ne faut pas prêter foi aux paroles des somnambules ! Ne crois rien de ce que j'ai dit ! La mère de Yang Guangtou est partie tantôt à la recherche de son homme, mort il y a plus de dix ans, elle s'est jetée dans le fleuve et s'est noyée. C'est moi qui ai ramené sa dépouille et j'ai dit à ses proches que je l'avais tuée, que j'avais tué aussi leur père et leur grand-mère !

Qu'en dis-tu ? Après avoir tué trois personnes de cette famille, je serais allé le dire aux autres ?

Moi qui suis si petit, comment pourrais-je tuer trois personnes ?

Tu as bien entendu ? Rappelle-toi qu'à plusieurs reprises, c'est moi qui t'ai ramené chez toi lorsque tu étais ivre !

Rentre te coucher ! Je te le répète, si ta mère a été emmenée au crématorium, je n'y suis pour rien. Je suis comme toi, j'ignore qui au bourg est à ce point immoral. C'était dans la confusion du somnambulisme que j'ai voulu prendre sur moi cette faute !

Rentre te coucher ! Rappelle-toi, ma mère aussi souhaitait être enterrée, à la fin, de peur d'être dénoncé, c'est moi qui ai porté sa dépouille jusqu'au crématorium !

Debout au milieu de l'avenue, mon père dit ainsi beaucoup de choses à Gu Hongbao. Debout devant chez lui, Gu Hongbao l'écouta, stupéfait. Il paraissait tout juste dégrisé, en train de se remémorer ce qu'il avait dit ou fait étant ivre. Voilà comment les choses se passèrent. Comment les choses se passèrent cette nuit-là. Des milliers de choses de toute une vie se passèrent cette nuit-là. Mon père d'abord endormi, Gu Hongbao ivre, puis tous deux ayant repris leurs esprits. Tous deux différents de ceux qu'ils avaient été un instant auparavant. Tout ce qu'ils disaient rendait les choses plus confuses, si bien que plus rien n'était blanc ou noir, plus rien n'était vrai ou faux.

Tout était dans la confusion et nous partîmes pour de bon.

Sur le chemin du retour, mon père répétait qu'il ne devait pas dormir, que s'il s'endormait, il sombrerait dans le somnambulisme et qu'alors il gâterait tout, que tout deviendrait impossible. Il m'entraînait avec lui, se hâtait. Nous nous hâtâmes de rentrer.

# LIVRE VI

## QUATRIÈME VEILLE, SECONDE PARTIE

*Eclosion des poussins.*

## 1
## 1 h 50-2 h 20

Quelque chose de terrible est arrivé !

Des hommes, d'autres hommes sont morts !

Père m'entraînait vers la maison et nous passions devant chez le tailleur. Dans la diagonale, en face de chez Gu Hongbao. En venant, nous ne nous étions pas arrêtés, uniquement préoccupés de nous rendre chez les Gu, mais au retour, la boutique du tailleur attira nos regards. Sur l'avenue, les bruits de pas augmentaient, il y avait de plus en plus d'allées et venues. Des somnambules qui cambriolaient. D'autres qui n'avaient pas sombré dans le sommeil profitaient également de l'occasion.

— Au voleur ! Au voleur !

On ne savait d'où venait l'appel. Un souffle de vent strident s'atténua peu à peu. Les cris faiblirent, puis plus rien. Sur l'avenue et dans les ruelles, la lumière jaune, boueuse, des lampadaires semblait favoriser les cambrioleurs, leur éclairer la route tout en dissimulant leurs visages. Un groupe arrivait face à nous. Des sacs sur le dos, sur les épaules. Ils nous frôlèrent en passant. Je me retournai pour les regarder mais père me ramena brutalement vers lui.

— Vous êtes tous bien occupés ! Quant à nous, nous n'avons rien vu !

Il me retint par les épaules avant de m'entraîner vers la boutique du tailleur.

La porte était ouverte. L'entrée donnait sur l'avenue, indiquée par un panneau de bois. Le mot *tailleur* y était peint en rouge, mais dans la nuit, il paraissait noir et ses contours étaient flous. On le voyait pourtant clairement et de cette clarté émanait une odeur crue, une odeur de sang. Guidés par cette odeur, nous découvrîmes un homme couché devant la porte, dans une mare de sang noir. Il était mort. Les bras tendus, pareils à des branches d'arbre, un poing serré sur une courroie de machine à coudre. Nous le vîmes à la faveur de l'éclairage des lampadaires et nous nous arrêtâmes brusquement, debout dans la lumière. Je n'eus pas le temps de mieux regarder la scène car père se plaça devant moi, me protégeant de toute sa hauteur. Il ne voulait pas me laisser voir le cadavre et le sang. Mais je les avais vus. Le sang ressemblait à une eau boueuse. La tête, à une pastèque brisée sur le sol. L'homme baignait dans son sang comme dans un bain de boue. Père gardait les yeux rivés sur la scène, sans mot dire. Les yeux rivés sur le cadavre, il finit par appeler :

— Hé ! Liu le tailleur ! Quelque chose de terrible est arrivé chez vous ! Quelqu'un est mort ! Dormez-vous tous encore ? Ciel ! Vous dormez encore !

A cet instant, je me souvins de cette famille que j'avais croisée avec une machine à coudre et des morceaux de tissus. Je me souvins du couteau aussi. Je remarquai que si mon père n'était pas grand, sa voix, elle, portait haut, s'élevait jusqu'à la cime des arbres, jusqu'au ciel. Si haut que si l'on avait pu l'ériger, sa voix se serait dressée comme une échelle jusqu'au ciel, jusqu'aux nuages, à toucher les étoiles et la lune.

Une lumière s'alluma dans la pièce du fond de la boutique. Père m'entraîna aussitôt. Il se mit à courir vers la maison, comme un fou.

Un homme était mort.

Il y avait vraiment eu un mort.

A cause du somnambulisme, les hommes mouraient les uns après les autres. Ils ne se jetaient pas tous dans le fleuve : certains volaient, pillaient, se faisaient poignarder. On avait l'impression que l'avenue grouillait du bruit des pas des bandits. On avait aussi l'impression de ne rien entendre. De toutes parts retentissaient appels et mises en garde : « Attention aux voleurs ! Attention aux bandits ! » Après quoi, un silence de mort s'installait. Un silence tel que seul circulait dans le bourg un souffle de terreur, de sang et de violence. D'une avenue, on pouvait entendre les cris des pillages et des meurtres qui se produisaient dans une autre avenue, et en s'y rendant, on entendait les mêmes cris provenir de celle que l'on venait de quitter.

Tout le monde se hâtait. On s'affairait dans l'urgence. On marmonnait sans cesse. On se croisait sans se reconnaître. Sans même tourner la tête. Comme si l'on était seul. Comme si le monde entier dormait et que l'on était seul éveillé, à s'affairer. Si l'on avait quelque chose en tête, on se mettait à la tâche en rêvant. Sans rien en tête, on se précipitait n'importe où, dans la nuit des somnambules. On allait et venait. On se cognait contre un mur, on faisait demi-tour. Contre un arbre, on se tapait le front. On se tapait la tête, ou les cuisses, ou les fesses. Comme si l'on s'éveillait brutalement, ou que l'on réalisait subitement que ce n'était pas cela que l'on voulait faire mais autre chose. Alors on partait pour aller faire cette autre chose. On s'arrêtait, hagard, puis l'on reprenait son chemin, hébété, sans savoir pourquoi. On allait et venait sur l'avenue, totalement perdu. On regardait autour de soi, partout, à croire qu'on cherchait quelque chose. Mais on ne cherchait rien. Les yeux pleins de sommeil et de confusion, on était comme dans un marais d'eau boueuse, à ramper d'un côté puis de l'autre, à nager. Et l'on ronflait tout en nageant. A croire que le marais empêchait une respiration régulière.

Sur l'avenue, on avait l'impression que les gens se rendaient au marché. Ce n'était pas l'affluence d'un grand marché, plutôt celle des loisirs après les travaux des champs. Désœuvré, on venait se promener et regarder un peu les étals. Sans idée précise de ce que l'on désirait acheter ou vendre. Mais au milieu de cette oisiveté, certains se pressaient, couraient, et leurs pas rapides donnaient l'impression qu'ils s'envolaient. Comme s'ils avaient un car ou un train à prendre. Au milieu de ce désordre, dissimulé quelque part sur l'avenue, quelque chose se passait que tout le monde ignorait.

Que pouvait-il bien se passer ?

Un homme était mort.

Oui, un homme, plusieurs hommes étaient morts. Beaucoup.

Bien des gens passaient près des morts sans les voir. Un corps sur le bord de l'avenue, ils le prenaient pour un homme couché, endormi près d'un fleuve, en bordure d'un chemin. Mais mon père et moi, nous étions éveillés, et nous les voyions. Nous enjambâmes plusieurs morts. Père était éveillé depuis que nous avions quitté la maison de Gu Hongbao. Après avoir vu le cadavre devant la boutique du tailleur, il avait complètement perdu l'envie de dormir. A la vue des morts au bord de l'avenue, toute sensation de fatigue l'avait quitté. Les cadavres peuvent donc chasser le sommeil. L'odeur du sang peut donc chasser la fatigue. Ainsi l'encens éloigne-t-il les moustiques.

— Il faut raconter tout ça au chef du village. Il faut prévenir le gouvernement. Dépêchons-nous d'aller au commissariat de police pour donner l'alarme et faire intervenir les agents.

Nous étions arrivés au carrefour lorsque mon père qui m'entraînait vers la maison changea d'idée et décida d'aller chez le chef du village. Nous traversâmes à grands pas l'avenue. Un homme qui dormait debout, un autre. Une foule d'hommes en train de rêver. C'était comme d'avancer à travers bois. Ils marchaient tous en levant haut les jambes avant de les laisser retomber pesamment. D'appuyer lentement les pieds sur le sol et de les relever rapidement. Etrangement, alors qu'ils avançaient tous en titubant, très peu tombaient. Très peu distinguaient mal la route au point de tomber et de se réveiller.

La nuit était-elle très avancée ? Il devait être deux heures environ, l'heure de la quatrième veille et du chant du coq. Il devait être à peu près cette heure-là. Nous nous rendions chez le chef du village lorsque nous croisâmes notre voisin. Il revenait de sa maison où il écrivait, près du barrage. Lui aussi semblait avoir sombré dans le somnambulisme. Il se hâtait, levant haut les jambes. La chemise rentrée dans la ceinture, il était vêtu très correctement, contrairement aux autres. Il portait des sandales en cuir, on avait l'impression qu'il venait de les chausser pour se rendre aux toilettes. Il rentrait donc au bourg. Chez lui. Silencieux. Le visage pareil à une page d'écriture pleine d'erreurs et que personne ne lit. Je l'appelai lorsqu'il passa à ma hauteur :

— Oncle Yan ! Que t'arrive-t-il ? Tu rentres au bourg ?

Il continua son chemin sans me prêter attention. Il rentrait chez lui en dormant debout.

Les écrivains peuvent donc aussi devenir somnambules. Eux aussi peuvent être contaminés. Je tirai mon père par le bras et lui montrai du doigt la silhouette de Yan Lianke. Il le regarda et j'eus l'impression qu'il regardait un arbre marcher. Un arbre se déplacer d'un endroit de l'avenue à un autre.

— Même lui a sombré ! C'est terrible ! C'est épouvantable ! C'est vraiment épouvantable !

Mon père m'entraîna, en hâte, vers la maison du chef du village. A croire que ce dernier pourrait faire cesser le somnambulisme. Qu'il pourrait faire que le jour redevienne le jour et la nuit, la nuit. Que chacun fasse à nouveau ce qu'il avait à faire au moment où il le devait. Le somnambulisme était un appel, une maladie contagieuse. Même les écrivains pouvaient être appelés, contaminés. Partout, qu'il y eût ou non des hommes, la maladie se propageait. Peut-être que le village de Gaotian, le bourg de Gaotian et les monts Funiu n'étaient pas les seuls touchés. Peut-être que tout le district était touché, la province, le pays tout entier. Peut-être que dans le monde entier, quiconque dormait dans la nuit avait sombré dans le somnambulisme. Seuls mon père et moi demeurions éveillés. Avec les voleurs, les bandits. Tout en parlant et en réfléchissant, nous avancions. Nous dialoguions autant que nous nous parlions à nous-mêmes. J'accélérai l'allure pour le rattraper et regarder son visage. Il me donna une tape sur la tête.

— Ton père ne dort plus. Ton père a l'esprit aussi clair qu'une eau vive, sans la moindre envie de dormir.

Ne pas avoir sommeil est un désastre. On ne peut pas ne pas se préoccuper de ceux qui ont sombré dans le somnambulisme. De même que quand on marche droit, on ne peut pas ne pas se soucier de ceux qui tombent au bord du chemin. On doit les aider à se relever. Ramasser leurs affaires. Bien sûr, lorsqu'ils en ont perdu beaucoup et qu'on les aide à les ramasser, il arrive qu'on glisse l'une de leurs affaires dans nos poches, c'est courant. Sur l'avenue, bien des choses ont été perdues, et je les ai rapportées à la maison. Une casserole. Un sachet de lait. Un biberon. Il y avait aussi des vêtements et des chaussures que des voleurs avaient abandonnés en chemin. Une faucille et un sac de jute tout neuf.

Le chef du village habite à l'entrée de la deuxième ruelle sur l'avenue centrale, une maison neuve à étage. Les briques et les tuiles rouges brillent jour et nuit comme un feu. Le mur d'enceinte de la cour est haut de sept *chi* et la porte de deux *zhang*. Le linteau est incrusté de caractères dorés qui signifient : *Demeure des Gong*. Devant la porte, la grosse ampoule rappelait un œil de femme jurant en pleine rue. Nous nous apprêtions à frapper et appeler mais la porte était entrouverte. La cour éclairée comme en plein jour. L'intérieur de la maison également. Minuit était passé depuis longtemps, nous avions entamé la seconde partie de la nuit, mais le chef du village et sa femme ne dormaient pas. Ils étaient encore à cuisiner, à manger des plats chauds et froids, à boire. Les effluves d'alcool emplissaient la maison, la cour, la rue. Dans la cour, pommes et poires, lourdes comme des marteaux, faisaient ployer les branches des arbres fruitiers. Les moustiques voletaient inlassablement. Les phalènes semblaient plus fatigués. Le chef du village, qui avait la cinquantaine, buvait tout en chassant les moustiques. Ni gros ni maigre, il était légèrement bossu. Son visage épais et déprimé semblait de bois – gris. Dans la maison, des portraits de divinités et des tableaux de paysages étaient accrochés aux murs. Un portrait de Deng Xiaoping. Un portrait de Mao Zedong sous lequel l'ombre du chef du village se projetait. Un immense dessin qui représentait les huit immortels traversant la mer était accroché au mur mitoyen, si bien que le pan entier faisait l'effet d'une mer bleu azur. Le chef du village était en train de boire au bord de la mer. Lorsqu'il le portait à ses lèvres, le verre à alcool faisait des bruits de vagues et des clapotis. Lorsqu'elles touchaient bols ou plats, les baguettes semblaient des rames heurtant le rivage.

— Merde alors ! Elle ne m'a pas ouvert ! Elle a osé ne pas m'ouvrir ! se plaignait le chef tout en sirotant.

Je ne t'ai pourtant pas offensée. Je suis très gentil avec toi. Mais j'ai eu beau appeler, frapper, tu ne m'as pas ouvert !

Sa femme sortit de la cuisine avec un plat d'œufs à la ciboule. Sa chemise à moitié déboutonnée, on voyait pendre un sein, pareil à une jeune pousse d'aubergine. Elle passa près de nous, nous prenant peut-être pour deux pieux de bois plantés là. La ciboule était verte. Les œufs, jaunes. Le visage souriant de cette femme qui n'avait pas encore la cinquantaine était d'un rouge brun de laque séchée.

— Gong Tianming, je t'ai aussi préparé des œufs sautés. Alors, cette fois, tu vois bien qui de cette veuve ou moi est gentille avec toi ?

Elle s'assit face au chef, à côté de la petite table, se servit un verre d'alcool et trinqua avec lui.

— Je ne vois vraiment pas ce que cette veuve a de plus que moi, si ce n'est qu'elle est plus jeune. Mais cette fois, tu vois bien que sa gentillesse envers toi est feinte. Non seulement elle t'a flanqué dehors, mais en plus elle t'a giflé !

Elle poussa vers lui le plat d'œufs sautés.

— Allez, mange donc ! La ciboule, c'est la partie maigre de sa chair, et les œufs, la partie grasse. Ce plat-ci, c'est de la viande sautée de cette veuve !

Elle plaça devant lui un bol de bouillon.

— Et voilà une soupe de ses côtelettes !

ça, c'est de la langue de veuve aux crudités, et ça, du lait de veuve mélangé à du jus d'ail. Mange et bois ! Cela apaisera ma haine comme la tienne.

Le chef leva la tête pour regarder sa femme. L'expression encore plaintive et déconcertée par sa propre impuissance, il finit tout de même par trinquer avec elle. Il regarda sa face de laque séchée sans mot dire et saisit ses baguettes pour attraper un morceau de viande de veuve.

Père et moi comprîmes que le chef du village dormait debout. Sa femme aussi. Tous deux mangeaient, buvaient et se plaignaient en rêvant. Dans le hall d'entrée se trouvaient deux pots de rosiers rouge sang. Dans la nuit, le parfum des fleurs, de la nourriture et de l'alcool inondait le chef du village et sa femme comme les eaux d'un marais. Sur le seuil de l'entrée, nous regardions ces deux visages avec l'impression de voir deux planches dressées et séparées depuis longtemps.

— Vous êtes en plein somnambulisme, dit mon père en s'avançant vers eux. Vous êtes somnambules ! Lavez-vous le visage ou bien faites bouillir du thé, vous laver ou boire du thé vous réveillera !

Mon père se tenait à leurs côtés.

— Chef, il faut vous réveiller. Vous devez trouver le moyen d'empêcher les villageois de dormir. Dès qu'ils s'endorment, ils deviennent somnambules. C'est terrible. Déjà des hommes sont morts. Beaucoup sont morts. Certains se sont jetés dans le fleuve. D'autres ont été volés et tués par des cambrioleurs. Il s'agit de meurtres, c'est extrêmement grave. Si vous n'intervenez pas, ça va être le chaos. Le village va devenir comme une marmite de gruau.

Il alla chercher une bassine d'eau et l'apporta au chef.

— Rafraîchissez-vous. Passez-vous de l'eau sur le visage pour vous réveiller et dépêchez-vous de vous occuper du village. Vous ne pouvez pas rester les bras croisés pendant que tout le monde meurt.

Il déposa la bassine à ses pieds. Le chef regarda mon père, puis la bassine, et se servit un autre verre d'alcool.

— Je t'ai pris pour Wang Erxiang, mais tu n'es pas Wang Erxiang. Si tu n'es pas Wang Erxiang, pourquoi viens-tu me parler de me rafraîchir ?

De nouveau, il but, puis saisit un morceau de nourriture entre ses baguettes.

— Belle-sœur, rafraîchis-le ! reprit mon père.

Ses yeux se posèrent sur la femme du chef et s'en écartèrent aussitôt. Le sein dénudé ressemblait vraiment à une pousse d'aubergine desséchée.

— Vite ! Passe-lui de l'eau sur le visage. Et rafraîchis-toi aussi.

Les villageois meurent ! Chef, vous ne pouvez pas ne rien faire ! Si vous n'intervenez pas, il n'y aura plus personne en vie !

Rafraîchis-toi d'abord et réveille-toi, ensuite occupe-toi du chef. Hé ! Cesse de manger et lave-toi le visage !

Mon père se tenait là et leur parlait, mais le chef et sa femme continuaient à boire et à manger comme s'il n'y avait personne. Finalement, père se mit lui-même à rafraîchir le chef qui se mit alors en colère. Il se leva d'un coup, jetant ses baguettes :

— Putain ! Mais qui es-tu pour oser me frotter ainsi le visage ? Tu te prends pour ma femme ? Tu te prends pour Wang Erxiang ? Si tu me touches encore, je demande à ma femme de te faire sauter comme elle a fait sauter Wang Erxiang et nous te dégusterons avec un peu d'alcool !

La voix puissante, vert de colère et d'orgueil, il semblait prêt à saisir un tabouret pour le jeter sur mon père.

— Je suis Tianbao. Tu ne me reconnais pas ? déclara mon père, saisi de frayeur.

Il fit un pas en arrière.

— Je suis Li Tianbao qui vend des couronnes de fleurs. Je suis éveillé tandis que tu es en train de rêver.

— Fiche-moi le camp !

Le chef se rassit. Il se servit un autre verre d'alcool. Ramassa ses baguettes sans les essuyer et les pointa vers un plat de crudités. Sa femme le regardait en souriant. Elle s'adressa à mon père, toujours souriante :

— Tu dis que nous sommes somnambules, mais regarde-toi, ton visage est bouffi de sommeil, aussi épais qu'un mur ! Au lieu de rentrer te coucher, tu viens jusqu'ici en pleine nuit ? Tu ne veux donc pas laisser mon homme se reposer ? Il est chef du village, mais il n'est pas un journalier ou quelque ouvrier agricole à ton service que tu peux venir chercher en pleine nuit !

Elle reprit un peu de nourriture, un peu d'alcool.

— Voici une cuisse de Wang Erxiang. Voici de la poitrine de cette veuve. Mange-la. En la mangeant, c'est comme si tu dormais avec elle. Alors tu auras moins envie d'elle.

Elle cherchait à lui plaire en disant tout cela, mais en levant son verre, le chef la regarda fixement, froidement. Il la haïssait. Elle détourna les yeux et se mit à parler plus bas, doucement :

— Si elle ne t'a pas ouvert sa porte, ce n'est tout de même pas de ma faute.

Si elle t'a repoussé, giflé, ce n'est quand même pas de ma faute !

Père et moi, nous partîmes. Nous quittâmes le somnambulisme de cette maison. La nuit demeurait la même. Pleine de bruits de pas et de murmures dissimulés. Le mystère et l'inquiétude planaient partout, omniprésents comme l'air que l'on respirait. C'était comme si derrière chaque arbre était embusqué un homme. Soudain, les lampadaires de l'avenue s'éteignirent. Partout dans le bourg, les lampadaires s'éteignirent. Etait-ce que l'heure était venue pour eux de s'éteindre ou des voleurs somnambules avaient-ils coupé l'électricité ? L'avenue était noire. Dans les ruelles, l'obscurité était plus dense encore. Les bruits de pas semblaient plus clairement perceptibles, plus sonores. Plus indistincts et plus précis à la fois.

La nuit était devenue favorable aux voleurs et aux bandits.

Le bourg était devenu favorable aux voleurs et aux bandits.

Le monde était devenu propice au vol et au banditisme.

Père me prit la main.

— Il n'y a plus d'électricité, n'aie pas peur.

Dans le noir, je hochai la tête, mais serrai plus fort sa main. Cette main qui chaque jour fendait le bambou pour le tresser en couronnes de fleurs était rugueuse, graveleuse comme une semelle de chaussure. Après quelques pas dans l'obscurité, il nous sembla voir les étoiles, voir sous nos pieds la route pareille à une eau boueuse. Nous avancions lorsque nous entendîmes des pas derrière nous, des pas qui nous rattrapaient. Nous nous retournâmes et sans attendre que les pas se rapprochent, mon père prit la parole :

— Hé ! Qui que tu sois, fais ce que tu as à faire ! Mon fils et moi, on ne voit rien ! On ne dira donc rien à personne !

Mais l'ombre s'approcha encore, à pas de plus en plus rapides.

— Qui êtes-vous ? Vous venez bien de chez moi, non ?

C'est bien vous qui êtes venus chez moi, n'est-ce pas ?

C'était le chef du village.

C'était le chef du village qui nous avait couru après depuis sa maison, depuis son rêve. Une lampe électrique à la main, il éclaira le visage et le corps de mon père. Puis il l'éteignit et, debout dans le noir, sembla réfléchir.

— Chef, si vous avez un peu de thé chez vous, demandez à votre femme de vous en préparer une tasse. Je peux aussi demander à Niannian de vous en apporter de chez nous.

Le chef ne répondit rien. Après un moment, il déclara subitement :

— J'avais la tête pleine de sommeil tantôt, l'esprit embrouillé, mais je me sens moins fatigué maintenant, on dirait qu'il y a une petite éclaircie dans ma tête. C'est bien toi qui es venu me dire qu'il y avait des morts au village, plusieurs morts ?

— Oui. Beaucoup de morts. C'est à cause du somnambulisme, les gens se font tuer. C'est pourquoi il faut te réveiller pour intervenir.

La nuit était étrangement calme. Un calme qui excédait de touffeur. Tandis qu'il répondait au chef, je perçus l'inquiétude de mon père et sentis la sueur dans la paume de sa main. Le chef, lui, ne manifestait aucune inquiétude. Il était dans le noir, son visage entièrement fondu dans l'obscurité. On eût dit qu'il ne possédait pas de visage, que seul un corps se dressait devant nous. Il demeura ainsi un long moment, un pieu noir devant nous.

— Li Tianbao, quand un homme meurt, tu vends des couronnes de fleurs et des robes mortuaires, mais ça ne te fait pas gagner tant d'argent. Moi, je vais te donner une belle somme et on va profiter de cette nuit pour que tu m'aides à faire quelque chose, d'accord ?

Tu vas aller préparer un peu de poison. On va profiter de l'absence de mon fils et du fait qu'il n'y a personne chez moi. Et pendant que le bourg est plongé dans le somnambulisme, tu vas verser un peu de poison à ma femme, dans un verre à alcool ou un bol de soupe. Comme ça, Erxiang et moi, on pourra se marier.

Le chef demeura là, sans bouger, à fixer nos ombres devant lui, comme on fixe quelque chose qu'on ne peut pas voir. Dans la main de mon père, la sueur se glaça subitement.

— Que dis-tu, chef ? Comment pourrais-je, moi, Tianbao, avoir le cran de faire ça ? Je suis venu te voir uniquement parce que j'ai peur que les choses s'aggravent au bourg à cause du somnambulisme. Je vais rentrer te chercher du thé bien fort.

Il m'entraîna avec lui loin du chef. D'abord doucement, puis à grands pas. Tandis que nous avancions à vive allure, il se retourna vers l'ombre noire :

— Rentre chez toi, chef ! La vie est une chose précieuse. Je vais te chercher un bol de thé bien fort !

Le chef ne répondit pas immédiatement, mais après un moment, sa voix nous rattrapa :

— J'aime vraiment Erxiang, alors dis-moi, que puis-je faire ? Que dois-je faire ?

Une voix angoissée, fiévreuse, malheureuse. Avec aussi de la douceur et de la bonté, semblait-il. Etait-il sorti de son rêve ou toujours plongé dans le somnambulisme ? Mon père ne se préoccupait que d'avancer à vive allure, m'entraînant avec lui. Il ne se retourna pas et se contenta d'adresser, pour la forme, un signe de tête à l'ombre derrière nous :

— Rentre chez toi, chef ! Personne au bourg n'a les lèvres plus scellées que les miennes. Je vais te chercher du thé qui te réveillera.

Nous entendîmes le bruit des pas du chef qui rebroussait chemin pour rentrer chez lui. Des pas lents, traînants, à croire qu'il se demandait encore, avec désarroi, s'il devait ou non tuer sa femme pour épouser Erxiang.

## 2
## 2h22-2h35

Il y a un commissariat de police au bourg.

Un commissariat qui se trouve dans une cour, face au bâtiment gouvernemental. Dans cette cour, il y a des arbres, des lampadaires et un ventilateur électrique. Les agents étaient là à dormir au frais. L'éclairage jaune boueux dessinait un lac brillant. Nous grimpâmes sur la porte en fer à claire-voie et aperçûmes cinq lits en bambou parfaitement alignés. On eût dit cinq civières à cadavres. Mais les policiers étaient vivants. Ils se tournèrent et se levèrent l'un après l'autre, pareils à des soldats, glissèrent leurs pieds dans leurs chaussures et se dirigèrent vers le mur derrière eux. Au pied du mur, ils sortirent tous leur chose et se mirent à uriner. On entendait ruisseler. Comme si le fleuve à l'extérieur du bourg passait dans cette cour. Le premier à avoir terminé attendit les autres, gardant sa chose en main. Quand ils eurent fini tous les cinq, l'un d'entre eux, peut-être bien le chef, sembla dire quelque chose. Alors ils obéirent et agitèrent leur chose afin d'en faire tomber les gouttes. Ensuite, ils revinrent, ensemble et bien en ordre, pour quitter leurs chaussures et se recoucher. Le bruit de leur respiration et de leurs ronflements faisait l'effet d'une rivière coulant dans la cour.

— Il y a des morts au bourg ! Allez-vous vous en occuper ? Des morts ! Allez-vous vous en occuper, oui ou non ?

Nos cris jaillissaient par la jointure de la porte. Trois policiers s'assirent sur leurs lits en même temps et, unanimes, nous jetèrent comme ils nous auraient jeté une brique :

— Allez-vous-en ! Venir nous déranger en pleine nuit ! Vous voulez qu'on lâche les chiens ?

Ils se rallongèrent de concert. Dans le noir, les lits craquèrent sous leur poids, telles les tiges de bambou d'une couronne de fleurs que l'on aurait brisées toutes en même temps. Puis ce fut le silence. Des grincements de dents rythmés.

## 3
## 2 h 35-3 h 00

Les cadres du bâtiment gouvernemental avaient également sombré dans le somnambulisme. Tous sans exception. Seuls les ampoules et les néons demeuraient éveillés, allumés. On pouvait distinguer jusqu'aux fissures des vieilles briques qui pavaient la cour. Une aiguille y serait tombée qu'on l'aurait repérée aussitôt. Les moustiques voletaient dans la lumière. Les papillons de nuit aussi. Sur la treille, les jeux de lumière et d'ombre exécutaient une danse mystérieuse. La maison était centenaire. Pareille à un temple aux tuiles et briques vertes. Pareille à un palais de la Cité interdite. A l'origine, c'était une maison traditionnelle à cour carrée qui avait appartenu à un notable du village pendant la période républicaine. Ensuite, c'était devenu le bâtiment gouvernemental du bourg. Les pièces s'étaient transformées en bureaux. Le maire et ses subordonnés y travaillaient ou s'y reposaient. Ils lisaient les journaux, étudiaient des dossiers, tenaient des réunions. Ils administraient le village et tout ce qui se passait sur les monts Funiu. Cette nuit-là, ils étaient tous devenus somnambules. Le maire. Son adjoint. Tous deux somnambules ; les autres, occupant des postes plus ou moins importants, avaient suivi.

Dans leur rêve, ils s'occupaient du gouvernement d'une dynastie. Quinze jours auparavant, une troupe de théâtre s'était produite au bourg et nous avait interprété *Le général Yang* et *Le cas de Bao Gong*. Voilà que les costumes de ces deux opéras reprenaient du service : le maire avait revêtu la robe impériale, son adjoint portait celle d'un premier ministre. Sur la robe de l'empereur étaient brodés dragons et phénix, les bordures étaient dorées et les manches aussi larges que des jambes de pantalon. Les costumes de ministres avaient également des bordures dorées et une ceinture pourpre. Ceux de l'impératrice et des concubines, ornés de jades et d'agates cousus, étincelaient. Cliquetaient. Cette nuit-là, la grande salle de réunion s'était transformée en palais. Hormis le maire et son adjoint, les cadres du bourg arboraient des costumes de mandarins ou de généraux. Les plantons et les cuisiniers avaient également pris du grade en revêtant des costumes d'eunuques et de subordonnés. C'était une scène resplendissante. Ruisselant de bijoux et de perles rutilantes. Brillant de mille feux.

Quelques rangées de lanternes rouges avaient été suspendues. Le balayeur, qui faisait office de mandarin, se tenait aux côtés des nombreux ministres et brandissait une pancarte sur laquelle on pouvait lire *Silence*. Les speakerines des stations de radio faisaient office de concubines, l'une d'impératrice, une autre de servante chargée d'éventer l'empereur. Le silence régnait. L'atmosphère était calme et solennelle. Les paupières étaient lourdes de fatigue mais sur les visages se lisait l'effort de ne pas dormir, soutenu par la curiosité, la fascination. Chacun semblait lutter pour pouvoir écouter ou faire on ne savait quoi avant de sombrer dans le sommeil. Ministres et généraux étaient agenouillés aux pieds du maire empereur. Ce dernier était assis sur un trône et devant lui se trouvait une table sculptée à bordures dorées que les acteurs ont l'habitude de dresser sur scène. Un grand sceau enveloppé dans de la soie y était posé, juste au centre, avec de part et d'autre pinceaux, porte-pinceaux et petites tasses à thé. Une servante apporta au maire une soupe reconstituante extrêmement raffinée. Ce dernier lui jeta un regard un peu las. Agita légèrement la main. La servante recula, un peu effrayée.

— Parlez donc ! Les affaires de ce monde ne se résolvent pas à genoux !

Le maire s'exprimait avec l'intonation d'un empereur. Lentement. Avec un peu d'exaspération dans la voix. Généraux et ministres le jaugeaient discrètement, observant son teint, son attitude. Comme il saisissait doucement le bol de soupe pour y tremper les lèvres, ils surent que l'humeur de l'empereur était apaisée et éprouvèrent un grand soulagement.

— Asseyez-vous. Asseyez-vous et prenez la parole l'un après l'autre.

A ces mots, ministres, mandarins et généraux se courbèrent, agitèrent leurs manches et s'exclamèrent en chœur :

— Merci, votre majesté !

Après quoi, ils s'installèrent, pour une part assis, pour l'autre debout, de chaque côté de la salle, face à l'empereur.

— Qui parle le premier ? Il vaut mieux que ce soit toi, le premier ministre. Raconte-nous ce que tu as vu ce mois-ci au sud du fleuve.

L'adjoint au maire s'empressa alors de s'avancer. Il s'inclina et agita ses manches avant de déclarer :

— Nous remercions sa grâce impériale infinie. Nous sommes partis vers le sud conformément à vos instructions, nous avons traversé le Shandong, Xuzhou, et en suivant le fleuve par bateau depuis Nankin, nous sommes passés par Wuxi, Yangzhou, Suzhou, Changshu, et ainsi jusqu'à Hangzhou. Partout nous avons voyagé incognito afin de n'effrayer personne. Partout nous avons vu le peuple en paix et le pays prospère. Le peuple vit dans l'opulence et il n'est personne pour ne pas exprimer sa gratitude envers l'extrême bonté et vertu de l'empereur. Tout le monde crie : Vive l'empereur !

— Toujours les mêmes paroles, dit l'empereur en agitant la main. Vous me racontez toujours les mêmes choses.

Mais son visage était souriant, ses yeux pleins de gaieté.

— Il faut bien avouer que depuis la capitale jusqu'au sud du fleuve, le voyage a dû être difficile, les transports peu commodes. Premier ministre Ma, vous êtes parti plus d'un mois, cela a dû être éreintant. Je vous accorde donc un congé. Demain, vous vous rendrez à Chengde pour vous y reposer quelques jours à l'abri de la chaleur. Vous emmènerez vos serviteurs.

Il agita de nouveau la main, afin que le premier ministre se retire. Il balaya du regard ministres et généraux de chaque côté de la salle.

— Gouverneur militaire Li, vous êtes rentrés de la zone frontière depuis plusieurs jours déjà, dites-nous quelle est la situation là-bas. Parlez-nous du nord-ouest et de la misère du peuple là-bas.

Li Chuang, le responsable adjoint des forces armées du bourg, s'avança. Il tira un peu sur ses manches, s'agenouilla puis leva la tête vers le maire. D'une voix aussi sonore qu'une cloche, il déclara :

— Je remercie sa majesté, sa grâce impériale infinie. Je me suis en effet rendu à la frontière du nord-ouest afin de défendre la place. Il y a trois ans, la région était plongée dans la tourmente de guerres incessantes, le peuple vivait dans la misère. Partout où je suis allé, je n'ai vu que des hommes affamés, souvent ils venaient nombreux arrêter nos chevaux pour mendier eau et nourriture. Or, les Huns ne cessaient d'attaquer la frontière. Ils pillaient sans relâche. En particulier à la saison des récoltes, ils ne reculaient devant rien, mettaient tout à feu et à sang, violaient les femmes. Le peuple n'avait plus le cœur de labourer et plus rien à manger. La plupart abandonnaient leurs terres pour fuir vers l'intérieur du pays. Mais, votre majesté, j'ai suivi vos sages instructions : assurer d'abord la sécurité des frontières, puis celle de la région. J'ai donc livré bataille à nos ennemis. Pas un combat ne s'est conclu sans pertes. Pas un soldat n'a déserté. Unanimes, les hommes préféraient mourir sur le front plutôt que fuir pour sauver leur vie. Je combattais à leur tête. Par trois fois, des flèches m'ont blessé durant la bataille des monts Qilian, mais j'ai continué à me battre. Trois jours et trois nuits durant, je ne suis pas descendu de cheval, je n'ai pas désarmé. Je mangeais à cheval, je dormais en selle. Finalement nous avons vaincu les Huns, les obligeant à reculer de plus de cent vingt lis. Après cette victoire, nous avons continué à avancer en gagnant chaque combat. Nos ennemis se sont repliés. Nous avons reconquis et pacifié tout le territoire du nord-ouest. Le peuple est revenu et s'est remis à cultiver la terre, à jouir d'une vie paisible en famille. Maintenant, toute la frontière de la région du Shaanxi, du Gansu, du Ningxia et de la Mongolie intérieure est pacifiée. Le peuple y vit en paix et dans la prospérité. Dans tous les villages du grand nord-ouest, quelle que soit leur ethnie, en me voyant à la tête des soldats Han, vos sujets s'agenouillaient tous sans exception pour acclamer votre majesté et son armée, et me demander de transmettre à votre majesté, dès mon retour à la cour, leur gratitude, et tous de crier longue vie, longue vie à l'empereur !

Le responsable adjoint des forces armées du bourg s'était exprimé avec éloquence dans une langue parfaite. Les autres avaient écouté, bouche bée, déconcertés. Ce petit responsable adjoint, un descendant de Li Zicheng, possédait donc des lettres et un talent d'orateur ! Même le maire en fut surpris, agréablement. Le maire adjoint en resta coi et jaloux. Les autres cadres du bourg, qui s'occupaient de l'administration civile, de l'économie ou de l'éducation et qui, à ce moment-là, officiaient en tant que ministres de l'empereur, se sentirent honteux de leur infériorité. Ils savaient que le maire appréciait cet homme et craignaient qu'il bénéficiât bientôt d'une promotion. Peut-être deviendrait-il adjoint au maire, responsable de la sécurité publique. Peut-être deviendrait-il gouverneur militaire général de la région frontière. Les regards se rivèrent alors sur Li Chuang. L'empereur éclata d'un grand rire, se leva et fit quelques pas devant la table. Quelques allées et venues avant de s'arrêter devant son trône. Il saisit le grand sceau et déclara :

— Gouverneur Li, vous possédez à la fois la vertu et la science, vous avez rendu d'éminents services à l'empire. Afin que les affaires d'Etat soient en bon ordre, récompenses et punitions doivent être strictes et impartiales, je vous nomme donc gouverneur militaire général. Vous serez responsable de toutes les frontières, du nord-ouest, du nord-est, du Yunnan, ainsi que du Guangdong, du Guangxi et de Taiwan.

Puis, souriant, l'empereur balaya une fois encore du regard la foule des ministres et généraux, inspirant et expirant profondément, comme si tout était enfin paisible et en harmonie et que cela lui procurait un grand soulagement.

— Qu'en est-il des affaires éducatives et civiles ? Les autres ministres ont-ils quelque chose dont ils souhaitent rendre compte ?

Les ministres se regardèrent. Le ministre des affaires civiles s'avança, agita ses manches, s'inclina profondément, jambe fléchie, et déclara :

— Votre humble serviteur souhaiterait vous exposer quelque chose, j'ignore si le moment est opportun.

— Parlez, dit l'empereur en lui adressant un regard semblable à celui qu'il aurait adressé à un peuple criant à l'injustice. Mon gouvernement est diligent aujourd'hui, je suis d'excellente humeur, vous pouvez donc aborder toutes les questions que vous souhaitez.

Le ministre se redressa, regarda l'empereur puis ses confrères.

— Le pays est prospère cet été. Partout les récoltes sont abondantes. Les épis de blé sont énormes. Pourtant l'institut astronomique m'a récemment communiqué une information cruciale : dans trois jours, le temps va se gâter, la pluie va tomber sans discontinuer pendant quinze jours à un mois, au moins. Cela va provoquer des inondations dans une grande partie du pays. Si l'on ne récolte pas dès maintenant, je crains que plus de la moitié du blé ne pourrisse dans les champs, ce qui entraînera un hiver cruel et partout la famine. D'après les déductions de l'institut astronomique, même si le pays est prospère aujourd'hui et que le peuple s'en réjouit, une terrible catastrophe se cache derrière cette paix et cette prospérité. Majesté, vous devez anticiper sur le danger à venir et garder votre esprit pénétrant. Annoncez le plus tôt possible à vos sujets qu'ils doivent faucher le blé toute la nuit et faire des réserves de grains, qu'ils doivent ensuite construire digues et barrages afin de se prémunir contre les inondations et mettre en ordre leurs habitations, de sorte que lorsque la catastrophe arrivera, personne ne soit pris au dépourvu, que notre pays ne connaisse pas à nouveau la misère, l'instabilité latente qui en découlera, le danger d'effondrement. Je souhaite que votre majesté prenne sérieusement en considération les paroles de son humble serviteur.

Le ministre aux affaires civiles agita ses manches, s'inclina profondément, tout en jaugeant discrètement l'empereur. Il lut le mécontentement sur son visage. Embarrassé, l'empereur bâilla, fit mine de ne pas avoir écouté attentivement, d'être las. Alors le ministre des affaires civiles se montra franchement inquiet, prêt à reprendre la parole au risque de mourir. Mais au même instant – exactement comme dans une représentation théâtrale, au moment le plus critique –, survint un nouvel événement. Un garde accourut pour se planter devant l'empereur et ses ministres. Il exécuta rapidement le rituel des manches et s'empressa d'informer l'empereur :

— Votre majesté, il y a dehors deux petits malins qui ont fait irruption, nous n'avons pas pu les intercepter, ils disent qu'ils veulent voir le maire en personne, l'empereur en personne. Ils disent qu'à l'extérieur du bourg les récoltes sont abondantes et que les paysans continuent à moissonner même la nuit, comme des somnambules. Qu'à l'intérieur du bourg, certains profitent que l'on se soit endormi, épuisé, ou que l'on ait sombré dans le somnambulisme pour voler et piller, pour dérober de l'argent et tuer. En somme, c'est le chaos. Votre palais risque de s'effondrer. Majesté, pouvez-vous nous dire si vous souhaitez recevoir ces deux individus ?

Le maire posa les yeux sur le garde :

— Vous affirmez que ce sont deux petits malins ?

Le garde frotta ses yeux ensommeillés :

— Oui. Il s'agit d'un père et de son fils qui tiennent la boutique du Nouveau Monde.

L'empereur détourna les yeux pour les river sur le ministre des affaires civiles qui venait d'annoncer un danger imminent. Il le regarda froidement. Renifla bruyamment. Enfin, il s'adressa au gouverneur Li Chuang :

— Gouverneur militaire, on a autant besoin de vous aux frontières qu'à l'intérieur du pays ! Allez voir un peu ce qui se passe dehors. Je n'ai qu'une parole pour quiconque ne respecte pas nos lois, nous calomnie en disant que l'empire n'est pas prospère et que le peuple ne vit pas en paix — qu'il soit décapité !

Le gouverneur Li en eut le souffle coupé. Il balaya du regard l'assemblée des ministres puis suivit le garde hors du palais.

Li Chuang, responsable adjoint aux forces armées du bourg, occupait déjà, à trente ans environ, un poste d'importance : il veillait à la sécurité publique et s'occupait des plaintes depuis une bonne dizaine d'années. Servile, prêt à tous les sacrifices, il n'avait pourtant jusqu'ici jamais obtenu de promotion. Voilà qu'il pouvait enfin saisir sa chance ! Aussi se dirigea-t-il à grands pas vers la porte du bâtiment gouvernemental.

Le bâtiment gouvernemental ne se trouvait pas dans le centre animé, mais au nord-est du bourg. Devant la grand-porte se dressaient encore les lions de pierre datant de l'époque républicaine. Quelques vestiges de l'ancienne tour survivaient. L'endroit était silencieux. Les six marches de l'ancien perron existaient encore. Dans le ciel flottaient quelques nuages dont les ombres se projetaient. Si tous les lampadaires du bourg étaient éteints, celui qui se trouvait devant la grand-porte continuait à briller. Dans la nuit profonde, il soulignait la différence qui existait entre ce bâtiment et le reste du bourg, entre les institutions et le peuple. Père et moi, nous arrivâmes devant la porte de cette Cité interdite. Nous attendions que le garde revienne lorsqu'un homme s'approcha. Un vieillard qui dormait debout. Les cheveux cassants, édenté, on croyait voir un trou lorsqu'il fermait la bouche tandis qu'elle nous paraissait immense quand il l'ouvrait. C'était Gao Bingchen, un vieillard qui ne vivait que des plaintes qu'il déposait. A soixante-douze ans, cela faisait déjà dix-huit ans qu'il vivait ainsi. Dès qu'il n'avait plus d'argent, il venait déposer une plainte. Le gouvernement lui donnait alors un peu d'argent. Dès qu'il n'avait plus rien à manger, il revenait, et le gouvernement lui donnait de la farine et du riz. A part lui, personne ne déposait de plainte. Lui ne cessait pas. Son fils était mort dans une usine du district ; l'usine affirmait qu'il était mort de maladie et refusait de donner toute indemnité. Aussi le vieillard venait-il demander réparation. Il n'avait plus personne pour subvenir à ses besoins. Dans cette nuit de somnambulisme, nous pensions qu'il se présentait, en rêve, pour déposer une plainte, mais lorsqu'il s'approcha de nous, sous la lueur jaunâtre du lampadaire, nous l'entendîmes marmonner. Ses paroles étaient confuses et distinctes à la fois. Un sourire cireux éclairait son visage.

— Désormais je ne déposerai plus de plainte. Plus jamais.

Vraiment, je n'aurai plus à venir demander justice, plus jamais.

Il répétait cela en boucle et son sourire s'élargissait. Comme père lui demandait pourquoi il ne viendrait plus demander justice, le gouverneur Li Chuang sortit. Dans son costume d'opéra, il avait une démarche martiale et parlait en rêvant. Il marcha jusqu'au perron et s'arrêta en haut des marches en nous apercevant. Il n'eut pas le temps d'ouvrir la bouche que le vieillard bondit vers lui.

— Responsable adjoint Li ! Désormais je ne viendrai plus déposer de plainte !

Responsable adjoint Li, je suis venu justement pour vous le dire, à vous et au maire. Quand je viens, vous me demandez toujours comment j'ai fait pour dépenser si vite l'argent que vous m'avez donné la fois précédente, mais je n'en sais rien. Je place l'argent sous mon oreiller et, en quelques jours à peine, il n'en reste rien, alors je n'ai plus qu'à revenir vous en redemander. Mais cette nuit, j'ai fait un rêve, j'ai rêvé que cet argent que vous m'aviez donné, j'avais eu peur de le perdre, aussi l'avais-je caché dans le tronc du plaqueminier de ma cour, dans un creux du tronc. Je suis allé voir et j'ai trouvé plus de trois mille yuans ! J'ai cherché dans le tronc d'un autre arbre et j'ai trouvé plus de deux mille yuans ! Alors j'ai fouillé mon lit, les fentes de mes murs, les fissures des briques sous mon lit. Devinez combien j'ai trouvé ! Au total, j'ai trouvé cent vingt-trois mille huit cents yuans !

Cent vingt-trois mille huit cents yuans ! Je n'ai donc plus besoin de venir déposer plainte. J'ai de quoi me nourrir toute ma vie, jusqu'à la fin de mes jours. Responsable adjoint Li, je suis venu vous le dire, à vous et au maire, cette fois c'est vrai, je ne viendrai plus jamais déposer de plainte. On me battrait à mort que je ne viendrais pas.

La nuit était brûlante. L'homme enfiévré. La lumière du lampadaire brillait, éclatante comme le rire du vieillard. Il riait tout en gravissant les marches du perron et, arrivé à la hauteur de Li Chuang, il répéta encore trois fois :

— Cent vingt-trois mille huit cents yuans !

Li Chuang l'arrêta. Nous l'entendîmes demander :

— Vraiment, tu ne viendras plus déposer de plainte ?

— Je vous le garantis !

Li Chuang le tira par le bras pour l'attirer plus près de lui et, à voix basse, avec une certaine froideur, il lui dit :

— Je m'occupe du bureau des plaintes, alors si tu ne viens plus, à quoi servirai-je ? Si tu ne viens plus, le bourg ne disposera plus du budget mensuel de quelque dix mille yuans pour le maintien de la stabilité. Si tu ne viens plus, comment pourrai-je devenir grand gouverneur général ? Ecoute-moi bien, tu vas continuer à venir chaque mois déposer une plainte. Chaque année, tous les mois, tu iras au chef-lieu du district pour réclamer justice.

Et comme il secouait le vieillard par les épaules, celui-ci sembla s'éveiller. Un peu choqué, il poussa un « Oh ! ». Il semblait réellement tiré du sommeil. Il regarda Li Chuang droit dans les yeux. Sa voix se fit ferme et pressée :

— Responsable adjoint Li, tu portes un costume d'opéra et tes yeux sont à demi fermés, tu dors debout, non ? Moi-même à l'instant, je dormais à moitié, mais c'est vrai, j'ai réellement trouvé où j'avais caché l'argent, ce dont je ne me souvenais pas d'ordinaire. Et il y en a pour cent vingt-trois mille huit cents yuans au total. Avec une telle somme, je n'ai plus à me plaindre. Vraiment, je ne viendrai plus déposer de plainte.

Le responsable adjoint Li ne répondit rien. Le gouverneur militaire Li ne dit mot. Il fixa longuement le vieillard. Longuement. Et brusquement il le poussa. Il retroussa ses manches et remonta un peu sa robe de guerrier qui traînait par terre.

— Tu veux que je continue à garder les frontières et à pacifier l'intérieur du pays ? Tu veux que le chef du bureau des plaintes soit au chomage ? Si tu ne viens plus déposer de plainte, tu ne brises pas seulement mon avenir et celui du maire, tu coupes aussi les ressources économiques de notre dynastie !

D'un geste vif, il ôta sa robe de guerrier pour la jeter à terre avant de s'approcher du vieillard.

— Désormais je ne suis plus ce petit adjoint du département des forces armées, je suis le gouverneur militaire général de cette dynastie ! Je veille à la sécurité de l'empire aux frontières comme à l'intérieur ! Quiconque refuse de m'obéir, je le tue ! Si tu ne m'obéis pas, je suis prêt à te tuer, tu entends ?

Il donna un coup de poing au vieillard. En pleine poitrine. Le vieux Gao recula de deux pas. Le vieux Gao Bingchen qui avait déposé des plaintes dix-huit ans durant, qui ne voulait plus continuer, n'avait pas encore compris ce qui se passait dans un gouvernement. Il ignorait tout des affaires d'Etat. Déconcerté face à Li Chuang, il persistait :

— Tu es somnambule. Tu dors debout, je ne veux plus parler avec toi. Je vais parler au maire. Je ne veux vraiment plus venir déposer de plainte. Vraiment, je n'en ai plus besoin.

Il tenta de se glisser à l'intérieur du bâtiment, mais Li Chuang le repoussa. Il essaya à nouveau, mais Li Chuang le repoussa derechef.

Le gouverneur le repoussait lorsqu'il mit subitement la main sur un bâton. Un bâton épais comme un poignet et long d'un *chi*. Il l'abattit violemment sur la tête du vieillard. Le sang jaillit.

— Ah ! Ma mère !

Un grand cri, puis Gao Bingchen s'écroula sur le perron.

Mort.

Pourtant, avant de rendre l'âme, il s'efforça d'une voix sourde de répéter :

— Je ne veux vraiment plus demander réparation et déposer plainte, vraiment !

Accompagnant ses dernières paroles, le sang coulait à flots du perron. Père et moi nous tenions en bas des marches, pétrifiés. Un étrange petit garde qui portait un costume de soldat avait assisté à la scène. Jeune cuisinier au bâtiment gouvernemental du bourg, la vingtaine, il avait obtenu ce poste grâce à des relations de parenté avec le maire. Il s'était tenu en retrait, derrière le responsable adjoint Li, et avait assisté à la querelle. A cet instant, face au vieillard mort, il fit volte-face et courut à l'intérieur du bâtiment en s'écriant :

— Un homme est mort ! Un homme est vraiment mort !

Il criait à faire trembler les murs, à ébranler le ciel.

Le responsable adjoint, lui, ne bougeait pas. Calme, il affichait l'allure d'un général.

— J'ai gardé les frontières trois ans durant. J'ai tué des Huns par dizaines de milliers. Croyez vous que des petits malins comme vous me font peur ?

Il jeta son bâton. Ramassa sa robe. Nous regarda.

— Vous êtes le père et le fils de la boutique funéraire du Nouveau Monde, vous vendez des couronnes de fleurs, eh bien, je viens de vous donner l'occasion d'en vendre encore.

Il épousseta sa robe. Sans même savoir si elle était pleine de terre, il l'épousseta soigneusement.

— Ecoutez-moi bien, ici, ce n'est pas le bâtiment gouvernemental du bourg, c'est la salle du trône de la Cité interdite ! Je ne suis pas non plus Li Chuang le responsable adjoint des forces armées du bourg mais le gouverneur général de la grande armée de l'empereur ! Si vous osez encore violer l'enceinte de ce palais, si vous causez le moindre désordre, vous subirez le même sort ! Le même sort que ce petit malin de Gao Bingchen !

Tout en continuant à s'épousseter, il se détourna pour pénétrer lentement à l'intérieur du bâtiment, à l'intérieur du palais. Un pas après l'autre. Sans se presser. Son ombre projetée par la lumière du lampadaire glissa doucement dans cette maison traditionnelle à cour carrée. Le bâtiment gouvernemental du bourg. Le palais impérial d'une nuit de rêve.

Père et moi, nous regardions, terrifiés. Glacés. Nos mains tremblaient. Celle de mon père dans la mienne était moite de sueur glacée. Dans ma main, je sentais cette sueur comme un bloc de glace. Mon corps entier était comme un bloc de glace.

# LIVRE VII

## CINQUIÈME VEILLE, PREMIÈRE PARTIE

*Les oiseaux volent en tous sens.*

# 1
# 3h01-3h10

On ne pouvait plus laisser personne devenir somnambule.

Un homme meurt aussi simplement que l'on grince des dents en dormant debout. Une maison est cambriolée, un magasin pillé, c'est aussi simple que de prononcer une parole en rêvant. Nous revenions du bâtiment gouvernemental du bourg et père se demandait comment faire cesser le somnambulisme. Il demanda à ma mère de porter la grande casserole au carrefour. De porter la cuisinière à gaz au carrefour. On alluma le feu. On remplit la casserole et lorsque l'eau bouillit, on y ajouta plusieurs poignées de thé.

On se rendit à la boutique d'herbes médicinales pour acheter cryolithe et réalgar qui aident à chasser le sommeil, puis on versa le tout dans la casserole.

La nuit était noire et épaisse partout dans le bourg, mais notre feu éclairait le carrefour. Des hommes qui ne dormaient pas, ou qui venaient tout juste de s'éveiller, approchèrent. Trois, puis cinq, six, des grappes d'hommes approchèrent. Ils burent notre infusion de thé, de cryolithe et réalgar, et nous aidèrent à en préparer d'autres.

Cette nuit-là, mon père devint un véritable saint. Il demanda à ma mère et à tous ceux qui étaient éveillés de faire bouillir cette mixture. Il dénicha un gong et se mit à arpenter rues et ruelles en criant :

— Ohé ! C'est la nuit des somnambules, il faut vous prémunir contre voleurs et bandits !

Ohé ! A la mairie et au bâtiment gouvernemental du bourg, ils sont tous somnambules, nous devons nous protéger par nous-mêmes !

Ohé ! Que ceux qui ne parviennent pas à lutter contre le sommeil aillent tous au carrefour boire notre thé ! C'est un thé qui chasse la fatigue et vous fait sortir de la léthargie !

A chaque coup de gong, des portes et des fenêtres s'ouvraient. Les somnambules affluèrent au carrefour. Cela fit du bruit. Ils buvaient le thé et causaient. Comment est-ce possible ? répétaient-ils. Comment était-il possible que pour la première fois depuis des siècles, des millénaires, notre village de Gaotian connaisse une telle épidémie de somnambulisme ? C'était incroyable, mais force était d'y croire. Partout dans les rues et ruelles, des pas d'hommes sonnaient. Le monde résonnait de pas d'hommes qui se rendaient au carrefour pour y boire notre mixture. Et tous de s'assembler, de discuter en écoutant le récit des événements étranges provoqués par le somnambulisme.

Le carrefour était rempli de monde. A croire qu'on y tenait une réunion. L'odeur du thé, l'odeur amère de la cryolithe et du réalgar flottaient. On buvait debout ou assis sur ses talons. Ma mère s'affairait comme pour acheter le riz au marché. Elle emplissait bol après bol et les tendait aux hommes devant elle. Pendant ce temps, mon père frappait le gong et, tandis qu'il passait du sud-est au sud du bourg, voici ce qui lui arriva. Il faut bien que je vous le raconte, esprits !

D'abord, tandis qu'il appelait et frappait le gong, il fit une rencontre. Un vieillard de soixante ans. Un vieillard surgi d'une ruelle. Il tirait une charrette. Un homme semblait s'y tenir debout, bien que recouvert d'un drap. Pour éviter qu'il tombe, le vieillard avançait courbé, très lentement, veillant à la stabilité de sa charge. Il se présenta ainsi face à mon père et se rangea sur le côté pour l'éviter. Puis il se retourna et grommela :

— C'est un dieu. Un dieu que je prie. J'ai déjà fait brûler beaucoup d'encens.

En effet, père remarqua une tuile faisant office d'encensoir sur le devant du pousse-pousse. Trois bâtons d'encens y brûlaient, déjà à moitié consumés. Petites étincelles de lumière. Ce vieillard, c'était Zhao Linggun du coin nord du bourg, le plus pauvre, le plus faible du village. Aussi petit que mon père, quoique plus maigre d'une taille. A soixante ans, il en paraissait soixante-dix, quatre-vingts. Au village et au bourg, tout le monde l'appelait le petit vieux. Il avait toujours vécu en faisant brûler de l'encens pour les autres. Lorsque par chance ses prières guérissaient la maladie d'un enfant, la famille lui donnait trois à cinq yuans. Dix yuans, huit yuans. Avisant mon père, il se comporta comme s'il avait vu le chef du bourg ou du district. Mais en le reconnaissant, il s'apaisa aussitôt et changea d'attitude.

— Tianbao ! C'est toi, Tianbao !

C'est un dieu que je prie, mais je ne l'ai pas volé.

Tianbao, autrefois quand mon père est mort, on m'a dit que c'était toi qui m'avais dénoncé, alors en faisant brûler l'encens et en me prosternant, je te maudissais. J'espérais que tu mourrais, je te maudissais, toi et les tiens. Mais ensuite, je me suis mis à croire vraiment. Mon cœur a obéi à Bouddha. J'ai cessé de te maudire. De te maudire, toi et les tiens. Alors, puisque j'ai cessé de vous maudire, toi tu ne dois surtout pas dire que j'ai volé cette statue cette nuit. Tu dois dire que c'est le dieu que je prie.

Rappelle-toi bien, il faut dire que c'est le dieu que je prie.

Père acquiesça. Je crois qu'il acquiesça et s'éloigna. Ils se séparèrent. Le petit vieux se remit à tirer sa charrette. On avait l'impression qu'il tirait une montagne. Lentement. Il s'éloigna. Subitement mon père se dit qu'il aurait dû observer son visage. Vérifier s'il dormait ou était éveillé, s'il était en train de rêver ou non. Malheureusement, même lentement, le petit vieux avait déjà fait du chemin. Père jeta un œil vers la ruelle d'où il avait surgi. Il y avait une boutique de tailleur de pierre, une boutique où l'on taillait exclusivement des statues de Bouddha. Une statue coûtait très cher. Après l'avoir achetée, il fallait encore faire brûler beaucoup d'encens devant elle. Mon père se sentit las. Silencieux et las, il reprit le chemin du carrefour. Il songeait bien à frapper le gong mais n'en avait plus le cœur. Il n'avait plus non plus le cœur à crier pour alerter les villageois. Mais un nouvel événement se produisit. Sur l'avenue, certains magasins étaient ouverts, d'autres fermés. Les portes closes avaient été verrouillées de l'intérieur et on les avait même bloquées avec des bâtons ou des tables. Tandis qu'il revenait du sud du bourg, père vit une ombre sur l'avenue, un homme qui portait un sac en cuir et tirait une valise.

— Ershun ! Qu'as-tu fabriqué ? Comment se fait-il que tu reviennes les mains vides ?

L'homme avait pris mon père pour un certain Ershun.

— Qui es-tu ? Ce n'est pas Ershun, c'est Li Tianbao !

Ils s'approchèrent l'un de l'autre et s'immobilisèrent, toujours dans l'obscurité. A quelques pas de distance, ils se reconnurent.

— Li Tianbao ! Je t'ai pris pour mon cadet Ershun. Que fais-tu avec ce gong ? Tu ne gagneras pas grand-chose avec ça, il vaut mieux que tu vendes une demi-couronne de plus !

— Tu es somnambule. Il faut que tu ailles au carrefour boire le thé que nous avons préparé. Au commissariat et au bâtiment gouvernemental, ils sont tous somnambules, on va aussi leur en apporter.

— Somnambule toi-même !

Dashun éclata d'un grand rire et se rembrunit aussitôt.

— C'est donc toi et ta femme qui faites du thé au carrefour !

Il s'approcha plus près.

— Tianbao, il te faut du thé, n'est-ce pas ? Dans cette boutique, ils vendent des valises et des sacs en cuir, mais il y a aussi des boîtes de thé dans un comptoir. Je ne bois pas de thé et chez moi personne n'en boit non plus, on n'a pas de thé chez nous.

Père jeta un œil vers la boutique en question.

— Vas-y ! C'est pour tout le monde, ce ne sera pas du vol !

Père entra dans la boutique. Rapidement, il prit quelques boîtes de thé rouge Wulong et de thé vert Maocha. Il ne connaissait rien au thé. Il ignorait quel thé était le plus susceptible de chasser le sommeil. Il se contenta de choisir de grosses boîtes. Mais comme il sortait de la boutique avec les boîtes à la main, Dashun était encore là à l'attendre.

— Tu n'es pas parti ?

— Je faisais le gué pour toi.

Dashun souleva un peu le sac en cuir et ramena la valise à ses côtés.

— C'est bien comme ça, Tianbao. Tu as volé, moi aussi ; nous sommes tous deux des voleurs. Demain, lorsqu'il fera jour et que tout le monde se réveillera, je ne te dénoncerai pas et tu ne me dénonceras pas. Toi et moi, c'est blanc bonnet et bonnet blanc, aucun n'est moins innocent que l'autre.

Il éclata d'un rire fort satisfait, regarda une dernière fois mon père et partit.

Il partit et voilà tout.

Père demeura immobile un moment, déconcerté. Un long moment. Finalement, il retourna dans la boutique et remit en place les boîtes de thé.

Il les reposa chacune à leur place.

## 2
## 3h11-3h31

Esprits ! Esprits des hommes ! Je vous ai raconté les petits incidents, je vais maintenant vous raconter le plus grave. C'est très grave. Même au bâtiment gouvernemental du bourg, tout le monde avait sombré dans le somnambulisme. Nous ne pouvions donc compter que sur nous-mêmes. On apporta une autre cuisinière à gaz au carrefour. A la première casserole, d'autres s'ajoutèrent. Les deux foyers crachaient leurs flammes. Les flammes léchaient les casseroles mais n'éclairaient qu'un petit espace autour des cuisinières. Quelqu'un apporta encore un lourd fourneau de terre. Dressé sur briques et pierres, ce dernier éclairait tout alentour. On y mettait à brûler du bois, des morceaux de panneaux de porte ou de tables. Un feu splendide illuminait l'avenue. Il y avait de petites et de grandes casseroles, en aluminium ou en fer. Le bouillon de réalgar et cryolithe était noir et amer, personne n'en voulait. On préférait le thé. On fit donc encore bouillir de l'eau. Plusieurs casseroles. Les flammes déferlaient. On y jeta les feuilles de thé. L'odeur se répandit, se propagea loin, jusque dans la vallée hors du bourg. Le monde entier était imprégné de l'odeur du thé.

Au même moment, quelqu'un apporta du café. Personne au bourg n'en avait jamais bu. Noir, sombre. Rouge, soyeux. Le pot de café à peine ouvert, l'odeur pourpre vous saisissait. On remit de l'eau à bouillir et on y versa une cuillère. Dans l'eau, le café semblait un morceau de soie jeté au feu. L'homme qui connaissait cette boisson, qui en avait déjà bu, cria :

— Il faut ajouter du sucre et du lait en poudre !

Il faut ajouter du sucre et du lait en poudre !

Alors quelqu'un rapporta de chez lui un peu de sucre blanc et roux. Un peu de lait destiné à son bébé. Le café était savoureux. Un goût amer et sucré, pareil à de la réglisse que l'on aurait préparée en infusion médicinale. On buvait ce café et on avait l'impression de sucer un bâton de réglisse. On se passait un demi-bol, une tasse. Chacun au carrefour en but une gorgée. Pour goûter. Pour chasser la fatigue. Et l'on se sentait de plus en plus excité, de plus en plus vigoureux, et l'on n'avait finalement plus aucune envie de dormir.

C'était la nuit noire, mais l'esprit des hommes était aussi clair que le jour. Aussi excité que pour un jour de fête. Exactement comme pour un spectacle d'opéra lors des fêtes.

Je songeai subitement à me rendre chez les Yan pour leur apporter du café.

Quelqu'un chez eux était-il devenu somnambule ? Il semblait que chaque famille du bourg comptait un somnambule, comment la leur y eût-elle échappé ? Père m'envoya porter un bol de café dans une famille à laquelle il avait fait du tort autrefois ; j'en profitai pour me rendre chez les Yan. La famille Yan est la plus célèbre du bourg, nul besoin de le préciser. Yan Lianke a écrit tant de livres. Il a gagné tant d'argent. Le chef du bourg et le chef du district lui présentent leurs vœux chaque année. Chaque fois qu'il rentre de voyage, l'écrivain rapporte les cigarettes les plus chères, les meilleures. Sans doute a-t-il eu l'occasion, loin d'ici, de déguster les mets les plus rares, de boire toutes sortes de thés, de cafés. Mais cette nuit, a-t-il du thé à boire ? A-t-il du café ?

Lorsque je l'avais vu revenir du barrage, il semblait bien avoir sombré dans le somnambulisme. Il marchait en levant haut les pieds. Il avançait sur l'avenue tel un spectre dans un champ. Yan Lianke, cet homme qui était parti pour devenir écrivain, revenait au bourg faute d'inspiration. Dans quelques jours, il aurait une histoire à raconter. Il pourrait encore gagner en célébrité. Ce bourg et ce village étaient pour lui une véritable banque, une ressource inépuisable. *Le temps en fuite*, ou *Solide et ferme*, ou encore *Un baiser de Lénine*, tous ces romans racontaient les histoires du bourg ou de nos monts Balou. De chacune de ces histoires je connaissais le moindre détail, si minime soit-il, même aussi insignifiant qu'une feuille d'arbre. Je connaissais le moindre détail sur le bout des doigts. Mais voilà qu'à cinquante ans passés, Yan Lianke n'arrivait plus à écrire. Notre bourg était pourtant toujours le même. On y vivait comme avant. Les anecdotes, les péripéties étaient toujours aussi brûlantes, mais lui ne parvenait pas à écrire une nouvelle histoire. Il ne savait plus comment s'y prendre. Alors il était revenu s'installer tout près du bourg, à côté du lac, où le paysage est magnifique. Il s'était creusé la cervelle, en vain. Ne plus pouvoir écrire l'avait fait vieillir brutalement. Ses cheveux étaient aussi secs et blancs que ceux de nos vieillards décatis. Il ne présentait plus cette propreté du monde extérieur. Il n'avait plus l'allure soignée et enthousiaste de la jeunesse.

Il était devenu vieux. Ne plus pouvoir écrire l'avait rendu vieux.

Il n'avait pas vingt ans lorsqu'il était parti et il en avait maintenant plus de cinquante. La trentaine d'années passées loin de chez nous lui avait fait prendre de l'embonpoint : il était gros, un peu bossu. Rien ne laissait penser qu'il était écrivain.

On ne pouvait deviner que c'était une personnalité. Hormis son accent, légèrement différent du nôtre, tout en lui était semblable aux autres villageois. Il ressemblait à notre comptable. Les cheveux blancs, secs, clairsemés. Les yeux cernés de bleu raisin. Il s'exprimait dans notre dialecte en y mêlant quelques termes inconnus. Au village, personne ne savait qu'il était devenu vieux si vite parce qu'il ne pouvait plus écrire. Personne ne songeait qu'il pouvait y avoir un lien quelconque entre le fait de ne plus pouvoir écrire et celui de vieillir. Zhao le menuisier était vieux, qu'il eût de plus en plus de mal à travailler, c'était normal. Le chien Noiraud était vieux, qu'il eût du mal à se mouvoir, c'était normal aussi. Chez les Yan, on disait que Lianke ayant passé son temps assis à écrire, il avait des problèmes de cervicales et de lombaires. Il avait les jambes engourdies et tremblait lorsqu'il tenait son stylo. Il n'y avait là aucune raison de s'apitoyer. Si tu n'arrives plus à tenir ton stylo, ne le tiens plus et voilà tout ! L'important est de pouvoir tenir tes baguettes pour te nourrir. Les douleurs aux lombaires et aux cervicales sont une maladie de riche. Comparé à certains ici qui deviennent hémiplégiques, c'est insignifiant. D'autant que tes consultations et tes médicaments sont remboursés ! Que l'écriture finisse par rendre malade, c'est bien normal, il n'y a pas de quoi vouloir mourir !

Ce Yan Lianke, les gens le haïssaient et l'enviaient. Les gens s'affligeaient pour lui, avaient pitié de lui. Il était rentré au bourg, et le rêveur que j'avais vu tantôt flotter sur l'avenue, c'était peut-être lui. Un écrivain devenu somnambule, à quoi cela ressemble-t-il ? A quoi ressemblerait Yan Lianke somnambule ? J'eus soudain envie d'aller le voir. D'aller lui porter un bol de cryolithe ou de café, comme on porte à un malade le remède miracle.

Je me rendis donc chez les Yan avec un bol de cryolithe et de café.

En arrivant, je découvris une situation inattendue. C'était comme de voir un grain de sable pousser à l'intérieur d'un épi de blé, de l'ivraie pousser dans les rizières. Un épi de blé pouvait-il se transformer en épi de sable ? C'était pourtant ainsi. Exactement ainsi.

Une vieille cour. Une vieille maison. Dans la cour, d'immenses peupliers. Sa mère, quatre-vingts ans, habitait là. Elle vivait là pour veiller sur la terre de leurs aïeux. Sans doute était-elle très seule. Mais comment ne pas l'être quand on veille sur une terre ancestrale ? Je m'avançai. Mes pas semblaient résonner sur chaque coin de terre silencieux. Je croyais qu'il n'y avait chez les Yan que l'écrivain et sa mère, mais en arrivant dans la ruelle, j'entendis du vacarme. Des pas précipités dans la cour des Yan. Et lorsqu'enfin je me tins devant la porte de la cour, ce que je vis ressemblait à un épi de sable !

C'était éclairé. Une lampe-tempête était accrochée à un arbre, une lampe à huile posée sur le rebord d'une fenêtre. La lumière de la cour se diffusait jusque dans la ruelle. La sœur de l'écrivain était là, son mari aussi. Tout le monde entourait Yan Lianke, à croire que c'était une divinité possédée par quelque démon. Lui était assis au centre de la cour, une bassine d'eau à ses pieds. Un linge humide était roulé dans les mains de sa mère, comme si elle venait de le lui passer sur le visage. Hâve, il semblait avoir été lavé à l'eau bouillie, le sang s'était complètement retiré de son visage. Ses cheveux étaient trempés de sueur. Sa chemise de coton, ses jambes de pantalon également. Il avait un teint de cire et les larmes lui striaient la face. Son visage habituellement pâle et rond, avec la peau tombante, semblait amputé d'un surplus de graisse qui aurait pourri plusieurs jours durant. Impassible. Figé. Le regard vide. A croire qu'il voyait quelque chose dans un autre monde, ou qu'il voyait un monde de spectres auquel il n'osait croire. Mais il semblait également ne rien voir du tout. Voir quelque chose dont il ne pouvait parler. Seul son nez montrait un signe de vitalité. Les narines palpitaient. Les larmes coulaient. De son nez sourdait une plainte éclatante et laide.

Une dizaine de ses romans étaient posés devant lui avec quelques autres livres. Il y avait aussi du papier et un flacon de colle étrangère. Devenu somnambule, c'était ce qu'il était venu chercher. Il avait répété, tout sourire, j'ai une histoire à écrire, j'ai une histoire à écrire. Un pétale d'inspiration semblait s'être posé sur lui. Le tubercule d'une histoire l'avait envahi telle une odeur de blé. Le parfum d'un fruit mûr l'enivrait. Aussi répétait-il sans cesse la même phrase. Il était rentré chez lui sans même adresser un mot à sa mère, sans rien regarder, pour retourner malles et armoires, chercher des livres, du papier, un stylo.

— L'inspiration est là, il faut que j'écrive tout de suite ! L'inspiration est là, il faut que j'écrive tout de suite !

Sa mère s'était levée à ce moment-là et avait remarqué son visage brouillé, ensommeillé. Elle avait vu que seule la bouche était vivante, que le reste du visage était mort, figé. Les yeux étaient vivants mais le regard était mort.

— Tu es somnambule ! Tu es somnambule !

— Lianke, tu es somnambule, viens vite te rafraîchir le visage !

— Mère, où sont mes papiers et mes stylos ? J'ai une histoire à écrire. Je déborde d'inspiration, c'est comme un fruit qui me serait tombé sur la tête !

— Tu es vraiment somnambule ! Lianke ! Tu es vraiment somnambule !

— Il me faut aussi les livres que j'ai rangés dans la malle. Quand je commence à écrire, il me faut un tas de livres sur la table et dans la pièce. Entouré de livres, je me sens à la maison.

Sa mère versa de l'eau dans une bassine et, tandis qu'il se penchait à la recherche de papiers et de stylos, elle lui passa un linge mouillé sur le visage. La fraîcheur soudaine le fit tressaillir et il se redressa, ouvrit grand les yeux, regarda tout autour de lui. Puis il se couvrit le visage, s'accroupit et éclata en sanglots.

— Je n'arrive plus à écrire ! Je n'arrive plus à écrire !

Il pleurait comme un enfant. Comme un malade qui délire.

— Si je ne peux plus écrire, autant mourir ! Je préfère mourir !

Il gémissait, accroupi, couvrant son visage devant sa mère. Les larmes coulaient entre ses doigts, pareilles à des sources jaillissant d'une terre lézardée.

Sa mère ne savait que faire. Que pouvait-elle conseiller à cet enfant devenu célèbre ?

Lui continuait à gémir.

— Que tu ne puisses plus écrire, qu'est-ce que ça peut faire ? Tu es en vie comme avant, non ? Tu peux continuer à vivre tranquillement.

Debout à ses côtés, elle lui caressait la tête. Les larmes coulaient sur son visage à elle aussi.

— Si je ne peux plus écrire, être en vie ne signifie plus rien pour moi, c'est comme être mort. C'est comme si j'étais mort ! cria-t-il.

Le fait de crier arrêta ses larmes. Se souvenait-il subitement qu'il était un homme de plus de cinquante ans ? Que sa mère avait dépassé les quatre-vingts ans ? Il se releva. Regarda sa mère, puis la vieille maison.

— C'est donc cela, être somnambule ? dit-il avec un sourire sans gaieté. Je ne pensais pas tomber dans le somnambulisme, moi aussi. Sans doute est-ce à cause de ces nuits que j'ai passées sans dormir parce que je n'arrivais plus à écrire. J'ai accumulé la fatigue. J'ai accumulé la fatigue et finalement je suis devenu somnambule.

Il rentra avec sa mère dans la maison. Il l'aida à franchir le seuil. Il avait complètement quitté le monde du sommeil pour revenir à celui de l'éveil. Aussi nettement que lorsqu'on passe une porte. Il avait soulevé le rideau du rêve pour revenir à la réalité. Il s'assit sur le lit de sa mère et lui parla longuement. Il lui raconta qu'il avait vu des somnambules dans les villages près du barrage. Qu'en venant ici, sur l'avenue, il lui semblait en avoir croisé un bon nombre. Ils étaient tous somnambules. Puis il demanda à sa mère si, durant ses quatre-vingts années de vie, depuis l'époque républicaine jusqu'à aujourd'hui, durant tout ce temps pareil à une longue ruelle obscure, elle avait jamais rencontré pareil événement, le somnambulisme généralisé. N'avait-elle pas vu des hommes qui, atteints de somnambulisme, retournaient à l'état d'enfant, à la nudité laide et bonne de l'enfance ? Tandis qu'il questionnait sa mère, sans s'en rendre compte, il s'étendit à ses côtés et s'endormit. Le sommeil souffla sur lui. La pièce s'emplit de ses ronflements.

— Si tu veux dormir, va sur l'autre lit. Lianke ! Réveille-toi et va t'allonger sur l'autre lit !

Alors il s'efforça d'ouvrir les yeux. Mais en marchant vers l'autre chambre, il pénétra dans un autre monde. Il vit des choses d'un autre monde, se tint au bord d'un autre monde.

Il se retourna vers sa mère, tout sourire.

— Mère, j'ai une histoire à écrire ! Je n'ai qu'à tendre la main pour recevoir l'inspiration et avoir en tête le début d'un roman !

Il se mit à rire fort. A s'affairer en tous sens. A chercher papiers, stylos et livres. La rapidité de ses mouvements était celle d'un autre homme, un homme d'un autre monde. Son visage était empreint d'une expression inédite. Indéchiffrable. Les yeux ouverts, il ne pouvait voir que ce à quoi il songeait. Aucune lumière extérieure, aucune chose, aucun être ne pouvait pénétrer son regard.

— J'ai une histoire ! Une histoire tout à fait nouvelle !

Il marmonnait tout fort, avec un rire discret de temps à autre.

Sa mère s'approcha.

— Lianke ! Lianke ! hurlait-elle. Elle voulait que ses cris le tirent de son rêve.

— As-tu vu le livre à la couverture noire ? Tu sais, celui dont tu disais qu'une nuit noire avait été peinte sur la couverture.

Elle lui secoua les épaules :

— Cesse de penser à écrire ! Ne disais-tu pas que de penser à écrire finirait par te tuer ?

— Plus maintenant. Maintenant j'ai une histoire à écrire !

Elle le gifla doucement :

— Réveille-toi ! Si tu continues, c'est dans ton histoire que tu vas mourir !

Il la regarda, stupéfait.

— Dépêche-toi de sortir de ton histoire ! hurlait-elle. Sa voix tonnait.

Si tu ne sors pas de ton histoire, l'écriture te fera mourir dans ton histoire !

Elle lui asséna une lourde gifle. Elle pleurait.

Le monde redevint calme. Le village redevint calme. La maison. Le corps de Yan Lianke vacilla. Sa tête aussi. L'enthousiasme qui se lisait tantôt sur son visage disparut. Il était maintenant rouge de honte. Rouge de l'embarras d'un vivant confronté à la honte. Il s'était réveillé. Il était revenu du monde des rêves. Tout en regardant sa mère, il se frotta le visage, comme s'il voulait en essuyer quelque douleur.

— Je n'écrirai plus. Je n'écrirai plus jamais rien.

Il parlait doucement, mais sur un ton ferme, résolu.

— Sans écrire, je vivrai bien mieux. Je vivrai mieux que quiconque.

Et il cessa de se frotter le visage pour aider sa mère à rentrer dans la maison. Il essuya aussi ses larmes. Mais au moment de franchir le seuil, elle le tira vers la cour.

— Asseyons-nous là. On étouffe à l'intérieur, si tu rentres, tu risques de t'endormir.

Mère et fils s'installèrent donc dans la cour. Un vent frais soufflait. La faible lueur de la lune les éclairait. C'était une vieille cour, avec de vieux arbres, de vieux murs et piliers. Le calme régnait, pareil à un fleuve séculaire. Pareil à la chaîne montagneuse. Pareil aux nuages qui passent dans le ciel nocturne depuis la nuit des temps. Mère et fils étaient assis dans la cour. De la ruelle et de l'avenue leur parvenaient par intermittence des bruits de pas. Ils entendaient sonner le gong. Ils entendaient mon père crier qu'il ne fallait surtout pas s'endormir, que chacun devait veiller afin de se prémunir contre bandits et voleurs.

— C'est la voix de notre voisin Li Tianbao, n'est-ce pas ?

— Oui. C'est vraiment un homme bien.

— Son commerce d'objets funéraires, c'est une bonne affaire, une source ininterrompue d'argent. Il y aura toujours quelqu'un pour aller lui acheter quelque chose.

A cet instant, la grande sœur de Yan Lianke arriva avec son mari. Ils s'étaient empressés de venir, craignant que le somnambulisme ne se fût propagé jusque dans la vieille maison. Ils se retrouvèrent tous dans la cour. Puisque c'était éclairé, les voisins vinrent aussi. On entourait l'écrivain et la bassine à moitié emplie d'eau. On parlait du désordre dans le village, du somnambulisme. On se passait un linge humide sur le visage dès que le sommeil menaçait et la fraîcheur chassait le sommeil. La mère de Yan Lianke apporta un bol de cacahuètes. Des noix. Des voisins allèrent chercher des graines de tournesol. Ramenèrent une petite table sur laquelle on déposa le tout. On fit cercle autour de la table. On bavarda, luttant contre le sommeil comme lors d'un réveillon, luttant contre le somnambulisme. On écoutait les bruits confus du village. On parlait des cultures. Des moissons. On racontait qu'une famille s'était disputée avec une autre pour un champ de blé. Les hommes s'étaient battus jusqu'au sang. Le somnambulisme n'était cependant pas complètement mauvais. Ces deux hommes qui s'étaient disputés, l'un avait blessé l'autre à la tête. Dans la journée il s'était vanté en disant que son adversaire n'était pas de taille, qu'une seule gifle suffisait à le faire valser à plus de dix mètres. Il s'était montré hautain, orgueilleux sans retenue. Mais la nuit venue, il avait sombré dans le somnambulisme. Alors, cet homme puissant et vigoureux s'était rendu chez l'autre avec des œufs et du lait. Il lui avait présenté ses excuses. Il s'était confondu en excuses, disant qu'il avait eu tort. Ainsi le somnambulisme n'était-il pas complètement mauvais. Il pouvait faire qu'un homme puissant et vil devînt bon et doux.

On se mit alors à évoquer les bienfaits du somnambulisme.

L'anecdote précédente n'avait rien d'extraordinaire. Il y avait bien plus incroyable à l'est du bourg, chez Ma Huzi, dit un voisin. Il s'avança en gesticulant pour appuyer son propos :

— Ma Huzi est mort il y a trois ans, vous vous en souvenez ? Tout le monde sait qu'il est mort de maladie. Mais cette nuit, quand le somnambulisme a commencé, devinez ce qui s'est passé ! Devinez ! La femme de Ma Huzi s'est rendue au commissariat. Elle dormait debout et venait se dénoncer. Elle a dit que son mari n'était pas mort de maladie ; qu'après s'être occupée de lui, alité, pendant plus de douze ans, elle n'avait plus supporté la situation et l'avait empoisonné. Elle a dit que depuis trois ans que son mari était mort, elle dormait très mal. Elle regrettait. C'était comme d'avoir tué père et mère. Aujourd'hui qu'elle dormait profondément, elle s'était décidée à venir se dénoncer. Elle savait qu'elle était somnambule. Autrement, elle n'aurait pas pu se dénoncer. Eveillée, elle ne serait pas venue. Que deviendraient ses trois enfants ? Le plus jeune n'avait pas encore trois ans, il était venu au monde six mois après la mort de son père. Elle a dit qu'elle venait se dénoncer en rêve, mais qu'il ne fallait pas la réveiller. Réveillée, elle ne reconnaîtrait plus son acte. Ils pourraient la battre à mort qu'elle n'avouerait pas. En outre, ce qu'ils ne savaient pas, c'est ce que son mari avait dit avant de mourir, de l'écume blanche aux lèvres : « Je te remercie de m'avoir envoyé de l'autre côté. Je n'aurai plus à endurer le supplice de cette vie. Tu m'as aidé en m'assassinant mais surtout ne le dis à personne. Si tu fais la moindre gaffe, ce sera un désastre pour notre famille. En plus de ne plus avoir de père, nos enfants n'auront plus de mère non plus ! »

C'était ce qu'il lui avait dit.

C'était ce qu'elle avait fait.

Si elle n'avait pas été somnambule, qui aurait jamais su que Ma Huzi avait été assassiné par sa propre femme ? Pourtant elle avait bel et bien commis cet acte. Elle qui d'ordinaire paraissait si douce et bonne, si faible. Douce et docile. Travailleuse et endurante. La deuxième année de leur mariage, Ma Huzi s'était retrouvé alité. Elle l'avait servi douze années durant. Finalement, il était mort par sa main. Heureusement, cette nuit de somnambulisme était advenue. Une nuit comme on n'en avait jamais vécu depuis un siècle. Elle, somnambule, était venue se dénoncer. Dire la vérité. Sans cela, qui aurait jamais connu la vérité sur ce cas ? Elle disait que le rêve avait du bon, parce qu'il permettait de faire tout ce que l'on souhaitait faire lorsqu'on était éveillé. Si elle n'avait pas été somnambule, on l'aurait battue à mort qu'elle n'aurait jamais avoué avoir empoisonné son mari.

Qu'elle dise tout cela en rêve, c'était vraiment étrange. « Je suis venue me dénoncer, mais ne vous avisez pas de me réveiller ! Si vous le faites, je nierai tout. Songez-y, si j'avoue, qui élèvera mes enfants ? »

Qu'elle puisse parler ainsi, comme c'était étonnant !

Que tout en rêvant, elle sût qu'elle était en train de rêver, qu'elle était somnambule, c'était vraiment curieux. Ainsi, les gens peuvent savoir qu'ils sont en train de rêver. Ils peuvent même recommander aux personnes éveillées de ne pas les sortir du sommeil. De ne pas les tirer de leur rêve.

Le voisin qui venait de raconter cette histoire conclut en riant, penché sur la bassine pour s'asperger un peu le visage :

— Moi aussi, j'ai sommeil ! Surtout ne me laissez pas sombrer dans le somnambulisme ! Parce qu'alors, qui sait ce que je raconterai ou ferai !

Lui riait, mais les autres restaient de marbre, encore sous le choc de cette histoire de Ma Huzi assassiné par sa femme. Ils songeaient au fait qu'un meurtrier pouvait en rêve avouer un crime bien réel. Le silence régnait dans la cour quand Yan Lianke se mit à fixer le voisin, les yeux gros comme deux jujubes, comme deux grains de raisin pourris, il le regardait comme s'il était un inconnu, comme on s'arrête sur le nœud central et décisif d'une histoire.

— C'est bien vrai ?

Est-ce bien la vérité ?

Pourquoi ne puis-je pas écrire cette histoire d'une femme qui, dans son rêve, sait qu'elle est en train de rêver ? Une femme qui, à l'intérieur de son rêve, peut communiquer avec les personnes éveillées, avec le monde extérieur !

Yan Lianke se leva et se mit à marcher dans la cour, à en faire le tour tout en parlant. Le visage rouge d'excitation. Dans la nuit, on eût dit qu'un voile de soie rouge et humide lui collait aux joues, et le rouge lumineux prenait une teinte de satin noir.

— J'ai à nouveau une histoire ! J'ai une histoire à écrire ! On ne dira plus que mon inspiration s'est tarie ou que je suis fini ! Haha ! Haha !

Il riait bêtement.

— L'inspiration me vient comme une averse. Un courant d'air vient aérer mon cerveau. Mère ! Sœur !

Partez ! Partez tous ! Je vais retourner au barrage, dans ma maison d'écriture. Si je ne couche pas cette histoire sur le papier, une fois éveillé, elle aura disparu dans un souffle.

Partez tous ! Je dois retourner dans ma maison d'écriture !

Partez ! Il faut que j'écrive !

Mais marchez et parlez doucement. Ne me tirez pas de mon rêve. Si je me réveille, mon histoire s'enfuira. Mon inspiration s'enfuira. Alors je me cognerai à nouveau la tête contre les murs, en vain. Le rêve a du bon ! Il est vraiment bon d'être en train de rêver ! Le rêve est comme le soleil et la pluie sur la terre. Il suffit de rêver pour que poussent les cultures. Que le rêve soit profond et elles mûrissent. Alors on peut moissonner et mettre le grain en réserve. Je dois profiter du rêve pour écrire. Partez ! Que personne ne me heurte ! Que personne ne m'adresse la parole ! Ne me tirez pas de mon rêve !

Tandis qu'il parlait et marchait, sa voix faiblit peu à peu, passant d'un état de rêve léger à un état plus profond. Il fit plusieurs tours dans la cour puis se mit à chercher partout ses livres, ses papiers, crayons et stylos. La colle et les petits ciseaux dont il usait pour corriger. A la fin, les paroles qu'il prononçait devinrent un murmure parfaitement indistinct. Son nez, qui tantôt remuait de véhémence, reprit une allure paisible. Ses yeux se fermèrent à demi, les paupières lourdes de fatigue, mais la volonté d'écrire du somnambule y était tout entière lisible. Plus intense encore. A croire qu'il était déjà assis, les yeux rivés sur le papier.

On fit silence. Les regards se posèrent sur Yan Lianke qui les exhortait à partir tout en voulant ouvrir lui-même la marche.

— Rafraîchissons-lui le visage, lança quelqu'un. Mais la mère de Yan Lianke l'écarta aussitôt. L'empêcha d'approcher le linge humide du visage de son fils. Le repoussa. Elle repoussa également la sœur de Yan Lianke et son mari. Près de son fils, elle resta un long moment à scruter son visage. On eût dit qu'elle le comprenait subitement, qu'elle parvenait enfin à en lire le livre.

— C'est vraiment ça que tu veux écrire ?

Il acquiesça.

— Sans cela tu te sens mal, physiquement et moralement, comme si tu étais malade ?

Il acquiesça encore.

— C'est une question de vie ou de mort, tu meurs de ne pouvoir écrire, c'est bien cela ?

La voix de la mère se fit brusquement plus forte et grave.

Lui demeura silencieux, sembla réfléchir, puis de nouveau hocha la tête, lentement, pesamment. Pareil à un homme qui, sur un terrain d'exécution, choisirait entre la pendaison ou la décapitation. Personne ne parlait. Tous étaient noyés dans le halo de lumière comme dans un fleuve profond. Le ciel était voilé. La nuit était voilée. Le visage de Yan Lianke rejoignait la nébulosité et l'irrévocabilité du vécu de l'homme d'âge mûr. Un livre lui tomba des mains et il se pencha pour le ramasser. J'ignore comment, je me tenais moi aussi dans la cour des Yan. Le bol de café à la cryolithe était froid depuis longtemps. L'arôme du café s'était dissipé et j'avais l'impression d'avoir en main une banale soupe de nouilles. Au départ, j'étais devant la porte de la maison des Yan à écouter ce qu'il s'y passait. Mais j'ignore quand et comment, j'étais entré, je m'étais retrouvé dans la cour. J'avais écouté, observé. J'ignore encore comment, j'avais déposé le bol de café pour m'accroupir et écouter encore. Exactement comme pour tout ce qui s'est passé avant ma naissance, j'ignore qui me l'a raconté. Ce qui s'est passé au bourg, dans le monde. Ce qui s'est passé pour Yan Lianke. Parce que je suis idiot, j'oublie beaucoup de choses. Je m'oublie moi-même. J'avais oublié que j'étais venu apporter du café à la cryolithe. A écouter l'histoire de Ma Huzi, je m'étais retrouvé comme plongé dans un roman de Yan Lianke. A voir Yan Lianke passer de l'état de veille à celui de rêve puis de somnambulisme, c'était comme si l'on m'avait enfermé dans une pièce obscure. La mère de Yan regarda longuement son fils, comme elle aurait regardé un millier d'années.

— Ne cherchez pas à le réveiller. Laissez-le dans son rêve.

Tous demeurèrent cois, figés. Des marionnettes devant un spectacle de marionnettes.

— Il dit que s'il n'arrive pas à écrire il deviendra fou et mourra, alors laissons-le écrire. S'il meurt d'écrire, il aura quand même l'impression de vivre.

Les larmes coulaient sur le visage de la mère de Yan Lianke, pareilles à des gouttes de pluie sur une terre sauvage.

— Il en est déjà arrivé là, alors laissons-le. En cherchant à le faire vivre, on le fera mourir ; pour lui, mourir revient à vivre.

Elle regarda encore son fils, puis la nuit, la cour et les gens dans la cour. Elle ajouta calmement, sérieusement :

— Que personne ne le tire de son rêve, qu'on le laisse poursuivre son rêve.

Elle regarda le visage de son fils, son corps, son visage à nouveau.

— Va ! Que ta sœur et son mari te raccompagnent au barrage dans ta maison d'écriture !

Dans son rêve, Yan Lianke médita calmement, un peu comme s'il pouvait s'éveiller pour un instant.

— Personne ne me raccompagnera. Si l'on me raccompagne, on risque de m'éveiller. Eveillé, mon histoire s'envolera. Disparaîtra. L'inspiration me quittera. Alors je ne parviendrai pas à écrire et vivre équivaudra pour moi à mourir.

Il poursuivit son rêve éveillé, dans la nuit comme en plein jour. Il regarda sa mère, sa sœur, son beau-frère, les voisins. Il prit ses affaires et partit.

— Rentrez tous chez vous ! dit-il.

Il s'éclipsa telle une ombre, gravit le perron, emprunta le couloir et sortit dans la rue, dans les ruelles obscures du bourg. Ses pas semblaient un maillet heurtant quelque chose de souple et vide. Il vacillait, avançant pourtant en cadence. En cadence et comme soufflé, chahuté par le vent. Il disparut ainsi tout à son rêve. Sa mère et sa sœur l'avaient suivi et le regardaient s'éloigner : un songe, un saule aperçu en songe, oscillant dans le vent. Il disparut.

La nuit se fit plus profonde encore.

Les gens se mirent à prier pour que le jour se lève au plus vite. Que le jour se lève et tout s'arrangerait. Tout redeviendrait comme d'habitude, les choses reprendraient leur cours normal.

## 3
## 3 h 32-4 h 05

Je raccompagnai Yan Lianke jusqu'à sa maison du barrage – je voulais le raccompagner.

Les siens dirent que j'étais petit et que j'avais le pas léger, je ne risquais pas de le réveiller. Raccompagne-le donc jusqu'au barrage, dirent-ils. Et ils me recommandèrent de ne pas lui adresser la parole, de ne surtout pas le tirer de son rêve. Mais je lui parlai quand même. Je ne pus m'en empêcher. Il marchait devant moi, le pas mal assuré, à croire qu'il ne voyait pas la route, trébuchant parfois, et son corps se tordait subitement. Je croyais qu'alors il se réveillerait, lâcherait un « Il y a un trou ici ! », mais non, il continuait à avancer, levant haut la première jambe, à peine la seconde. Ses pieds heurtaient des morceaux de briques, des pierres. Douloureusement, il les secouait un peu, je l'entendais dire « Aïe ! » et il reprenait sa route. Je le suivais tel un agneau derrière un mouton. Je le rattrapais pour le soutenir lorsqu'il trébuchait puis le laissais repartir. Nous traversâmes les ruelles du bourg, c'était comme progesser dans les galeries souterraines d'un barrage, et lorsque nous atteignîmes l'avenue large à la chaussée uniforme, ce fut comme arriver sur une place. Il n'y avait plus personne au carrefour. Seul restait le réchaud de fortune qui avait servi à faire bouillir l'eau du thé et du café. L'odeur de thé et de café aussi.

Les villageois s'étaient dispersés.

Ils avaient bu et, leur sommeil chassé, étaient rentrés chez eux. On voyait encore s'éloigner une dernière silhouette et l'on entendait ses pas. C'était comme le bruit que l'on devait entendre par une nuit normale. J'avais très envie de rencontrer un ou deux autres somnambules. Mais je ne voyais rien que le calme et les lampadaires. Aucun somnambule. De temps à autre, je percevais des cris d'effroi, mais rien de l'effroi qu'un homme éprouve face à son assassin, plutôt celui de la surprise que suscite la vision soudaine d'une boule grise et noire, qui s'avère ensuite être un chat ou un chien.

Notre nuit de somnambulisme pouvait-elle finir ainsi ? Pouvait-elle prendre fin aussi facilement ? *Les rues étaient aussi calmes et silencieuses qu'un cimetière*. J'avais un peu peur. Je tressaillis. Spontanément, je m'approchai pour prendre la main de Yan Lianke. Exactement comme un enfant effrayé prend la main de son père. Sa main était chaude, molle et moite. La paume souple et douce, sans aucune force pour cultiver la terre. Une main bien différente de celle de mon père. Comme je lui avais pris la main, nous nous mîmes à parler.

— Combien de temps es-tu parti ?

Cette fois, ça valait la peine de revenir, tu peux assister au grand somnambulisme !

Dis-moi, que vois-tu dans ton rêve ? Comment se fait-il qu'en rêvant, on sache que l'on est en train de rêver ?

Il se tourna vers moi. Me caressa un peu la tête et partit d'un grand rire.

— Dans mon prochain livre, je parlerai du somnambulisme. C'est un cadeau que le ciel m'envoie au moment où je me sens complètement désespéré !

Le somnambulisme était donc un cadeau. Un don des dieux et des maîtres du ciel. J'avais très envie de devenir somnambule, moi aussi. D'être comme lui somnambule tout en me sachant somnambule. D'être dans un autre monde et de pouvoir observer clairement les choses de ce monde. C'était comme d'être mort et de se savoir encore en vie. Je le tenais par la main. Je lui pris quelques livres aussi pour l'aider. Nous passâmes l'avenue de l'ouest, puis l'avenue de l'est. J'aperçus la boutique de mes parents, la boutique du Nouveau Monde où la lumière brillait encore. Je songeai à prévenir père et mère que je raccompagnais Yan Lianke jusqu'à sa maison d'écriture, mais je ne fis qu'y songer sans le faire. Je vis un homme dans un magasin de vêtements, un voleur. Je songeai à aller lui parler, lui dire de ne rien voler, lui dire que les gens étaient maintenant réveillés et que le patron du magasin allait peut-être l'attraper. Mais là encore, je ne fis qu'y songer sans rien faire. Hors du bourg, dans un champ, je vis un homme en train de moissonner, sa lampe-tempête accrochée à une branche. Au fur et à mesure qu'il avançait, il déplaçait la lampe-tempête. Je voulus aller le voir, lui dire de rentrer chez lui boire un peu de thé, un peu de cette boisson à la cryolithe qui chasse le sommeil. On en boit et on n'est plus somnambule. Mais je songeai que le somnambulisme était peut-être une bonne chose pour lui, pourquoi devrais-je l'en tirer ?

Je songeais à tant de choses sans rien faire, à l'inverse des somnambules qui font précisément ce à quoi ils pensent. Or, si l'on peut faire ce à quoi l'on pense, on doit pouvoir réaliser un beau rêve, non ? J'avais envie d'interroger Yan Lianke à propos de ses romans. Je voulais savoir combien d'argent il gagnait en écrivant un livre. Lui demander de me rapporter d'autres livres la prochaine fois qu'il reviendrait.

Alors je me remis à parler. A lui poser des questions. Comme lorsqu'on commence à manier la faucille pour les moissons.

— Oncle Yan, à ton avis, le mieux c'est de passer sa vie à écouter des histoires ou à en raconter ?

Oncle Yan, tes histoires, tu ne pourrais pas mettre dedans un peu plus de chaleur ? J'ai toujours froid quand je lis tes livres. Ils sont trop sombres. Moi, j'aime bien trouver dans un livre de quoi me réchauffer l'hiver et quelque chose comme un ventilateur l'été !

Oncle Yan, oncle Yan !

Nous arrivâmes au carrefour sud du bourg. Au pied du sophora du carrefour. Un vieux sophora. Pareil à celui du district de Hongdong, au pied duquel les gens se réunissent avant de migrer. Un arbre dont on ne peut entourer le tronc, même à deux. Un arbre deux fois centenaire. Avec des branches vigoureuses et denses, pareilles à l'armature d'un parapluie, et d'amples feuilles que ni la pluie ni le vent ne traversent, pareilles à la toile d'un parapluie. On avait érigé un petit muret de terre et de pierres autour du sophora. Pour le protéger. A l'instar des jeunes qui révèrent leurs aînés. Nous étions là, à côté du muret de terre et de pierres, et je dis à Yan Lianke :

— Oncle Yan, tes livres parlent tous de notre village, de ce qui se passe dans notre bourg, mais à part moi, personne ici n'aime les lire. A part moi, personne ne peut lire un de tes livres de la première à la dernière page. Ils disent qu'ils ne comprennent rien à tes livres, que n'importe quelle page d'un roman tel que *Les trois rois*, *Au bord du fleuve*, *Le sceau des dieux*, *Cinq chevaliers et trois redresseurs de torts*, une seule page de l'un de ces romans vaut mieux que n'importe lequel de tes livres. Alors tes livres ne valent rien. C'est comme la monnaie funéraire de notre boutique du Nouveau Monde, c'est une monnaie que personne n'irait ramasser dans la rue.

Oncle Yan s'arrêta net.

Abasourdi, il me lâcha la main. Baissa la tête pour me regarder. On eût dit un mage en train de lire un ouvrage de divination. La nuit était floue. La lune était grise et blanche. Le visage de Yan Lianke me faisait également l'effet d'un livre de divination incompréhensible. Je le regardai. Il me regardait. Me fixait. Puis il me prit la main pour m'emmener m'asseoir sur le muret au pied du sophora. Il me posa des questions mystérieuses. Des questions difficiles. Comme une femme qui ne parvient pas à avoir d'enfant et qui va demander au bodhisattva quand elle pourra enfin être enceinte.

— Niannian, parle franchement à ton oncle Yan, lequel de mes livres préfères-tu ?

Dis-moi la vérité, tu trouves vraiment que les histoires de mes livres ressemblent à ce qui se passe dans notre village et notre bourg ?

Niannian, je te le demande comme une prière, peux-tu me raconter les histoires de ta famille ? Les histoires de ton père, de ta mère et de ton oncle. Ce qu'ils ont fait a décidé de nos vies et de nos morts. Je voudrais écrire un livre qui parle de cela, des questions de vie et de mort chez nous. Ce livre-là, peut-être que tu ne seras pas le seul à l'aimer, peut-être qu'au village et au bourg, tous ceux qui savent lire l'aimeront. Alors raconte-moi. Raconte ce qu'ont fait ton père, ta mère et ton oncle. La prochaine fois que je reviendrai, je t'apporterai beaucoup de livres. Pas les miens, mais des livres d'autres écrivains, de très très beaux livres. Je te les apporterai parce que ce sont des livres qu'on ne trouve pas ici.

— Quels livres ?

— *Fiole de fleur d'or*, c'est un roman absolument magnifique.

Je ne racontai rien à Yan Lianke. Mes lèvres demeurèrent scellées. Je ne comprenais pas qu'il pût s'exprimer aussi clairement et m'interroger alors qu'il était en plein somnambulisme. Je l'examinai discrètement. Son visage demeurait aussi impénétrable qu'un livre plein de caractères défectueux, ou qu'un livre de divination. Mais moi, je n'étais pas somnambule. Je ne suis pas non plus aussi idiot qu'on le croit. Je n'allais pas raconter l'histoire de ma famille pour un livre d'or, de fleur ou de je ne sais quoi. Je ne lui ai rien dit au sujet de mon oncle et du crématorium. Rien au sujet de mon père qui avait été un mouchard et qui cachait des bidons d'huile de chair humaine dans une grotte près du barrage, juste à côté de sa maison d'écriture !

— Il n'y a rien de spécial à raconter sur ma famille. On mange, on s'habille, on vend une couronne de fleurs quand il y a un décès ; avec l'argent de la vente, on achète du papier de couleur pour fabriquer une autre couronne, du papier d'or, et de quoi se nourrir.

Je n'avais rien d'autre à dire.

Je ne savais que dire. La lune se déplaçait au-dessus de nos têtes, les nuages aussi, lentement. Nous partîmes. Nous quittâmes le sophora pour nous diriger vers le barrage. Cette fois, notre conversation était moins fournie. Moins chaleureuse. Je ne lui avais pas dit ce qu'il voulait entendre et je me sentais honteux, comme de lui avoir volé quelque chose, de lui devoir quelque chose, de lui avoir fait du tort. Pour tenter de renouer un peu avec la chaleur qu'il y avait tantôt entre nous, je lui pris la main et lui posai des questions. Un tas de questions. Des questions que l'on pose à un proche.

— Oncle Yan, à ton avis, le mieux est de passer sa vie à écouter des histoires ou à en raconter ?

Oncle Yan, quand je serai grand, le mieux pour moi sera de quitter Gaotian comme toi ou bien d'y rester comme mes parents ?

Oncle Yan, pour se marier, faut-il chercher une fille ou bien plusieurs ?

Nous atteignîmes le barrage. Là, on se sentait tout près du ciel. Tout près de la lune et des nuages. Le monde de Gaotian, le village et ses hommes, les somnambules qui volaient et pillaient, les hommes qui fauchaient le blé, tout cela s'était éloigné. Devant la maison d'écriture de Yan Lianke, il y avait la surface bleue du lac du barrage. A croire que la lune concentrait là toute sa lumière. L'eau brillait comme un miroir, pareille à de la glace, pareille à un rêve. Le vent soufflait. Le silence emplissait tout. Nous vîmes un hibou dans un champ tout près, ses yeux brillaient comme deux lanternes. Nous vîmes les pompes funèbres, au loin, et leurs lumières semblaient tomber du ciel pour s'accrocher aux nuages sur le flanc de la montagne. Nous nous arrêtâmes devant chez Yan Lianke. Ma main quittant la sienne me fit l'effet d'une feuille glacée sur son visage et sur mon cœur. Il fallait bien pourtant nous séparer. Somnambule, peut-être allait-il se coucher sitôt rentré. Il continuait à parler d'écrire – à penser et agir exactement comme s'il était en train d'écrire. Allait-il s'asseoir et se mettre au travail ? Se mettre à écrire un livre dans lequel on trouverait de quoi se réchauffer l'hiver et se rafraîchir l'été ? Pour ce livre-là, il fallait bien nous séparer. Alors il me dit quelque chose que ni mon père ni ma mère ne m'avaient jamais dit.

— Niannian, il faudra apprendre sérieusement le métier avec tes parents, l'artisanat du papier, et tu pourras vivre heureux.

Niannian, si une jeune fille t'aime, épouse-la. Un homme ne doit chercher qu'une seule femme pour la vie, c'est ainsi que le ciel et les dieux en ont décidé.

Niannian, va-t'en. Ton oncle Yan va profiter du somnambulisme pour écrire. Ecrire un livre comme tu l'as dit, avec un réchaud pour l'hiver et un ventilateur pour l'été. Un livre qu'au village et au bourg tout le monde aimera.

Il me caressa la tête avant de rentrer chez lui. Il me dit, rentre donc, et ferma la porte.

Je demeurai un instant devant la porte, avec l'impression d'être tombé dans un rêve. Dans un puits. Je songeai au somnambulisme. Au bourg et au village. A mon père et ma mère. Je sentis subitement le froid. Je frissonnai. Je me demandai si quelqu'un n'allait pas profiter du somnambulisme pour voler mes parents. Les attacher et les frapper pour pouvoir les voler. J'eus peur. Je tremblai. Dans ma tête quelque chose déchira le ciel comme l'éclair avant la pluie. Alors je quittai les lieux pour rentrer chez moi. Je me hâtai de rentrer.

# LIVRE VIII

## CINQUIÈME VEILLE, DEUXIÈME PARTIE

*Certains sont morts, d'autres vivants.*

## 1
## 4 h 06-4 h 26

Je m'arrêtai net devant la porte de notre boutique du Nouveau Monde.

Abasourdi, comme si une brique m'était tombée sur la tête.

C'était comme je l'avais imaginé. Comme lorsque dans la nuit, depuis le barrage, j'avais aperçu notre boutique au loin, à plus de deux lis. Je poussai brutalement la porte et me tins sur le seuil. Mon retour surprit mes parents et les trois brigands. La lumière brillait comme elle le devait, jaune, et la pièce était jonchée de couronnes de fleurs, de papier-monnaie, de papiers pliés. On eût dit un jardin après un fort coup de vent. Les fleurs étaient tombées. Les feuilles vertes avaient voleté jusqu'à terre ou s'étaient accrochées à une branche sur le mur. Il y avait des tiges brisées, des baguettes de bambou piétinées. Des fils de fer et des bâtons destinés à soutenir les chevaux de papier. Des têtes d'enfants, avec leurs visages et leurs cheveux dessinés. Tout cela était tombé et s'entassait désormais au pied d'un mur. Les couleurs chahutaient l'espace, c'était un véritable parterre de fleurs réduites en miettes par la grêle. Il faisait très froid. Et très chaud. Père et mère étaient attachés chacun à une chaise, l'un contre le mur de droite, l'autre à gauche au beau milieu d'un tas de couronnes et de papiers. Quant aux deux gaillards cagoulés, le grand balançait ses bras devant lui, tandis que le petit tenait un bâton gros comme un bras. La sueur leur coulait sur la nuque, dégoulinait sur leur torse et leur dos, mais ils ne songeaient pas à retirer leur cagoule pour s'aérer un peu. Ils demeuraient là, menaçants, à attendre je ne sais quoi, les yeux rivés sur mon père et ma mère. Par les petits trous des cagoules, leurs yeux noirs et brillants ne trahissaient aucune fatigue. Ils étaient parfaitement réveillés. Peut-être avaient-ils été tirés de la torpeur grâce à mon père, grâce au thé que ma mère avait préparé. Réveillés, ils avaient profité de cette nuit de somnambulisme pour venir piller. Mes parents, eux, avaient le teint blême. Le visage baigné de sueur, comme trempé par la pluie. De temps à autre, ils regardaient vers l'escalier. Ils regardaient en même temps que les brigands et demeuraient prostrés. Ils donnaient tous l'impression d'attendre calmement. Attendre quoi ? Je n'en savais rien. En tout cas, c'est à ce moment-là que j'entrai brutalement. Je poussai la porte et demeurai immobile sur le seuil. La scène était telle que je l'avais imaginée. Rien ne manquait. Comme une vis et son écrou. Lorsque j'avais songé aux cambrioleurs qui viendraient chez nous, je les avais imaginés avec des cagoules ou des masques en tissu. Or, c'était bien le cas. J'avais pensé qu'il n'y aurait pas qu'un seul voleur. Ils étaient deux, en effet. Peut-être même trois, sinon, pourquoi regardaient-ils régulièrement vers l'escalier ? J'avais songé qu'ils mettraient la boutique sens dessus dessous et, en effet, la pièce ressemblait désormais à un jardin dévasté par une tornade.

Vraiment, tout correspondait exactement à ce que j'avais imaginé.

Comme une vis et son écrou.

J'en demeurai figé un moment. Je regardai mon père, ma mère, puis le grand et le petit brigand. Le grand s'avança promptement et me saisit à la nuque. Il m'empoigna telle une brique d'or pour me placer face à lui. Une fraction de seconde auparavant, j'avais songé qu'il agirait ainsi. Aussitôt après, je savais que mes parents allaient parler et c'est ce qu'ils firent.

— C'est encore un enfant ! Daming, lâche-le, s'il te plaît ! dit mon père précipitamment, tout en luttant pour s'approcher de moi, la chaise crissant sous lui.

— Cesse de m'appeler Daming ! Je t'ai déjà dit que je n'étais pas Daming, tu n'as pas entendu ?

Il donna un coup de pied dans la chaise sur laquelle mon père était attaché. Mon père ne bougea pas. Il donna un autre coup de pied et se fit mal. Le petit se mit subitement à rire. Il lui jeta un regard froid qui l'arrêta.

— Ne lui fais pas de mal, ne l'effraie pas. C'est un enfant !

Ma mère se penchait, elle aussi. Sa voix était inquiète et suppliante, mais également très calme.

— Nous sommes tous du bourg. Après cette nuit, lorsque tout le monde sera sorti du somnambulisme, on sera amenés à se revoir, non ?

Ma mère regardait ces gaillards qui rétorquèrent :

— Nous ne sommes pas de Gaotian !

Le petit agita son bâton devant elle :

— Réfléchis un peu, si nous étions d'ici, est-ce qu'on viendrait vous voler ? Est-ce qu'on viendrait voler votre boutique du Nouveau Monde ? Putain, mais qui viendrait voler votre boutique ? Les gens de votre bourg ont déjà pillé toutes les boutiques qui en valaient la peine, alors nous, on n'a plus d'autre choix que de dévaliser la vôtre !

On avait l'impression qu'il se justifiait. Il se justifiait mais sa voix enflait tant que les papiers sur le sol en tremblaient. Une voix qui m'était assez familière. Aussi familière que le bruit de mes baguettes heurtant mon bol. Je tournais la tête pour examiner l'homme et sa voix lorsque deux gros descendirent les escaliers. L'un portait un paquet sur le dos, l'autre un sac à la main. Tout en descendant, ils réajustaient leur cagoule. Puis je les vis secouer la tête en direction de leurs compères, le grand et le petit. Secouer la tête d'un air désespéré.

Alors le grand, tout autant accablé, me saisit à nouveau brutalement.

— Niannian, tu rentres juste au bon moment ! Dis-moi où est caché l'argent chez vous. C'est la pleine saison des morts ; au bourg et dans les environs, on meurt comme on fauche le blé, alors votre commerce doit marcher fort. Mais ici, dans cette pièce comme à l'étage, on n'a trouvé qu'une centaine de yuans. Vous vous moquez de nous ou quoi ?

Il me fit tourner doucement pour me placer face à mon père, le dos collé contre son ventre et ses jambes. Son bras enserrait ma gorge, à croire qu'il voulait m'étrangler, qu'il cherchait à faire jaillir l'argent de ma gorge. J'avais la sensation d'étouffer, mon visage était sans doute devenu cireux, exsangue. Sur mon front, la sueur coulait à grosses gouttes, pareille à l'eau s'égouttant d'un miroir après immersion. Je ruisselais comme la pluie tombe de l'auvent. J'avais l'impression que mes jambes ne touchaient plus terre, un nœud s'était formé dans ma gorge. Je voulais tousser mais le nœud m'en empêchait, il m'empêchait de respirer.

— Si tu l'étrangles, comment veux-tu qu'il parle ? Tu es en train de l'étrangler ! Comment veux-tu qu'il parle ? cria mon père en trépignant sur sa chaise.

Le petit le repoussa et il se rassit, mais sa voix résonnait dans la pièce :

— Laisse-le parler ! Laisse-le donc parler ! Il dira où se trouve l'argent et vous n'aurez plus qu'à aller le chercher !

— Ou plutôt, laissez-le aller le chercher pour vous. Mais si vous l'étranglez, comment faire ? Si vous l'étranglez, comment faire ? cria ma mère en frappant du pied, cherchant à se lever. Mais elle restait clouée à sa chaise, malgré tous ses efforts.

Le grand relâcha un peu son étreinte. L'air pénétra brusquement dans ma gorge, pareil à un coup de vent par une porte ouverte. Je toussai. La sueur chaude sur mon front et mon visage se refroidit aussitôt. Je compris que je ne pouvais plus avoir sommeil. Je ne pouvais plus sombrer dans le somnambulisme. Mon esprit était aussi clair qu'un banc de glace. Un glacier.

— C'est de l'argent que vous voulez ?

Je me retournai face au grand. Sa cagoule pointait sur son nez où la laine était plus fine, pareille à un filet de pêcheur, et devant sa bouche, il y avait un cercle humide, à cause de sa respiration.

— Si vous voulez de l'argent, il ne faut pas m'étrangler. Si vous m'étranglez, comment pourrai-je vous aider ?

Je sais où il y a de l'argent.

Vous n'avez qu'à m'écouter. Je vous garantis que vous pourrez voler beaucoup d'argent !

Mais plutôt que de venir ici, vous feriez mieux d'aller au crématorium. Une couronne de fleurs, ça ne coûte pas très cher, et puis nous avons besoin de manger, de nous vêtir et de payer le loyer. Mais au crématorium, ils ont besoin d'un peu d'électricité, d'un peu d'huile et cela leur suffit pour brûler un corps. Quand on est en vie et qu'on va se faire soigner à l'hôpital, on peut négocier le prix des soins, mais les morts, personne ne négocie le prix de leur crémation. On paie ce qu'il faut. Alors, plutôt que de venir piller notre boutique, vous feriez mieux d'aller piller le crématorium.

Plus personne ne parlait. Plus personne ne bougeait. Ils semblaient tous statufiés, gelés. Il faisait chaud. Une chaleur étouffante. Le petit gros, derrière, voulut retirer sa cagoule pour respirer un peu mieux, mais le grand et gros lui jeta un tel regard qu'il se ravisa. Il y avait du passage sur l'avenue, des gens regardaient vers la boutique.

— Vous pillez même la boutique d'objets funéraires ?

On entendit ensuite des éclats de rire et des bruits de pas.

Mon père me regarda. Ma mère aussi. Les voleurs me regardèrent, puis se regardèrent les uns les autres. Leurs yeux brillaient de contentement. C'est que je les avais amenés à se souvenir. Se souvenir de l'endroit où se trouvaient les clefs de la banque, de l'endroit où se trouvait le coffre-fort. Soudain, le grand et gros, au milieu de la pièce, laissa tomber son paquet.

— Ah ! Ah ! Comment n'y avions-nous pas pensé ! ricana-t-il.

Le grand fixa un instant le paquet, les yeux voilés par le doute.

— C'est une couverture. Ça ne vaut rien, dit le gros.

Et il regarda le grand droit dans les yeux. Ils se dirent un tas de choses, très vite, avec les yeux. Alors le petit gros près de l'escalier jeta à son tour ce qu'il avait pris. Puis le grand regarda le bâton du petit et le petit lâcha son bâton. Tous quatre retirèrent leurs cagoules en même temps et essuyèrent leur sueur. Père, mère et moi, nous vîmes alors que le grand était bien Sun Daming. Le gros venait du village voisin, c'était un neveu de la mère de Sun Daming. Les deux autres aussi venaient de villages voisins, on les avait déjà vus, c'étaient les fils d'un oncle de Sun Daming. Ils étaient donc sortis en famille pour piller. Ils étaient venus, parfaitement éveillés, pour piller durant la nuit de somnambulisme. Ils se tenaient là, à visage découvert. Daming demanda au petit gros de détacher ma mère, au petit maigre de détacher mon père. Puis il s'avança vers mon père.

— Li Tianbao, dis-moi la vérité : quand mon père est mort, est-ce toi qui nous as dénoncés au crématorium ?

Mon père fit non de la tête. Se frotta les poignets à l'endroit où la corde les avait un peu blessés.

— Si cela avait été moi, tu aurais pu me faire sombrer dans le somnambulisme cette nuit et me faire mourir sans que j'y comprenne rien.

Mon père jeta un œil à la pièce, à ma mère.

— Sur le réchaud dans la cuisine, il y a du thé ; vous n'avez qu'à en boire et vous n'aurez plus sommeil, vous retrouverez un esprit clair et vous ne vous conduirez plus n'importe comment !

A ces mots, le gros éclata de rire et s'approcha de mon père.

— C'est bien parce qu'on n'avait pas l'esprit clair qu'on n'a pas su profiter plus tôt du somnambulisme pour venir piller ! Maintenant, les magasins ont déjà tous été cambriolés, et nous, on arrive trop tard.

Il regarda son cousin Sun Daming avant de déclarer :

— Bon, voilà, on vous rend tout. Puisque ce n'était pas toi le mouchard, mon cousin ne te devra rien non plus. Maintenant, que Niannian nous accompagne !

Père se leva d'un bond, comme pour m'écarter des bras de Sun Daming. Mais ce dernier fut plus rapide. Il eut un rire froid envers mon père.

— Toi aussi tu détestes son oncle, non ? Tout le monde sait qu'il y a de la rancune entre vous, qu'il vous empêche de vivre comme vous l'entendez, ta femme et toi ! Cette nuit, nous autres, on va t'aider à régler ce problème !

Il regarda ma mère. Son visage blême et effrayé. Il prit une voix douce et humide :

— Sois tranquille, nous n'allons pas lui faire de mal. Ton frère, ces dix dernières années, s'est enrichi avec les morts. C'est de l'argent sale, je n'ai pas besoin de te le dire, tu le sais. Toi-même tu dis souvent que c'est ton frère et que tu ne peux donc rien faire, alors nous, on va agir à ta place. On profitera de cette nuit de somnambulisme pour aller chez lui partager un peu son bien mal acquis. S'il y a un filon, on en fera profiter tout le monde, sinon, on se contentera de récupérer l'argent que le crématorium nous a injustement pris pour nos morts.

Ils me poussèrent dehors. Père et mère demeurèrent immobiles, pétrifiés, à les regarder partir. Moi, je les suivais, obéissant.

Le paysage de l'avenue était toujours aussi obscur et incertain. Le temps cette nuit semblait s'être arrêté. Il faisait bien plus frais qu'à l'intérieur de la boutique et nous aspirâmes tous une grande bouffée d'air. J'ignore quelle heure il était. Quelle heure de cette nuit de somnambulisme il pouvait être. Mes parents se ressaisirent et sortirent à leur tour :

— Daming ! Niannian n'est encore qu'un enfant. Moi, Li Tianbao, si peu vertueux que je sois, je n'ai jamais fait de tort aux tiens. Je t'en supplie surtout, qu'il n'arrive rien à Niannian ! Laisse-le revenir bien vite, je n'ai que lui, c'est mon fils unique !

Daming se retourna vers mon père et ma mère.

— Mettez donc de l'ordre dans votre boutique ! Il suffit que nous ne tombions pas dans le somnambulisme et rien n'arrivera à Niannian.

Sur l'avenue, les voix semblaient flotter et ricocher comme à la surface d'un fleuve.

## 2
## 4 h 30-4 h 50

Ils étaient venus avec un cyclopousse motorisé qu'ils avaient caché dans un coin de l'avenue, un coin bien obscur. Sur le cyclopousse, il y avait une toile de chanvre, une barre de fer et un couperet. Leur intention n'était pas d'aller cambrioler le crématorium mais plutôt la maison de mon oncle. Ils me poussèrent vers l'engin, me firent asseoir devant, contre le garde-corps, et me recommandèrent de bien me tenir. Ils étaient attentionnés, comme à l'égard d'un petit frère, et j'eus la même impression que lorsqu'on se réchauffe près d'un feu en plein hiver. Le vent soufflait. Le cyclopousse sortit de l'obscurité et toussota en roulant vers la sortie du bourg. Sur le chemin, on croisa un autre cyclopousse.

— Vous vous êtes bien enrichis, n'est-ce pas ?

— Tu parles ! Les gens du bourg étaient passés dans les boutiques bien avant nous.

— Il fallait cambrioler chez eux !

— Ils ont tous bu du thé, du café à la cryolithe ; ils en ont perdu l'envie de dormir. Comment les cambrioler quand ils ne sont plus somnambules ?

L'autre cyclopousse s'arrêta sur le bord de la route tandis que Daming, ses cousins et moi poursuivions.

— Et où allez-vous donc ?

— On rentre se coucher ! On abandonne l'idée de s'enrichir !

Le cyclopousse hésita un instant avant de redémarrer en direction du bourg. Ou plutôt dans une autre direction. Puis survint un autre cyclopousse :

— Comment ça se passe au bourg ? Il y a de quoi s'enrichir ?

— Dépêchez-vous d'y aller ! Tout le monde dort là-bas et les portes des magasins sont grandes ouvertes !

— Mais on dirait que vous n'avez rien sur votre engin ?

— Oh nous, c'est parce qu'on ne voulait pas s'encombrer, on a seulement pris ce qui rentrait dans nos poches !

Il se dressa pour tapoter ses poches ostensiblement, agita encore un petit sac au nez de son interlocuteur. L'autre accéléra en direction du bourg. De la richesse. Les hommes parlaient fort et joyeusement, comme pour une célébration du nouvel an. Il y avait donc tant de paysans dans les environs qui conduisaient tracteurs, cyclopousses motorisés ou je ne sais quoi encore, tous en direction du bourg ! Ou plus loin, vers le chef-lieu du district, vers n'importe quel endroit où piller. J'en vis un qui dormait, sa tête pencha subitement, prête à tomber, mais son cou la retenait. Un autre somnolait, l'air parfaitement éveillé, les yeux grands ouverts, l'expression aussi impénétrable qu'une planche de cercueil. Nombreux étaient ceux dont le visage ne trahissait aucun signe de sommeil, qui profitaient du somnambulisme des autres pour aller piller. Quelle heure pouvait-il être ? Peut-être quatre, cinq heures du matin. Sur notre cyclopousse, le petit gros s'était endormi. Il parlait en dormant : « Rentrons nous coucher ! Rentrons nous coucher ! A quoi bon voler ? » Mais son frère aîné lui secoua l'épaule et il se réveilla pour déclarer tout autre chose :

— Si on ne s'enrichit pas cette nuit, on n'aura plus jamais l'occasion de le faire. Alors même si on ne ramène pas une grosse somme, que l'on s'enrichisse quand même un peu !

A ce moment-là, Daming ordonna à son cousin, le petit, d'arrêter le cyclopousse. A un carrefour à l'extérieur du bourg. Daming me tira vers la place centrale, m'invitant à m'accroupir ou à m'asseoir. La nuit était comme un lac tout autour de nous. Agréablement fraîche. C'était la meilleure heure pour dormir. Tout était à la fois calme, ensommeillé et agité. Le monde plongé dans le somnambulisme se manifestait par des bruits de voix et des mouvements confus. Daming leva les yeux au ciel, puis les abaissa vers moi – des yeux noirs éclatants.

— Niannian… Il posa une main sur mon épaule, celle qui tenait sa cagoule. Ton oncle n'est pas quelqu'un de bien, n'est-ce pas ?

Ton oncle s'est enrichi sur le dos de nos morts, n'est-ce pas ?

Sans cadeau, il ne procède pas correctement à la crémation et fait exprès de briser les os du défunt avec un marteau, face à la famille.

Il oblige ses clients à payer une urne en marbre alors qu'il leur vend une urne des plus ordinaires. Il fait payer le prix d'une urne en palissandre alors qu'il vend une urne en bois des plus communs. Tu sais tout cela, n'est-ce pas ?

Ton père déteste ton oncle. Ton père et ta mère sont des gens bien, mais puisque Zhao Dacheng est ton oncle, ton père ne peut pas faire autrement que de demander à ta mère d'ajouter des fleurs aux couronnes qu'elle confectionne, de coudre à points serrés les robes mortuaires et de les orner de broderies. Tout le monde au bourg le sait bien, tout le monde au bourg dit que tes parents ont bon cœur et que ton oncle, c'est tout le contraire, que tes parents ont voulu s'écarter de lui, racheter ses mauvaises actions. Tout le monde sait, et toi aussi, que sur les deux plateaux d'une balance, il y a ton oncle d'un côté avec son argent sale, et tes parents de l'autre avec leur bonté ; plus ton oncle s'enrichit, plus tes parents travaillent à de belles couronnes et des papiers découpés qu'ils vendent de moins en moins cher. Alors, si votre commerce marche bien, vous ne gagnez quand même pas grand-chose. C'est pourquoi, cette nuit, nous ne vous avons pas pris d'argent, nous ne vous avons rien pris, parce que ton père et ta mère ont bon cœur, nous n'avons pas pu nous y résoudre ; c'est pour ça que nous avons décidé de t'écouter, de ne pas voler votre boutique mais le crématorium. En y réfléchissant, pour ton père, ta mère, pour tous les gens du bourg et du village, nous avons finalement décidé de ne pas cambrioler le crématorium mais d'aller directement chez ton oncle, de voler chez lui afin de venger ton père, ta mère et tous les villageois, tous ceux qui tiennent grief au crématorium. Dès lors, ce n'est plus la peine que tu nous accompagnes. Ce serait gênant pour toi de voir ton oncle. Tu n'as qu'à nous dire où il habite exactement, où se trouve sa villa et où il a l'habitude de cacher son argent, ses objets de valeur, et où sa femme aussi cache ses bijoux. Je sais que ton père ne va jamais chez ton oncle, que ta mère boîte et qu'elle n'y va jamais non plus, que toi seul y vas, alors tu n'as qu'à nous indiquer l'adresse et tu pourras partir. Tu pourras rentrer chez toi. Tes parents t'attendent et nous n'avons pas le cœur de te faire languir jusqu'à l'aube, si jamais il t'arrivait quelque chose, on s'en voudrait. Alors parle, donne-nous vite l'adresse et dis-nous où ton oncle cache ses richesses. Parle et il ne t'arrivera rien. Tu pourras rentrer chez toi, fermer le magasin et aller te coucher avec tes parents. Demain quand il fera jour, quoi qu'il se soit passé, on ne te dénoncera pas. On sera pleins de reconnaissance envers toi et tes parents, on viendra vous acheter plein de choses, on partagera avec vous une partie de nos richesses, comme ça tu n'auras pas parlé en vain et tes parents ne se seront pas efforcés en vain de racheter les fautes de ton oncle, ils n'auront pas peiné en vain ces dix dernières années.

Parle, Niannian ! On ne te demande que quelques mots !

Quelques mots et tu accompliras une bonne action pour les tiens !

Niannian, rentre chez toi maintenant et va te coucher. Si tu rencontres quelqu'un en chemin, somnambule ou pas, ne dis rien, ne parle pas de nous.

Je descendis du cyclopousse.

Je vis Daming et les autres disparaître dans la nuit, disparaître à l'embranchement. Au loin, la villa de mon oncle était éclairée, on eût dit que le soleil était en train de se lever de ce côté-là. Plus près, dans le village, il y avait aussi des lumières et du mouvement, les hommes semblaient bientôt prêts à se lever.

Debout à l'embranchement, je me sentis plonger dans un puits, un trou que j'avais creusé moi-même, un trou froid. Je ne ressentais nulle fatigue. J'avais l'esprit aussi clair qu'une maison aux portes et fenêtres ouvertes toutes grandes à la lumière du jour.

## 3
## 4h51-5h10

Je partis vers la villa de mon oncle.

Je courus chez mon oncle.

Fût-il un porc, c'était quand même mon oncle. Un chien, c'était quand même mon oncle. Il fallait le prévenir que des cambrioleurs arrivaient chez lui. Lui dire de ne surtout pas dormir, ne surtout pas sombrer dans le somnambulisme ni d'ouvrir sa porte. Le cyclopousse devait contourner le barrage et le crématorium pour prendre la route à l'ouest. Il devait passer par le sommet du barrage avant de redescendre vers l'est en traversant un bois et en longeant un lac. Moi, je pouvais prendre un raccourci, je pouvais gagner deux à trois lis sur eux. Je savais qu'en courant de toutes mes forces je pouvais arriver avant eux chez mon oncle, dans sa villa à l'est du barrage. Ce que je fis. Je bravai le vent, les arbres. Je heurtai un couple, un homme et une femme, nus, tout à leur affaire au pied d'un arbre. J'ignore s'ils étaient somnambules ou non. Leurs cris de plaisir faisaient trembler les feuillages. Je les vis de loin et le sang me monta à la tête. La chose laide entre mes jambes se dressa telle une barre de fer. J'avais très envie de m'approcher plus près d'eux pour mieux voir. Mais je devais prévenir mon oncle, j'étais obligé de passer mon chemin. Une lumière brillait. Ils avaient posé une lampe au pied de l'arbre. Une lampe-tempête qui ne diffusait qu'une faible lueur jaune, pitoyable, pareille à une étoile tombée du ciel et sur le point de s'éteindre.

A mesure que je m'éloignais de la lueur, les cris du couple enlacé se firent plus faibles. Je me retrouvai à marcher sur une étendue déserte, au bord du fleuve, derrière le barrage. L'eau s'étirait, pleine de brisures, large ruban de soie argentée, clapotant. Je croyais entendre chanter des fantômes, ou crier de plaisir l'homme et la femme de tantôt. Je me dis après coup qu'ils avaient dû saisir l'opportunité de cette nuit de somnambulisme pour se retrouver. Qu'ils l'avaient fait tout en rêvant. Puis je me demandai pourquoi ils n'étaient tout simplement pas restés chez eux, dans leur lit. Je continuais à avancer lorsque je vis une ombre noire. Je tressaillis. La peur chassa le couple de mon esprit. Je me hâtai. J'entendais des cris d'oiseaux effrayants. Pour me donner du courage, j'imitai les cris de plaisir de l'homme. Alors je n'eus plus peur, je me sentis un jeune héros.

Enfin j'atteignis le quartier où habitait mon oncle. Le quartier des villas. Il n'y avait que des gens riches à cet endroit. L'un avait fait fortune en exploitant une mine dont il vendait le charbon au bourg, au chef-lieu du district et plus loin encore. D'autres étaient des directeurs ou des chefs de département au chef-lieu du district. On disait que le président du district habitait là aussi. Bref, c'était notre quartier de riches. Les gens ordinaires, le petit peuple ne pouvaient y pénétrer. On n'y venait pas par hasard. Les maisons étaient exposées plein sud. Il y avait un lac, des pins, des cyprès aux troncs également épais. Des sophoras aux fûts larges comme des seaux. Chaque arbre était entouré d'un petit muret, deux parterres de fleurs ornaient chaque entrée de maison. Chacune disposait d'un perron de quatre marches en haut duquel étaient couchés, de part et d'autre, deux chiens en céramique. Toujours la langue pendante, l'air assoiffé. Quant aux portes, elles étaient toujours fermées et verrouillées, comme si des voleurs pouvaient surgir à tout moment.

Pourtant, cela faisait des dizaines d'années qu'aucun vol n'avait été commis dans le quartier. Aucun cambriolage.

Cette nuit, en revanche, un vol allait bel et bien être commis. Dans le cyclopousse, ils avaient des barres de fer et des couteaux. Peut-être même allaient-ils commettre un meurtre. Un meurtre allait en entraîner un autre, il n'y aurait pas seulement un mort mais trois, quatre ou cinq. Sept ou huit.

J'accélérai et traversai le vieux pont. Je courus vers le flanc de la montagne. De la lumière me parvint soudain depuis un bosquet : un faisceau de lumière que les arbres divisaient en raies. Je débouchai sur le chemin boueux, à l'arrière du quartier des villas, j'étais trempé de sueur. Rincé. Chaque pore de ma peau avait transpiré. Dans mes chaussures de toile, mes pieds baignaient comme dans deux petits bassins. J'arrivai en courant, haletant, la respiration aussi bruyante que des vannes qu'on ouvre. Mais en atteignant le quartier, subitement, je songeai que ça n'en valait pas la peine.

Je ne devais pas le faire.

Prévenir mon oncle et tout le quartier était une grave erreur.

A l'arrière de l'enceinte du quartier, la porte était ouverte. D'ordinaire fermée la nuit, voilà qu'elle était grande ouverte. De la lumière en jaillissait. Un énorme morceau de cristal à terre. Une coulée d'or rectiligne. Personne ne dormait, ils étaient tous réunis sur la place centrale. Dans les rues, les lampadaires étaient allumés ; sur la place, toutes sortes de lampes brillaient. Dans les maisons aussi, tout était éclairé. Il faisait clair comme en plein jour dans tout le quartier. Comme si la nuit n'avait tout simplement pas pénétré ici.

Les pins semblaient soulever la lumière, comme si leurs branches les plus hautes fourmillaient de diamants. Les cyprès dressés dans la nuit paraissaient dégouliner d'une eau argentée. Les bassins de fleurs resplendissaient, comme baignant en plein soleil, et dispensaient un intense parfum. Partout les rues étaient couvertes de tuiles d'asphalte, jusque dans leurs rebords et leurs coins, et des gens s'y affairaient. On se promenait avec un plat de légumes sautés, un verre ou une bouteille d'alcool à la main. On buvait et mangeait en marchant, exactement comme une veille de nouvel an. Comme pour fêter un tas de mariages. Mais sur tous les visages, l'expression était terne, hébétée, luisante comme une brique. On eût dit qu'un tas de briques peintes en rouge, jaune ou blanc, se promenaient et remuaient là.

Ils étaient tous somnambules.

Ils mangeaient, parlaient, riaient et s'enivraient tout en dormant.

Sur la place, une lumière bleue éclairait une fontaine. La colonne d'eau s'élevait puis retombait en lançant des éclats de nacre et d'or. Dans le bassin, les lumières jaunes, vertes et blanches effrayaient les poissons cachés dans un coin sombre derrière une fausse montagne. Autour de la fontaine étaient disposées une vingtaine de tables de mah-jong. Des gens s'y étaient installés pour manger ou jouer. Les verres s'entrechoquaient et le plaisir du jeu se traduisait en éclats de rire. Les tables étaient jonchées de liasses de billets. Une liasse équivalant à dix mille yuans, il y en avait pour des dizaines, des centaines de milliers. Les meilleurs alcools étaient sur les tables, les verres posés sur les bancs ou à terre, les bouteilles contre les pieds des tables ou au bord de la fontaine. Ces gens étaient-ils somnambules ou simplement ivres ? L'un souleva son verre pour trinquer et s'effondra sur la table, profondément endormi. Pourtant, il continuait à parler, à dire qu'ils allaient tous mourir d'ivresse. Les femmes étaient en chemises de nuit et l'on voyait, par transparence, la blancheur et la tendreté de leur chair. Debout à côté des tables, elles regardaient les hommes jouer. Elles prenaient l'argent, souriantes s'ils gagnaient, le visage défait s'ils perdaient. Il y avait aussi des enfants qui couraient et s'amusaient bruyamment, leurs visages toutefois aussi inexpressifs que des planches de bois ou des briques grises. Par rapport aux adultes, l'arbre de ce bois-là semblait tout juste abattu, la brique tout juste cuite, voilà tout. Certains enfants dormaient, couchés sur le perron de leur maison, dans les bras de leur mère ou aux pieds de leur père. Ceux-là avaient les joues roses, perlées de sueur, comme après avoir trempé dans l'eau chaude.

Ils dormaient tous.

Ils rêvaient tous.

Ils plongeaient dans le somnambulisme à la suite de leurs parents.

Dans ce quartier de riches, la touffeur avait fait sortir les gens de chez eux. Sortis prendre l'air ou bavarder, ils avaient eu sommeil et dormaient debout. Avec de l'alcool et des cigarettes à partager, des plats de légumes et de riz sautés, ils s'étaient rassemblés sur la place. Leur somnambulisme différait de celui des villageois. Les villageois pensaient à faucher ou à battre le blé, à voler ou à se suicider. Eux ne pensaient qu'à boire, manger et jouer au mah-jong. Certains gardaient les yeux grands ouverts, d'autres, mi-clos. Certains jouaient en dormant exactement comme ils auraient joué éveillés. Dos nu, pieds nus. Le patron d'une mine que je connaissais ne portait qu'un caleçon, à croire qu'il venait à peine de quitter le lit après avoir fait la chose. Il y avait pourtant devant lui trois verres d'alcool et trois bouteilles vides. Une femme qui avait accompagné son homme se déshabilla. Ses seins nus ressemblaient à deux petits pains cuits à la vapeur. Deux petits pains bien blancs. Partout flottait une odeur d'alcool et de poudre féminine. Un souffle de fraîcheur mêlé aux ronflements d'après minuit. Un homme était couché en bordure de rue. Des cravates et des vestes de costumes occidentaux, comme seuls en portent ces gens-là, jonchaient le sol. Un homme allait et venait, pareil à un fantôme suspendu entre ciel et terre. Il levait haut les jambes et les abaissait ensuite si précautionneusement qu'on eût dit qu'il marchait sur des clous.

— Tous somnambules. Ils sont tous somnambules, disait-il.

Etait-il le dernier à être éveillé ?

— Je ne dois surtout pas m'endormir, surtout pas. Si jamais des voleurs venaient !

Il se dirigea vers l'entrée principale du quartier.

— Hé ! Garde ! Il faut dire à tes collègues de ne surtout pas dormir, aussi fatigués soient-ils ! Il ne faut laisser entrer personne et veiller à ce que personne ne sorte !

Il allait et venait ainsi, hélant les gardes. Mais il n'en vit aucun, incapable qu'il était de retrouver l'entrée principale.

Je m'approchai dans l'intention de lui indiquer la bonne direction, de lui dire où étaient les gardes, mais une fois devant lui, j'ignore pourquoi, je n'eus plus aucune envie de parler. Je vis qu'il tenait à la main un soutien-gorge, lui, un homme, et cela me fit penser à un porc avec une fleur à la bouche. Il m'avisa sans me voir. Je m'éloignai de lui comme d'un pieu. Je me dirigeai vers la maison de mon oncle et me retournai pour le regarder une fois encore : l'homme-pieu s'écroula avec fracas et s'endormit profondément.

Parmi tous ces hommes qui festoyaient, je n'avais pas vu mon oncle. C'était comme d'avoir cherché en vain un porc parmi d'autres. Aussi avais-je longé la rue menant à sa villa. Devant la cour d'une maison, je vis une bonne d'enfants sortir par un pan de porte. Elle portait un paquet et tirait une grosse valise. En me voyant, elle recula d'un pas avant de se raviser et, découverte pour découverte, de marcher directement jusqu'à moi.

— On voit tout de suite que tu n'es pas d'ici non plus. Prends quelque chose et va-t'en vite. Si un garde t'attrape, c'est toi qui prendras pour tous les autres vols !

Elle fila comme l'éclair, esquivant la lumière des réverbères, vers la porte nord. Son allure était si vive qu'on eût dit qu'elle marchait sur la glace avec des semelles cloutées.

Un garde, une valise sur l'épaule, disparut dans un fourré. Il en ressortit sans la valise, se frottant les mains et inspectant du regard les alentours.

Un chien aboyait tout en faisant le tour d'une pelouse. Son maître s'était endormi là et ronflait aussi fort que le tonnerre.

J'accélérai le pas. Je filai comme le vent. J'avais compris qu'une chose terrible allait arriver ici. En apprenant que tout le monde était somnambule, les villageois des environs considèreraient le quartier comme un paradis, comme le coffre-fort d'une banque à leur disposition. Je courus chez mon oncle. Je courus, les yeux rivés sur sa maison. La centaine de mètres à parcourir se réduisit sous mes pieds à la longueur d'une baguette. Ce ne fut pas plus long que de tourner à l'angle d'un mur, et je vis des maisons éclairées, des maisons où régnait l'obscurité, des maisons aux portes verrouillées, d'autres dont la clé avait été oubliée sur le verrou, que les voleurs pourraient tourner tout autant que leur propriétaire.

Enfin j'arrivai devant la villa de mon oncle. J'essuyai la sueur sur mon visage et sautai sur les marches du perron, par-dessus la barrière dont le fer n'était guère rouillé. J'appelai mon oncle et poussai la porte. Alors, ce fut comme de passer d'un bond de l'état d'éveil à celui de rêve. Mon oncle ne dormait pas, il n'était pas dans la pièce du haut que l'on appelait la chambre. Ma tante non plus. Seuls leurs enfants s'y trouvaient. Au rez-de-chaussée, dans l'espace qu'ils nommaient salon, aussi vaste qu'une maison de trois pièces, la lumière brillait si fort qu'on pouvait voir les fourmis aussi nettement que des voitures circulant sur une avenue. La télé était allumée. Les murs étaient d'un blanc de neige. Le canapé était vide. Le bruit du téléviseur ondoyait et résonnait dans la pièce. La petite table à thé était comble, à l'instar d'un étal de marché. Un bambou en pot et deux plateaux ornés de fleurs semblaient surveiller les gens qui s'affairaient là. Mon oncle et ma tante. En chaussons et caleçons, ils ressemblaient plus à de pauvres paysans du village qu'aux habitants du quartier. Ma tante venait de préparer elle-même six plats et deux soupes, l'une aux œufs et au poulet, l'autre aux crevettes. Tout cela s'entassait sur la petite table à thé. Mon oncle, qui était de grande taille, s'était accroupi là ; on aurait cru le voir échoué au pied d'un mur du marché. Ma tante, mince et petite, faisait alors l'effet d'une pousse d'herbe ou d'une fleur fraîchement éclose au pied du même mur. Ils versaient le contenu d'une bouteille dans la soupe lorsque j'entrai. Du glutamate peut-être. Comme lorsqu'on ajoute du sel à une soupe trop fade. C'était mon oncle qui versait tandis que ma tante remuait la soupe à l'aide d'une baguette. Le bruit de la porte les fit tressaillir et ils se tournèrent vers moi, effrayés, le visage blême et cireux. Mais très vite la pâleur s'atténua et ils reprirent un air ensommeillé et embrouillé, un aspect de tuiles, de briques luisantes ou de planches de bois.

— Tu n'as donc pas fermé la porte ? demanda mon oncle à ma tante sur un ton de reproche. Le flacon toujours à la main, il continuait à verser, comme on sème dans les champs les graines de sésame, et cela tombait dans les plats.

— Je l'avais fermée. C'est le vent qui l'a ouverte.

Ma tante continuait à remuer le mélange. Chacun était à son affaire, à croire qu'ils ne m'avaient pas vu. Que j'étais un courant d'air. Un arbre. Un morceau de paysage chassé par leur rêve.

— Oncle ! Tante ! Mais que faites-vous ? Quelque chose de terrible va se passer ici ! M'entendez-vous ?

C'est effroyable ce qui va arriver ! M'entendez-vous ?

Le calme régnait dans la pièce, comme si personne n'était là. Comme si je n'étais pas entré. Mon oncle continuait à verser je ne sais quoi précautionneusement. Ma tante, à mélanger avec ses baguettes. Une poudre blanche parsema un plat d'œufs sautés, teintant les jaunes d'un gris clair, comme s'ils avaient un peu grillé.

— N'en mets pas trop, ça risque d'altérer le goût.

— Ne t'en fais pas, j'en mets beaucoup, comme ça, une seule bouchée suffira à les faire disparaître, ils ne se réveilleront pas, même après une longue nuit de rêve !

Il en versa encore dans une soupe. Il changea de flacon. Cette fois, le liquide qu'il versait ressemblait à une eau boueuse. Il en versa un peu, puis encore un peu. Et encore et encore.

— Arrête, tu en verses trop ! ça va altérer le goût.

— J'en mets beaucoup, comme ça, une seule bouchée suffira à les faire tous tomber !

Il souleva le flacon de façon à en discerner le contenu à la lumière. Il en restait la moitié. Le flacon était jaune, d'un jaune-brun là où il y avait du liquide. L'étiquette du produit s'était un peu retroussée sur les bords, mais on voyait au centre une tête de mort noire. Je la vis subitement. Je vis aussi le mot *dichlorvos* inscrit dessous. La chose la plus effroyable ne se produisait donc pas dehors, dans le quartier, mais ici même, dans la maison de mon oncle !

— Mais que faites-vous ? Oncle ! Tante ! Il est minuit passé et vous ne dormez pas !

Un air glacé me parvint de la petite table à thé, de mon oncle et ma tante. D'abord un léger souffle puis un grand flot d'air glacé. Je frissonnai. Je tremblai et transpirai. Ma chemise trempée de sueur me collait au dos. La sueur perlait sur mon front et me piquait les yeux. L'air s'emplit d'une odeur d'eau sucrée. C'était l'odeur du dichlorvos, l'odeur du poison dans les plats.

— Oncle ! Tante ! Mais que faites-vous donc ?

— Tais-toi ! Puisque tu es là, viens t'asseoir !

— Des voleurs, des pilleurs vont arriver d'un instant à l'autre ! Ils vont venir ici ! Chez vous !

— Oui, grommela mon oncle en m'adressant enfin un regard. Qu'ils viennent et je les inviterai à manger des œufs au plat et de la soupe.

Il sourit et se tourna vers ma tante pour saupoudrer un autre plat de poudre blanche et y verser du dichlorvos.

— Ce somnambulisme, c'est vraiment le ciel qui me l'envoie ! Ceux qui d'ordinaire me méprisent, je vais les occire cette nuit !

Les baguettes, avec lesquelles ma tante mélangeait la soupe, avaient noirci au contact du poison ; tandis que mon oncle parlait, son sourire flottait, amas de nuages jaunes sur son visage. Le mouvement de ses mains au-dessus des plats faisait penser à celui du semeur dans les champs.

— Niannian, tu arrives à point nommé. Tu vas pouvoir aider ton oncle et porter tous ces plats dans la cour. Je te dirai où les mettre précisément. Je te dirai sur quelle table disposer quel plat et tu respecteras mes indications. Le chef du district habite dans le quartier et il ne nous a jamais adressé la parole. Le directeur du bureau des affaires civiles vit ici lui aussi, il a rendu visite à tous nos voisins mais jamais à nous. Ils nous détestent parce que je m'occupe du crématorium et ils craignent qu'à nous côtoyer l'odeur de la mort ne les atteigne. Le patron de la mine de charbon, putain, noir et sale comme il est, il trouve encore le moyen de m'éviter lorsqu'il me croise ! Tous autant qu'ils sont, ils me méprisent ! L'un a fait fortune au casino du chef-lieu de district, l'autre par ses escroqueries à Luoyang ; est-ce que je les déteste pour autant ? Mais eux me détestent ! Je suis un voisin de mauvais augure. Eh bien, ils vont voir, cette nuit je leur ai préparé un festin !

Je vais vous envoyer au paradis de l'ouest !

Vous n'aurez plus que vos yeux pour pleurer et finalement vos proches viendront me prier de veiller à votre crémation, de veiller à ce que vos os soient réduits en cendres.

— Vos familles devront m'offrir des cadeaux, ils me diront que nous sommes du même quartier et me demanderont de veiller à ce que vos corps soient entièrement brûlés, qu'il ne reste ni un bras ni une jambe dans le four.

Jusqu'ici j'ai enduré sans rien dire, mais cette nuit, l'heure de ma vengeance est venue !

Viens, Niannian ! Cette soupière, tu vas aller la placer sur la table devant le chef de district, la table à droite de la fontaine. Le chef de district, tu l'as déjà vu, c'est un chauve tout maigre. Tu poseras la soupe sans mot dire. Tu verseras un bol à chaque personne autour de la table. Si on te demande quelque chose, tu diras que tu es de la famille qui habite la deuxième maison sur la première rue. Ou bien tu donneras ton nom, peu importe. De toute façon, la première gorgée bue, ils seront perdus. Ils ne comprendront plus rien. Tous ceux qui jouent au mah-jong, personne ne sait de quel commerce ils s'occupent, ils sont tous bien plus riches que moi ! Je les flatte bassement ! Après avoir servi la soupe, tu reviendras chercher les plats de légumes sautés. Ils seront fatigués de jouer, alors tu poseras les plats sur la table sans rien dire et ils mangeront. Ils mangeront, boiront, et alors, aussi riches soient-ils, leur argent ne leur servira plus à rien !

Ce plat de légumes, tu le serviras au directeur du lycée, c'est un végétarien.

Ce plat… Niannian ! Niannian !…

La nuit était plus noire encore. La voix de mon oncle transportait la ténèbre avec elle jusque sur les marches du perron, elle s'y écoulait comme un torrent, elle me poursuivait, prête à me submerger.

## 4
## 5 h 10-5 h 15

Je suis sorti, effrayé, tandis que mon oncle continuait à marmonner. Je suis sorti et j'ai couru vers la porte nord du quartier. J'entendais mes pas marteler le sol derrière moi, mes pas qui tonnaient. Je courais sans m'arrêter, sans penser à rien. Je n'avais qu'une idée en tête, une idée pareille à un arbre abattu, couché là dans ma tête. Daming et les autres allaient arriver. Daming, dépêche-toi d'aller piller chez mon oncle. De lui voler son argent, ses objets de valeur et tout ce que tu voudras. Les bijoux de ma tante se trouvent dans l'armoire devant son lit. L'argent de mon oncle, caché dans un coffre, dans une fissure de la cloison de sa chambre. Daming, dépêche-toi ! Dépêchez-vous d'aller chez mon oncle !

Je criais tout cela, intérieurement, en courant. Ma voix et mes pieds glissaient dans ma gorge, serpentaient, prêts à en jaillir. Le ciel était bleu et gris. La terre, d'un gris brumeux. Le monde avait pris l'apparence d'un rêve, comme si le poison du rêve lui avait été inoculé. Les pins qui bordaient l'avenue semblaient s'écrouler derrière moi, s'écrouler sous mes pas. Le lampadaire de l'entrée principale brillait comme un soleil. Le mur d'enceinte était haut de trois mètres et il y avait encore des tessons de verre et du fil barbelé. Entre les deux colonnes de marbre, la grande grille était verrouillée. L'un des gardes de nuit s'était endormi devant la grille, l'autre était parti je ne sais où. J'atteignais enfin la porte lorsque je vis Daming et les autres. J'ignore où ils avaient garé le cyclopousse, ils étaient là tous les quatre, sacs, bâton et barre de fer à la main, devant la porte à se demander comment faire pour entrer. Ils m'aperçurent et ce fut pour eux comme voir un singe échappé de sa cage : ils me fixèrent avec des yeux emplis d'étonnement.

De chaque côté de la porte, nous restâmes un instant à nous regarder.

Puis j'appuyai sur le bouton qui commandait l'ouverture de la grille. Alors la porte s'ouvrit. Les deux mondes n'en firent plus qu'un.

— Daming ! Mon oncle n'habite pas la deuxième rue mais la troisième, au numéro six.

Tu ne trouveras pas son argent dans les malles ou les armoires mais dans un coffre qu'il a caché dans une brèche du mur, le mur de la chambre de droite à l'étage.

Les bijoux de ma tante sont rangés dans une pochette en soie rouge, dans le troisième tiroir de sa table de nuit.

— Daming ! Dépêchez-vous ! Allez-y vite ! Profitez de ce que mon oncle et ma tante sont somnambules, attachez-les comme vous avez attaché mes parents et prenez tout ce qu'il vous plaira !

Entrez ! Entrez vite ! Qu'attendez-vous donc ? J'ai accouru exprès pour vous ouvrir !

Sur les visages de Daming et ses cousins, la surprise et la joie étincelaient en un voile satiné. Il fallut que j'avance vers eux pour qu'ils se décident enfin à entrer. Je regardai Daming au passage ; il me mit une lampe de poche dans la main. Je les éclairai alors en me retournant et leur criai :

— C'est le numéro six sur la troisième rue ! Ne vous rendez pas ailleurs que chez mon oncle !

Daming ! Surtout ne mangez pas les plats que mon oncle et ma tante ont préparés ! Vous mourrez si jamais vous y touchez !

Mes cris s'élevaient dans la nuit comme un chant, leurs pas qui s'éloignaient battaient la mesure, rythmaient les modulations de ma voix. Je retournai au bourg. Eux s'avançaient dans le quartier.

— De toute façon, ta famille aura sa part. Moi, Sun Daming, ce que je dis, je le fais, tu peux me faire confiance, Niannian !

Ce furent les derniers mots que Daming m'adressa. Encore aujourd'hui, lorsque j'y pense, ces paroles me font du bien. Elles me rafraîchissent. C'est une eau glacée dispensée dans la nuit d'été sur mon corps brûlant et exténué.

# LIVRE IX

## APRÈS LES VEILLES

*Dans le cerveau de la nuit périssent les oiseaux.*

## 1
## 5 h 10-5 h 30

La nuit était plus noire que jamais.

Les oiseaux mouraient dans le cerveau de la nuit.

On aurait dit que j'avais passé la nuit entière à courir. Je me sentis subitement pris de sommeil, avec l'impression que mes jambes avaient gonflé. Je voyais mal la route. Je la sentais tomber derrière moi. Dans les champs, la touffeur cédait à un courant d'air frais. Les dernières chaleurs s'évanouissaient, pareilles à l'humeur d'un homme, s'épuisant sur les vastes et calmes étendues.

Au loin, je voyais les lumières du village.

J'entendais gronder sourdement les moteurs des voitures sur la route, là-bas.

Le sentiment d'insécurité persistait mais il semblait maintenant à la fois plus faible et plus fort. L'aube est le moment où l'on a le plus sommeil. Le moment où l'on risque le plus facilement de sombrer dans le somnambulisme. J'avançais. La route ne présentait plus aucun trou. Il faisait noir ; le monde, devant, m'attendait. Arrivé au fleuve, je m'aspergeai le visage. Me désaltérai. En traversant le pont, je regardai l'eau : je vis sa lumière et j'entendis sa voix brillante. Je me rappelai le couple que j'avais aperçu au pied de l'arbre et, j'ignore pourquoi, je songeai à Juanzi qui faisait le ménage au crématorium. Si seulement elle avait été plus jolie ! Si elle n'avait pas eu les dents proéminentes, si elle avait su lire ! Je pensais à elle et mon pas s'accéléra. Je n'avais plus sommeil. Juanzi avait donc ce pouvoir de chasser le sommeil et la fatigue, de redonner force aux jambes ! Je me mis alors à penser plus fort à elle. A y penser dans le secret, dans l'intimité. A imaginer que je faisais avec elle la même chose que le couple. Dans cette nuit déserte. J'y pensai tant que je me mis à transpirer de tout mon être, exactement comme si je l'avais serrée dans mes bras. Mais le couple n'était plus là. Ni en bord de route, ni au pied de l'arbre dont je m'approchai. J'écoutai. Le silence de la nuit me pénétrait lorsque je perçus un bruit de pas. Je me rapprochai. J'éclairai le pied de l'arbre avec ma lampe de poche : l'herbe avait conservé l'empreinte des corps couchés ; ils avaient oublié un paquet d'allumettes et une barrette.

Je songeai à un roman de Yan Lianke. Un roman grossier, aussi rustre que les maisons en torchis d'autrefois. Mais également aussi beau que ces maisons d'autrefois. Ce roman, je l'ai lu plusieurs fois. J'en ai retenu bien des scènes.

*Alors, il se déshabilla à nouveau. Il plia et rangea tout bonnement ses vêtements dans son armoire à elle, comme pour les y laisser définitivement. Tous deux nus, ils fermèrent les portes. A croire qu'ils évoluaient désormais dans un autre monde. Ils se sentirent détendus comme jamais, joyeux et libres comme jamais ils ne l'avaient été. Ils s'étreignirent. Elle le caressa là où elle désirait le caresser, sans gêne, telle une mère qui caresse le corps de son enfant. Là où lui avait envie de l'embrasser, elle le laissait faire, et il lui semblait embrasser une statue vivante. Ils s'abandonnaient à leurs moindres désirs, sans aucune entrave. Fatigués, ils prenaient un moment de repos. Elle s'asseyait sur ses genoux ou bien il étendait ses jambes sur les siennes. Ils s'asseyaient sur la natte, s'étendaient sur le sol ou bien lui se couchait la tête sur son ventre. Il venait de se faire couper les cheveux. Très courts, drus, ils piquaient ses cuisses, là où la chair tendre n'est jamais exposée, de sorte qu'elle éprouvait une délicieuse démangeaison. Lorsqu'il bougeait doucement la tête, la sensation s'accentuait. Alors elle poussait un rire aigu de femme mûre, un rire qui s'amplifiait puis faiblissait, qui finissait par raviver son désir à lui. Il recommençait alors à remuer sur elle et elle semblait redevenir une adolescente, se mettant à courir dans la pièce. Lui la poursuivait, l'attrapait, et ils s'étreignaient à nouveau. Elle le laissait lui labourer le corps, la renverser (telle une bergère laissant à leur guise s'égailler les moutons, leur offrant avec ardeur le flanc de la montagne) et ils y mettaient tous deux une folle ardeur.*

Arrivé à ce point du récit dans mon souvenir, je sentis mes jambes ramollir. Le temps allait fraîchir, le grand somnambulisme allait bientôt toucher à sa fin. Avec le jour, les choses reprendraient leur cours normal, aussi certainement que le soleil se lève chaque matin.

Mais non.

Absolument pas. Il faisait encore nuit noire, comme au fond d'un puits ou d'un ravin. L'aube ne se lèverait pas avant des siècles, semblait-il.

Le fléau de cette nuit ne faisait que commencer. Le monde venait à peine de plonger dans le somnambulisme. Sur la terre, les monts, dans les bourgs et les villages, la vague de chaos et de barbarie commençait tout juste à s'abattre. En rejoignant la route, j'aperçus beaucoup de voitures et de tracteurs : les habitants des monts se dirigeaient tous vers le bourg. Les phares des voitures dessinaient de longues colonnes horizontales sur la route et dans les airs. J'entendais vrombir et marteler la terre. Je remarquai des hommes armés de houes, de pioches et d'autres outils, sur leurs manches des sacs vides étaient accrochés, des draps qui leur serviraient de balluchons. Ces hommes partaient en guerre, prêts à ramasser après la victoire tout ce qui traînerait sur le champ de bataille.

C'était un soulèvement.

Tous étaient somnambules.

Tous, dormant debout, allaient fièrement s'enrichir au bourg. La plupart des conducteurs avaient un visage rouge et brillant, qui ne trahissait aucun signe de sommeil. Dans les véhicules, nombreux étaient les jeunes hommes vigoureux, mais il y avait aussi des jeunes femmes, chargées de paniers et de corbeilles, à croire qu'elles allaient à la récolte. Je savais que le chaos régnait. Le monde était en plein bouleversement dans la nuit des somnambules. Ceux qui ne l'étaient pas profitaient du somnambulisme des autres et les faux somnambules étaient plus nombreux que les vrais. Beaucoup plus nombreux. Tout le monde en profitait pour aller piller. C'était un soulèvement, une révolte. Une révolte dans le but de s'enrichir. Il ne me restait que peu de chemin avant d'arriver au bourg et de rentrer chez moi. Mais j'avais tant couru que mes jambes pesaient des tonnes. Je me traînais. Aux abords du carrefour, je vis cyclopousses et tracteurs se garer. Les hommes en descendirent. Torches et lampes-tempêtes brillaient. Ils formaient un clan. Ils discutaient. Semblaient attendre je ne sais quelle information ou directive. L'un d'eux trépignait en criant : « Allons ! Dépêchons-nous ! Qu'attendons-nous ? Si on continue, ils vont se réveiller et on n'aura plus aucune chance d'emporter quoi que ce soit ! »

J'entendais sa voix jaillir comme d'une vanne. Il allait et venait au milieu des autres, pareil à des eaux qui se déversent. Je le voyais parler à des hommes près d'un véhicule, puis se glisser tel un rat dans la foule. J'aperçus un homme armé non pas d'un outil mais d'un vrai poignard ; un autre avec un grand marteau et un vieux fusil de chasse. Je dépassai ce groupe puis un autre. J'atteignis enfin le bourg pour me rendre compte que le somnambulisme avait cédé la place à un sommeil profond. Les rues étaient silencieuses. Les maisons aussi. Même les boutiques cambriolées aux portes laissées grandes ouvertes étaient silencieuses. Quelqu'un s'approchait dans le mutisme de l'avenue, quelqu'un dont j'ignorais s'il était éveillé ou somnambule. Il marchait tranquillement, sans se hâter, d'un pas régulier, sans se douter le moins du monde que le fléau était à la porte du village, que les paysans de tous les environs s'étaient rassemblés à l'entrée du bourg.

— L'armée des pilleurs s'est déjà déployée !

Ils sont déjà aux portes du bourg, prêts à nous tuer !

Je n'avais plus sommeil. Plus aucune sensation de paupières lourdes. J'avais complètement quitté l'état de rêve pour rejoindre celui de l'éveil et je voyais les choses très clairement. Mes jambes endolories avaient retrouvé leur vigueur. J'avançais à vive allure. Je courais. Sur la grande avenue, je filais comme le vent, glissant au-dessus du sol.

— Les gens des villages environnants viennent nous piller !

Les pilleurs sont là !

Je criais tout en continuant à courir. Ma voix ressemblait au meuglement d'un veau à l'agonie. Aiguë, éraillée. Le couteau déjà enfoncé dans la gorge du veau. Tout le long de l'avenue, dans les maisons endormies, personne ne s'éveilla pour autant. Ils étaient tous morts. Morts dans leur sommeil. Tirés de leur somnambulisme, le sommeil les avait repris et ils en étaient morts. Ou alors ils m'avaient entendu mais avaient cru aux cris insensés d'un somnambule. J'étais en train de rêver debout et personne ne prêtait attention à mes appels. Je continuai à courir, à crier, traversant la nuit et l'avenue jusque chez moi. Devant l'éclairage de la boutique du Nouveau Monde, je m'arrêtai un instant pour crier encore, comme un fou, vers l'autre bout de l'avenue :

— Les gens des villages environnants viennent nous piller !

Les pilleurs sont là !

Cette fois ma voix se déchira. Ce n'était plus la peine de crier. Je n'en pouvais plus.

— Mais qu'as-tu donc à hurler comme ça ?

Cela venait de l'intérieur de la boutique. Je reçus aussitôt un coup de pied au derrière. Un coup de pied qui faillit me faire décoller. Chancelant, endolori, on me traîna à l'intérieur de notre boutique. Là, je vis exactement la même scène que lorsque s'était présenté Sun Daming. Plusieurs hommes. Plusieurs sacs de toile ou balluchons. Des larmes, des ennuis. Père et mère étaient agenouillés au centre de la pièce. Derrière eux se tenaient deux jeunes hommes vigoureux. La pièce était jonchée de couronnes de fleurs et de papiers découpés. Mes parents semblaient agenouillés là comme pour veiller un mort. Les hommes debout, maîtres d'une cérémonie funéraire. Impassibles. Impavides. Eveillés, les yeux grands ouverts. L'un d'eux pourtant avait le visage sombre. C'était celui-là qui était sorti tantôt en grommelant et m'avait asséné un coup de pied. Celui qui m'avait tiré à l'intérieur de la boutique et poussé devant père et mère.

— C'est votre fils, n'est-ce pas ?

Eux, saisis, hochèrent la tête et répondirent exactement comme ils avaient répondu à Sun Daming :

— C'est encore un enfant ! Surtout ne lui faites pas de mal ! Ne lui faites pas de mal !

Ils voulaient encore supplier mais le gaillard derrière eux les arrêta :

— Où sont vos objets de valeur ?

— Où tes parents cachent-ils leur argent ?

De nouveau, les mêmes questions.

Celui qui avait un nævus sur l'épaule fit alors comme Sun Daming : il m'enserra la gorge de son bras gauche et posa sa main droite sur mon épaule.

— Parle ! Parle et on ne te fera rien ! On prendra ce qu'il y a à prendre et on s'en ira.

A la différence de Daming et de ses comparses, ceux-là ne portaient pas de cagoules. Celui qui m'enserrait la gorge ne serrait pas non plus aussi fort que Daming. Ils n'avaient pas attaché mes parents à leurs chaises. Ils n'étaient pas de chez nous. Ils ne craignaient pas d'être reconnus. Ils me tapotaient l'épaule, presque gentiment.

Alors je parlai.

C'était tout ce qu'il me restait à faire.

Ce que je dis leur fit plaisir mais père et mère en furent effrayés.

— Chez mon oncle, il y a beaucoup à prendre.

Il y a de l'argent, des bijoux ; d'autres sont déjà en route pour aller piller chez lui.

Là-bas, dans le quartier où habite mon oncle, il n'y a que des riches. Il y a de l'argent dans toutes les maisons. C'est tout près du bourg. Si vous n'y allez pas, vous serez venus ici pour rien.

Ils en restèrent cois. Déconcertés. J'avais l'impression d'avoir réveillé des somnambules. Père et mère me regardaient comme si j'avais parlé tout en rêvant. La pièce respirait la surprise. La surprise, la joie s'étaient figées sur les visages.

— Putain ! Tu dis que c'est quel quartier ?

— Le quartier Shanshui. Si vous n'allez pas cambrioler là-bas, vous vous serez vraiment déplacés pour rien. Mon oncle habite au numéro six, sur la troisième rue. Chez lui, quoi que vous preniez, ça vaudra bien plus que tout ce que vous trouverez ici. Sa télévision est aussi grande que sa table. Ses meubles sont en bois de palissandre. Le palissandre, ça vaut cher.

Silence.

Pas le moindre bruit.

On pouvait entendre respirer les couronnes de fleurs mortuaires. Mon père était blême. Ma mère aussi. Leurs teints aussi blancs que les feuilles de papier. Ils me fixaient comme un étranger, un parricide. Celui qui avait un nævus sur l'épaule balayait les autres du regard tandis qu'eux rivaient leurs yeux sur lui, attendant qu'il parle.

— Eh bien ! On ne s'attendait pas à ça, marmonna-t-il tout en me libérant de son bras et me repoussant doucement.

Il me repoussa pour me signifier qu'il ne me ferait aucun mal. C'était fini. Ils allaient partir. Il fit un signe de tête aux autres qui ramassèrent leurs sacs et sortirent de la boutique. Fini. L'incident était clos. Le rideau tombait sur la scène terrifiante. Mais l'homme au nævus se ravisa subitement, songeant à quelque chose, il ralentit le pas et se retourna vers moi :

— Comment s'appelle ton oncle ?

— Zhao Dacheng.

Il tressaillit. Sembla accuser le choc. Se tourna alors vers père et mère :

— Ce qui signifie que vous êtes la sœur et le beau-frère de Zhao Dacheng ? Tu es la sœur boiteuse de Zhao Dacheng ?

Mère hocha la tête.

Père fit de même.

Tout changea alors. Les choses ne suivaient plus le cours prévu. La situation avait été renversée et il fallait tout reprendre à zéro. L'homme jeta à terre le sac qu'il s'apprêtait à emporter et lança un violent coup de pied à mon père. En pleine poitrine.

— Salopard ! Enfin je te rencontre !

Il lui donna encore deux coups dans les jambes.

— C'est donc toi qui as fait tant de tort à mon père, à ma famille ! C'est à cause de toi que nous avons eu la poisse toutes ces dernières années ! gronda-t-il en trépignant.

Il asséna une gifle à mon père et, avant que nous ayons eu le temps de réagir, en asséna une autre à ma mère.

— Ton frère est un porc ! Un chien ! C'est une bête et non un homme ! Tu es sa sœur, alors tu mérites bien quelques gifles !

Et il la gifla encore, hors de lui. Il l'insultait, comme un fou.

J'allais m'avancer pour le supplier de cesser lorsque les autres semblèrent comprendre et m'arrêtèrent. Soudain, à la piété filiale que je nourrissais à l'égard de mes parents s'opposa quelque chose qui m'effrayait et m'empêchait de bouger. Je demeurai là, effrayé, paralysé et muet. Je laissai ce gaillard me bloquer à terre. C'était comme si une voiture avait filé au-dessus de moi. Subitement, ma tête explosait. J'étais mort, puis vivant, puis mort à nouveau. L'homme au nævus sur l'épaule continuait à gifler ma mère. A rouer de coups mon père. On eût dit un paquet de bonbons dans lequel il frappait et qu'il envoyait rouler. Par terre, poussées par le corps de mon père, les couronnes de papier s'étaient entassées au pied du mur. Mon père finit par se retrouver dos au mur lui aussi, tandis que l'autre redoublait de violence. Alors on eût vraiment dit un sac de vêtements ou un paquet de bonbons.

— Je maudis tes ancêtres ! C'est toi qui nous as dénoncés il y a trois ans lorsque mon père est mort, avoue !

Cette fois, les gifles qu'il asséna à mon père claquèrent comme des tuiles sur le sol.

— Je maudis tes ancêtres ! Tu nous as dénoncés et ton chien de beau-frère a envoyé des hommes pour déterrer le corps de mon père. Au nom de la réforme, il l'a brûlé là-bas, sur la colline !

Il donna encore une volée de coups à mon père, qui ne parvenait plus à respirer. Rubicond, son visage faisait penser à une fleur blanche à feuilles rouges.

— Ils ont fait brûler la dépouille de mon père à ciel ouvert et m'ont fait passer dans tout le village pour un contre-révolutionnaire, un modèle d'anti-réformiste ; ils en ont même parlé dans le journal du district !

Quand tu as vu ça, tu l'as bien supporté ? Tu t'es encore senti un homme ?

Ma femme, quand elle a lu le journal et entendu la radio, elle m'a demandé si vous autres, les Li et les Zhao, après avoir gagné de l'argent sur le dos des morts, de l'argent sale, après avoir porté malheur à toute une famille, elle m'a demandé si vous pouviez encore vous sentir bien !

Ma mère est morte trois jours après la crémation de mon père. Trois mois après, ma femme m'a quitté. Six mois après, ma petite sœur, qui avait l'esprit dérangé depuis la mort de nos parents, s'est suicidée en se jetant du haut d'une falaise. Morts ou dispersés, voilà ce qu'il en est des miens, et vous, les Li et les Zhao, vous ne le saviez même pas ! Je suis devenu mauvais, ça a été de mal en pis, j'ai passé mon temps à boire, à jouer de l'argent ou à voler. J'étais quelqu'un de bien et si je suis devenu mauvais, c'est entièrement de ta faute, putain ! Il y a six mois, en sortant de prison, j'avais décidé de bien me conduire, mais cette nuit le ciel m'a parlé en rêve, il m'a dit, Ma Guazi, c'est le moment pour toi de partir avec quelques comparses piller au bourg ! En me réveillant, je me suis dit que je n'irais pas, que je ne volerais plus parce que j'avais décidé de bien me conduire. Mais le ciel continuait à me parler, vas-y, vas-y, me disait-il, dépêche-toi de te lever et vas-y ! C'était le ciel qui me poussait, je ne pouvais pas me soustraire à sa volonté, alors j'ai emmené quelques gars avec moi et nous sommes arrivés ici, dans votre boutique. Je croyais encore en entrant que la poisse ne m'avait pas quitté, je n'imaginais pas que le ciel m'avait envoyé régler mes comptes avec vous, les Li et les Zhao ! C'est le ciel qui a voulu que toi, Li Tianbao, tu me rendes ce que tu me dois ! Que la petite sœur boiteuse me rende ce que son frère me doit ! Les miens sont morts ou dispersés et je me suis déjà résigné à mon sort. Jamais, sinon en rêve, je n'avais songé à venir vous demander réparation ! Mais cette nuit de somnambulisme m'a rappelé tout ça, m'a amené jusqu'ici !

De nouveau il gifla ma mère, asséna un coup de pied à mon père, en plein visage, en pleine poitrine et dans les jambes. Il frappait, prononçait quelques paroles, assénait une gifle, reprenait son discours, et ainsi de suite. Il cinglait mon père avec des tiges de bambou ramassées dans la pièce, ma mère aussi. Enfin, quand il eut frappé et insulté tout son saoul, que la boutique ne fut plus qu'un terrain d'exécution jonché de lambeaux de papiers et de tiges de bambou sens dessus dessous, il réalisa subitement que ni mon père ni ma mère n'avaient tenté de se défendre. Ils n'avaient esquissé aucun geste, n'avaient prononcé aucune parole. A peine avaient-ils tenté, au début, de parer les coups avec leurs bras, mais en abandonnant bien vite. Ils s'étaient tout bonnement laissés rouer de coups. On eût dit que cet homme battu n'était pas mon père, ou que coups et gifles ne lui faisaient aucun mal.

Sa tête saignait.

Du sang coulait de son nez et des coins de sa bouche.

Coulait sur sa chemise, sur ses cuisses. Chacun était saisi par l'immobilité de mes parents. Qu'ils n'aient poussé aucun cri, aucune plainte, laissait perplexe. Je m'agenouillai, persuadé que père était mort. Je l'appelai. J'appelai ma mère aussi. Je vis leurs regards se tourner vers moi, leurs regards qui semblaient me dire quelque chose. Alors je demeurai là, à genoux, immobile et silencieux, comme eux. Il faisait très chaud. Les vêtements de Ma Guazi étaient trempés de sueur. Il faisait froid. Les visages étaient tous d'un blanc de givre.

— Putain !

Ma Guazi s'essuya le front avant de donner un violent coup de pied à mon père. Dans les jambes. Je vis les jambes de mon père se rétracter dans un spasme, puis se tendre à nouveau, offertes au prochain coup. Il y eut en effet encore un coup, encore un spasme.

— Tu n'as qu'à me supplier et j'arrêterai de te frapper. Demande-le-moi et on s'en tiendra là.

Ma Guazi continuait à frapper.

— Tu n'as même pas tenté de dire que ce n'était pas toi le mouchard ! Putain, tu n'as rien contesté, alors c'est bien fait pour toi ! ça signifie que c'était vraiment toi !

Il continuait à frapper. Il espérait que mon père finirait par lui demander grâce, ou tenterait de s'expliquer, mais non, on avait plutôt l'impression que c'était lui, Ma Guazi, qui suppliait mon père. C'est alors que ma mère s'avança, en rampant, et attrapa la jambe de Ma Guazi. Elle allait l'implorer lorsque mon père la repoussa.

Mon père parla.

Finalement, il parla.

— Je te sais gré de me frapper ainsi. Pour ton père, ce n'est pas moi qui vous ai dénoncé, mais j'en avais dénoncé d'autres auparavant. Que tu me frappes cette nuit, ce n'est que justice, car je dois payer ma dette.

Mon père souriait. Un sourire misérable. Circonspect. Sa voix bourdonnait légèrement. Il avait levé la tête vers Ma Guazi et le sang au coin de ses lèvres souriantes faisait comme des feuilles rouges sur son visage blanc. Mais ses remerciements excitèrent Ma Guazi qui lui asséna aussitôt de nouveaux coups.

— Ah, tu me remercies ! Eh bien, en voilà encore !

Le sourire de mon père s'éteignit, noyé dans le sang. Ma Guazi se tourna vers ses comparses.

— Vous ne voulez pas le frapper ? Vous aussi avez sûrement été victimes de ses dénonciations !

Il asséna encore un coup, de toutes ses forces, comme pour déclarer que c'était le dernier.

De fait, ce fut le dernier.

Il donna le signal du départ et, avant de sortir, ramassa un grand morceau de fleur blanche qu'il posa sur la tête de ma mère, puis une moitié de couronne dont il entoura le cou de mon père. Il partit enfin. Ne restèrent plus dans la pièce que mon père, ma mère, moi et le désordre. Nous nous regardâmes. La faible lueur des lampes avait la couleur des papiers répandus sur le sol. Ma mère poussa un soupir et retira la fleur mortuaire de sa tête. Elle se traîna et s'efforça d'essuyer son visage avec une sorte de linge qu'elle dénicha je ne sais où et qu'elle tendit ensuite à mon père. La chemise ouverte, il avait la poitrine en sang. Il se tourna pour prendre le linge avec une infinie précaution. Le moindre mouvement pouvait lui être fatal. Voyant qu'il parvenait à remuer un peu, il s'essuya le visage à son tour. Il vérifiait en même temps qu'il était encore là. Heureusement, c'était bien le cas. La partie gauche était enflée, pareille à un petit pain tout juste cuit à la vapeur. De crainte que la chair ne se détache subitement, il tapota doucement, lentement, cette partie de son visage. Puis il déchira une bandelette du linge qu'il fourra dans son nez qui saignait, ce qui lui donna une allure comique.

— Maintenant, nous autres les Li, nous ne devons plus rien à personne. Grâce à ce Ma Guazi, nous avons payé notre dette.

Père parlait à voix basse, comme pour lui-même. Il retira de son cou la moitié de couronne mortuaire et tenta de se relever. Ses articulations craquèrent si fort qu'on eût dit que ses os se remettaient tous en place.

En fin de compte, il n'avait rien de cassé.

Je croyais qu'il allait se retrouver plein de fractures, mais non, il n'avait rien. Contre toute attente, son petit corps avait supporté les coups. J'aidai ma mère à se relever. Debout, elle chancela, mais parvint à mobiliser ses forces pour ne pas tomber. Voilà qui rassura mon père. Il repoussa du pied papiers découpés, couronnes, monnaie funéraire, chaussures en forme de lingot d'or et, s'appuyant aux chaises puis au mur, s'avança vers la porte.

— Le jour ne va pas tarder à se lever. Dès qu'il fera jour, tout rentrera dans l'ordre, marmonna-t-il.

Il se retourna vers l'intérieur de la boutique et soupira :

— Il va falloir ranger tout ça. Seigneur du ciel ! Si même une boutique d'objets funéraires a été pillée, je me demande ce que les autres commerces ont subi.

Toujours en se tenant aux murs, il sortit dans la rue, sans doute pour jeter un œil aux autres boutiques. Il regardait vers l'avenue. L'air frais de l'aurore soufflait, ruisselait à l'intérieur. Mère ne rangea rien mais se rendit dans la cuisine, en boitant, pour se laver le visage. Rincer le sang. Panser une plaie sur son bras.

— Il va arriver malheur à ton oncle. Cette nuit, il va lui arriver malheur, bredouilla-t-elle tout en marchant.

Elle n'avait pas encore atteint la cuisine que mon père rentrait. Cette fois, il avançait plus vite. Je le vis s'appuyer au chambranle, puis au mur, mais il donnait l'impression de bondir et filer telle une flèche. Je compris qu'il avait vu les hommes rassemblés à l'entrée du village, armés de pelles, de pioches et d'autres outils. Il était pâle. Livide comme une feuille de papier mortuaire. La sueur sur son visage perlait comme une pluie sanglante.

— Le bourg est en grand danger !

Un terrible malheur va s'abattre sur nous !

Vraiment ! Ce bourg ne peut plus échapper à la catastrophe !

Il parlait si vivement qu'on avait peine à croire qu'il venait d'être roué de coups. D'un bond, il se retrouva près de ma mère, au pied de l'escalier.

— Vite, partons ! Il faut quitter le bourg ! Ne fermons pas la porte, plus il y aura de désordre et mieux ce sera. Niannian, jette quelques couronnes déchirées sur le seuil et laisse la porte grande ouverte, surtout ne ferme pas ! Il faut qu'en arrivant ils voient que la boutique a déjà été pillée !

## 2
## 5 h 30-5 h 50

Je fis comme mon père me l'avait demandé en criant.

Je ramassai quelques couronnes dispersées et les jetai sur le seuil. Quelques personnages en papier découpé qui avaient été piétinés et d'autres objets tachés du sang de mes parents que je disposai bien en vue. Je laissai la porte de la boutique grande ouverte et m'enfuis avec père et mère. Père avait déniché je ne sais où un cyclopousse à moteur. Electrique.

— Par ici ! Par ici ! criait mon père dans l'obscurité, et je courus dans la direction qu'il m'indiquait pour sauter sur l'engin. Père donna un coup de pédale et nous partîmes sur l'avenue, vers le centre du bourg.

Derrière nous résonnaient des bruits de pas désordonnés. Des bruits de voix. Des voix pareilles à une immense lame venue s'abattre sur le bourg et le submerger. Le bourg était piégé, soulevé de vrombissements. Nous filions vers l'ouest, à l'opposé. Le vieux cyclopousse grinçait de partout, prêt à tomber en pièces. La chaîne semblait sur le point de rompre. A l'intérieur, il y avait un sac de chanvre, un marteau et une radio portable qui ne craignait pas les chocs. C'est que nous autres, à Gaotian, on aime avoir une radio sur nos cyclopousses. Une radio qui hurle lorsque le bruit extérieur est au plus fort et qui n'émet plus aucun son lorsqu'on a envie de l'écouter. Qui sait à qui appartenait ce cyclopousse ? A quelqu'un qui était venu pour piller. Pour l'heure, en tout cas, le véhicule nous transportait père, mère et moi.

Le magasin d'outils agricoles était fermé.

A proximité, les divers points de vente de céréales et d'hydrocarbures étaient également fermés.

En face, dans la diagonale, le salon de coiffure était ouvert.

La porte du vitrier était entrouverte.

Le bourg était plongé dans un demi-sommeil. Certains, tirés de leur somnambulisme, s'endormaient à nouveau. D'autres dormaient d'un sommeil de plomb, sans rêves, sans même avoir besoin de se lever pour aller aux toilettes. Mais voilà que des hommes déambulaient dans la rue, sans que l'on pût dire s'ils étaient éveillés ou somnambules, des hommes qui ignoraient complètement ce qu'il se passait cette nuit-là au bourg et dans le monde !

— Des hommes des villages environnants viennent nous piller !

Ils sont une armée et ils viennent nous piller !

Père cria ainsi plusieurs fois au carrefour, il tourna ensuite pour se diriger vers le nord. Il criait à s'en briser la voix et nous demandait d'en faire autant.

Debout sur le cyclopousse, les mains en porte-voix, nous hélions les villageois :

— Vite ! Levez-vous ! Armés de pelles et de pioches, ils viennent détruire et piller !

Levez-vous tous ! Ils sont déjà à l'entrée du bourg !

La voix de mon père crépitait et éclatait, rude et hâtive. Celle de ma mère se déchirait telle une étoffe de soie et son timbre aigu demeurait longtemps dans les airs. La mienne cinglait l'espace à la manière d'une jeune branche, tendre et courte, mais puissante. Un homme sortit de chez lui, jeta un œil sur l'avenue avant de rentrer précipitamment et de verrouiller sa porte. On entendit le bruit du bâton qu'il disposa pour la bloquer. Père repartit à vive allure et nos cris continuèrent de résonner dans la nuit. A croire que rien ne pouvait réfréner nos voix. A croire que si mes parents avaient vécu jusqu'ici, c'était précisément pour pouvoir crier toute la nuit dans tout le bourg.

Au carrefour. A l'entrée nord du bourg. Dans les ruelles adjacentes à l'avenue du sud et celles adjacentes à l'avenue de l'ouest. Partout dans le bourg nos voix résonnaient. Où que nous allions, nos cris se répercutaient comme sous le souffle d'un vent violent. Mais arrivé devant la maison du chef du village, alors que mon père s'apprêtait à crier encore de toutes ses forces et à enfoncer la porte, il était trop tard et nous ne pûmes que nous enfuir. A l'entrée de la ruelle, une lumière s'alluma subitement ; on entendit des bruits de pas. On ne percevait aucune voix, aucune parole échangée, mais on voyait la lueur des lampes osciller. Les pas sonnaient si fort qu'on eût dit un tremblement de terre. Un grondement qui annonçait l'énorme vague prête à engloutir la maison et le monde.

Les hommes des villages environnants s'étaient rassemblés en grand nombre, l'heure était venue pour eux de se déverser dans le bourg.

Ils affluaient comme par une vanne ouverte, submergeant les digues. Comme une armée prête à tuer.

Je demeurai saisi, les yeux fixés sur la lumière et les bruits. Mère s'écria :

— Les voilà ! Vite ! Partons ! Père ! Partons vite !

Sur le point de lancer un coup de pied dans la porte, père garda un instant la jambe levée. Puis il fit volte-face et s'empressa de nous rejoindre. L'avenue grondait de pas. Partout, semblait-il, on s'enfuyait avec sacs et balluchons. Les gens avaient des lampes-tempêtes ou des torches électriques. Bizarrement, les réverbères étaient allumés. L'éclairage était celui du crépuscule. On pouvait tout voir distinctement. Père remarqua la clef accrochée au cyclopousse, le porte-clefs : un petit singe tout noir et ventru. Il ne prit guère le temps de la réflexion et tourna la clef. De même, l'engin ne mit pas longtemps à démarrer. Voilà comment les choses se passèrent. Voilà quelle était la situation. Père sauta sur le cyclopousse et se comporta comme tous ceux qui en conduisent un.

Les mains sur le guidon, il donna un coup de pédale et l'engin se mit en branle. Pétaradant avec un bruit familier.

— Putain ! Putain !

Etait-ce nervosité, contrariété ou rage ? Père jura ainsi à plusieurs reprises, imprimant au guidon son émotion. Le cyclopousse tangua, cahota, mais à plus vive allure qu'un homme en pleine course, plus rapide qu'une voiture tirée par des chevaux ! L'avenue était comble d'hommes piétinant en tous sens. Les vieux racontaient que lorsque l'armée japonaise était arrivée au bourg, le spectacle avait été semblable. Les gens fuyaient avec des sacs et des balluchons et s'égayaient dans toutes les directions. Cette nuit, alors que le jour devait bientôt se lever, c'était le même spectacle. On en voyait qui portaient dans leurs bras leur enfant endormi, d'autres qui portaient sur leur dos la grand-mère de quatre-vingts ans. D'autres encore, plus calmes, tiraient des charrettes à bras pleines de vêtements, de petit bois, de provisions, de vieux et d'enfants. Mais ceux qui tiraient ces charrettes avaient les yeux mi-clos. Ils semblaient dormir à moitié. Sur les charrettes, vieillards et enfants vacillaient de sommeil sans cesser de marmonner.

— N'êtes-vous pas somnambules ? Tous somnambules ?

Celui qui parlait semblait lui aussi à moitié endormi. Ensommeillé, éveillé ou suspicieux, il ne ralentit pas pour autant l'allure. Il ne voulait pas marcher moins vite que les autres. Le tumulte régnait. Le monde était noyé sous les voix et les pas des hommes. Des hommes affairés, affolés dans le cauchemar de cette nuit. D'abord une famille suivie de quelques autres, puis des dizaines, des centaines. Le bourg entier en plein cauchemar s'était mis en branle. Tous avançaient, éveillés, rêvant, déconcertés. Mes parents et moi étions parfaitement réveillés. Nous assistions aux événements en sachant vers quoi ils menaient. Nous le savions très clairement : notre cerveau était celui du bourg. L'âme du bourg, la lampe-tempête du monde. Père manœuvrait le cyclopousse, allant et venant dans la foule.

— Ne partez pas ! Ne partez pas ! Réveillez ceux qui dorment et gardez vos maisons ! Si vous n'assurez pas la garde de vos maisons, vous laissez libre cours aux pillards !

Les gens s'arrêtèrent subitement. Au milieu de l'avenue, sur les bords. Ils comprirent soudain que partir revenait à donner leurs maisons en pâture, à inviter au vol et au pillage, à laisser tout bonnement les pillards s'installer chez eux. Alors un homme fit demi-tour et se hâta de rentrer chez lui. Puis tous firent de même. Père continuait à aller et venir pour les alerter, les exhorter à rentrer chez eux pour veiller sur leurs biens. Il fallait monter la garde et non fuir ! Or, à cet instant, les pillards déferlèrent sur nous. Avaient-ils entendu nos cris ? Ils se ruèrent sur nous. Des centaines d'hommes armés de bâtons, de couteaux, accouraient, décidés à nous tuer. Une dizaine de pas les séparaient de nous ; avec leurs armes brandies, on croyait voir une forêt avancer, oscillant dans le vent.

Père les vit et son visage se figea de terreur. Mère les vit et la stupeur brunit ses traits. Je les vis, leurs pas dans la lumière pareils à des pétards explosant sur le sol, leurs armes dressées pareilles à des éclairs.

A mort ! A mort ! entendait-on, telle une grêlée de sable et de pierres.

Leurs yeux noirs étincelaient, sans nul voile de fatigue. Ils semblaient parfaitement réveillés. Quelques-uns couraient devant, rapides comme le vent, tandis que le gros de la troupe suivait, sans aucun somnambule parmi eux. Les premiers étaient-ils du bourg ou des villages environnants ? Et les autres ? Au milieu de la horde, un homme se prit les pieds dans quelque chose et tomba. Les autres ne lui laissèrent guère le temps de se relever, il reçut un coup de pelle dans les jambes, puis une faux sur la tête.

— Maman ! s'écria-t-il, oisillon tombé du nid.

Un cri aigu et perçant. Une aiguille brutalement arrêtée dans sa trajectoire. D'autres outils s'abattirent sur lui et il ne poussa plus aucun gémissement, comme s'il n'était plus rien qu'un tas de boue. On entendit le choc sourd des outils heurtant sa chair. Devant, un homme se retourna et s'exclama :

— Il y a un mort ! Il y a un mort !

Mais les autres ne l'entendirent même pas et l'homme reprit aussitôt sa course. Sa course vers nous.

Les pas éclataient comme le tonnerre, comme des pétards. Ils passèrent sur l'homme à terre comme s'ils foulaient une terre boueuse.

Mère tressaillit :

— Vite ! Partons !

Je tressaillis moi aussi :

— Père ! Monte vite ! Père ! Dépêche-toi !

Père poussa sur le guidon pour nous mener en bordure de l'avenue, vers une ruelle. Il avait d'abord saisi le guidon, puis sauté sur le cyclopousse après quelques pas, le temps que l'engin prît de la vitesse. Par chance, nous nous étions arrêtés tout près de cette ruelle. Par chance, la ruelle était sûre, suffisamment obscure, pareille à l'ouverture d'un puits dont on ne peut voir le fond. Nous nous y précipitâmes. Derrière nous, les hommes à notre poursuite s'y engagèrent eux aussi.

— Allons par là ! Allons par là !

Père avait éteint les phares du cyclopousse. Brusquement nous avions plongé dans le noir comme dans une eau profonde. Nos poursuivants ne pouvaient plus nous voir, de même qu'ils n'auraient pu voir ce qui se passait en rêve.

Ils s'arrêtèrent.

Nous entendîmes leurs voix derrière nous, pareilles à la rumeur des eaux léchant l'autre rive. J'ignore comment père parvenait à voir la route. Il nous menait d'une ruelle à l'autre. Les bruits de poursuite et de tuerie ne provenaient plus seulement de derrière nous. Nous les entendions devant aussi. A notre droite. A notre gauche. Le bourg entier semblait s'être réveillé. Le monde semblait s'être réveillé alors que le jour allait poindre. Les cris de poursuite et de tuerie fondaient sur le bourg comme une pluie d'orage. Le dévastaient. Les bruits de pas des poursuivants martelaient le sol comme l'averse. Ceux des fuyards aussi. Le monde sombrait tout entier sous cette averse de pas. Sous les cris et les coups. Plus personne ne dormait. Tout le monde rêvait. Sous le ciel et dans le bourg, chacun avait sombré dans le somnambulisme. De tous côtés on fuyait et on se poursuivait. D'abord une dizaine d'hommes furent capturés, puis des centaines. Plus nombreux, les fuyards devinrent soudain plus audacieux. Alors ils levèrent leurs bâtons, ramassèrent des pierres et des briques et les lancèrent sur leurs assaillants, sur les réverbères.

Les pillards se retrouvèrent poursuivis.

Les fuyards avaient retourné la situation.

Après un instant de silence, les pas recommencèrent à pleuvoir, à marteler, à exploser. Les bâtons tournoyaient dans les airs avant de s'abattre. Pendant ce temps, père nous avait conduits au centre du bourg, puis au nord, jusqu'à l'entrée du bourg, et enfin, cahin-caha, nous quittâmes le bourg. Nous quittâmes l'état d'éveil pour plonger dans celui du rêve. Ou bien nous nous éveillâmes soudain, sous l'effet d'un linge humide et frais.

## 3
## 5h50-6h00

Nous étions sur les monts à l'ouest du bourg. Le ciel était d'un bleu de mer. Quelques étoiles s'y accrochaient. Un voile de brume aussi. Le bourg était tapi au pied des monts. Sous nos yeux, à nos pieds. La nuit avait tant duré que nous pouvions deviner le jour prêt à poindre face à nous. Le jour devait poindre. Quels qu'aient été le tumulte et la tuerie de cette nuit, le jour devait poindre. Un vent pur et frais soufflait, longeant les monts, pareil au cours du fleuve. Bientôt nous allions transpirer. Bientôt nos cœurs pantelants allaient s'apaiser.

Je savais qu'en quittant le bourg nous avions échappé à la mort.

Afin de mieux apercevoir le bourg et ce qui s'y passait, je descendis du cyclopousse et, avec mon père, le poussai un peu plus haut, à flanc de montagne. Nous le garâmes sur un replat, un peu à l'écart, dans un coude de la route. De là nous apercevions les réverbères des avenues et des ruelles du bourg. Les lumières de l'école oscillant comme les flots du lac sous le soleil. Nous entendions les cris et les courses-poursuites de la tuerie. Une rumeur de mer en pleine tempête. Les vagues se heurtant les unes aux autres, sans que l'on sût laquelle engloutissait l'autre. Père était consterné. Mère aussi. Nous l'étions tous trois et nous nous regardions, puis laissions errer nos regards vers le bourg, nos regards portés par le vent, qui finissaient par se poser comme à la surface d'un lac. Nous ne pouvions voir le village à l'est du bourg, ni ses maisons, ni la forêt. Nous distinguions mal les maisons à l'intérieur du bourg, les avenues ou les arbres. De fait, le jour ne s'était pas levé et tout était encore plongé dans l'obscurité. Le silence qui régnait au loin, dense et effrayant, nous faisait l'effet d'une aiguille transperçant les ténèbres. J'avais la chair de poule. Mes bras étaient couverts de petits grains. En les frottant, je sentais ma peau fraîche et rugueuse comme une pierre. Près de moi, dans les herbes, quelque chose crissait. Il y avait des ronces et des jujubiers sur les bords de la route, dont on voyait les feuilles vert sombre dans la nuit. Quelque chose crissait et rampait sur ces feuilles. Les fruits sauvages pointaient au bout des branches, pareils à de petits doigts d'enfants. Un grillon chantait. Là, parmi la végétation en bordure de route, il ne cessait de chanter. Sur le jujubier, une sauterelle chantait. Sur le jujubier qui avait poussé à flanc de falaise, elle ne cessait de chanter. Dans la nuit, le monde était devenu d'un silence mortel, comme si tout avait disparu et qu'il ne restait plus qu'un souffle illusoire, une obscurité illusoire. Comme si le monde n'était plus, que rien n'existait d'autre qu'un immense cimetière sur une terre dévastée. Parce que le silence régnait, toutes sortes de bruits et mouvements se manifestaient que l'on ne percevait guère auparavant. Des bruits et mouvements qui accentuaient le silence et l'effroi de la nuit.

L'effroi, la terreur, avançaient dans la nuit, leurs lames sifflantes, pareilles à l'éclat de la lune et des étoiles.

Mère et moi, nous nous tenions à côté du cyclopousse. Père devant nous, plus près du monde, presque dans le monde.

— Comment est-ce possible ? Comment est-ce possible ? murmurait ma mère, pour elle-même ou s'adressant à mon père. Enfant, j'ai entendu parler du somnambulisme, j'ai vu des somnambules, mais des somnambules qui ne se réveillent jamais, est-ce possible ?

— Tais-toi. Tais-toi. Je te demande de te taire, alors tais-toi !

Mère se tut. Elle s'assit brutalement, comme tombant de fatigue.

Père gardait les yeux rivés sur le bourg. On eût dit qu'il cherchait à percevoir je ne sais quoi, je ne sais quoi dont il voulait déterminer de quel bruit il s'agissait. Une main sur le cyclopousse, l'autre à son oreille gauche, en appui sur la partie encore enflée de son visage. Mais il n'entendait ni ne distinguait rien.

Il se tourna vers nous, l'air découragé et impuissant, et regarda les monts.

— Quelle heure est-il ?

— Je ne sais pas.

— Le ciel est-il mort ? Si le jour continue à ne pas se lever, c'est qu'il est vraiment mort.

Père et mère s'interrogeaient et marmonnaient pour eux-mêmes. Je me rappelai soudain la radio qui se trouvait sur le cyclopousse. Elle nous donnerait l'heure. Je me mis à fouiller et sortis deux sacs de chanvre vides avant de mettre la main sur l'appareil pour le mettre en marche. On entendit une sorte de crissement strident : le bruit d'une pelle tombant sur la route. Cela nous faisait grincer des dents. Je tapotai l'appareil, le secouai. Finalement je tombai sur une fréquence qui diffusait une sorte de mélodie. Un son de flûte bientôt interrompu par une voix masculine : « Nous sommes le 1er juillet et il est six heures du matin. » Un timbre aussi clair qu'une bonne graine.

— Six heures !

— Le jour va se lever.

Père et mère s'exclamèrent en même temps, sur le même ton de gratitude. Ils étaient heureux qu'il fût six heures, reconnaissants à l'idée que les hommes allaient enfin être tirés de leur somnambulisme. En été, vers six heures, le soleil apparaît sur les monts à l'est. Lorsque le temps est au beau fixe, il se lève à six heures exactement. Le soleil une fois levé, il fait jour, alors les hommes doivent s'éveiller. J'avais un peu bougé et la radio changea de fréquence. Le son se brouilla un instant, puis nous entendîmes à nouveau très clairement une voix masculine annoncer la météo :

*Chers auditeurs, très chers auditeurs, vous tous qui écoutez actuellement la météo sur la fréquence 127.1, je vous prie d'être très attentifs, extrêmement attentifs : depuis hier soir 21 h 30 environ, à cause de la chaleur et de la fatigue entraînée par le changement de saison, un phénomène auquel nous n'avions pas assisté depuis cent ans est réapparu : une épidémie de somnambulisme. Le gouvernement a envoyé un grand nombre de correspondants dans les bourgs et villages des districts concernés afin d'appliquer les mesures nécessaires au réveil de la population et de faire cesser les mauvais agissements conséquents au somnambulisme. Mais actuellement, le problème auquel vous devez être attentifs et qui nécessite la plus grande prudence est le suivant : aujourd'hui, en raison du relief, de l'atmosphère et d'un courant froid venu du nord-ouest, le temps sera couvert, torride, sans soleil ni pluie ni vent, et cela durera la journée entière. La longévité de ce temps couvert et torride s'explique par une dense accumulation de nuages, sans pluie ni vent, de sorte que la touffeur et l'obscurité perdurent, que le jour ressemble au crépuscule, le crépuscule à la nuit. Dans certaines régions montagneuses notamment, des phénomènes comparables à une éclipse de soleil se manifesteront, de sorte que le jour sera exactement pareil à la nuit. En somme, un certain nombre de régions connaîtront aujourd'hui cette sorte d'éclipse solaire qui entraînera une prolongation du somnambulisme, car les somnambules de la nuit seront fatigués et retomberont de fait dans le sommeil puis dans le somnambulisme.*

Le présentateur s'était exprimé posément, comme s'il avait lu un article à voix haute. Sa voix sonnait aussi claire que tinte une bonne graine. Père tressaillit. Mère aussi. Quant à moi, saisi, je tenais le poste à bras levé, sans bouger, de peur que le moindre mouvement ne brouille la fréquence. J'ignorais à quoi pensait mon père mais il me prit brutalement l'appareil des mains et grimpa vers les hauteurs en s'agrippant aux ronces. A mesure qu'il montait, le son se faisait plus fort et plus distinct, de même que l'éboulis de sable et de pierres sous ses pieds.

Il était monté suffisamment haut pour qu'il n'y ait plus aucun bruit parasite. Le poste diffusait en boucle le même message du présentateur. Père se tenait loin au-dessus de nous, près d'un buisson de ronces, l'appareil radio posé sur sa tête. Aussi chaque phrase, chaque mot prononcé semblait nous tomber dessus, s'abattre sur nous comme une pluie noire et glacée.

Le message fut diffusé trois fois. Trois fois il s'abattit sur nous. Trois fois nous l'écoutâmes, paralysés.

Le monde n'existait plus. Seul existait le message météo radiodiffusé.

Le monde n'existait plus, seule s'abattait cette pluie noire et glacée.

Père éteignit le poste. Sa silhouette faisait l'effet d'un pieu noir dressé dans l'obscurité de l'aurore.

— Le soleil est mort, c'est la fin de notre bourg, le soleil est mort, notre bourg est fini, c'est vraiment la fin, répétait-il.

Il continua sa litanie en descendant pour nous rejoindre ; arrivé tout près, il se tut, alors ce fut comme si le soleil était vraiment mort. Devant lui, le monde avait disparu. Le monde était mort. Debout, muet, il regardait vers le bourg. Il regardait et écoutait. A cet instant, non loin de nous, au pied du mont, une ombre passa. Quelqu'un fuyait la tuerie et s'approchait. Ils étaient trois. Puis sept, huit. On les vit sortir du bourg, s'arrêter sous un réverbère puis disparaître dans la nuit. Sans doute s'étaient-ils comme nous assis quelque part pour se reposer. Au même moment, les lumières du bourg se mirent à danser, à clignoter, tels les reflets furtifs du soleil sur un lac. Le silence de l'aube amplifiait tous les sons. On avait l'impression de pouvoir entendre jusqu'à la respiration des fourmis et des insectes. La rumeur confuse qui nous parvenait du bourg semblait le ronflement d'un fleuve souterrain. Le bruit des pas sur le sol se répercutait, pareil aux secousses précédant un tremblement de terre. Le bourg vivait encore. Le bourg respirait encore. Le bourg était encore en pleine tuerie. Le bourg éveillé baignait dans le massacre du rêve des somnambules. Autrefois à cette heure, à six heures, les monts à l'est blanchissaient. Des rayons rouges jaillissaient de la ravine. Une heure plus tard, les mêmes rayons s'étalaient pour former une nappe vermeille qui s'étendait sur tout le pan oriental de ciel. Puis le ciel blanchissait, rougeoyait, de plus en plus intensément, puis au rouge se mêlait l'or. Sur les monts, arbres et pierres se teintaient du même rouge, les oiseaux se mettaient à piailler après une nuit de sommeil et s'envolaient vers d'autres branches comme pour accompagner le lever du soleil. Ainsi chaque jour nouveau advenait-il, toujours à cette même heure. Pas aujourd'hui. Aujourd'hui à l'est des monts le ciel était un immense abîme noir. L'obscurité de l'aube succédait à celle de la nuit, comme si celle-ci n'avait pas de fin. Comme si elle ne pouvait finir. Comme s'il ne devait plus jamais y avoir de lendemain diurne. La nuit ne cessait pas, éternelle pelote que l'on déroulait sans fin.

Père revint se poster près du cyclopousse. Le regard perdu vers le bourg comme vers un lac sans fond. Mère le rejoignit et appuya ses mains sur le guidon, on eût dit qu'elle se tenait près de la proue d'un bateau.

— Comment faire ? Que faire maintenant ?

— Rentrons. Si nous sommes éveillés, c'est que le ciel l'a voulu, pour que nous puissions réveiller les autres.

C'est ce que mon père répondit à ma mère. Il rangea la radio portative et s'apprêta à démarrer le cyclopousse.

— Vraiment, nous rentrons ?

— Il le faut. Notre maison est au bourg, si nous ne nous préoccupons pas du bourg, comment pourrons-nous veiller sur notre maison ? On ne peut l'abandonner.

Alors père nous conduisit sur la route qui descendait vers le bourg, dans l'aube nocturne, vers notre maison.

# LIVRE X

## NULLE VEILLE

*Un oiseau vit encore.*

## 1
## 6h00-6h00

Nous empruntâmes une autre route pour rentrer. Les quartiers nord sont pauvres, il y a moins de pillage. Dans les maisons des pauvres, dans les rues des pauvres, cette nuit-là, on se sentait un peu plus en sécurité. Nous longeâmes le fleuve jusqu'au nord du bourg, avec l'intention d'y rentrer par ce côté-ci. En chemin nous vîmes des hommes endormis au bord d'une digue. Deux lampes-tempêtes étaient accrochées à un petit arbre au pied de la digue. A tour de rôle, l'un des hommes se réveillait et se redressait pour monter la garde. Cherchaient-ils ainsi à éviter de replonger dans le somnambulisme ? En passant à leur hauteur, nous les entendîmes échanger :

— Il va bientôt faire jour.

— Il faut tenir encore un peu, ensuite il fera jour.

— On dirait bien que le jour est mort, qu'il ne se lèvera plus. Nous nous sommes enfuis sans emporter ni montre ni radio, on ne sait même pas quelle heure il est.

Père se garda de leur dire qu'il était six heures passées, qu'aujourd'hui le soleil était mort, le temps était mort, le jour aussi.

— Dormez ! Il suffit qu'un seul d'entre vous veille et monte la garde, les autres peuvent dormir. Dormez un peu et il fera jour. Dès qu'il fera jour, tout rentrera dans l'ordre.

C'est ce que mon père leur dit et nous poursuivîmes notre chemin.

Enfin nous atteignîmes le nord du bourg.

Enfin nous allions entrer dans le bourg.

Les formes floues des maisons ressemblaient à des mottes de terre noire. Les arbres, aux herbes que l'on distingue mal en bordure du fleuve. Des bruits de pas, d'éclats de voix, se fondaient dans la nuit de chaos et de rêve et nous parvenaient par salves avant de s'éteindre. Le silence régnait alors comme si le monde était vraiment mort, qu'il n'y avait plus ni homme, ni faune, ni flore. On n'entendait même plus piailler un oiseau ou crisser un insecte. Seul retentissait le chant inaudible de la nuit. Père gara le cyclopousse au carrefour, à l'entrée nord du bourg. Nous regardâmes plus avant : aucune scène de tuerie. Aucun somnambule. Tout le monde semblait dormir paisiblement. Le monde semblait paisible.

Silencieusement, nous pénétrâmes dans le bourg. Une torche à la main, nous pouvions éviter les pierres et les endroits déformés de la chaussée. Nous pouvions voir de chaque côté de l'avenue les arbres et les maisons, toutes choses que l'obscurité dissimulait. Derrière nous se dressait une bâtisse toute neuve. Deux femmes, deux sœurs peut-être, se tenaient devant la porte. Une lampe était suspendue au pilier central, on les voyait, posant, un peu distraites, les yeux mi-clos. En nous voyant approcher, elles sourirent :

— Qui êtes-vous ? Mon mari est absent, entrez donc ! Venez profiter un peu !

Nous nous dépêchâmes de passer et les entendîmes encore derrière nous :

— Hé ! Si vous n'en profitez pas cette nuit, n'y songez même pas quand il fera jour. Vous n'aurez plus jamais une telle occasion !

Nous nous enfonçâmes un peu plus loin dans le bourg. A nouveau, cinq à six femmes rassemblées autour d'une lampe-tempête attendaient les hommes au pied d'une bâtisse neuve ; elles s'éventaient tout en grignotant des cacahuètes et des noix. Les cheveux fraîchement lavés, elles avaient toutes pris un bain et dévoilaient leurs poitrines blanches avec ou sans soutien-gorge. Certaines étaient en pantoufles, d'autres pieds nus. Certaines tenaient un éventail à la main, sans en user, d'autres un mouchoir pour éponger la sueur. Toutes, vêtues de jupes plus ou moins longues, s'arrangeaient pour qu'une échancrure laisse voir ce qu'elles souhaitaient montrer. Jeunes, c'étaient des filles de la campagne qui avaient épousé des gars du bourg durant ces deux dernières années. Elles avaient le visage brillant de fard, pareilles à des figurines d'argile fraîchement peintes. Dans leurs yeux, le sommeil oscillait tel un ciel nuageux. Leurs maris étaient partis travailler dans le sud. D'ordinaire, elles se retrouvaient là pour bavarder, plaisanter et se faire des confidences. Cette nuit, elles avaient quitté leur lit tout en rêvant et s'étaient réunies au pied de la bâtisse, sous le sophora, pour prendre le frais, attendre les hommes. On eût dit qu'elles ignoraient tout des tueries qui se produisaient à l'est et au sud du bourg. Comme si le nord du bourg n'appartenait pas au Gaotian plongé dans le chaos. Contre toute attente, parmi elles, nous reconnûmes la femme du chef du bourg. Que faisait-elle ici ? Comment pouvait-elle comme les autres dévoiler ainsi sa nudité ? On la voyait leur servir à boire et leur tendre des éventails, on l'entendait forcer sa voix, la rendre plus chaude pour nous interpeller :

— Hé ! Qui êtes-vous donc ? Si vous êtes des hommes, venez donc ! Venez coucher avec ces dames, elles ne vous demanderont pas un sou. Mais si vous voulez coucher avec moi, ce sera cent à deux cents yuans, voire trois ou quatre cent.

Hé ! Venez ! Je suis la femme du chef. Ce porc m'a abandonnée pour aller avec Wang Erxiang, alors il ne me restait plus qu'à venir ici me chercher un homme.

Hé ! Qui que tu sois, viens ! Je ferai tout ce que tu voudras !

Nous nous éloignâmes en hâte.

Mère les insulta au passage et répéta plusieurs fois : « Comment est-ce possible ? Comment est-ce possible ? » Mais ses paroles n'eurent pas le temps de retomber à terre que deux hommes vigoureux surgirent d'une ruelle et s'approchèrent des femmes. Agés d'une trentaine d'années, ils étaient encore célibataires. L'un était un idiot. Plus stupide que moi encore. On avait coutume de le voir perpétuellement afficher un sourire bête. L'autre souffrait de dérangement mental. Lorsqu'il n'était pas en crise, on le voyait marcher tête baissée, toujours sur les bords de l'avenue, faible et humble ; mais lorsqu'il était en crise, il avançait tête haute, bien au centre de la chaussée. D'ordinaire les deux hommes ne se fréquentaient guère et s'ignoraient. Cette nuit pourtant, ils étaient ensemble. Leurs visages rayonnaient d'une joie de gens normaux, de gens qui venaient de boire un peu d'alcool ou de déguster un bon miel. Une joie de jeune marié qui entre dans la chambre nuptiale. Au sortir de la ruelle, ils conversaient :

— Finalement, la fille de la famille Sun est vraiment jolie. Elle a le corps souple comme l'eau.

L'idiot s'arrêta subitement, fixant l'autre d'un air incrédule :

— Ah bon ? En tout cas, la femme de leurs voisins n'est pas docile. Si je ne la frappe pas, impossible de la toucher.

L'autre s'arrêta à son tour :

— Tu n'as pas couché avec elle, quand même ?

— Si !

— Elle est belle comme un rêve !

— Les rêves, ce n'est pas la réalité, moi je te parle de réalité ! Si tu rêves, le réveil est cruel, mais ce dont je te parle, toute ta vie tu frémis en y repensant !

Le fou éclata de rire. Un rire tonitruant.

— Bon, maintenant il faut rentrer se coucher.

— Attends. Profitons-en tant qu'il ne fait pas encore jour, allons trouver une ou deux filles. Aide-moi à trouver une fille et je ferai ce que tu voudras !

Le fou réfléchit un moment.

— Cette nuit, les bons gars dorment debout et sont occupés à voler, piller et tuer, alors les femmes du bourg sont à nous, dit-il.

— Sur toute l'avenue, des chambres nuptiales n'attendent que nous ! répondit l'idiot, avec l'air de comprendre subitement la véritable signification de la vie.

Il se mit en route, tirant l'autre par le bras. Tous deux venaient vers nous. Les torches qu'ils tenaient brillaient comme des soleils. Lorsqu'elles nous éclairèrent, ils s'écrièrent :

— Etes-vous endormis ou éveillés ? N'êtes-vous pas occupés à voler ou piller ?

Nous nous arrêtâmes.

— L'un de vous deux sait-il ce qui se passe dans le centre du bourg ?

— Ils sont tous contaminés par le somnambulisme, tous à s'entre-tuer. Le gouvernement du bourg a prévu de chasser tous les étrangers avant le lever du jour et de les renvoyer dans leurs campagnes.

C'est ce que répondit le fou, d'une voix forte, sur le ton d'un homme qui n'est affecté d'aucune pathologie. D'un homme normal. Il agita un peu la main en même temps qu'il parlait et nous toisa.

— Hé ! Répondez franchement : est-ce qu'il y a des femmes endormies, des femmes somnambules, là, tout près, sur l'avenue ? Est-ce qu'il y a des femmes dénudées qui attendent des hommes ?

Père sursauta. Mère sursauta aussi, juste derrière lui. Père cria :

— Qu'est-ce que c'est que ces absurdités ! S'il y avait de telles femmes, est-ce que je m'approcherais ?

Mère cria :

— Allez plutôt chercher des femmes sur l'avenue du sud ! Là-bas c'est animé et les femmes se conduisent avec une certaine liberté !

Puis nous entendîmes des bruits de pas derrière nous, on eût dit qu'une armée approchait. Un cri perçant de femme violentée. Comme si une femme venait d'être giflée puis qu'on cherchait à la violer. Père se retourna. Mère aussi. Nous nous retournâmes tous trois brusquement et nous vîmes un groupe d'hommes qui emmenaient les femmes. Il ne resta bientôt plus dans la rue que leurs cris et le bruit d'une porte refermée.

Puis ce fut à nouveau l'obscurité mortelle, le silence mortel, avec des bruits de pas.

## 2
## 6h00-6h00

Le bourg avait réellement péri à six heures du matin.

Le monde avait réellement péri à six heures.

A l'heure où autrefois se levait le soleil, notre bourg s'effondrait sous une avalanche de tuiles noires. La guerre commença. Des hommes, nombreux comme les arbres d'une forêt. Comme des fourmis. Comme les grains de sable des dunes du désert de Gobi. Ils affluaient, innombrables. Submergaient avenues, rues et ruelles. Submergaient le bourg entier, le monde entier. Des centaines. Des milliers. Deux mille peut-être. Surtout des hommes, un tiers de femmes. On avait l'impression que dormeurs et somnambules participaient tous à cette guerre. Ceux que le sommeil ou le rêve avaient épargnés, ils en profitaient pour voler et piller.

La guerre s'abattit telle une immense vague. Ils étaient tous en guerre. D'abord les somnambules avaient fauché le blé, puis ils s'étaient mis à voler, piller, tuer, comme lors d'un soulèvement sous une dynastie. Mais cette fois, dans la nuit de l'aube, le somnambulisme prenait son véritable sens.

Nous nous dirigeâmes vers le sud, vers le sud-est du bourg, là où la population est la plus dense et les habitations les plus nombreuses. D'abord dans l'intention de sonner le gong pour les réveiller tous. De rentrer chez nous préparer à nouveau du thé et des boissons qui chassent le sommeil. Mais bien vite, nous n'y songeâmes plus. Plus du tout. Des gens passaient près de nous : ombres noires, éclairs de lames. Vêtus de blanc, ils avaient à la main des bâtons et des armes blanches. Couteaux, hachoirs, faucilles ou que sais-je encore. Ils les portaient à la main ou sur l'épaule. On en vit même un avec de vieilles piques à houppes rouges ! Dans la nuit, on distinguait mal les vêtements et les visages, on ne voyait que des ombres et des lames. Les bruits de pas semblaient le ronflement d'un fleuve souterrain à vingt mètres sous terre. Un homme, qui voulait être discret, avait retiré ses chaussures et marchait pieds nus. Une femme lui courait après et criait à s'en égosiller : « Attends-moi ! Attends-moi ! S'il faut mourir, je veux mourir avec toi ! Si l'on doit mourir, mourons ensemble, et si l'on doit vivre, vivons ensemble ! »

Les hommes portaient un bout de tissu jaune autour de la tête, un ruban large de deux pouces. Tous, ils portaient le même. Ils se hâtaient, silencieux, un regard sur le ruban suffisait à se reconnaître lorsqu'ils se croisaient. Noué derrière la tête, le ruban évoquait un chrysanthème. Zhang Tête de bois, notre ancien voisin, semblait être devenu un autre homme. Il passa derrière nous, une barre de fer à la ceinture et un hachoir à la main. Nous le vîmes nouer son ruban jaune autour du front et trancher avec le hachoir le surplus de tissu qu'il jeta à terre. Nous lui courûmes après.

— Tête de bois ! Tête de bois ! Où vas-tu ? Où vas-tu comme ça ?

Il s'arrêta. Pointa son bâton – bâton avec lequel il avait battu à mort le patron du four à briques – vers mon père.

— Eteins cette lumière ! Ou si tu préfères mourir, éclaire-moi !

Sa voix était très dure. Cet homme n'avait en effet plus rien à voir avec Zhang Tête de bois. Déconcerté, père éteignit sa torche. Il s'approcha ensuite d'un demi-pas et, d'une voix très douce, demanda :

— Es-tu réveillé ou somnambule ? Que se passe-t-il à la fin dans notre bourg ?

— Si tu veux rester en vie, trouve-toi un ruban jaune et attache-le autour de ta tête, sinon continue à te promener comme tu le fais.

On ne voyait pas son visage mais on le vit changer son bâton de main et attacher le hachoir à sa ceinture. Puis un autre homme arriva. Tous deux échangèrent un « J'ai un ruban jaune » et partirent ensemble. Filèrent comme le vent.

Que se passait-il donc ? Nous l'ignorions. Même Zhang Tête de bois n'était plus le même homme ! Dans le silence, les grincements de notre cyclo-pousse faisaient penser à un pétard qu'on allume. Tous ceux que l'on croisait fixaient nos fronts. Tous, avec leur lampe-tempête ou leur torche électrique, éclairaient nos fronts avant de s'éloigner en toute hâte. Tous, nous les connaissions, mais eux ne nous reconnaissaient apparemment pas. Zhang Yuantian, Wang Dayou, Wang Ergou. Il y avait aussi le patron Gao de la boutique de thé, lui qui durant la première partie de la nuit avait appelé les autres à ne pas dormir afin de monter la garde. Celui qui avait vu son magasin dévalisé par le couple Wanming et leurs deux fils. Nous les appelions par leurs noms mais ils nous ignoraient, se contentant de regarder nos fronts avant de s'exclamer: « Vous ne voulez donc pas rester en vie ! Vous ne voulez donc pas rester en vie ? » Perplexes, nous nous arrêtions, incapables de comprendre pourquoi ils nous regardaient comme des laissés-pour-compte. Puis l'oncle Xia passa près de nous et s'arrêta.

— Tantôt tu étais réveillé et tu nous as sauvés, les miens et moi, maintenant c'est moi qui suis éveillé et qui vais te sauver, toi et ta famille. Alors nous n'aurons plus aucune dette l'un envers l'autre.

Il nous lança un morceau d'étoffe jaune.

— Si vous voulez rester en vie, partagez-le en trois bandes et nouez-les autour de vos têtes. Si vous préférez mourir, jetez-le en attendant d'être décapités, d'être réduits à l'état de cadavres, d'être traînés sur le terrain d'exécution !

— Où allez-vous tous ?

— Nous retournons sous la dynastie Ming, nous voulons le royaume de la Grande Paix Céleste !

— Mais de quoi parles-tu ? La dynastie Ming, le royaume de la Grande Paix Céleste, c'était il y a des centaines d'années. Comment pourriez-vous y retourner ?

— Attention à ce que tu dis si tu veux vivre ! Si tu préfères mourir, ne nous compromets pas pour autant !

— Tu es en plein somnambulisme ! Tu m'as tout l'air d'être en plein somnambulisme !

— C'est plutôt toi le somnambule ! Toi et toute ta famille !

Tout en grommelant, l'oncle Xia s'éloigna en hâte. A croire qu'il nous fuyait. Il s'envola, ses pas touchaient à peine le sol. Il se déroba et s'évanouit dans la nuit, dans la foule des autres hommes. Nous demeurâmes un moment immobiles, interdits, avec le morceau d'étoffe jaune qu'il nous avait laissé. Une puissance maléfique soufflait, un typhon invisible qui emportait les hommes avec lui. Ils dormaient manifestement tous mais paraissaient éveillés. Manifestement éveillés, ils semblaient dormir.

Nous abandonnâmes le cyclopousse au bord de l'avenue.

Nous déchirâmes le tissu jaune et nous en ceignîmes le front. Sans cesse nous nous retournions pour regarder ceux qui passaient. Tous, enfermés dans leur rêve. Tous, prêts à combattre et à faire couler le sang. Ils allaient périr dans leur rêve. Mère noua le ruban derrière ma tête et s'adressa à mon père :

— Dis à Niannian de rentrer à la maison. Il n'a qu'une dizaine d'années, ne le laissons pas risquer sa vie dans les rues, cette nuit.

Père acheva de nouer son propre ruban et regarda les nôtres.

— Pour rentrer à la maison, il faut passer le carrefour, traverser la foule en guerre !

Nous reprîmes notre route plus avant dans le bourg, dans le bourg en guerre. Avec nos rubans, nous étions partie prenante de cette guerre, nous étions des gens du bourg, pareils à tous les autres somnambules. Plus personne ne nous considérait d'un œil soupçonneux. On vérifiait seulement que nous portions le ruban jaune, après quoi, on ne s'occupait plus guère que d'avancer en hâte dans la nuit. C'était l'heure à laquelle d'ordinaire le jour se lève. L'heure splendide d'autrefois, lorsque depuis les monts à l'est du bourg, le soleil dardait ses rayons dorés sur le fleuve, les arbres et les maisons. L'heure de partir aux champs ou d'ouvrir boutique. Mais à cause de cette nuit interminable, les hommes n'avaient pas encore cessé de rêver, ils n'étaient pas sortis du grand somnambulisme. Pire : ils s'y enfonçaient plus profondément encore, dans leur rêve de guerre. Au croisement de trois avenues, alors que nous étions encore loin du carrefour, nous nous arrêtâmes. La guerre était là. C'était un océan de têtes, les unes contre les autres, comme lors d'une grande assemblée. Des tas de têtes enchevêtrées, des lampes qui s'allumaient puis s'éteignaient et une rumeur de voix. Une information circulait. Un secret qui brûlait les mains et que l'on s'empressait de passer à son voisin. La chaussée était couverte de monde. Pareille à une terre sauvage sur laquelle la végétation pousse capricieusement. Allumées, les lampes éclairaient le sol, les ceintures des hommes, jamais leurs visages, leurs têtes ou le ciel au-dessus des têtes. Beaucoup couvraient la lumière de leurs mains ou à l'aide d'un morceau d'étoffe.

— Comment ça se passe plus haut ?

— On dit que le royaume de la Grande Paix Céleste est sur le point d'être fondé.

— Comment ça va plus haut ?

— La grande guerre pour le royaume de la Paix Céleste va commencer. Il faut chasser nos assaillants et les réduire en bouillie.

Les nouvelles filaient comme le vent. Comme les nuages. Pareilles aux graines qui, semées, commencent à croître. Il faisait aussi noir qu'à minuit. L'air était noir, les arbres, les murs des maisons, tout était d'un noir corbeau. Les réverbères qui tantôt éclairaient encore étaient maintenant tous éteints. Et voilà que dans la ténèbre, nous aperçûmes le chef du village traînant avec lui la veuve Wang Erxiang, cette jeune beauté. Tous deux portaient un ruban jaune et dans leurs bras dormait la fille de Wang Erxiang. Ils s'éloignaient de la foule et s'enfoncèrent dans une ruelle. Le teint clair, leurs visages ne trahissaient aucun signe de sommeil. Les yeux parfaitement ouverts, ils avançaient avec l'agilité du singe ou du poisson. Ils s'échappaient. Fuyant la nuit. Fuyant vers une vie nouvelle, une vie paradisiaque.

— Chef du village ! Chef du village ! appela mon père.

Le chef l'ignora. Erxiang et lui abandonnaient la foule. Ils abandonnaient le monde plongé dans l'obscurité. Les hommes étaient écrasés, coincés dans les intervalles de lueurs que les lampes créaient de-ci de-là comme des feux de cendres. Il faisait à nouveau très chaud. Mais la chaleur n'était pas encore brûlante, l'air frais de l'aurore circulait dans la foule, dans les rues. Pourtant, nombreux étaient ceux dont la sueur avait trempé le ruban jaune avant de perler sur le nez. En me faufilant, je vis beaucoup de visages pareils à des planches de bois, à des briques. Des expressions enthousiastes comme pour célébrer un mariage ou partager des gains. Des expressions comme celles que j'avais vues sur les visages de l'idiot et du fou. Des visages aux yeux mi-clos mais qui ne trahissaient aucun signe de fatigue. Comme ceux du chef du village et d'Erxiang. Simplement, les yeux étaient voilés de fines capillarités sanguines, des yeux de gens qui avaient sommeil mais ne pouvaient dormir. Un couple, dont j'avais oublié les noms, se cachait en bordure d'avenue, au pied d'un poteau électrique. Sur le poteau, ils avaient accroché une lampe en verre ; au pied du poteau, ils avaient déposé un manche de pelle et un couteau. A la faveur de la lampe, je pouvais voir leurs airs paniqués. Leurs rubans trempés de sueur.

— Ma Huzi, Cha Guifen, vous êtes là, vous aussi !

Père me tira par le bras, mère me suivit, et nous nous approchâmes.

— Apparemment, vous ne dormez pas. Savez-vous ce qu'il se passe à la fin ?

Ma Huzi nous fixa et, d'une voix toute fluette, déclara :

— Il paraît que le chef du bourg a été assassiné. Tous ceux qui, éveillés, n'ont pas voulu participer à la révolte se sont fait tuer. Alors surtout ne dis pas que nous sommes éveillés, surtout ne dis rien, je t'en prie !

Il regarda autour de nous la foule des dormeurs, des somnambules.

— Ils veulent la guerre, alors ils ont bloqué toutes les entrées des rues. Même la plus large, au nord, est bloquée. Ils ont pris les femmes du quartier pauvre pour en faire des épouses de soldats. On dit que parmi elles se trouve la femme du chef. C'est terrible ! Vraiment terrible ! Ils veulent établir le royaume de la Grande Paix Céleste et se battre avec les étrangers, avec tous ceux des campagnes environnantes. Ceux qui, éveillés, ont refusé de se battre, ils les ont attachés dans la cour du bâtiment gouvernemental et les ont tués avant de jeter leurs cadavres dans l'arrière-cour. Nous, si nous sommes encore en vie, c'est d'avoir accepté cette guerre !

Tous deux parlaient dans un murmure, avec la voix de qui cherche à survivre, une voix de personnes éveillées et somnambules tout à la fois.

— Tianbao ! Toi et les tiens, partez vite ! Nous ne devons pas nous rassembler entre personnes éveillées. Sinon, les autres nous repéreront très facilement et alors c'en sera fini pour nous, nous perdrons la vie !

Il agita la main pour nous signifier de partir, s'avança même pour repousser mon père.

Nous n'avions donc plus qu'à nous faufiler à nouveau dans une brèche de la nuit, dans une brèche de la foule. Mais voilà que Ma Huzi rattrapa subitement mon père :

— Quelle heure est-il ? Pourquoi le jour ne se lève-t-il pas ?

— Je ne sais pas, sans doute va-t-il bientôt faire jour.

Mon père me prit la main tandis que, derrière moi, ma mère agrippait un bout de mon vêtement. Grâce à notre esprit bien réveillé et aux rubans jaunes sur nos fronts, nous traversâmes la foule. Nous nous glissâmes dans le rêve des autres comme le long d'un chemin bordé de ronces et de lames. Je vis la couleur de leur rêve : noir et blanc mêlés. De l'encre noire mélangée à de la laque blanche. Un cercle noir, un cercle blanc, puis un tourbillon de blanc et de noir mêlés. Dans la rumeur confuse des paroles des rêveurs flottait l'odeur de leur sueur et de leur mauvaise haleine. Les respirations étaient haletantes, oppressées par le cauchemar et la mort prochaine. Nous nous faufilions d'un côté puis de l'autre, clandestins, à la faveur des lueurs de lampes. Je pouvais les voir confusément tandis qu'eux ne nous regardaient pas, uniquement préoccupés de se rendre au carrefour.

Enfin nous atteignîmes le carrefour.

Le centre de la guerre du bourg.

Les hommes étaient rassemblés là, en cercles concentriques. Les plus endormis vers le centre, les moins endormis à la périphérie. Au cœur des cercles se trouvaient ceux qui dormaient profondément tout en parlant, réfléchissant et agissant ; ils paraissaient éveillés alors qu'ils étaient somnambules. Ils se tenaient au pied d'une estrade, armés de couteaux et de bâtons, les yeux pleins de sommeil, écarquillés. L'estrade était constituée d'une dizaine de tables assemblées et, de chaque côté, sur un pieu, une lampe à huile diffusait une lumière de pénombre. Il y avait une dizaine de policiers envoyés par le commissariat ainsi que les jeunes les plus bagarreurs que comptait le bourg. Qu'ils fussent en uniforme, vêtus de blanc ou torse nu, tous portaient un ruban jaune autour de la tête. Seul, devant l'estrade, le roi Li Chuang – l'ancien responsable adjoint aux forces armées – portait encore le costume dynastique de gouverneur militaire général dont il s'était revêtu durant la première partie de la nuit. Le costume était souillé de sang. Le sang des hommes qu'il avait tués. Le sang d'autres hommes. Ses mains, son couteau étaient également souillés. Chaque goutte de sang évoquait un homme assassiné. Le costume avait perdu ses anneaux de bois et les perles avaient roulé sur l'estrade. Sur les manches, les broderies étaient déchirées. Plusieurs fils de couture des perles pendaient. Li Chuang avait comme les autres noué un ruban jaune autour de son front et il portait en plus une ceinture de soie jaune autour de la taille. Le teint rouge, couleur de sang coagulé, les cheveux hirsutes, ses traits semblaient sculptés dans le marbre dont ils avaient l'éclat lisse et digne. Ses yeux étaient grands ouverts bien que légèrement voilés. Il s'en dégageait non un éclat tiède mais un rayonnement glacé et dansant.

Quelqu'un lui dit quelque chose à l'oreille et on lui remit un haut-parleur. Celui qui avait chuchoté semblait être Yang Guangzhu qui considérait mon père comme son ennemi. Il lui ressemblait sans lui ressembler. Lui et un autre homme reculèrent derrière Li Chuang tandis que ce dernier s'avançait sur l'estrade, dans son costume de gouverneur militaire, le haut-parleur à la main. Il balaya du regard la foule rassemblée dans la pénombre et toussa pour s'éclaircir la voix. Au pied de l'estrade, le silence se fit. Il toussa une fois encore et le silence gagna jusqu'aux cercles les plus éloignés. Lorsqu'enfin régna le calme le plus tôtal, il posa le haut-parleur sur une table.

— Je déclare notre insurrection ouverte ! Nous sommes le royaume de la Grande Paix Céleste ! Nous commençons à établir notre royaume ! Déjà nous sommes retournés à l'époque du roi Chuang et du royaume de la Grande Paix Céleste !

Il s'interrompit un instant, haussa la voix :

— Notre armée est formée ; nous occupons le bâtiment gouvernemental du bourg. Notre dernière bataille avant le lever du jour sera décisive, elle apportera la dernière pierre à la fondation de notre royaume. Elle décidera si, oui ou non, nous pouvons revenir à l'époque de la dynastie Ming, de la fin des Ming. Je sais…

Il éleva encore la voix et s'adressa à la foule sans l'aide du haut-parleur :

— Des étrangers se sont rassemblés à l'extérieur du bourg et, comme Wu Sangui, ils s'apprêtent à piller Gaotian ! Ils veulent s'emparer de nos maisons, de nos rues, de toutes les richesses de la capitale de notre royaume à venir. Mais eux…

Il ricana.

— Ils ne sont que quelques centaines, tandis que nous sommes des milliers ! Jetons-nous sur eux, tuons-les, accrochons leurs mains et leurs pieds aux branches des arbres, aux poteaux électriques ! Alors le jour se lèvera, ils verront ce spectacle et battront en retraite ! Nous serons victorieux ! Alors, nous attribuerons des récompenses selon le mérite. Moi, roi Li Chuang, je déclare que tuer un étranger permettra de devenir petit fonctionnaire au royaume de la Grande Paix. En tuer deux permettra de devenir fonctionnaire moyen. En tuer trois quatre, de devenir haut fonctionnaire. Dix, un statut de guerrier. Quant à ceux qui n'auront pas pu tuer mais auront seulement blessé un ennemi, ils seront récompensés au nombre de blessés, en satin d'or et en chaussures en forme de lingot d'or et en terres. Pour une jambe d'ennemi cassée, ils recevront un *mu* et deux *fen* de terre. Pour un bras cassé, un *mu* et trois *fen*. Un nez ou une oreille tranché vaudra cinq à dix lingots. En trancher dix vaudra cent buffles ou quatre-vingts chevaux, ou encore dix lingots d'or.

A ce moment de son discours, Li Chuang baissa la voix, mais son timbre devint plus dense encore, comme lorsque l'on crie par une porte entrebâillée :

— C'est cette bataille qui va décider si nous restons au temps présent ou si nous retournons à l'époque de Dashun !

Sommes-nous des héros ou des moins que rien, cette bataille nous le dira !

Maintenant, écoutez-moi tous : éteignez vos lampes, ne parlez pas, ne bougez pas, cachez-vous dans les rues, les ruelles, les recoins de murs, les toilettes, les boutiques, de sorte que nos ennemis puissent croire que nous dormons tous, ils seront rassurés et entreront dans notre bourg, dans nos maisons et nos boutiques, pour voler et piller. Alors vous resterez cachés et vous regarderez cette lampe à huile, ici, au carrefour.

Li Chuang souleva la lampe du pieu auquel elle était accrochée.

— Ce sera notre signal. Lorsque vous la verrez ainsi, éclairant à moitié et accrochée au pieu, vous jaillirez de vos cachettes. Vous tuerez tous ceux qui ne portent pas de ruban jaune. Tuez-en un et vous deviendrez un petit fonctionnaire, tuez-en dix et vous serez ministre !

Obéissez ! Préparez-vous à éteindre vos lampes et transmettez mes ordres à ceux qui sont derrière vous. Commencez à chercher où vous allez vous embusquer. Lorsque j'éteindrai cette lampe, vous éteindrez vos lampes-tempêtes, vos torches ou vos bougies. Lorsque les ennemis seront là, vous ne bougerez pas. Vous bougerez uniquement lorsque vous verrez la lampe du carrefour s'allumer subitement, alors vous vous jetterez sur nos ennemis. Quiconque ne portera pas de ruban jaune, vous le tuerez ! Quiconque ne sera pas du bourg, vous le tuerez ! Tous ceux qui ne souhaitent pas retourner à l'époque Ming pour établir notre royaume, vous les tuerez ! Vous m'avez entendu ? Vous avez bien retenu ce que je viens de vous dire ? Transmettez mes instructions derrière vous !

Li Chuang forçait sa voix, debout sur l'estrade. Il exhortait la foule et ses paroles tourbillonnaient dans la nuit. Au pied de l'estrade, la plaine des hommes rassemblés oscillait sous le vent : les têtes se tournaient pour transmettre les instructions. La nuit était une laque noire. L'aurore, un lac noir et boueux. Le murmure des voix parcourait la nuit : des milliers de pas crissant sur du sable. Puis les lumières s'éteignirent et les hommes se dispersèrent. Mes parents et moi nous tenions à un coin de rue, à une dizaine de pas de l'estrade. Soudain nous vîmes les hommes s'égailler, en quête d'un coin plus sombre encore, d'une ruelle plus noire encore. Tous avaient ôté leurs chaussures qu'ils tenaient à la main. Les lampes dont ils dissimulaient le faisceau lumineux semblaient des lucioles virevoltant dans les airs.

— Shunzi ! Tu veux devenir petit fonctionnaire ou fonctionnaire moyen ?

— Si l'on doit tuer, autant que ce soit pour devenir un haut fonctionnaire de la province, non ?

— Ma Zhuang ! Tu veux devenir chef de district ou préfet ?

— Je ne veux pas être fonctionnaire, je préfère avoir cent *mu* de terre, mille *mu* de terre, et trois ou cinq concubines.

— Et toi, Wang Yili ?

— Je ne veux être ni fonctionnaire ni propriétaire terrien. J'ai passé ma vie à égorger des cochons et des bœufs, je suis un boucher mais j'ignore ce que ça fait de tuer un homme. Je vais profiter du retour à l'époque Ming pour trancher des oreilles et des nez d'hommes et voir un peu l'odeur que ça a.

Les paroles échangées à voix basse accompagnaient les pas feutrés. Les hommes testaient leurs lames en cinglant le vent. On les entendait négocier l'échange d'un couteau à légumes contre un coutelas. C'était un bruit d'averse. Un bruit de pas de course. Au centre de l'avenue, Li Chuang exhortait à faire moins de bruit, ordonnait de murmurer, de susurrer. Alors les voix se feutraient mais elles trahissaient une joie inédite et tintaient sur la chaussée brûlante. Une averse en plein midi, lorsque le soleil est au zénith au-dessus des champs. La pluie laissait après elle une traînée de vapeur chaude sur l'avenue. Une vague de chaleur s'enroulait dans les champs, sur la terre. D'abord, père était resté calme, mais cette vague de chaleur l'effraya. D'abord, mère remarqua le calme de mon père, puis elle sentit la sueur sur son front, la moiteur de ses mains, et bien vite elle blêmit, ses mains se mirent à trembler.

— Il faut aller réveiller le responsable Li. Le secouer par les épaules, et si ça ne marche pas, lui donner un coup, ou bien lui asperger le visage d'eau fraîche !

Mon père n'eut pas le temps de répondre : un homme se faisait décapiter par Zhang Tête de bois et Yang Guangzhu. La victime eut à peine le temps de pousser un « ah ! » que sa tête tombait comme une courge.

— Putain ! Voilà ce qui arrive aux délateurs ! s'exclamèrent avec rage les assassins.

Ils abandonnèrent la tête au bord de l'avenue. Le sang en jaillit, droit vers le ciel. Puis le corps du mort s'abattit tel un pieu.

Père et mère étouffèrent des cris d'horreur et se couvrirent les yeux. Le monde redevint silencieux. Au carrefour, la lampe à huile éteinte, l'obscurité était totale. Les rues exhalaient un remugle de chaleur, de sang et de danger. De nouveau, nous entendîmes gémir un homme.

— Ah ! Maman !

Subitement, dans l'intervalle de ce cri, le bourg et le monde plongèrent dans un silence de mort. Un silence mortel. Toutes les lampes étaient éteintes. Tous les hommes s'étaient tus. Alors, dans la nuit, le silence, le noir et la mort, retentit à nouveau la voix de Yang Guangzhu, sa voix et le bruit sourd de quelque chose qu'on traînait.

— Putain ! Qui veut encore jouer au délateur ? Qui osera encore dire que nous ne sommes pas des insurgés mais des somnambules ? Que celui qui ose répéter que nous sommes somnambules vienne par ici, je lui donnerai un coup de couteau pour le réveiller !

Puis le silence revint. Profond. Seuls bruissaient l'odeur du sang et les pas furtifs des hommes en quête d'un endroit où s'embusquer.

Père éteignit sa lampe.

Tous trois blottis au pied d'un arbre, nous attendîmes que Yang Guangzhu, Zhang Tête de bois et les autres s'éloignent. Alors père se précipita vers l'endroit d'où provenait le cri de l'homme assassiné. Il en revint aussitôt, se couvrant des mains le nez et la bouche. Il ne dit mot, ne regarda pas autour de lui et nous entraîna, mère et moi, vers le sud-est. Vers la mort. Derrière nous, il n'y avait personne, mais c'était comme si des milliers et des milliers d'hommes nous poursuivaient.

## 3
## 6h00-6h00

Du centre du bourg jusqu'au quartier le plus animé, à l'est, il n'y avait que cinq cents mètres. Cinq cents mètres que nous parcourûmes à toute allure, en un rien de temps qui nous parut un jour entier. Une année entière. Comme si nous n'avions pas cessé de courir durant ce jour entier, cette année entière. Nous filions comme le vent. J'étais parfois en tête, parfois c'était mon père. Mère était toujours sur nos talons, boitant, pareille à un poisson tourné sur le ventre, sur le point de mourir. Le cauchemar de la nuit l'oppressait. Le cauchemar de la nuit nous oppressait tous les trois. Je courais devant puis retournais aider ma mère. Père courait devant puis retournait l'aider à son tour. Finalement, nous la prîmes chacun par un bras et poursuivîmes notre course. Père jurait contre la mauvaise jambe de ma mère :

— Cette foutue jambe m'aura emmerdé toute la vie ! Elle nous aura emmerdés toute la vie, Niannian et moi !

Mère jurait à son tour :

— Elle m'aura emmerdée, moi aussi ! Mais si je ne l'avais pas eue, je ne t'aurais pas épousé, Li Tianbao !

Ainsi jurant, tempêtant, nous parvînmes à sortir du cauchemar.

Nous en sortîmes pour plonger dans un autre rêve.

Nous nous aperçûmes que personne ne nous avait poursuivis mais qu'ils étaient tous partis se cacher dans les ruelles, les recoins, les boutiques. Il n'y avait plus âme qui vive sur l'avenue, il n'y avait plus que nous.

— Qui va là ?

— Nous ! Nous portons un ruban jaune autour du front !

— Vite ! Venez vous cacher ! Si vous continuez à avancer comme ça, c'est la mort que vous allez trouver !

— Non, un peu plus loin c'est ma maison, je connais bien le coin, alors il me sera plus facile de m'embusquer pour tuer, répondit mon père tout en continuant à avancer en soutenant ma mère. Quelqu'un nous reconnut alors. Un cri perçant retentit dans la nuit :

— Li Tianbao ! Tu es petit et ta femme boite, tu veux quand même qu'elle aille se battre ? N'êtes-vous pas en plein somnambulisme ? Vous aussi, vous voulez retourner à l'époque Ming ?

Père ne répondit rien et continua à avancer en soutenant ma mère comme on traîne un sac plein de céréales. Il respirait bruyamment, on croyait entendre un frottement de pierres et de sable dans l'embrasure d'une porte. Mère ne cessait d'éponger sa sueur et de répéter :

— Je n'y arrive pas, je ne peux plus marcher, partez donc devant !

Père la tirait, la réconfortait et l'encourageait :

— Encore quelques pas et nous serons à la maison. Encore quelques pas et tu pourras t'écrouler de fatigue !

Nous atteignîmes la mi-hauteur de l'avenue de l'est, là où plus aucun homme ne parlait ni n'était embusqué. C'était comme d'avoir quitté le monde de Li Chuang pour retrouver, à quelques pas à peine, le temps présent, la nuit présente.

Nous arrivions calmement.

Apparemment, personne ici ne cherchait à poursuivre ou à tuer qui que ce fût.

Les voix des hommes embusqués s'étaient raréfiées, s'étaient tues. Mais tandis que nous ralentissions l'allure et reprenions notre souffle, nous aperçûmes un mort devant la boutique Au Délice des Nouilles. Un étranger. Il avait un visage carré et des cheveux noirs. C'était un homme d'une trentaine ou d'une quarantaine d'années. Le visage tourné vers le ciel, son ventre ouvert saignait. Son torse nu était lacéré de quatre ou cinq coups de couteau. A côté de son cadavre gisait son coutelas, souillé de sang et de traces de chair noire. Il s'était battu et était mort. Exactement comme sur un champ de bataille. Un peu plus loin, sur le seuil de la boutique du couturier, un autre homme gisait dans le caniveau. Tête renversée, plongée dans la rigole. Jambes en l'air. Père couvrit le faisceau lumineux de sa lampe, s'approcha et tenta de le relever. Impossible. L'homme ne respirait plus.

— Il est mort, déclara mon père en revenant vers nous, aussi sèchement qu'il nous aurait dit qu'une branche d'arbre avait été brisée. Pas le moindre souffle de vie.

Il y avait eu une bataille. L'endroit était dévasté comme après une bataille. Non pas comme après un vol ou un pillage, mais comme après une bataille.

Effrayés, nous continuâmes à avancer en silence. Nos pas sonnaient dans le vide, sonnaient creux dans le silence. Père marmonnait quelque chose, se parlant à lui-même. Mère ne disait mot mais elle avançait brusquement plus vite que nous. Elle semblait soudain ne plus boiter et marcher normalement. La porte de notre boutique du Nouveau Monde apparut enfin devant elle. Elle accéléra encore l'allure, instinctivement, comme si elle rentrait enfin chez elle après des jours, des années. Mais elle s'arrêta net sur le seuil. On eût dit qu'elle découvrait tout à coup qu'elle s'était trompée d'avenue ou de numéro et qu'elle se trouvait devant chez quelqu'un d'autre. La porte était béante, un pan à terre, en travers du seuil. Les couronnes blanches de la devanture étaient répandues, éparses, jusque dans la rue. Quant aux papiers servant à les confectionner, ils étaient en miettes, jonchant le sol de la boutique. Dans la nuit trouble de l'aurore, on pouvait voir qu'ils étaient tachés de sang, c'était comme un étang de feuilles blanches teintées d'eau sale. Sur les fleurs blanches, le sang était d'un rouge épais, éclatant et violacé. Sur les vertes, il avait pris une teinte noire, bleutée. L'odeur crue du sang frais était prégnante. On s'était donc battu ici. La guerre du bourg avait eu lieu ici aussi. Il y avait encore par terre un couteau à légumes et une hache. Un bâton qui avait servi d'arme gisait dans une flaque de sang, pareil au squelette d'une jambe. Tout était très calme. Très silencieux. Du calme, du silence et de la nuit sourdait une étrange plainte. Père souleva sa lampe, sans plus la couvrir, pour éclairer franchement l'intérieur de notre boutique. Devant, une faux, des vêtements et des chaussures avaient été abandonnés. La lampe torche n'aurait bientôt plus de batterie, elle éclairait faiblement, diffusant un mince voile jaune et brumeux. Une sorte de bourdonnement nous parvenait de l'extérieur, de l'entrée est du bourg, à quelque deux cents mètres de là, c'était comme le bruit d'une montagne en train de se déplacer.

— Il va bientôt faire jour ? demanda ma mère, toujours immobile sur le seuil.

— Il ne peut pas faire jour, répondit mon père, les yeux rivés sur ce spectacle de dévastation.

Puis ce fut à nouveau le silence. Un silence à l'intérieur duquel on croyait entendre respirer des cadavres. Une respiration fine et glacée qui sifflait dans ma tête et sonnait entre mes os. Debout, tous trois, face à cette mare de sang, de papiers et de fleurs, nous regardions la porte béante, l'espace dévasté, la chemise souillée de sang, les chaussures militaires toutes neuves. Pas un cri d'effroi ne sortait de nos bouches, nous demeurions plantés là, hébétés, visages et corps de bois.

On avait donc livré bataille dans cette partie de l'avenue.

— Toi, rentre ! Moi, tant que je suis éveillé, je dois aller voir ce qui se passe à l'entrée est.

La voix de mon père semblait décalée par rapport à la situation. Il tendit la lampe torche à ma mère.

— Rentre ! Tu m'as entendu, oui ou non ? Veux-tu rester en vie ? Alors rentre et ne ressors sous aucun prétexte. Remets la porte en place, ferme-la et ne sors sous aucun prétexte !

Mère ne prit pas la lampe. Elle avait l'air de trouver que ça n'en valait pas la peine.

— Vas-y puisque tu y tiens tant ! Va voir mais reviens aussitôt !

Elle parla fort. Avec vivacité. Comme pour lui dire au revoir lorsqu'ils se séparent et que père part aux champs. Aucun des deux ne pensait à moi. Aucun ne me dit ce que je devais faire. Je me sentais perdu. Perdu dans la nuit et en moi-même. J'étais de trop dans la nuit, de trop dans cette famille. Je regardai mon père s'éloigner vers l'entrée est du bourg, ma mère rentrer dans la boutique en évitant papiers et mares de sang. Mais dans l'embrasure de la porte, elle se retourna pour me réprimander gentiment :

— Niannian ! Tu ne suis pas ton père ? Que fais-tu à rester planté là ?

Je rattrapai mon père mais à son tour, il me réprimanda gentiment :

— Niannian ! Tu ne restes donc pas à la maison pour veiller sur ta mère ? Qu'est-ce qu'il te prend de me suivre ?

Cependant, il avait pris ma main. Avec lui, je me sentis comme emporté par l'essor d'un aigle. Les rues étaient dévastées, jonchées d'objets abandonnés pendant le combat. Faux, couteaux, haches, marteaux, pelles et bâtons de palanche. Il y avait aussi un drapeau rouge, un hachoir et toutes sortes de chaussures : baskets, souliers de cuir ou sandales en plastique. Le monde avait été balayé. Le bourg, roulé dans un ouragan. Dans le silence, des bruits nous parvenaient peu à peu, s'amplifiaient. A l'entrée est du bourg, il n'y avait d'ordinaire que quelques réverbères, mais lorsque nous arrivâmes, ils semblaient s'être multipliés. Une étendue lumineuse nous éblouit tout à coup. Le jour s'était-il subitement levé ici ? Dans cette lumière diurne remplie de têtes, nous vîmes que les hommes portaient tous un brassard blanc. Tous au bras gauche. Un grand camion était garé à l'entrée du bourg. Un camion sur lequel flottaient des morceaux de soie rouge et des drapeaux rouges. Des lampes à huile étaient accrochées aux mâts et, de chaque côté de l'avant du véhicule, un immense drapeau avait été planté, rouge, de la taille d'un drap. Il y avait une inscription sur les drapeaux mais nous ne pouvions pas la lire. Tout ce que nous pouvions voir, c'étaient deux jeunes hommes dans le camion qui, en plus du brassard blanc à leur bras gauche, avaient un bandage autour de la tête, un bandage taché de sang. L'un portait des lunettes. L'autre, les cheveux longs, était en manches courtes. A tour de rôle, ils s'exprimaient dans un haut-parleur :

— Jeunes et vieux, peuple de la campagne ! Frères et sœurs ! L'attaque générale d'avant l'aurore a commencé. D'ici la fin de la nuit, nous nous serons emparés du bourg de Gaotian. Dès lors, nous ne serons plus des retardataires, des paysans arriérés, mais nous deviendrons des maîtres du futur, des citadins modernes. Nous commencerons à vivre dans la prospérité. Ce que nous voudrons, nous l'aurons ; chacun prendra ce dont il a besoin et nous coulerons les jours heureux du communisme. Nous n'aurons plus besoin de nous lever avant le jour pour nous rendre au bourg faire nos courses car nous aurons chassé les actuels habitants de Gaotian, nous les aurons chassés dans nos campagnes, dans les montagnes, pour qu'ils labourent la terre et élèvent les bêtes. Ainsi vivront-ils cette existence pénible, à devoir se lever avant le jour pour venir au bourg faire leurs courses. Pour venir dans notre ville. Frères et sœurs de la campagne ! Camarades ! Pour demain et pour notre avenir, allons-y ! Frères et sœurs de la campagne ! Pour demain et pour notre avenir, allons au combat ! Que celui qui s'empare d'un restaurant s'y installe ! Que celui qui s'empare d'un magasin s'y installe ! Quiconque nous empêchera de procéder à la juste répartition des richesses et des terres, quiconque ne portera pas de brassard blanc au bras gauche, donnez-lui un coup de couteau et vous serez récompensé demain par une maison au bourg. Donnez-lui un coup de marteau et lorsque le bourg sera devenu une grande ville, vous serez propriétaire d'un immeuble au carrefour, d'une entreprise. Que vous fassiez couler le sang, que vous preniez la vie, vous ne serez pas des hors-la-loi mais des héros. Car dès demain, ce bourg sera le nôtre, ces rues seront les nôtres, le monde sera à nous et à notre avenir. Oui, toutes ces rues, ces boutiques, ces gares, ces bureaux de poste, ces banques, ces commerces, tout ça sera à nous ! Alors, chacun sera récompensé selon son mérite, chacun prendra ce dont il a besoin, et ceux qui auront accompli des exploits gagneront la prospérité qu'ils désirent. Battons-nous pour demain ! Battons-nous pour le communisme ! Peuple des campagnes, frères et sœurs ! Aux armes ! Allons-y ! Pour demain et pour notre avenir, pour notre descendance, prenons Gaotian ! Détruisons Gaotian !

Les deux jeunes sautèrent du camion et s'avancèrent, brandissant lampes à huile et drapeaux rouges. Les autres leur emboîtèrent le pas, brandissant drapeaux, couteaux, fourches, lampes et bâtons. Ils déferlèrent sur le bourg. Ils étaient peut-être des centaines. Des milliers. Une dizaine de milliers ? Une mer humaine roulait dans les avenues, une mer hérissée de bâtons, d'outils agricoles dont les pointes se heurtaient et dansaient dans les airs.

— Je choisis le supermarché !

— Moi, le magasin de matériaux !

— Nous, on a repéré depuis longtemps l'échoppe qui vend de la viande de bœuf ! ça fait des années qu'on la convoite !

Armés, hurlant, ils couraient dans le bourg, se ruaient dans les boutiques de chaque côté de l'avenue. Etaient-ils éveillés ou endormis et somnambules ? A la lueur des lampes, leurs brassards semblaient des fleurs blanches s'ouvrant dans la nuit. Des nuées de fleurs blanches. Le bruit de leurs pas donnait l'impression d'innombrables marteaux frappant d'innombrables tambours de guerre. Leurs voix, des grêlons s'abattant sur les mêmes tambours.

— Là ! Un homme qui ne porte pas de brassard !

— Là ! Un autre !

Ils criaient comme devant le coffre-fort d'une banque. Comme s'ils venaient de trouver enfin la clef d'une porte qu'ils ne parvenaient pas jusqu'alors à ouvrir.

Tout à coup, père me prit fermement la main et m'entraîna dans un coin de l'avenue, dans des toilettes. J'ignore s'il s'agissait de toilettes pour femmes ou pour hommes. L'endroit, à ciel ouvert, était large comme la moitié d'une maison. Je n'y étais encore jamais entré. C'étaient les toilettes communes qu'avait construites le vieux Xiande. Autrefois, il venait chaque jour, au crépuscule, débarrasser l'endroit des excréments. Désormais, c'était notre forteresse. Les murs étaient faits de boue et de pierres empilées. On eût dit le front de Gaotian, un front tuméfié. Père m'avait poussé dans un coin et, d'un geste rapide, il dénoua mon ruban et le sien pour les jeter dans la fosse.

— Niannian, n'aie pas peur. Si quelqu'un vient, on dira que nous sommes des étrangers. Surtout ne dis pas que nous sommes du bourg.

Voyant que je tremblais de tout mon corps, père me prit comme un petit lapin dans ses bras. Je m'agrippai si fort à ses épaules, que mes ongles pénétrèrent sa chair. Puis je me calmai et me mis à écouter les bruits extérieurs. On eût dit que passait une troupe armée de cavaliers. Avec des milliers de soldats et de chevaux. L'odeur de la poussière soulevée était plus forte que celle des latrines qu'elle recouvrait complètement. Comme elle recouvrait l'odeur de la nuit, de la nuit juste avant l'aube.

— Maintenant il nous faut un brassard. Un brassard et tout ira bien. Il ne nous arrivera rien.

Père se parlait à lui-même et semblait réfléchir. Instinctivement, il fouilla sa poche. C'est alors que les toilettes furent subitement éclairées par le réverbère du centre de l'avenue de l'ouest. Brusquement, ce fut comme si le jour se levait sur l'avenue de l'ouest. On entendit gronder, hurler :

— Pour notre royaume, tuons-les tous ! Pour notre royaume, allons-y !

De l'autre côté, ils criaient pour demain, pour leur avenir et leur descendance :

— Pour que demain Gaotian soit à nous ! Tuons-les tous !

D'un côté comme de l'autre, personne ne parlait du présent. Personne n'en voulait. C'était une guerre entre gens qui ne souhaitaient que le passé ou l'avenir. Une guerre entre un avenir livresque et un passé historique. C'était pour ça qu'ils s'entretuaient. Le moment présent, ils l'avaient complètement oublié, cette nuit même était supplantée par leur rêve. Le présent n'existait plus. Le présent avait disparu. Yan Lianke l'avait dit dans l'un de ses livres, *ce qui advenait, c'était le temps et l'histoire de l'avenir et du passé.* Le présent avait péri dans un cauchemar. Dans le ciel, les lumières oscillaient, les faisceaux des lampes se croisaient en une danse d'épées. Dans les rues, les pas des hommes se précipitaient, s'accumulaient, se densifiaient jusqu'à former monts et mers. Montagnes et océans. Jusqu'à former un monde. On entendait crier des insultes : « Putain de ta mère, j'emmerde tes ancêtres ! » On entendait pleurer, gémir : « Maman ! Maman ! J'ai la tête qui saigne ! J'ai la tête qui saigne ! » A croire que villageois et étrangers s'étaient tous entassés pour s'entre-tuer là, près des toilettes. Une chaussure me tomba dessus. Père me tenait dans ses bras comme un agneau. Je m'agrippais à lui, mes ongles plantés dans sa chair. Et ça continuait. Dehors les gens se battaient. Dehors les gens criaient. Tandis que nous demeurions cachés, retenant notre respiration, réprimant nos tremblements. Les murs semblaient vaciller, prêts à s'écrouler. Le sol frémissait, vibrait, prêt à se fendre. Notre lampe torche à court de batterie s'éteignit. Les toilettes plongées dans l'obscurité se transformèrent en un bassin d'encre noire. Eclairée de l'extérieur, on distinguait la fosse des latrines, les milliers d'asticots grouillant dans les excréments en cette nuit d'été. Des larves blanches rampaient le long des murs, rampaient jusqu'à Gaotian, avant que les vibrations de la bataille les rejettent dans la fosse. Et ça continuait. Puis la rumeur sembla se décaler vers l'ouest. Les étrangers étaient-ils tombés dans le piège tendu par les villageois ? Les lampes des deux camps ennemis se rassemblèrent au niveau du carrefour et les bruits de la tuerie se focalisèrent à l'ouest. Au-dessus du carrefour, les faisceaux lumineux déferlaient, vent capricieux sur une terre en friche. Puis ils reculèrent vers l'est. Les voix et les bruits de pas aussi. Comme si les étrangers se faisaient maintenant chasser, expulser et poursuivre. Mais bientôt, le mouvement s'inversa. C'était un va-et-vient incessant à l'extérieur des toilettes. Cris, hurlements s'abattaient comme grêlons. Dans les bras de mon père, la respiration haletante, je maîtrisais difficilement mes tremblements. J'avais l'impression d'être englué, les pieds pris dans une sorte de colle. A la faveur des faisceaux lumineux qui éclairaient le ciel, je tentais de regarder ce qui se passait au-dehors et me blottissais aussitôt contre mon père, lui agrippais fermement les bras. Du sang coulait jusque dans les toilettes, une pluie de sang ruisselait. Bientôt, ce fut une mare aussi large qu'un panneau de porte. Le liquide violacé continuait à couler sur le sol, la terre, l'herbe. L'odeur du sang recouvrit celle des latrines. Un flot noir, épais, sale, s'écoulait dans la fosse. Père lui aussi remarqua le sang. Un ruisseau de sang qui coulait à ses pieds vers la fosse. Il tressaillit. Me serra dans ses bras et m'écarta doucement pour me placer au centre des toilettes.

— Quelle heure est-il ? Le jour ne se lèvera donc plus ? Le soleil est-il vraiment mort ?

Je me rappelai subitement le poste de radio accroché dans mon dos et m'empressai de le prendre. Je l'allumai et le collai contre mon oreille. Le tapotai un peu. Enfin on entendit une voix. La même voix que précédemment, posée, calme, qui répétait en boucle : *Maintenant, ce à quoi il faut être attentif et qui exige une grande prudence*… Père s'empara du poste de radio et baissa le volume au maximum, de sorte que nous seuls pouvions entendre… *Etant donné les conditions topologiques et un léger courant d'air froid venu du nord-ouest, un certain nombre de régions connaîtront aujourd'hui une journée sans soleil ni vent ni pluie, mais un temps couvert et torride de longue durée. Ce que nous appelons un temps couvert et torride de longue durée correspond à un ciel densément peuplé de nuages qui ne donneront aucune pluie mais créeront une certaine obscurité tandis que perdurera la chaleur, de sorte que le jour sera pareil au crépuscule. Dans certaines régions montagneuses, un phénomène comparable à une éclipse solaire se manifestera, de sorte que le jour sera exactement pareil à la nuit.*

Père éteignit la radio. Il réfléchit un instant avant de dire deux choses inutiles. Des paroles de rêve :

Où pourrait-on trouver de quoi fabriquer un soleil pour réveiller tout le monde ?

Dès que le soleil se lèvera, la nuit finira et tout le monde s'éveillera !

Puis il bomba le torse. Il se dressa pour écouter, angoissé, médusé, les cris de tuerie au-dehors.

Angoissé, stupéfié, il passa devant moi pour s'approcher, comme un voleur, de l'entrée des toilettes. Il se tint là, comme au seuil du rêve. Un seul pas et il plongeait dans le rêve. Un autre et il pouvait revenir à l'état d'éveil. Il demeurait là, le cou tendu telle une corde. Comme un voleur, il épiait les scènes de bataille, les cris dans la nuit. Lorsque le calme revint, il se retourna pour me tirer au-dehors. Nous courûmes vers l'est, longeant les murs, vers l'est et l'extérieur du bourg. C'était comme de courir vers l'intérieur du rêve. Ou comme de courir vers l'extérieur du rêve, vers l'éveil.

# LIVRE XI

## L'ESSOR

*Le dernier grand oiseau s'envole.*

## 1
## 6h00-6h00

Une fois encore, nous fuyions le bourg.

Les rues étaient pleines de blessés, d'hommes en sang. A la lueur des lampes, dans l'obscurité, ils appelaient :

— Sauvez-moi !

— Nous sommes tous des paysans, sauve-moi !

Les blessés se réveillaient, repentants.

— Je crois que j'étais somnambule, il est clair que je dormais et j'ai entendu quelqu'un me dire, va au bourg ! Va piller au bourg ! Beaucoup sont venus au bourg piller cette nuit et, j'ignore comment, je les ai suivis, je suis venu dans cette tuerie !

C'était un homme d'âge mûr qui parlait ainsi, maigre, il couvrait de ses mains son visage en sang.

— J'ai vu voler des télévisions, des couvertures, des machines à coudre ; moi, je n'ai rien pris, je n'ai rien volé mais j'ai reçu un coup de couteau !

Gardant une main sur sa blessure, il dénoua le brassard à son bras pour le tendre à mon père.

— Peux-tu me bander le visage avec ça ?

Père prit le brassard et déchira un pan de sa chemise pour lui faire un bandage.

— Je suis mort de fatigue et tu me demandes encore de te faire un bandage, grommela-t-il tout en s'occupant du blessé. Moi aussi, j'ai l'impression d'être somnambule et tu me demandes encore de te soigner !

Père n'utilisa que le tissu de sa chemise et laissa le brassard. Puis, soutenant tous deux le blessé, nous quittâmes les lieux.

Tous les blessés des villages environnants s'étaient rassemblés près d'un camion, à s'encourager et discuter entre eux. Réveillés, ils voulaient rentrer chez eux.

— Quel terrible somnambulisme ! Quel terrible somnambulisme !

Parmi les hommes en sang, certains étaient morts. Ils ne pourraient plus se réveiller. Ceux qui étaient éveillés voulaient rentrer chez eux, mais d'autres, encore somnambules, continuaient à arriver des villages environnants, à affluer vers le bourg. Ils marchaient au centre de la route, forts de leur bon droit, tandis que les éveillés, qui rentraient chez eux, marchaient en bordure, comme des voleurs. En se croisant, les deux groupes s'ignoraient ou échangeaient des paroles alléchantes :

— Hé ! Comment ça se passe au bourg ?

— Dépêche-toi d'y aller ! Si tu traînes encore, il n'y aura plus rien dans les magasins. Tu n'auras plus l'occasion d'être récompensé !

Ceux qui repartaient chez eux les mains vides encourageaient les rêveurs à se ruer vers le bourg. Sur la route défilaient des porteurs de palanches vides, des charrettes vides, des véhicules à moteur vides ; tous, ornés de drapeaux rouges et de diverses sortes de lampes, se dirigeaient vers le bourg. Une véritable armée. Des guirlandes de lampes tout au long de la route. Le bourg était fini. Jamais les villageois de Gaotian ne pourraient venir à bout d'une telle armée. Père et moi portions toujours nos brassards blancs. Nous avions laissé notre blessé à l'est du bourg avant de filer vers la campagne. Nous marchions en bordure de route, vers le sud, à l'encontre du flux d'hommes et de véhicules. Père me tenait la main. Je l'entendais marmonner :

— Niannian, je crois que je suis somnambule, je vais faire quelque chose de grave.

Niannian, je suis somnambule, surtout ne me réveille pas, je vais faire une grande chose !

J'avais l'impression que père dormait réellement, qu'il était en effet devenu somnambule. Epuisé, il avait sombré dans le sommeil et le somnambulisme du bourg et du monde l'avait gagné. Comme je suis stupide, j'avais beau savoir qu'il était somnambule, je ne le réveillais pas. Je me contentais de le suivre à grands pas. Nous parcourûmes un demi-li jusqu'au carrefour sud. Là, nous nous arrêtâmes. Les paysans qui se dirigeaient dans l'autre sens, vers le bourg, passaient devant nous. Du bourg, les cris de tuerie nous parvenaient encore, fêlant le ciel au-dessus de nos têtes. L'odeur du sang emplissait l'air, aussi forte que le fumet d'un plat en train de mitonner. Nous sentions aussi le vieux sophora derrière nous, ses émanations de bois brûlé. Là où nous nous tenions, père et moi, il y avait autrefois un vendeur de glaces et sorbets. Le corps en sueur, nous ne respirions plus que l'odeur de la peur. Dans le ciel du bourg, les lueurs des lampes et les cris de tuerie éclataient continuellement.

La nuit était finie.

La fraîcheur de la nuit avait disparu depuis longtemps.

La chaleur indiquait clairement que le jour s'était levé depuis quelques heures déjà, qu'il devait se propager. Il devait être huit ou neuf heures. L'heure à laquelle on prenait habituellement le petit déjeuner. Mais le jour était mort depuis six heures. Le jour était mort avant de se lever, mort dans la nuit. Le temps était tel que l'avait décrit le présentateur à la radio : perpétuellement couvert et torride. Obscur comme lors d'une éclipse solaire. En plein jour, on ne voyait devant soi que des ombres et à plus de trois mètres, tout était noir. Dans ce noir chaos de tuerie et de soleil mort, mon père s'assit, dos contre le sophora, pour se reposer un peu. Au même moment, à la faveur d'un faisceau lumineux, je vis ses yeux devenus blancs. D'un blanc sale. L'œil gauche comme l'œil droit. Ses prunelles semblaient deux gouttes d'eau sale sur un linge blanc et sale. Père s'était endormi. Epuisé, il s'était endormi. Mais dans son sommeil, il ne cessait de parler :

— Il faut fabriquer un soleil. Quand on aura un soleil, on pourra sauver le village, le bourg et tous les villages environnants. Quand on aura fabriqué un soleil, on pourra sauver le village, le bourg et tous les villages environnants.

Il leva les yeux vers le ciel.

— Les faisceaux lumineux continuent à osciller, ça veut dire que la bataille continue, me dit-il. Il faut trouver un moyen de fabriquer un soleil. Allons-y ! Je suis sûr d'avoir un soleil quelque part mais je n'arrive pas à me rappeler où je l'ai mis. C'est exactement comme lorsqu'on ne se souvient subitement plus du prénom de quelqu'un mais qu'on l'a sur le bout de la langue !

Il se releva doucement. Je n'en revenais pas de le voir se redresser alors qu'il dormait. Il agissait comme un homme éveillé. Mais peu à peu, ma surprise s'atténua. Père s'était redressé et semblait vouloir dire quelque chose, faire quelque chose. Dans la nuit du somnambulisme, ce qui est étrange, c'est d'être éveillé quand tout le monde dort et rêve. Debout, père se mit à regarder par terre, puis à fouiller dans ses poches. Il entreprit de faire le tour du sophora, s'arrêta à mi-parcours et tapota le tronc avant de se frapper brutalement la tête. A croire que le soleil était caché dans sa propre tête et qu'un coup violent pourrait l'en extirper !

Tout à coup, il s'écria, sautant, bondissant, il s'écria face à la nuit :

— Je sais comment fabriquer un soleil !

Je sais comment faire pour transformer la nuit en jour !

## 2
## 6h00-6h00

Voilà ce qu'il en était.

Les choses se sont réellement passées comme cela. Si seulement je n'avais pas été stupide ! Si je n'avais pas été stupide, j'aurais tiré mon père de son rêve, je l'aurais sorti de sa folie. Mais je suis stupide. C'est vrai, je suis idiot. Père me dit de le suivre et je le suivis. Il m'avait demandé de ne pas le réveiller et j'obéissais. En chemin, il me répéta à plusieurs reprises qu'il savait comment fabriquer un soleil, comment faire pour que le soleil se lève. Nous avancions à grands pas vers le sud, vers le barrage et le crématorium. Lorsque je ne marchais pas assez vite, il m'appelait dans la nuit :

— Niannian ! Viens vite avec moi ! Ne veux-tu pas sauver le bourg ? Ne veux-tu pas sauver le monde ?

Alors je le rattrapais. Je crois que j'allais avec lui, non pas pour sauver le bourg, mais pour voir comment il s'y prendrait.

— On va sortir de la grotte tous les bidons d'huile de cadavre. On va tous les transporter au sommet de la montagne, à l'est du barrage. C'est toujours là que le soleil se lève. C'est là qu'on mettra le feu. De loin, ça fera une grande boule de feu sur le sommet de la montagne, ce sera exactement comme si le soleil se levait, comme si le jour se levait. Alors les gens verront le jour se lever et ils se réveilleront.

Père continuait à marmonner dans le crépuscule. Je l'écoutais et marchais avec lui vers le barrage. J'avais très envie de scruter son visage pour voir à quel point son sommeil était profond, mais la nuit dissimulait ses traits. La nuit masquait complètement son visage. A plusieurs reprises, j'accélérai le pas et me penchai vers lui, mais c'était comme lever les yeux vers un arbre et tenter d'y discerner un nid. Je voyais mal les branches et le nid. Je ne voyais qu'une boule sombre, en suspens, qui avançait. De la sueur coulait de son visage sur le mien. Salée, amère, un peu aigre aussi. C'est à cause de la sueur que je cessai de me pencher vers lui. C'est à cause de sa main qui tenait fermement la mienne, à cause de sa force, que je crus qu'il pouvait réussir. Je ne doutais pas de mon père. Je ne cherchais pas à l'empêcher de faire ce qu'il projetait. C'était mon père, comment aurais-je pu l'en empêcher ? Comment aurais-je pu douter qu'il fût capable de fabriquer un soleil, de transformer la nuit en jour ? J'avançais aussi vite que le vent. Je faisais trois pas quand il en faisait deux. Il me fallait courir pour suivre sa cadence, alors je trottais à ses côtés. La nuit du jour était pareille à un lac d'encre. Sur la route, nous foulions cette obscurité avec l'impression de marcher sur une eau noire.

C'était la troisième fois cette nuit-là que je marchais sur cette route. Lorsque nous arrivâmes au carrefour où l'on peut prendre la direction du quartier des villas de mon oncle, père s'arrêta.

C'est là que le prodige se produisit.

A cet instant, je croyais profondément que mon père pouvait réussir à fabriquer un soleil. Je croyais vraiment que le jour allait se lever grâce à lui. Un homme approchait, tirant une charrette à laquelle était suspendue une lampe à huile. Lorsqu'il fut à notre hauteur, mon père l'interpella et il s'arrêta.

— Tu vas au bourg pour piller, n'est-ce pas ?

L'homme se tourna vers nous, les yeux mi-clos.

— Tout a déjà été pillé, il n'y a plus rien. Viens plutôt avec moi au barrage, il y a des bidons d'huile à transporter. Je te donnerai dix yuans par bidon.

L'homme demeura interdit.

— Je te donnerai cinquante yuans.

L'homme ne bougeait pas.

— Cent yuans pour chaque bidon transporté. Si tu n'es pas d'accord, va au bourg. Fais attention, les villageois portent un ruban jaune et ils te tueront d'un seul coup de bâton.

L'homme se décida à nous suivre.

Nous croisâmes d'autres somnambules. Certains erraient sans but précis, d'autres voulaient profiter du somnambulisme pour aller s'enrichir. Père leur parla à tous de la même façon, jusqu'à leur dire des choses encore plus alléchantes, encore plus surprenantes :

— Si tu m'aides à transporter un bidon de l'ouest à l'est du barrage, je te donne un morceau de ma maison. Si tu en transportes deux, je te donne une moitié de pièce. Si tu en transportes trois, tu auras la pièce entière qui donne sur la rue. Et si tu en transportes dix, la boutique du Nouveau Monde sera à toi.

Alors les hommes venaient avec nous. Ils nous suivaient. Les somnambules sont comme des vagabonds sans toit, des moutons sans berger. Il leur suffit d'un berger, d'un endroit où manger, dormir et s'enrichir, et ils vous suivent. Bientôt, six hommes nous escortaient. Puis six autres. Les mains vides, tirant des charrettes, ils suivaient mon père et marchaient derrière moi. De plus en plus nombreux. Une troupe. Pareille à l'averse qui suit les nuages. Au soleil qui suit les nuages. Au beau temps qui vient après le mauvais temps. Des poules, canards, porcs et chiens qui suivaient leur maître. Voilà ce qu'il en était. Le monde était comme cela. Mon père était somnambule, mais dans son rêve, il était un maître. Dans son rêve, il était un empereur. Bien vite, des dizaines de somnambules s'étaient rassemblés derrière lui. Chaque fois qu'il en croisait un, il l'interpellait de la même façon. Il lui promettait des récompenses :

— Si tu veux de l'argent, tu en auras. Si tu veux une maison, je t'en donnerai une. Si c'est une femme que tu veux, quand tu auras transporté l'huile, je t'indiquerai où sont les femmes qui attendent les hommes !

Certains ne prêtaient aucune attention à mon père et continuaient vers le bourg, mais d'autres se décidaient à nous suivre vers le barrage, vers la grotte où les bidons d'huile étaient entassés.

Nous étions nombreux, une armée. Bientôt nous atteignîmes le barrage, le chemin qui conduisait à la grotte. Père avait beau rêver, il m'envoya, aussi sûrement que s'il avait été éveillé, appeler d'autres hommes en renfort.

— Je sais comment faire pour transporter tous ces bidons. Plus nous serons nombreux, plus vite ce sera fait. Nous aurons fabriqué un soleil et le bourg sera sauvé !

Alors je gravis la colline au-dessus du barrage. Là-haut, il y a toujours du monde qui passe.

— Veux-tu de l'argent ? Si tu transportes un bidon d'huile de l'ouest à l'est du barrage, on te donnera cent yuans !

Es-tu endormi ou éveillé ? Si tu veux que le jour se lève, viens nous aider à transporter un bidon d'huile. Si tu préfères qu'il fasse nuit tout le temps, alors ne t'occupe de rien, continue à errer dans le noir !

Je me tenais au bord de la route, à l'extrémité ouest au-dessus du barrage. La route boueuse me faisait l'effet d'une toile grise étalée à mes pieds. Dans la vallée, le village, le bourg, les arbres, tout était plongé dans l'obscurité. Seuls les faisceaux lumineux des lampes balayaient le ciel, à croire que des feux avaient été allumés dans le bourg. Cris et chocs se heurtaient dans l'espace, on avait l'impression d'une armée venue d'on ne sait où. Les hurlements des hommes fendaient la nuit de flèches. Sur le cours supérieur du fleuve, au-dessus du barrage, l'eau était bleue et calme, moirée de reflets vert profond. Plus loin, elle se fondait dans le noir de la nuit. La nuit était magnifique. Le ciel était magnifique. J'avais la sensation d'être un arbre entre ciel et terre. Un brin d'herbe. Tout était avalé par la splendeur de la nuit et du ciel. Pourtant, arbres et herbe soutenaient ce même ciel et les lumières qui scintillaient ici et là semblaient autant de mânes, d'esprits de la nuit. Dès qu'une lueur approchait, je me dressais et appelais :

— Es-tu endormi ou éveillé ?

Si tu es éveillé, n'as-tu pas envie d'une maison, d'une terre, et que le soleil se lève ?

Si tu es en train de rêver, préfères-tu gagner de l'argent ou aller au bourg pour piller et te faire tuer ?

Nous, on s'est enfuis du bourg. Tous ceux qui y sont entrés n'ont rien pu voler et se sont fait massacrer, leur sang coule dans les rues tel un fleuve !

Les blessés regrettent tous sans exception ; réveillés, ils pleurent, gémissent, saignent et rentrent chez eux.

Certains venaient vers moi. D'autres s'éloignaient.

Certains, éveillés, voyant que je n'étais qu'un enfant, me demandaient si je n'étais pas somnambule. Je répondais que j'étais éveillé, que je les interpellais précisément parce que je l'étais.

— Tu plaisantes ! Eveillé, pourrais-tu parler de fabriquer un soleil ? De fabriquer le jour ?

Dédaigneux, l'homme s'éloignait en riant. Je ne savais quel argument lui opposer. Alors je criais fort vers son ombre :

— Attends un peu et tu vas voir ! Tu vas voir !

Quant à ceux qui dormaient debout, ils se rangeaient à mes côtés. Une dizaine. Une vingtaine. De plus en plus nombreux. Un groupe splendide. Ils voulaient me suivre jusqu'à la grotte. Ils voulaient fabriquer un soleil, fabriquer le jour !

Leur nombre augmentait peu à peu. Ils répondaient à mon appel afin que je les conduise à la grotte où étaient entassés les bidons d'huile.

## 3
## 6h00-6h00

Tandis que je recrutais ainsi les rêveurs, notre voisin arriva. L'écrivain, l'oncle Yan arriva. Il avait entendu mes appels. Depuis sa maison, il m'avait entendu. Un homme aussi extraordinaire, voilà qu'il était perdu dans son rêve, égaré tel un mouton qui ne retrouve pas la bergerie. Tel un oiseau qui ne retrouve pas son nid. Avec son mètre soixante-dix, dans la nuit noire, il faisait penser à une grosse carpe blessée. Pantoufles de cuir. Caleçon long. Une chemise à manches courtes complètement froissée. Le visage aplati par le sommeil comme par un coup de marteau. Le visage, le corps et le cœur aplatis.

Il arriva par un sentier. La lumière de sa lampe torche tel un œil de poisson mort.

— Qu'avez-vous à crier ? Qu'avez-vous à crier en pleine nuit ?

Il pointa la lampe sur mon visage. Sur mon corps. Sur mes paroles comme sur une pierre dont on hésite à croire qu'elle est précieuse. Je ne cillai pas. Je le regardai.

— Oncle Yan, es-tu somnambule ou éveillé ? Veux-tu que le soleil se lève ou qu'il fasse nuit tout le temps ? Au bourg, c'est le chaos. Les gens sont devenus fous. Tout a été pillé. Tu n'es pas au courant ? Le sang coule d'un bout à l'autre de la grande avenue, les hommes sont tous morts ou blessés, tu n'as rien vu de tout cela ?

Alors il s'approcha. S'arrêta. Porta son regard vers le bourg. Vers le ciel torride, vers les profondeurs du ciel.

— Quelle heure est-il donc ? Comment se fait-il que la nuit soit si longue, comme si le soleil était mort ?

Le bourg est-il vraiment devenu un champ de bataille ?

Peut-on vraiment fabriquer un soleil et faire que le jour se lève ?

Il regarda encore le ciel. La terre. Le bourg de Gaotian. J'ignore comment, mon père avait organisé le transport des bidons. Comment avait-il fait pour descendre les bidons empilés, pour que les rêveurs parviennent à en pousser chacun un hors de la grotte ? Le premier convoi de bidons d'huile de cadavre en sortait déjà. Les hommes faisaient rouler les bidons, à la queue leu leu, derrière mon père qui les guidait à l'aide d'une lampe-tempête. Un roulis vrombissant s'élevait dans la nuit, poussant devant lui l'obscurité de cette journée d'été, la renversant, pareil à un grand vent chassant la nuit de ses souffles chauds et froids. En gravissant la pente, la respiration des hommes se faisait épaisse, haletante, elle crissait comme une corde de chanvre. Lorsqu'ils arrivaient en haut, l'effort étant moindre, elle s'apaisait, s'accordait au rythme de leur rêve. Le grincement des bidons en fer s'atténuait lui aussi sur la route boueuse. A l'intérieur des bidons, l'huile épaisse remuée clapotait. Il y avait donc le roulis extérieur et le clapotis intérieur. Une file indienne. Des dizaines de bidons. Des dizaines de somnambules.

— Suivez-moi ! Suivez-moi !

Mon père marchait devant, criant dans son rêve, pareil à un homme qui, conduisant dans la nuit, écarquille les yeux. Pareil à un général qui mène son armée dans la nuit. Derrière lui, hommes et bidons ressemblaient aux wagons derrière une locomotive. Vrombissants. Bien alignés. Rutilants. Bientôt, ils auraient gravi la dernière pente et tourné pour arriver devant nous.

— Vous n'avez qu'à faire rouler ces bidons jusqu'au sommet du barrage et je vous donnerai de l'argent !

Il suffit de les rouler jusqu'au sommet, de faire apparaître le soleil et je vous distribue de l'argent à tous !

Lorsque nous aurons fait apparaître le jour, nous tous qui aurons roulé les bidons, nous ne serons plus des hommes ordinaires mais de véritables héros !

Dès qu'il fera jour, tout le monde nous sera reconnaissant ! Tout le monde nous respectera !

Allons ! Dépêchons-nous ! Plus vite nous ferons apparaître le soleil et moins il y aura de morts et de sang versé à Gaotian !

Toi, va plus vite ! Tu ralentis les autres derrière toi ! Peut-être bien qu'à cause de toi, la tête d'un homme tombera encore dans les rues de Gaotian !

Mon père criait ainsi vers les hommes, vers le ciel. Les dormeurs avançaient, poussant leurs bidons d'huile de cadavre. Personne ne les voyait. C'était comme un train passant dans la nuit. Un bourdonnement. La nuit du jour était noire. L'eau était sombre et brillante. L'air était brûlant et venté. A l'odeur que dégageaient les bidons d'huile se mêlait l'âcreté un peu écœurante de la chaleur, une odeur de crasse fondant sur le feu. Personne ne disait mot. Personne ne songeait à s'étirer un instant pour se délasser. Ils avançaient, courbés sur les bidons, les yeux mi-clos, ensommeillés. Ils passèrent devant nous. Bourdonnant et rêvant. Cahotant tel un cheval de bois. Puis l'écho de leur passage s'atténua doucement, aussi doucement que les saisons changent.

— De quelle huile s'agit-il ? me demanda l'oncle Yan.

— C'est une huile.

— Une huile de quoi ?

— De l'huile industrielle qui a servi pour le barrage, de l'huile alimentaire aussi.

— Ah bon… bon…

Il conclut ainsi, tout en regardant le défilé des somnambules roulant les bidons. Parmi eux, un vieillard d'une soixantaine d'années donnait l'impression de pousser une montagne. Yan Lianke lui donna un coup de main et rejoignit ainsi la troupe des dormeurs qui s'apprêtaient à fabriquer un soleil. C'était comme s'il tendait la main pour palper le rêve, sentir sa texture, sa température, voir de ses yeux les éléments réels et fictifs d'une histoire.

La nuit était épaisse.

Le monde silencieux, avec un bruit latent.

Le barrage, les monts, les villages et les arbres entre les monts formaient boules et carrés noirs dans l'obscurité. Quant aux faisceaux lumineux qui balayaient le ciel depuis le bourg dans la vallée, ils continuaient à scintiller de-ci de-là. Les cris de tuerie aussi continuaient à siffler, à fendre les airs, à heurter nos oreilles, tandis que le ronflement des bidons, en s'éloignant, ressemblait au grincement de dents d'un homme endormi.

## 4
## 6h00-6h00

Ainsi furent transportés les bidons jusqu'au sommet est du barrage. Au tôtal, il fallut sept à huit convois, je ne me souviens plus exactement. Huit ou neuf convois, je ne saurais dire. En tout cas, ils parvinrent à rouler les bidons jusqu'à la cime. Ils les redressèrent et jetèrent un œil dans la vallée, vers Gaotian. Puis ils tendirent l'oreille. Ils virent les lampes qui s'allumaient et s'éteignaient. C'était comme s'ils assistaient à la bataille, comme s'ils voyaient les hommes blessés, le sang couler. Ils entendirent les cris de fureur, les plaintes et les gémissements aussi. Ils blêmirent. Leurs visages devinrent aussi blancs que le papier des couronnes de la boutique du Nouveau Monde. Leurs yeux pleins de sommeil se mirent à trahir de l'inquiétude. Alors leurs traits se brouillèrent, se tordirent. La sueur se mit à perler sur leurs fronts de dormeurs. La terreur apparut sur leurs visages, dans leurs yeux. Leurs yeux grands ouverts, luisant d'hébétude, égarés. Et tous d'imiter mon père, de marmonner, il va bientôt faire jour, très bientôt !

— Dépêchons-nous de fabriquer le soleil !

— Dépêchons-nous de faire flamboyer le soleil !

Ils se hâtèrent à la suite de mon père, roulant leurs bidons jusqu'à la cime, pressés de faire surgir le soleil. A la fin, père n'avait même plus besoin de crier pour les diriger. D'eux-mêmes, ils poussaient les bidons aussi vite que le vent, aussi aisément que des machines, qu'une file de véhicules. On eût dit un vol d'oies sauvages se heurtant les unes après les autres au pic montagneux. Un troupeau de bétail galopant sur la ligne de crête, les bêtes sautant dans le vide les unes derrière les autres.

Sur le sommet nord-est au-dessus du barrage, le lœss était si épais qu'on aurait pu y enterrer des générations et des générations de villageois. Autrefois, il y avait là une fosse, un trou large d'un *mu*. Avec le temps, il avait été laissé à l'abandon, offert à la flore et à la faune sauvages. Personne n'y venait. Lorsqu'on perdait un porcelet, on y abandonnait le cadavre. Mais aujourd'hui, les cochons tombaient rarement malades, il n'y avait plus de cadavres de porcelets. La fosse ne servait plus à rien. Père en connaissait l'existence. J'ignore comment. A croire que depuis toujours, lorsque depuis Gaotian il regardait se lever le soleil, il le voyait sortir de ce trou. Il voyait le jour naître depuis ce cratère. Plutôt de ce côté-ci l'hiver, et de l'autre l'été. Alors père demanda aux hommes de disposer les bidons tout autour du trou. Il les ouvrit, les uns après les autres, et l'huile noire de cadavre s'écoula, gloussante. Des centaines de bidons. Peut-être trois cents ou cinq cents. Tous furent vidés. D'abord l'huile était sale et noire, pareille à de la boue. Puis, un reflet brun, lumineux, se forma en surface. A la lumière des lampes, on croyait voir un lac bleuté. Les bidons étaient amenés, les uns après les autres, leur contenu déversé, et l'huile gloussante donnait l'impression que des centaines de sources bruissaient là. Chaque bidon vidé était jeté de côté, c'était comme des centaines de souches d'arbres, d'énormes champignons qui auraient poussé dans la nuit. Le rêve pouvait donc accomplir de grandes choses. En rêvant, les hommes pouvaient donc accomplir tant de choses !

La totalité des bidons fut transportée.

La totalité de l'huile qu'ils contenaient fut versée dans ce trou, ce bassin à ciel ouvert, dont la profondeur correspondait à la moitié de la taille d'un homme.

Une dizaine de mètres de côte à gravir nous séparaient du barrage : l'herbe avait été écrasée par les bidons, imprégnée, enduite d'huile, si bien qu'on avait l'impression d'une toile de linoléum étendue là. A la faveur des lampes, on voyait une sorte de piste, une sorte de chevelure parfaitement lissée. La terre respirait l'odeur de l'herbe et de l'huile de cadavre. Le monde respirait l'odeur de l'huile et de la sueur des hommes, l'odeur du chaos de ce jour noir et mort. De nouveau il faisait une chaleur torride. L'obscurité exaspérante plongeait les hommes dans une eau bouillante. Le verre des lampes-tempêtes accrochées aux arbres tout autour du trou était constellé de traces d'eau et de cendres, leurs faisceaux lumineux s'amenuisaient, engloutis par le jour noir. Au bord du cratère poussaient quelques sophoras et margousiers, deux mûriers aux troncs épais aussi.

A la lueur des lampes, les feuilles apparaissaient noircies et flétries. Les insectes qui s'y accrochaient encore semblaient tendre la tête pour regarder hommes et lampes.

L'ombre des arbres était projetée loin, très loin. Celle des hommes, à la fois très loin et toute proche.

Dans le bassin qui faisait penser à un champ, l'huile atteignait la hauteur d'une jambe d'homme, ou peut-être la taille d'un homme. La surface lisse et gluante, moirée d'éclairs noirs, exhalait une odeur aigre. En se penchant un peu, on distinguait des écailles de lumière. De très larges écailles.

Pousser et vider les bidons avait pris plus de deux heures. Trois peut-être. Ensuite, les hommes s'étaient affaissés, endormis sur les bords du cratère. Le dernier à vider le contenu de son bidon tomba de sommeil juste à côté du bidon vide. Un autre ne parvint pas jusqu'au bord du trou et s'endormit à mi-chemin. Ronflant aussi fort que ronronnait, tantôt, son bidon lorsqu'il le poussait à flanc de montagne. Un autre encore, arrivé à destination, marmonna quelque chose avant de ramasser une poignée de terre et d'herbes pour s'en frotter les mains. Il se frottait les mains et semblait éveillé mais à moitié endormi quand même. Il n'avait pas oublié qu'il était venu pour gagner de l'argent :

— Les cent yuans pour un bidon, où sont-ils ?

Et la maison que tu promettais, où est-elle ?

Ses revendications étaient accrochées à sa bouche comme les feuilles aux branches des arbres ou l'herbe à la terre. Mais tout en parlant, il recula dans le somnambulisme et finit par s'affaisser lui aussi. Sa voix faiblit puis s'éteignit. Il plongea dans le sommeil. Un sommeil de mort. Pendant ce temps, père, qui s'affairait autour du bassin, ne manqua pas de répondre :

— L'argent, je vais te le donner tout de suite.

Dès que le jour sera levé, je te le donnerai.

Il répondait ainsi mais bientôt, plus personne ne lui réclama ni argent ni maison. Ils étaient tous tombés les uns après les autres. Ils avaient quitté le somnambulisme pour retourner au sommeil ordinaire. Père, lui, était encore somnambule. Encore profondément endormi. Mais il continuait à courir pour écarter les bidons vides et les faire rouler loin. Il n'avait plus besoin de diriger les autres, de leur promettre de l'argent. Plus besoin de leur promettre maison ou boutique. Il ne faisait que pousser les bidons vides sans cesser de marmonner et, avec une excitation noire, semblait chanter et danser comme un dément :

— ça y est, on peut allumer le feu ! Le soleil va se lever !

ça y est, on peut allumer le feu ! Le soleil va se lever !

A cet instant, je compris que père dormait profondément, qu'il avait plongé au plus profond de la grotte noire du rêve. La plus grande partie de la nuit, il était demeuré éveillé, à courir et crier ; sans doute le sommeil l'avait-il guetté durant tout ce temps, à l'affût d'une pensée dans sa tête propice à le faire sombrer. S'il se tenait toujours droit, s'il ne s'étendait pas, il dormait bel et bien sans cesser de courir. Je songeai qu'il allait mettre le feu au bassin d'huile et qu'alors tout serait fini : à coup sûr, il s'affaisserait au bord aussitôt après et s'endormirait. Il dormirait, allongé au bord du cratère, et il était à craindre que même le feu ne le réveillerait pas. Je ne voulais pas que mon père brûle dans son sommeil, alors je ne le quittais pas. Je craignais aussi qu'il ne tombe dans le bassin après y avoir mis le feu.

Quelque chose de nouveau se produisit. Quelque chose qui ébranla rêves et somnambules. Quelque chose d'irréversible. Père venait d'écarter le dernier bidon vide, de le rejeter loin du bord ; il arracha une touffe d'herbe, s'en frotta les mains et cria aux hommes endormis que le soleil allait se lever.

— Le soleil va se lever !

Il s'apprêtait à saisir l'une des lampes-tempêtes suspendues aux arbres pour mettre le feu au bassin lorsque Yan Lianke surgit d'on ne sait où, face à lui, le corps entièrement imbibé d'huile sale, le visage luisant. Avait-il poussé un bidon pour se retrouver dans cet état ou bien était-ce en aidant mon père à verser le contenu des bidons ? Il se tenait devant mon père tel un pieu enduit d'huile. Un épais nuage venu barrer la route au soleil levant. A un pas de mon père. Il prononça des paroles de rêve très banales. Des paroles incroyables.

— Si tu mets le feu à ce bassin, ça ne fera qu'une étendue de flammes.

Si tu veux que ça ressemble à un soleil, il faut que cette étendue devienne une boule de feu.

J'y ai longuement réfléchi et il y a un moyen : il suffit de placer un pieu au centre et d'amasser autour un tas d'herbes enduites d'huile, alors le feu suivra son chemin et brûlera assez haut pour être vu de loin, il brûlera rond comme un soleil.

Père demeura immobile au bord de la fosse. Les autres étaient endormis un peu plus loin, sur l'herbe. Hommes et bidons éparpillés comme des bottes de foin. Sous les lampes-tempêtes, la nuit était noire et épaisse. L'ombre des arbres était noire et épaisse. Le monde était noir et épais. Debout, en surplomb, près de Yan Lianke, je voyais le visage de mon père. Les épaules de Yan Lianke. Ses os pareils à des côtes desséchées et pourries. Le visage de mon père luisant, lustré, traversé d'éclairs rouges, comme si son visage dissimulait un soleil. Il regardait Yan Lianke. Le fixait. Méditait ses paroles. Les yeux de mon père roulaient, tournaient, deux billes de feu allumées sur son visage. Puis il se mit à chercher quelque chose alentour. A chercher quelque chose au milieu des hommes endormis. Il ramassa des herbes, des branchages. Il revint vers Yan Lianke, l'air impuissant, tourna subitement son regard vers les dormeurs, vers leurs vêtements imprégnés d'huile, et son visage s'éclaira du sourire étrange et soulagé de celui qui a retrouvé les clefs de sa maison. Pareil à un enfant qui retrouve ce qu'un autre a perdu. Comme moi lorsqu'un jour de foire j'avais aperçu un portefeuille par terre et m'étais demandé si je devais le ramasser, si j'oserais le ramasser. Finalement je l'avais ramassé. Je l'avais caché. Père demeura silencieux un moment. Un long moment. Interminable. Finalement, il détacha son regard de Yan Lianke pour le porter vers le bassin. Sa surface lisse, telle une immense pièce de satin. Des éclairs de lumière la traversaient. L'ombre des arbres s'y projetait. L'ombre des hommes aussi. Arbres et hommes, leurs ombres s'étiraient vers le ciel et sur terre. Les éclairs de lumière apparaissaient ailleurs sur la terre. Une odeur âcre, irritante, persistait. Mais au bout d'un moment on ne la sentait plus, c'était comme si l'huile de cadavre n'avait pas d'odeur. Personne ne savait que c'était de l'huile de cadavre. Que c'était l'huile des crémations de ces dix dernières années. Moi seul savais. Moi et mon père. Etais-je encore éveillé ou devenu somnambule comme lui, je ne me souviens plus. Vraiment je ne m'en souviens plus. Je crois que j'étais éveillé. Mais alors, comment ai-je pu laisser faire mon père ? Ce qu'il a fait, même les bêtes, même les moineaux égarés savent que ce n'est pas une chose à faire ! En fin de compte, je suis réellement stupide. Vraiment, je suis un idiot. J'étais éveillé et j'ai laissé mon père faire cela dans son rêve. Je l'ai laissé faire ce qu'il devait absolument faire, ce qu'il ne devait surtout pas faire. Dans la vallée, les lumières de Gaotian continuaient à scintiller en tous sens. Cris et plaintes continuaient à s'élever. D'un côté, c'était le barrage, de l'autre, le village dans la vallée. Derrière, le quartier des villas où habitait mon oncle, le quartier illuminé mais profondément silencieux. Que se passait-il alors là-bas ? Qui s'en souciait ? Plus personne ne pouvait gérer la situation, de toute façon.

On allait mettre le feu au bassin d'huile.

Le soleil allait en surgir.

Le jour allait chasser l'obscurité.

Je regardais mon père. Les épaules décharnées de Yan Lianke. Qu'était devenue sa chemise ? Torse nu, recouvert d'huile, on ne voyait pas qu'il était écrivain, on ne voyait plus ce qu'il avait de différent des autres.

C'était un somnambule lui aussi.

Un homme qui avait sombré dans le somnambulisme.

En cela, il était parfaitement semblable aux autres. Cheveux blancs. Yeux mi-clos. Ne respirant plus par le nez mais par la bouche.

— Quelle heure est-il ?

— Je ne sais plus où j'ai mis le poste de radio. Il doit être l'heure à laquelle le soleil commence à s'étendre vers le sud. Mais le monde est noir aujourd'hui, plongé dans une nuit qui ne permet pas de distinguer l'eau de la terre. Le temps est mort. Le soleil est mort. Mais le soleil va renaître ! Le temps va renaître !

Mon père et Yan Lianke se tenaient là, debout. Ils se regardaient, se voyaient et ne se voyaient pas. Ils étaient dans leur rêve. Dans leur rêve de somnambule, chacun préoccupé de sa propre affaire. De même que l'eau ne songe qu'à son affaire d'eau. La montagne, à son affaire de montagne. Peuplier ou sophora, chacun à son affaire de peuplier ou de sophora. Les dormeurs étendus sur l'herbe songeaient en rêvant à leurs affaires de famille. Leurs ronflements s'élevaient. Bruyants. Partout derrière et devant moi. Des ronflements et des paroles de rêveurs. Pour le reste, le monde était silencieux. Parfaitement silencieux. A une dizaine de mètres de la fosse, l'herbe frissonna. Un serpent ? Un lièvre peut-être. Il plongea dans l'obscurité comme une branche morte dans le bassin d'huile. Un caillou dans une mer d'huile. Les ronflements et les paroles des dormeurs glissaient sur le sol, glissaient dans la nuit, dans le bassin. Le bassin était parfaitement silencieux. Tout autour, ligne de faîte, flancs de montagne, champs et villages étaient calmes, aussi calmes que le soleil mort, le temps mort. Tellement calmes que je pouvais entendre l'herbe pousser, l'herbe écrasée sous mes pieds, et craquer mes os lorsque je me redressais. J'entendais la respiration de mon père, pareille à la ventilation des ailes d'une libellule. Celle de Yan Lianke, qui semblait sortir d'un flacon de sauce de soja. D'un égout. Et ils restèrent là tous deux, silencieux, longuement, longtemps. Une saison, une année entière. Un instant à peine. Le visage de mon père se durcit. Devint rouge. Rouge et jaune de sang bouillonnant.

— Yan Lianke, tu vas écrire un livre sur tout ce qui s'est passé cette nuit, n'est-ce pas ?

Yan sembla vouloir lui répondre mais se ravisa.

— Je sais que tu vas le faire. Une histoire pareille, on ne la rencontre qu'une fois tous les mille ans.

Mon père sourit, sans rien ajouter. Il s'empara des lampes-tempêtes au pied de l'arbre et les souleva, les soupesa. Il en choisit une assez lourde, se déchaussa et lança ses chaussures. Aucun clapotis, ni écume ni mousse à la surface du bassin. L'huile noire et visqueuse avala les chaussures dans un ample mouvement de voile. Père ramassa ensuite les fagots de branchages et les vêtements des dormeurs. On eût dit qu'il déménageait, les bras chargés d'un tas de choses qu'il apportait au bord du bassin.

Est-ce parce que je suis stupide ou bien étais-je endormi moi aussi à ce moment-là ? Je regardais faire mon père comme on regarde une scène de rêve, comme on regarde en rêve un somnambule. Le rêve me possédait. Le somnambulisme me possédait complètement. C'était comme de rêver et de savoir que j'étais couché dans un lit, un poing sur la poitrine. Je voulais retirer ce poing de ma poitrine, mais j'avais beau y mettre toutes mes forces, je n'y parvenais pas. Je voulais crier à mon père de ne pas s'approcher du cratère, mais j'avais beau y mettre toutes mes forces, je ne pouvais pas ouvrir la bouche. Père allait accomplir une grande chose. Le rêve peut accomplir de grandes choses. Les somnambules peuvent accomplir l'impossible. Les bras chargés, père descendit dans la fosse, s'enfonça jusqu'au centre. Parfois l'huile de cadavre lui arrivait aux genoux, parfois jusqu'en haut des cuisses. Les branchages en griffant la surface réveillaient l'odeur âcre et écœurante qui se propageait plus loin encore sur les monts, dans le monde. Je savais ce que père voulait faire. Yan Lianke, hébété dans son rêve, ne le savait pas. Près du bassin, les rêveurs endormis ou éveillés l'ignoraient également. Le ciel était noir, gris, épais. La terre était noire, terriblement massive. Les hommes étaient noirs eux aussi, gris, et terriblement massifs.

— Père ! Que fais-tu ?

Je criai comme si j'étais sur le seuil de la maison, après une journée passée à courir, et que je ne voyais ni mon père ni ma mère à mon retour.

Père se retourna, me regarda et répondit une chose incompréhensible.

— Niannian, cette fois, nous les Li nous allons vraiment payer la totalité de notre dette. Quand tu seras grand, tu n'auras pas à t'en acquitter pour moi car nous ne devrons plus rien à personne.

Sa voix était rauque et joyeuse, pareille à un papier blanc virevoltant dans la nuit, gaiement, au-dessus d'une tombe.

Yan Lianke fixait mon père qui s'enfonçait de plus en plus loin.

— Que fais-tu ? Tu crois que ça va marcher avec tous ces trucs dans tes bras ?

Pas de réponse.

Le monde était aussi silencieux que s'il n'avait pas existé. Père atteignit le centre du cratère. Là, il imprégna d'huile les branchages et vêtements qu'il avait traînés avant de s'asperger lui-même, de se baigner d'huile. Il se pencha encore pour en enduire sa nuque. Il se transforma en pilier humain, en pilier graisseux qui remuait dans le bassin. Il cherchait quelque chose. Il semblait vouloir attraper quelque chose avec ses pieds. Il y parvint. C'était une pierre, ou une motte de terre, quelque chose qui pouvait bloquer ses pieds. Alors il disposa tout autour de lui les branchages et vêtements, puis, droit comme I, posa son regard sur nous.

Il nous regarda un moment. Très longtemps. Puis il retira le couvercle de la lampe-tempête, dévissa le bouchon du réservoir.

— Yan Lianke ! Surtout rappelle-toi bien lorsque tu écriras ton livre, décris-moi comme un personnage vertueux !

Voilà ce que mon père cria. Comme s'il était parfaitement éveillé. Après quoi il versa le kérosène de la lampe devant lui, sur les branchages, et y déposa la lampe. On n'entendit pas le grésillement du feu qui s'allumait mais les flammes s'élevèrent brusquement. Une sorte de voile rouge flottait devant le visage de mon père. Je ne comprenais pas ce qu'il allait faire, mais Yan Lianke comprit, lui. Ah ! cria-t-il, et il tressaillit, comme subitement tiré de son rêve.

— Tianbao ! Tu es fou ! Es-tu somnambule ou éveillé ?

Yan Lianke bondit dans le bassin. Mais il s'enfonçait à peine lorsque les flammes, au centre, s'élevèrent haut dans le ciel. Alors il s'arrêta. Mon père et les branchages et vêtements autour de lui oscillaient comme une boule de feu au centre du bassin, et la boule de feu s'élevait peu à peu, prête à émerger, à s'extraire, tandis que la voix déchirée de mon père criait :

— Je suis éveillé ! Je suis éveillé !

La boule de feu cessa sa progression. Un instant. Un temps interminable. Puis elle recommença à s'élever, de plus en plus ronde, de plus en plus haut. Père, lui, ne bougeait plus. Ne criait plus. Figé là, à laisser les flammes lécher les branchages et vêtements autour de lui, à les laisser finir par le lécher lui-même. La boule de feu flamboyait au centre du bassin. D'abord pas plus large qu'une natte, puis aussi grande qu'une maison. Bien vite, le feu s'était propagé pour monter le long du pilier que figurait mon père et rayonner alentour, s'élever de plus en plus haut vers le ciel, s'étendre vers les bords du cratère. Des flammes bleues. Des flammes rouges. Des flammes dorées lorsqu'elles montaient au-dessus du pilier pour former une boule. Je voyais mon père, immobile et droit, véritable pagode de feu que les remous n'épargnaient pas sans toutefois la renverser.

— Voilà le soleil ! Tu peux écrire ton livre et faire de moi un personnage vertueux !

Ce furent les dernières paroles de mon père. Les avait-il prononcées en rêve ou éveillé ? Je l'ignorais.

Je supposais qu'elles avaient été dites en rêve, puis je songeais que mon père devait être parfaitement éveillé au centre de la boule de feu. En tout cas, ces dernières paroles tranchèrent la nuit si brutalement qu'elles me sortirent de ma torpeur stupide. J'allais sauter dans le bassin lorsque Yan Lianke en sortit, chassé par les flammes.

Il me poussa, me poussa encore, loin du bord. Il était parfaitement réveillé, parfaitement sous le choc, à se demander ce qui s'était passé. Il se gratta la tête, se pinça le visage et se mit à crier vers les hommes endormis : Ciel ! Ciel ! Puis il regarda le feu qui s'étendait jusqu'au bord du bassin. Il cria comme un fou, comme mon père avait crié tantôt, à s'égosiller :

— Courez tous vers le barrage !

Courez au barrage !

Alors les dormeurs s'éveillèrent, se levèrent d'un bond pour se retrouver nez à nez avec le feu qui approchait. La moitié du bassin déjà brûlait. La totalité du bassin s'était transformée en une boule de feu. Des vagues de chaleur affluaient.

— Vite ! Courez tous vers le barrage ! Courez !

Et tous de suivre Yan Lianke. Une pluie de pas, une averse sur le flanc de la montagne. L'odeur de brûlé virevoltait sous leurs pas, dans les airs, pareille à un vent de sable, cinglant les visages. L'huile éclatait en bouillonnant. Les hommes hurlaient en s'éveillant. Tout cela résonnait dans la montagne, sous mes pieds. Je voyais le ciel s'éclairer de rouge. Je voyais se refléter les flammes à la surface du lac du barrage, des reflets pareils à ceux de la lumière du jour. Les cendres d'huile consumée voletaient, plumes de moineaux, plumes de phénix, et venaient se déposer sur les visages, les cheveux. Les hommes dévalaient la montagne vers le barrage, aussi vite qu'ils auraient fui un champ de bataille, qu'ils auraient fui la mort. Lorsqu'enfin ils ne sentirent plus dans leur dos la chaleur du feu, ils s'arrêtèrent et se retournèrent. Ce qu'ils virent alors, ce ne fut pas le feu mais le soleil qui se levait à l'est, derrière le mont. Le soleil se levait à hauteur d'arbre, à hauteur de maison. Une maison à plusieurs étages. Il se présentait telle une boule de feu ronde vacillant sur la ligne de faîte. Prête à tomber dans le vide, mais retenue par la pente, par le bassin qui l'empêchaient de prendre son envol, de quitter la montagne.

C'était exactement comme lorsque le soleil pointe à l'est par un jour d'hiver.

Exactement comme lorsqu'il se couche à l'ouest, par un soir d'été.

La montagne rougeoyait.

Le monde rougeoyait.

Le monde et la terre entière s'allumaient de rouge.

Les arbres et le fleuve, les villages, les maisons et les bêtes, tout s'éclairait, tout prenait la transparence et l'éclat de l'agate, comme si le monde était fait de cette même pierre.

J'avais été entraîné par Yan Lianke jusqu'au barrage. J'eus subitement soif. Le corps brûlant, j'avais envie de me jeter à l'eau pour boire et me noyer. Je fixais l'eau illuminée par les flammes et songeais que mon père allait certainement en surgir tel un poisson. J'allais le voir percer la surface de cette eau de lumière. Les autres gardaient leurs yeux rivés sur le soleil tandis que je fixais la surface du lac. J'ignore à quoi les autres pensaient. Moi, j'avais soif. Je sentais mes membres brûlants et j'avais envie de me jeter à l'eau pour me noyer. Lèvres sèches, gorge sèche, cœur sec, je ne songeais plus qu'à sauter pour boire et me noyer.

Alors j'entendis crier.

Des cris perçants.

— Le soleil se lève !

Le soleil se lève !

Il fait jour ! Le soleil se lève derrière les monts à l'est !

Cela provenait de l'ouest du barrage. Tout le monde se tourna donc vers l'ouest. Là-bas, la lumière était exactement celle du jour qui se lève. Le jour se levait donc. Le monde s'éclairait. Les villages et le fleuve, la montagne, les arbres en bordure de la route, les champs tout autour, les cultures et les fleurs. Le blé moissonné et celui qui attendait de l'être, tout était visible, distinct. A l'entrée du village à l'ouest du barrage, des hommes, nombreux, regardaient vers les monts à l'est, vers le bassin en feu.

— Il fait jour ! Le soleil se lève !

Ils criaient à tue-tête, trépignaient, applaudissaient, sautaient comme des enfants lors du nouvel an. Les gens sortaient de chez eux, accouraient et, dans la lumière du jour, frappaient le gong. Battaient le tambour. S'exclamaient face à la boule de feu vers les monts à l'est :

— Il fait jour ! Le soleil se lève !

C'était comme des vagues de blé qui se succédaient, comme des prières pour appeler la pluie par temps de canicule. Partout le monde rougeoyait. Partout le monde s'éclairait à la lumière du feu d'huile de cadavre.

Aux premiers cris, d'autres succédèrent qui s'élevèrent bientôt de tous les villages.

Quelque part, un bœuf s'éveilla et meugla, puis d'autres dans d'autres villages se mirent à meugler de concert.

Le soleil avait repris vie. Le temps avait repris vie. Meuglements et chants d'oiseaux s'élevaient dans les airs jusqu'à Gaotian. Dans les villages alentour, on frappait le gong et battait le tambour, on criait que le soleil se levait, que le jour se levait. Et la nouvelle parvint à Gaotian. Soudain, au bourg, s'éteignirent les lampes et les cris de tuerie. Le jour annoncé se leva enfin sur Gaotian, éclairant la nuit, faisant taire tous les bruits. D'un coup tout semblait mort. Tout reprenait vie. Gaotian demeura comme mort un long moment, silencieux. De ce silence d'avant le point du jour. D'un silence différent. Celui d'avant le crépuscule, lorsque le vacarme du jour va bientôt cesser et qu'il laisse un silence derrière lui. Non, c'était un autre silence. Un silence de néant, de vide, lorsque le jour et la nuit se mêlent avant de se succéder l'un à l'autre. Juste après ce silence, un grondement se fit entendre. Le monde avait repris vie, le temps avait repris son cours. J'ignore quel fut le premier bruit qui brisa cet étrange silence de Gaotian, je n'entendis d'abord qu'un épais et lourd bourdonnement. Puis, à Gaotian comme dans les villages alentour, les gens se précipitèrent hors les murs pour crier, hurler comme des fous face aux monts à l'est :

— Venez vite voir ! On dirait que la montagne à l'est est en feu !

Vite ! Venez voir ! Le soleil ressemble à un grand feu !

Certains sortaient de chez eux et s'arrêtaient en pleine rue. Depuis le barrage, on pouvait voir les rues pleines de monde ; à l'extérieur du bourg aussi, les gens affluaient. Le gong se mit à sonner. Les pétards à éclater. On entendit des salves d'applaudissements et de cris de joie. Je crois bien que ma mère était dans la foule, elle aussi, au carrefour, à sauter et crier avec les autres. Ses mouvements étaient plus lents. Elle sautait et retombait de travers, manquant s'effondrer, puis se redressait et sautait à nouveau, criait à nouveau.

— Il fait jour ! Le soleil est bien vivant !

Il fait jour ! Le soleil est bien vivant !

Les gens des villages environnants quittèrent le bourg. Ils marchèrent, coururent vers leurs villages et leurs maisons. Conduisant, tirant des charrettes. C'était un défilé disparate, une armée vaincue en déroute. Les voitures étaient vides. Ils repartaient bredouilles. Parfois avec un blessé ou un mort qu'ils tiraient derrière eux tout en regardant le jour se lever. De loin, on pouvait voir leur détresse, leur état pitoyable. Ainsi que les gens de Gaotian qui les poursuivaient et leur jetaient des pierres. Les frappaient avec des bâtons de palanche. Les fuyards ne répliquaient pas, qu'on les traitât ainsi allait de soi. Ils paraient les coups avec leurs bras et se retiraient, s'enfuyaient. Se hâtaient de rejoindre leurs villages et leurs maisons.

Ils rentraient chez eux.

Ils réintégraient le temps d'une nouvelle journée.

# POUR FINIR

## *Que dire encore ?*

## 1

Que dire de plus ? Les choses étaient ainsi.

Les choses étaient ainsi ce jour-là, cette année-là.

Bodhisattvas ! Seigneur du ciel ! Seigneur et Maître du ciel ! Et vous les maîtres de l'école zen, les temples, les degrés de conscience, les mânes, Laozi, Zhuangzi, Confucius et tous les autres esprits et immortels !

J'ignore combien sont morts cette nuit-là à cause du somnambulisme. Combien d'hommes sont morts dans le monde. Je sais seulement qu'à Gaotian, cette nuit-là, il y a eu cinq cent trente-neuf morts. J'ai vu la liste émise pour les statistiques. Je m'en souviens à pcu près :

1. Shen Quande, homme, 36 ans. Mort électrocuté en allant, somnambule, moissonner.

2. Wang Ergou, homme, 41 ans. Mort au combat, somnambule, dans la bataille du bourg.

3. Hu Bingquan, homme, 80 ans. Somnambule, s'est jeté dans le fleuve et s'est noyé.

4. Yu Rongjuan, femme, 67 ans. Somnambule, s'est jetée dans le fleuve et s'est noyée.

5. Zhang Tête de bois, homme, 37 ans. Somnambule, a été tué, victime du Grand Shun.

6. Hu Dequan, homme, 68 ans. Le somnambulisme lui ayant donné soif, il a voulu boire, est tombé dans la jarre à eau de sa maison et s'y est noyé.

7. Ma Huzi, homme, 27 ans. Mort au combat, somnambule, dans la bataille du bourg.

8. Yang Guangzhuang, homme, 35 ans. Somnambule, a été tué, victime du Grand Shun.

9. Niu Dagang, homme, 30 ans. Somnambule, a été tué alors qu'il tentait de voler quelque chose.

10. Niu Xiuxiu, femme, 26 ans. Somnambule, a été tuée alors qu'elle tentait de voler quelque chose.

11. Ning Xiaoshen, femme, 65 ans. Endormie, rêvant, s'est pendue sans que l'on sache pour quelle raison.

12. Ma Mingming, homme, 18 ans. A été tué alors qu'il était en train de rêver et tentait de violer une femme.

13. Zhang Cai, homme, 41 ans. Somnambule, s'est pendu à la suite d'une dispute avec son épouse.

14. Gu Lingling, femme, 23 ans. S'est prostituée en état de somnambulisme et, de honte, s'est jetée dans un puits une fois réveillée.

15. Ning Guoshi, homme, 38 ans. Mort au combat, somnambule, dans la bataille du bourg.

16. Yang Dashan, homme, 26 ans. Mort au combat, somnambule, dans la bataille du bourg.

17. Yang Xiaojuan, sœur cadette de Yang Dashan, 16 ans. S'est donné la mort car un homme en état de somnambulisme cherchait à la violer.

18. Liu Datang, homme, 35 ans. Mort au combat, somnambule, dans la bataille du bourg.

19. Li Tianbao, mon père, 40 ans. Somnambule, s'est laissé brûler vif afin de faire apparaître le soleil.

37. Ma Ping, femme, 30 ans. S'est jetée dans un puits suite à la mort de son mari somnambule.

47. Qian Fen, femme, 30 ans. S'est jetée dans le fleuve suite à la mort de son fils de trois ans, tombé dans un fossé où il s'était noyé.

77. Li Dahua, femme, 36 ans. D'ordinaire bonne et travailleuse, le somnambulisme l'a transformée en voleuse et elle a été tuée.

78. Sun Laohan, homme, 91 ans. Mort subitement après avoir été poussé par des somnambules qu'il tentait de réveiller.

79. Zhou Wangzheng, homme, 49 ans. Professeur, mort subitement après avoir, rêvant, pleuré abondamment sans que l'on sache pourquoi.

99. Tian Zhengqin, 52 ans, chef du bourg. Somnambule, tué dans la mutinerie déclenchée par Li Chuang.

100. Guo Dagang, 48 ans, adjoint au chef du bourg. Somnambule, tué dans la mutinerie déclenchée par Li Chuang.

101. Li Xiaohua, fillette, 4 ans. Morte piétinée dans la bataille du bourg après être tombée des bras de ses parents somnambules.

202. Sima Lingxiao, 48 ans, adjoint au chef du bourg. Somnambule, tué dans la mutinerie déclenchée par Li Chuang.

203. Li Chuang, homme, 31 ans. A l'origine, responsable adjoint aux forces armées. Descendant du rebelle Li Zicheng. Somnambule, a déclenché une insurrection pour établir la dynastie Shun. A été pendu au lever du jour.

404. Hao Jun, 27 ans, patron d'une épicerie et bazar. Mort en tentant d'empêcher des somnambules de piller son magasin.

505. Hao Junwen, homme, 67 ans. S'est suicidé en voyant que son fils était mort.

506. Gao Zhangzi, 47 ans, patron d'un magasin d'outils agricoles. Mort somnambule sans que l'on sache pour quelle raison.

507. Un bébé, trois mois à peine, prénom inconnu. Mort au bord d'un champ où sa mère somnambule l'avait déposé avant de se mettre à faucher le blé.

508. Ma Xiaotiao, garçon, 12 ans. Somnambule, mort piétiné durant la bataille du bourg.

538. Zheng Xiuju, femme, 80 ans. Morte de frayeur dans son cauchemar.

539. Zheng Junjun. S'est suicidé car tous les membres de sa famille étaient morts.

O Bouddha ! Bodhisattvas ! Esprits et maîtres ! Empereur de Jade et grands empereurs ! Voici donc les cinq cent trente-neuf personnes qui sont mortes cette nuit-là dans notre bourg. Combien sont mortes dans le monde ? Je l'ignore. Combien sont mortes dans les villages environnants ? Je ne sais pas non plus. Je n'ai eu connaissance que de la liste émise par le service des statistiques du gouvernement, une liste de quatre-vingt-quinze pages avec les noms des morts de notre bourg de Gaotian. On aurait dit un livre. Un livre de Yan Lianke. Je crois bien que chaque famille a perdu quelqu'un. Il y a eu des blessés dans chaque foyer. Les morts gisaient à terre, jonchaient les rues telles des feuilles d'automne. Après quelques jours, les tombes ont poussé comme des champignons dans les champs. Comme des champignons. Quelques jours encore après, le nouveau gouvernement du bourg a fait venir vingt camions transportant quatre cents bidons de désinfectant pour éviter la contamination par les cadavres en décomposition. C'était à peu près autant de bidons que cette nuit-là, lorsque mon père a fait brûler l'huile de cadavre. Dans le quartier des villas de mon oncle, il y a eu quatre-vingt-dix-neuf morts. Mon oncle et ma tante en font partie. Rien d'étonnant à cela. Ils l'avaient bien cherché. Ils ont été battus à mort alors qu'ils apportaient des plats aux autres. Après quoi, leur maison a été cambriolée et les voleurs ont tout emporté, jusqu'à la dernière chaise, jusqu'aux bols et baguettes qui se trouvaient dans la cuisine ou sur le rebord de la fenêtre. Même les rideaux, les ampoules ont été volés. Dans le quartier, les voleurs ont déterré les arbrisseaux et les fleurs en pots pour les emporter. Dans les villages environnants, il y a eu des centaines de somnambules. Il paraît qu'au chef-lieu du district, ce fut plus terrible encore : durant trente-six heures de nuit, un millier d'hommes au moins sont morts dans la bataille. Le troisième jour, lorsque le soleil s'est enfin levé pour mettre fin à cette longue nuit inédite depuis des siècles, de toutes les radios de la région, la même nouvelle était diffusée : le même présentateur racontait que dans quelques régions montagneuses, un épisode de somnambulisme avait provoqué une insurrection catastrophique. Dans la deuxième édition du journal, une courte rubrique dans la colonne de droite énonçait la même information. L'article comptait un peu plus de deux cent vingt caractères :

*Episode mineur de somnambulisme dans les régions montagneuses du district :*

*Ces jours-ci, en raison de la canicule, de la fatigue liée aux moissons et du phénomène crépusculaire saisonnier liée à leur situation météorologique et topologique, certaines régions montagneuses du district ont connu un déplacement de population somnambule. Comme les dormeurs se rendaient aux champs pour faucher le blé, certains villageois ont veillé sans interruption dans le but de les réveiller, ce qui témoigne d'un ordre social bienveillant et de la sollicitude des villageois les uns pour les autres. Cependant, dans la région du bourg de Gaotian, une rumeur mensongère s'est répandue à propos de désordres ayant provoqué un grand nombre de morts. Afin de faire cesser cette rumeur et de rétablir le bon ordre social, le gouvernement a missionné un grand nombre de cadres et de policiers pour enquêter et aider la population à retrouver rapidement la stabilité.*

## 2

Bodhisattvas ! Seigneur ! Il y a encore une chose que je dois vous dire. Au bourg, il y a eu cinq cent trente-neuf morts et plus de quatre cent quatre-vingt-dix blessés graves. Quant aux dommages causés aux biens et aux habitations, j'ignore à quel montant les évaluer. Presque dans chaque famille, s'il n'y a pas eu de mort, il y a eu des blessés. Pas un foyer n'a échappé au vol et à la violence. Chaque famille a eu ses somnambules et ses fauteurs de troubles. Mais le drame passé, aucune n'a manifesté de tristesse. Personne n'a pleuré. Cela, je ne le comprends pas. D'ordinaire, lorsque quelqu'un mourait au bourg, c'était comme si le ciel s'écroulait : la famille, les voisins, la moitié du bourg étaient en pleurs. Les amoureux mouraient de chagrin après le décès de celui ou celle qu'ils aimaient, étouffés par leurs propres sanglots. Si deux personnes mouraient le même jour ou bien trois en cinq jours, le bourg ne connaissait plus la paix : les larmes coulaient continuellement quinze jours durant, un mois durant, jusqu'à noyer le bourg. Mais ce jour-là, il y a trois mois, durant la longue nuit de ce jour-là, cinq cent trente-neuf personnes sont mortes. Dans chaque famille il y a eu des blessés, des vols. Et c'est comme si le drame avait été volé, lui aussi. Comme si rien ne s'était passé. Aucune larme n'a été versée. Lorsque le soleil s'est réellement levé, qu'il a rendu au bourg sa lumière d'antan, que les vivants sont sortis pour ramasser leurs morts, un silence absolu régnait. Pas un gémissement. Pas un sanglot.

D'abord, la lumière est apparue à l'ouest, pareille au nuage de feu qui s'était élevé auparavant à l'est au-dessus du barrage. Peu à peu, le jour s'est étendu et a chassé les nuages et l'obscurité. La nuit s'est achevée ainsi, comme soufflée par le vent. Laissant derrière elle les portes enfoncées et les rues jonchées de vêtements, chaussures, éventails et roues de véhicules. Il y avait aussi les taches de sang, les touffes de cheveux, les membres tranchés, les faux et autres outils qui avaient servi d'armes ; les villageois ont tout nettoyé et rangé, si bien que n'est plus resté dans les rues que le silence.

Alors l'obscurité a pris fin.

Le soleil s'est réellement montré à l'ouest.

Mais lorsqu'enfin l'obscurité s'en est allée, que la fatalité a pris fin, que le jour est réellement apparu, pas un cri de joie ne s'est élevé dans le bourg, aucune manifestation de liesse pour accueillir le retour de la lumière du jour. Le gouvernement avait fait installer des bureaux aux quatre coins du bourg, aux endroits les plus animés. Là, des cadres procédèrent immédiatement au recensement des morts, des blessés, des dommages causés aux biens de chaque foyer. Les villageois hésitèrent avant d'aller déclarer leurs pertes. Aux questions qu'ils posaient, les réponses coulaient comme l'eau, données toujours avec indifférence.

— Est-ce que le gouvernement va nous indemniser pour nos pertes ?

— Ce n'est pas certain.

— Alors à quoi sert que nous déclarions nos blessés, nos morts et nos dégâts matériels ?

— Il faut bien chiffrer les pertes.

On ne posait plus de question. On ne répondait plus non plus. On rentrait lentement chez soi dans le couchant. Soudain le cadre chargé des statistiques se levait pour crier :

— Il fait très chaud, dépêchez-vous d'enterrer vos morts ! Le gouvernement ne se soucie plus de la crémation, dépêchez-vous d'enterrer vos morts !

On ne se retournait même pas vers le cadre. Ou bien on lui rétorquait :

— Que peut-on faire d'autre ? Laisser nos morts couchés dans nos maisons ?

De fait, la question n'était plus de choisir entre la crémation ou l'inhumation. Cette nuit-là, le crématorium avait été attaqué, démoli et réduit à l'état de ruines. Il n'en restait plus que des vestiges. Les attaquants étaient-ils des somnambules ou des hommes parfaitement éveillés qui avaient simulé le somnambulisme ? Le four avait été poussé et roulé jusque dans le lac. La pièce où se trouvait le four avait été dynamitée ; briques et tuiles gisaient, entassées dans la cour. Quant aux meubles et objets du crématorium, ils avaient été volés, qu'ils fussent ou non de valeur. Il ne restait plus que les murs des deux ailes latérales et les arbres dans la cour. L'herbe et les fleurs. Les fleurs et les oiseaux, les lièvres, les putois, les blaireaux. Un champ de ruines. Ruines et terre en friche. Juanzi avait disparu. Peut-être était-elle rentrée chez elle, dans son village. Les ouvriers du crématorium avaient disparu. Etaient-ils eux aussi retournés chez eux, dans leur village ?

Le crématorium était calme.

Le barrage, la montagne étaient calmes.

Le monde était calme. Notre bourg de Gaotian l'était aussi.

Quinze jours passèrent. Quinze jours seulement et le bourg reprit dans le calme son aspect d'antan. Ce fut très rapide. On se remit à acheter ce qu'il fallait acheter, à vendre ce qu'il fallait vendre. A croire que rien ne s'était passé. Le soleil se levait en temps et en heure, se couchait de la même manière. Il se levait à l'est et se couchait à l'ouest, comme il se doit. Dans les champs, la pluie se mit à tomber après les moissons. Après la pluie, le beau temps revint, l'herbe reverdit. Les tombes innombrables se virent recouvertes d'herbe. Une herbe un peu plus clairsemée, tendre et fine, que celle qui avait poussé sur les sépultures plus anciennes, mais on voyait à peine la différence. Sur l'aire de battage, eût-on semé le blé que les jeunes pousses n'auraient pas tant rivalisé.

Ainsi en allait-il.

Ainsi en allait-il du monde.

Dans la boutique de vêtements, tout avait été rangé. Le commerce reprenait. Au centre d'électroménager, les dommages causés avaient été importants, le patron avait emprunté, demandé un crédit, et son commerce avait repris de plus belle. Florissant comme jamais. De partout on ne cessait de venir lui acheter des appareils.

Il y avait le boucher. L'épicier. Les vendeurs ambulants de fruits et légumes. Tous ceux qui venaient au marché du bourg. L'animation était revenue, comme avant. Le brouhaha. Seul le magasin d'outils agricoles de notre voisin restait fermé. Lui était mort cette nuit-là et sa femme était partie on ne sait où. Peut-être était-elle rentrée chez elle. De toute façon, elle n'était pas originaire du bourg. Elle était partie et la porte de la boutique restait fermée nuit et jour. Sur l'enseigne, des araignées avaient tissé leurs toiles.

La saison des travaux agricoles passée, il était bien normal que la boutique se repose. Les araignées parcouraient la porte de long en large, s'en donnant à cœur joie.

Cette nuit-là, ma mère avait obéi à mon père et s'était enfermée tandis que la guerre régnait au bourg. Mais le fléau du somnambulisme passé, malgré tous les morts qu'il y avait eu à Gaotian et dans les villages alentour, aussi nombreux que les fruits gâtés après une invasion d'insectes, que les cultures renversées après une tornade, notre boutique du Nouveau Monde ne reçut pas plus de clients. Notre commerce ne s'améliora guère. Mère avait cessé de confectionner les robes mortuaires. Elle ne découpait plus de papier, ne fabriquait plus ni couronnes de fleurs ni aucun objet funéraire. J'ignore pourquoi, elle avait complètement arrêté de travailler. Durant les quelques jours où chacun enterrait ses morts, nous nous rendîmes sur la montagne à l'est, jusqu'au bassin à ciel ouvert. Là, nous prîmes une poignée de terre, une poignée de terre qui représentait mon père, que nous inhumâmes. Alors, nous vîmes une chose étrange. Le trou où l'huile de cadavre avait brûlé ressemblait à l'intérieur d'un four à briques. La terre y était brûlée, calcinée. Elle se craquelait par morceaux. Une odeur de cramoisi emplissait l'air. L'odeur de l'huile brûlée. Or, dans les intervalles des craquelures, dans les crevasses, quelqu'un avait planté des fleurs sauvages à foison. Rouges, jaunes, vertes. Du jasmin et des chrysanthèmes. Des grappes et des boutons de fleurs pourpres. Des crêtes-de-coq, des orchidées. On avait agrandi les crevasses et creusé encore afin de planter convenablement les fleurs, de sorte que seules apparaissaient les corolles de pétales, pareilles à de petites têtes dressées à la surface de la terre calcinée. A la surface de la terre. Elles avaient été plantées il y avait trois ou quatre jours. Elles ne s'étaient pas encore épanouies et ployaient encore sous le poids des boutons. C'est là que nous creusâmes un peu, entre les fleurs, pour ramasser une poignée de terre, une poignée des cendres de mon père que nous emportâmes à la maison pour qu'il repose en paix. Nous pensions qu'en voyant les cendres de mon père, qu'en nous voyant, les autres manifesteraient de la reconnaissance. Qu'ils viendraient, souriants, à notre rencontre. Mais non. Ça ne se passa pas comme cela. Au début, ils nous adressaient des paroles de gratitude. Mais bien vite, ils se turent. Très vite. La plupart arrêtaient ma mère lorsqu'ils la croisaient, l'attiraient un peu à l'écart pour lui dire, cette nuit-là aucun de vous n'a dormi, mais ton homme a sombré lui aussi dans le somnambulisme, sinon, comment aurait-il eu l'idée de fabriquer un soleil, comment aurait-il pu se jeter dans les flammes ? Après quinze jours, même ces paroles-là n'eurent plus cours.

Ensuite, quelque chose se produisit. Une anecdote que je dois raconter. Ce jour-là, mère était occupée à ranger et épousseter objets et bibelots sur la table lorsqu'un homme entra. Chenu. De taille moyenne. Il tirait une valise et portait deux sacs, un gros et un petit. Il laissa sa valise dans l'entrée, me regarda et posa près de ma mère les victuailles qu'il avait apportées : des œufs, du lait et des gâteaux. Nous autres, on apporte toujours ce genre de choses lorsqu'on rend visite à quelqu'un. Il déposa donc ses présents et jeta un œil au portrait de mon père sans mot dire. Son silence dura longtemps. Indéfiniment. Finalement, il sortit un tas de livres de sa valise. Un gros tas de livres. Il y avait *Le temps en fuite*, *En songeant au village des Ding*, *Le livre des morts* et bien d'autres titres encore. *Les années, les mois, les jours* et *Mon village de Gaotian et la génération de mon père*. Il les plaça devant le portrait de mon père et y mit le feu. Il mit le feu aux livres. Il ne s'agenouilla pas, n'alluma pas non plus de bâton d'encens. Il se contenta de regarder le feu, de regarder le visage rond de mon père sur la photo en noir et blanc. Puis les flammes s'amenuisèrent, alors il regarda ma mère et me caressa le visage et la tête.

— Si je ne parviens pas à écrire le livre que ton père souhaitait, un livre qui vous réchauffe en hiver et vous rafraîchit en été, je ne reviendrai plus jamais au bourg.

Sa voix était faible. Froide et sans force. Il partit. Il se remit à tirer sa valise à roulettes et sortit. Mère et moi le raccompagnâmes jusque dans la rue. Nous pensions qu'il allait se rendre à la gare et prendre son train pour Pékin, mais bien des jours plus tard, nous apprîmes qu'à Pékin, sa famille le croyait encore à Gaotian, occupé à écrire dans son ancienne demeure. Qui sait où il s'en était allé ? Il avait disparu. Disparu sans laisser de traces, pareil aux livres consumés devant le portrait de mon père. Il n'en resta rien. Nous n'eûmes plus aucun signe de lui. Mais avant de disparaître ainsi, il me dit une dernière chose :

— Rends-toi au bassin sur les monts à l'est et cherche Juanzi. Elle t'attend là-bas chaque jour.

Je n'y suis pas allé.

Je ne croyais pas que Juanzi m'attendait là-bas chaque jour. Pourquoi l'aurait-elle fait ? Quel intérêt aurait-elle eu à m'attendre ? Finalement, je n'ai pas pu m'en empêcher : j'y suis allé. Je voulais voir si oui ou non elle m'attendait. Ce qu'elle faisait là-bas. C'était un jour de marché. Le soleil brillait comme un feu d'hiver. Resplendissait comme resplendit le soleil. L'air était pur, sans une once de poussière. La grande avenue était comble de monde. Baignée de lumière. Les façades des maisons renvoyaient la lumière. Les arbres aussi. Et les vitrines des magasins. Les vendeurs ambulants. Les passants avec leurs têtes et leurs épaules transparentes comme jade ou agate. On pouvait voir à travers leurs vêtements, leur peau, jusqu'à leur cœur. Rongé d'ennui, j'avançais sur l'avenue, songeant aux dernières paroles de Yan Lianke. Puis je me souvins que Juanzi habitait un village tout près du bassin sur les monts à l'est. Subitement, la pensée de Juanzi me piqua avec une douce chaleur. Elle se ficha dans mon cœur. Alors je décidai d'aller jusque là-bas. Je me mis à courir comme pour fuir le bourg. De loin, je vis qu'on avait construit quelque chose sur le terrain du crématorium. Un vieil homme y avait érigé un temple, racontait-on. Non, pas un temple, un autel peut-être. Un temple permettrait aux défunts passés et à venir de résider tous ensemble, pas un autel. Mais à ce moment-là, je n'y accordais guère d'importance. Je ne songeais qu'à Juanzi. Mon temple à moi, mon autel, c'était Juanzi. Je courais vers elle. Une fois arrivé, je m'arrêtai, stupéfait. Sur le flanc de la montagne, là où les bidons d'huile avaient été roulés depuis le barrage, les herbes avaient poussé à hauteur de genoux. De petites fleurs jaunes se dressaient vers le ciel et les abeilles s'y affairaient gaiement. Mille parfums embaumaient et déposaient sur mes joues autant de caresses soyeuses et furtives. J'avançai jusqu'au cratère sans voir Juanzi. Mais soudain, face à la terre noire et calcinée, ce fut comme si elle s'était jetée dans mes bras. Toutes les fleurs qui avaient été plantées dans les craquelures s'épanouissaient vigoureusement. *Les pousses autrefois clairsemées se cotoyaient maintenant densément. La terre noire et brûlée en était entièrement recouverte. On ne voyait plus qu'un parterre multicolore de corolles et de feuilles. Leur fragrance était si lourde que le vent lui-même ne pouvait la dissiper. Abeilles et papillons virevoltaient comme un jour de printemps et leurs ombres oscillaient sur les fleurs avec la grâce d'une barque sur les flots. La lumière était transparente. On voyait les petites bulles que formaient dans les airs les oiseaux en respirant, on entendait leur pépiement, pointu et ténu, aussi distinctement que les étoiles brillent dans la nuit*. Cette description, je crois bien qu'on la trouve dans *Les années, les mois, les jours*. C'est peut-être bien la fin du roman. Peut-être pas. J'hésitais encore lorsque Juanzi apparut, une palanche sur les épaules, une palanche chargée de seaux d'eau pour arroser les fleurs. Ses tresses et la palanche, oscillant dans la lumière, jetaient des éclairs vifs, pareils à des ailes de libellule ou de papillon.

Oh ! Oh !

Mon temple ! Mon autel ! Juanzi, mon temple à moi !

Imprimé en Espagne par

CPI
BLACK PRINT

Dépôt légal : septembre 2022